Paris
1871

Immermann, Charles

Les Paysans de Westphalie

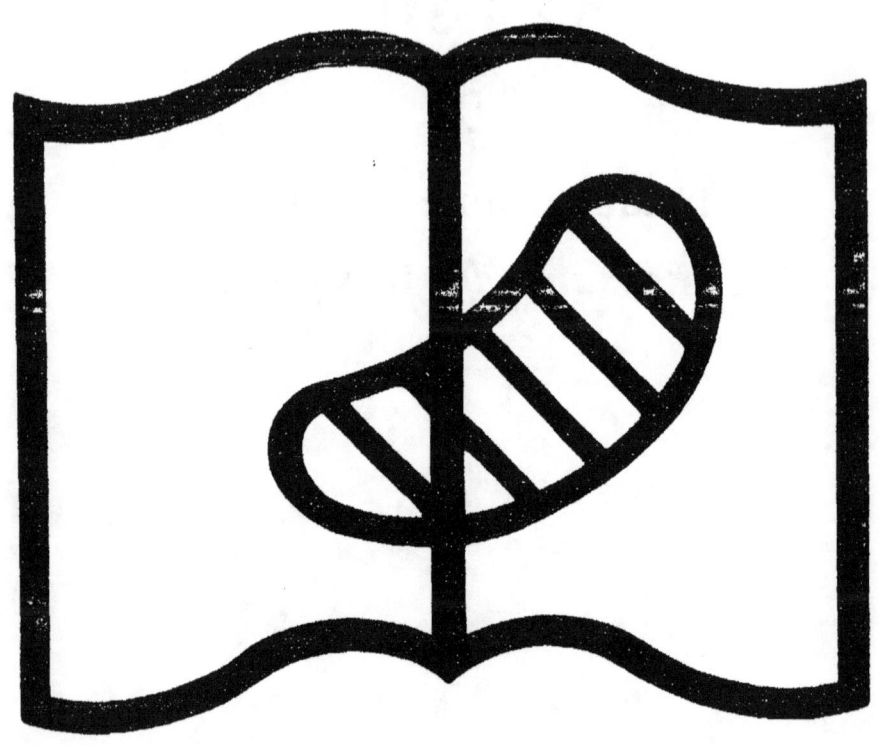

Symbole applicable
pour tout, ou partie
des documents microfilmés

Original illisible

NF Z 43-120-10

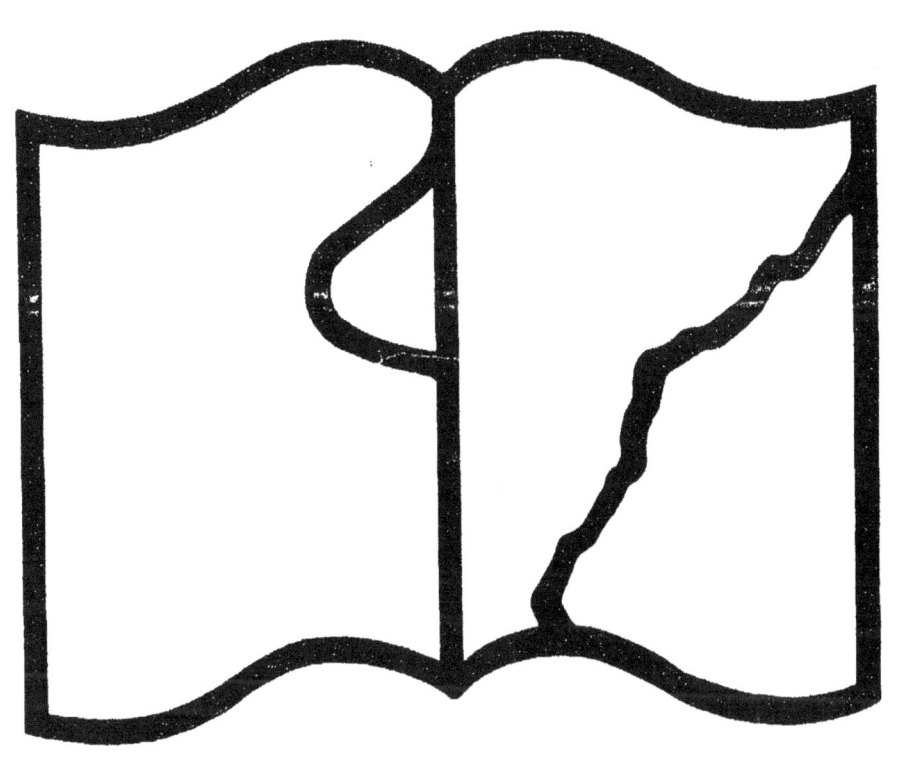

Symbole applicable
pour tout, ou partie
des documents microfilmés

Texte détérioré — reliure défectueuse

NF Z 43-120-11

CHARLES IMMERMANN

LES PAYSANS

DE

VESTPHALIE

ROMAN ALLEMAND

TRADUIT

PAR M. DESFEUILLES

PARIS

LIBRAIRIE HACHETTE ET Cⁱᵉ

BOULEVARD SAINT-GERMAIN, 79

LES PAYSANS

DE

VESTPHALIE

Y 2

COULOMMIERS. — TYPOGRAPHIE A. MOUSSIN.

LES PAYSANS

DE

VESTPHALIE

PAR

CHARLES IMMERMANN

ROMAN ALLEMAND

TRADUIT

PAR M. DESFEUILLES

PARIS

LIBRAIRIE HACHETTE ET Cie

BOULEVARD SAINT-GERMAIN, 79

—

1871

Droits de propriété et de traduction réservés.

AVERTISSEMENT DU TRADUCTEUR.

Je sais qu'en tête d'un roman toute espèce de préambule est déplacé, et je ne songe pas du tout à m'étendre ici sur l'éloge d'Immermann ou de son livre [1]. Il me faut seulement justifier en deux mots le titre donné à ce volume.

Ces études d'après nature de mœurs curieuses et originales, ces histoires rustiques, les premières en date [2], et peut-être en mérite, d'une foule d'autres qu'on a racontées dans tous les dialectes et patois sortis de l'inépuisable fonds de la langue allemande, cette œuvre enfin qui est fort prisée de l'autre côté du Rhin, n'y est pas connue sous le nom de *Paysans de Vestphalie*: Immermann l'a publiée sous celui de *Munchhausen*. On se rappelle, je pense, le fameux baron de Munchhausen, dont les *merveilleuses aventures sur terre et sur mer* ont été popularisées en Angleterre par Raspe, par Burger en Allemagne, et se voient encore souvent en

---

1. Voyez sur Immermann deux très-intéressants articles : l'un de M. Saint-René Taillandier, *La comtesse d'Ahlefeldt et le poëte Immermann*, inséré dans la *Revue des Deux Mondes*, numéro du 15 avril 1858; l'autre de M. le docteur Strausz, traduit dans le numéro du 31 août 1859 de la *Revue Germanique*. — Ce dernier recueil, au moment où le présent volume allait paraître, a commencé la publication du roman d'Immermann, et aura sur nous l'avance du premier livre et d'une partie du second. Cette espèce de concurrence est de ma part bien involontaire; et peut-être est-il à propos que je dise que ma traduction, commencée il y a trois ans, interrompue puis reprise, était déposée telle quelle dans l'armoire de l'éditeur, pour y attendre son tour, dès le commencement du mois de mars dernier.

2. *Munchhausen* a paru en 1839.

France exposées sur les quais ou sur le panier des colporteurs. Immermann a fait revivre Munchhausen au dix-neuvième siècle dans un soi-disant petit-fils du premier baron, qu'il a doué d'un génie bien autrement inventif, vaste et hardi, pratique de plus, industriel, organisateur ; qui est à la fois poëte, conteur, romancier puissant, capable d'enfanter, pour le plaisir de son imagination et de ses auditeurs, les plus belles, les plus grandioses, les plus étonnantes fictions, et homme non pas seulement à rêver, mais à lancer dans le monde, voire à réaliser bel et bien en actions les plus gigantesques projets, les plus colossales entreprises. C'est l'histoire de ce M. Flouchippe, de ses prouesses et de ses dupes, ce sont les héroïques récits de ce M. de Crac, satire mordante, pleine de verve par endroits, mais souvent bizarre, fantasque, fourmillant d'ailleurs de méchancetés, d'allusions insaisissables ou sans intérêt pour nous, en somme peu traduisible, qu'il a plu à Immermann de rattacher, par un fil très-léger heureusement, à ses récits champêtres, à la simple histoire du *Chasseur*, de la *blonde Lisbette* et des *Paysans de Vestphalie*. Il a suffi de couper ce fil pour avoir une suite de scènes bien liées entre elles, réunies dans leur vrai cadre, qui gagnent certainement à être ainsi lues à part. Le lecteur en jugera. Peut-être seulement lui restera-t-il dans l'esprit quelque obscurité sur l'héroïne du roman, et voudra-t-il savoir.... ce que je n'aurai garde de lui dire, par je suis désolé d'en savoir davantage et lui envie son ignorance. Mais, sauf quelques rares omissions sans importance, je n'ai fait que ces retranchements nécessaires, et tous si naturels, si bien indiqués, que ç'a été là tout au plus besogne de relieur, non d'arrangeur, Dieu merci. C'est pour ne rien transporter d'un roman dans l'autre, que je n'ai pas traduit la description du manoir de Schnick-Schnack-Schnurr, sorte de château de Thounder-ten-Tronckh, moins la porte et les fenêtres. J'y ai quelque regret, mais plus encore, je l'avoue (*neque enim ignarus ante malorum*), de n'avoir pas cru pouvoir intercaler quelque part la biographie d'Aghesel, pauvre magister dont l'étude acharnée et infructueuse d'une œuvre de trop haute portée, la nouvelle grammaire allemande de son chef le docteur Thomasius, « grammaire enfin *basée* sur une méthode vraiment rationnelle et philosophique, » avait hélas! pour plusieurs mois, mais bien drôlement brouillé la judiciaire. Il ne m'était pas permis de faire le roman plus gai que l'auteur ne l'a voulu. La figure du sacristain, charbonnée à gros traits plutôt que dessinée, les deux scènes bouffonnes où l'auteur s'est un peu trop amusé, a ri un peu trop fort lui-même de ce personnage tout composé de poltronnerie et de béate gourmandise, donneront d'ailleurs une idée suffisante de la manière d'Immermann dans le grotesque et la caricature.

Quant à la traduction, j'ai tâché de la faire très-fidèle, m'efforçant, selon le conseil de Gœthe, d'aller toujours au plus près de l'intraduisible, d'écrire comme il me semblait qu'écrirait un Allemand sachant notre langue, mais pensant dans la sienne. Si la copie est maladroite, pourvu qu'elle laisse deviner l'original, le lecteur plus habile la peut refaire. J'espère ainsi avoir pu faire sentir quelque chose de la rude et naturelle éloquence, de l'accent généreux qui anime le dernier discours du vieux maire, à mon gré l'endroit le plus remarquable du livre.

Mais ce qu'il a fallu tout à fait désespérer de rendre en quelque degré, c'est le coloris que donne au style la connaissance qu'avait Immermann des mots du cru vestphalien, l'heureux emploi que souvent il a fait du parler populaire ; il y a là un grand charme, qui pour un Allemand, pour un amateur de bon vieux langage, double presque le plaisir de la lecture ; mais le moyen que ce charme ne soit pas tout perdu dans la version? Quelques façons de dire villageoises, ramassées par-ci par-là dans les livres et plus ou moins à propos mêlées à la langue commune, beaucoup de savoir-faire même serviraient de peu. Il y faudrait, en quelqu'un de nos dialectes français, l'érudition poétique et vivante de l'auteur de la *Mare au Diable*. Qui pourrait songer sans pitié à ce que deviendrait ce chef-d'œuvre en passant par les mains d'un traducteur? Je laisse à penser en quel état les *Paysans de Vestphalie* ont dû sortir des miennes.

Il y a un ami qui a écouté, supporté d'un bout à l'autre la lecture de cette traduction, ne s'impatientant que pour en corriger le plus mauvais, devenu le meilleur, le seul bon. Je tiens à le remercier; si je le nommais, quelle recommandation! Mais il faut être modeste.

LIVRE PREMIER

LE FÉROCE CHASSEUR

CHAPITRE I

Le maire[1].

Au milieu d'une cour fermée par des granges et d'autres bâtiments rustiques, le vieux maire, ses manches de chemise retroussées, se tenait debout, immobile, l'œil attentivement fixé sur un feu allumé par terre et qui flambait joyeusement entre quelques pierres et quelques grosses bûches. Bientôt il avança et assujettit une petite enclume qui se trouvait près de là, plaça sous sa main un marteau et des tenailles, tira de la pièce d'estomac d'un tablier de cuir qu'il avait noué devant lui quelques clous à grosse tête, en examina avec soin la pointe, les rangea sur le plancher d'un chariot dont il se proposait de réparer la roue, fit lentement tourner la roue jusqu'à ce que l'endroit où la bande était rompue fût arrivé en haut, puis l'assura dans cette position au moyen de pierres qu'il glissa dessous.

Après avoir de nouveau considéré quelques instants le brasier, sans que son œil clair et perçant en parût le moins du monde ébloui, il y plongea vivement ses tenailles, en

---

1. On renvoie le lecteur au commencement du chapitre III : il y verra ce qu'il faut entendre par ces mots de maire et de ferme, employés dans cette traduction faute d'équivalents plus exacts. Il suffit d'avertir que *ferme* désigne un domaine rural, exploité par un paysan propriétaire (et non par un *fermier*) ; et que *maire* est, non point le nom d'un fonctionnaire, mais un titre d'honneur, attaché à la possession du principal domaine, de la plus grande ferme d'un canton.

retira un morceau de fer ardent, le plaça sur l'enclume, en fit jaillir des étincelles sous le marteau, le courba, tout rouge encore, sur la jante, le fixa, le souda en deux coups vigoureux, et enfonça enfin à leur place les clous que le métal toujours amolli laissait passer sans résistance.

Quelques coups bien retentissants achevèrent d'ajuster la pièce. Le maire repoussa du pied les pierres qui avaient servi de cale, et, pour essayer la roue qu'il venait de raccommoder, saisissant le timon, il traîna le chariot sans effort, malgré sa lourdeur, jusque dans l'un des angles de la cour, au beau milieu de poules, d'oies, de canards qui prenaient paresseusement le soleil et s'enfuirent à grands cris devant la machine bruyante, et de quelques cochons qui se levèrent en grognant des trous qu'ils s'étaient creusés.

Deux hommes (l'un était un marchand de chevaux, l'autre un percepteur) attablés devant l'habitation, sous le grand tilleul, avaient, tout en buvant, suivi de l'œil le travail du robuste vieillard.

« Sans mentir, maire, s'écria l'un des deux, le marchand de chevaux, vous auriez fait un fameux forgeron! »

Le maire se lava dans un seau plein d'eau, qui se trouvait à côté de la petite enclume, les mains et le visage, jeta ensuite l'eau sur le feu, et, quand il l'eut vu bien éteint, il répondit :

« Bien fou qui laisse aller au forgeron ce qu'il peut gagner lui-même. »

Il enleva, d'une main, l'enclume, et la reporta, avec le marteau et les tenailles, dans une petite baraque construite entre la maison et la grange, et où, au milieu de planches, de pièces de bois de toute espèce, se voyait un établi, des scies, des fermoirs, tout un attirail enfin de charpentier et de menuisier, dressé, jonchant le sol, ou appendu aux parois.

Pendant que le vieillard s'occupait à quelques arrangements dans son hangar, le marchand de chevaux dit au percepteur :

« Croiriez-vous bien que, tel que vous le voyez, c'est lui qui raccommode de sa propre main les portes, les poteaux, les planchers, les caisses et les coffres de sa maison; et que, Dieu aidant, il est homme à confectionner tout cela à neuf. Je crois que, si l'envie lui en prenait, il ne tiendrait qu'à lui de faire le menuisier ou l'ébéniste, et qu'il ne serait pas embarrassé pour établir une belle et bonne armoire.

— Pour ce qui est de cela, vous vous trompez, » dit le maire qui avait entendu ces derniers mots, et qui sortait du hangar, où il s'était débarrassé de son tablier de cuir et revêtu d'un sarrau de toile blanche.

Il vint s'asseoir auprès des deux hommes; une servante lui apporta un verre, et, après avoir fait raison à ses hôtes, il reprit :

« Pour faire une porte, un linteau, un seuil, un poteau d'huisserie, il suffit d'une paire de bons yeux et d'avoir le poignet ferme; mais menuisier! c'est autre chose. Je m'en étais fait accroire : j'avais par-ci par-là, en charpentant, manié le rabot, le ciseau et la règle, et je m'avisai un jour de vouloir, comme vous dites, établir une armoire. Je pris et je marquai exactement mes mesures, je taillai mon bois; j'avais tout calculé à une ligne près; je me croyais sûr de mon affaire : bah! quand je pensai n'avoir plus qu'à assembler et à coller, rien n'allait. Les côtés étaient tout de guingois et bâillaient; la porte se trouva trop grande et les tiroirs trop petits pour les ouvertures. Vous pouvez encore voir ce bel ouvrage; je l'ai laissé au grenier pour me préserver de toute nouvelle tentation; car il est bon que l'homme ait sous les yeux quelque chose qui le fasse souvenir de sa faiblesse. »

A ce moment un joyeux hennissement sortit du fond de l'écurie d'en face. Le marchand de chevaux toussa comme un homme qui veut s'éclaircir la voix, cracha, battit son briquet, envoya une énorme bouffée sous le nez du percepteur, jeta un regard de convoitise du côté de l'écurie, puis attacha ses yeux sur le sol d'un air pensif. Il toussa, cracha de nouveau, releva la tête, ôta son chapeau ciré, s'essuya le front avec son bras, et dit : « Le temps est toujours bien lourd. » Puis il déboucla la ceinture de cuir qui lui ceignait les reins, la jeta avec force sur la table, de façon à faire sonner les espèces qu'elle contenait, en dénoua les cordons, et compta devant lui vingt pièces d'or toutes reluisantes, dont la vue fit étinceler l'œil du percepteur, et que le vieux maire ne daigna pas seulement regarder.

« Voici l'argent! » s'écria le marchand de chevaux en laissant tomber sur la table son poing fermé; « me donnez-vous pour cela la jument brune? Elle ne vaut, sur ma parole, pas un *heller* [1] de plus.

— En ce cas, gardez votre argent pour ne pas vous faire tort, répondit le maire froidement. Vingt-six, comme j'ai dit, et pas un *stuber* [2] de moins. Il y a des années que vous me connaissez, monsieur Marx, et vous devriez savoir qu'il ne sert de rien de tant barguigner et marchander avec moi, parce que je m'en tiens toujours à mon mot. Je demande d'une chose ce que je crois qu'elle vaut; de la vie je n'ai surfait à qui que ce fût, et je verrais un ange descendre du ciel avec sa trompette..., il n'aurait pas la Brune à moins de vingt-six.

— Mais, de par tous les diables, s'écria le marchand de chevaux en colère, la demande et l'offre c'est tout le commerce; je surfais, moi, dans l'occasion, à mon propre frère; et, s'il n'y avait plus de prix à débattre il faudrait renoncer aux affaires.

— Au contraire, repartit le vieux, les affaires en coûteraient beaucoup moins de temps, et ce serait toujours cela de gagné; mais il y a encore grand profit pour tout le monde à ne jamais surfaire ni marchander. J'ai toujours vu que lorsqu'on se débat sur le prix, on s'échauffe, et qu'à la fin personne ne sait plus trop ce qu'il dit ni ce qu'il fait. Qu'arrive-t-il? Le vendeur abasourdi, souvent rien que pour en finir avec toutes ces criailleries, laisse sa marchandise au-dessous du prix qu'il s'était fixé; et l'acheteur à son tour, dans la chaleur de la dispute, sa rage d'arracher une concession, se laisse entraîner tout aussi souvent. Mais quand il ne peut être question de rien rabattre, chacun reste calme, se

1. Liard.
2. Sou.

décide à bon escient, et nul ne risque d'avoir plus tard regret au marché. »

Le percepteur prit alors la parole :

« Vous qui parlez d'aussi bon sens, dit-il, j'espère que vous aurez réfléchi et prendrez mieux ma proposition. Comme je vous l'ai dit, le gouvernement entend convertir en argent les revenus qu'il tire en nature des domaines de ce pays. Lui seul y perdra ; car, enfin, du blé est toujours du blé ; l'argent, au contraire, qui vaut tant aujourd'hui…, qui peut savoir ce qu'il vaudra demain ? Mais, coûte que coûte, l'administration ne veut plus avoir l'embarras de l'emmagasinage. Faites-moi donc le plaisir de signer ce nouveau titre que j'apporte, et où tout est évalué en argent.

— Non, non, jamais, répondit le maire avec vivacité. C'est une vieille croyance, dans nos pays, que celui qui a grevé ses terres de quelque charge est condamné à y venir errer après sa mort. Je ne sais au vrai ce qui en est, mais ce que je sais, c'est que depuis des centaines d'années le Prieuré n'a jamais reçu que des grains de la Grand'ferme[1]. Que votre administration s'en contente comme le couvent s'en est contenté. Pousse-t-il de l'argent, dites-moi, sur mon champ ? Non ; il n'y vient que du blé. Où prendrez-vous votre argent ?

— Mais vous ne serez point lésé! s'écria le percepteur.

— Nous ne changerons rien à nos vieux usages, dit le maire d'un ton solennel. Et, tenez, c'était encore le bon temps lorsqu'on pouvait voir, pendus aux murs de l'église, les tableaux où étaient couchées par écrit, tout au long, les charges et les taxes des paysans. Les droits d'un chacun étaient ainsi bien établis et au grand jamais il ne s'éleva chicane ni contestation comme trop souvent il y en eut depuis. Un beau jour on s'avisa que les tableaux, avec les comptes de poulets, d'œufs, de muids, de boisseaux, n'étaient pas des objets bien édifiants, et ils disparurent. Ils étaient bien là, au contraire ; ils n'ont jamais nui au sermon. Pour moi, je vous le dis, je n'y ai jamais porté les yeux, particu-

1. Voy. la note de la page 3, et le commencement du chapitre III.

lièrement quand on en était au troisième point, à l'application, sans qu'ils me fissent venir toutes sortes de bonnes
pensées. Par exemple : « Ne t'enorgueillis point, me disais-je ;
« car tu vois là écrit que tu redois au seigneur tant en seigle,
« et tant en avoine. » Ou bien : « Si, hors d'ici, tu as tes
« charges, dans la maison de Dieu tu es libre. » Voilà ce
que je me disais, et d'autres choses encore. Mais, quand on
n'eut plus que le mur nu, les idées s'en allèrent de côté et
d'autre, cherchant les tableaux absents, et il fallut beau
temps pour que le monde s'accoutumât et redonnât attention
au pasteur. »

Il rentra dans la maison. Dès qu'il eut disparu :

« Je vous le donne pour un vieux renard, s'écria le marchand de chevaux en renfonçant avec humeur son chapeau
ciré sur sa tête. Quand celui-là a dit non, le diable ne le ferait pas démordre. Le pis est que le gaillard élève les plus
beaux chevaux de la contrée, et qu'au fond il s'en défait à
assez bon compte.

— Population têtue et mal commode que celle-ci ! dit le
receveur. J'arrive de Saxe : quelle différence ! Les gens,
là-bas, sont plus rapprochés les uns des autres, et c'est déjà
une raison pour qu'ils soient polis, accommodants, serviables.
Mais ici chacun vit sur sa terre, cantonné au milieu de son
bois, de ses champs, de ses prés, et ne se soucie du reste du
monde non plus que s'il n'existait point. Aussi s'entêtent-ils
dans d'absurdes préjugés qui ont disparu partout ailleurs.
Que de mal n'ai-je pas eu avec les autres paysans pour cette
maudite conversion des redevances ! Mais celui-ci est le pire
de tous.

— Savez-vous à quoi cela tient, monsieur le percepteur ?
dit le marchand de chevaux ; c'est à la fortune qu'il a. Je
m'étonne que vous soyez venu à bout, sans lui, des autres
paysans ; car il est leur général, leur avocat, leur tout ; ils
se règlent, en toute chose, sur lui, et lui n'a jamais ployé
devant qui que ce soit. Un prince, l'an dernier, passa par ici :
rien qu'à la manière dont le vieux lui ôta son chapeau, il
semblait vraiment qu'il voulût lui dire : « On se vaut bien,
mon cher ! » Le chien ! vouloir vingt-six pistoles de sa ju-

ment! Mais, que voulez-vous? voilà le malheur quand le paysan se fait trop riche. Au sortir de ce bois de chênes, là-bas, vous en avez, montre en main, pour une bonne demi-heure avant d'arriver au bout de ses champs. Et tout cela entretenu.... il faut voir! J'ai passé avant-hier avec mes bêtes au milieu des seigles et des blés : du diable si on aperçevait de mes chevaux que la tête au-dessus des épis. J'ai pensé m'y noyer.

— Et d'où lui vient tout cela? demanda le percepteur.

— Oh! s'écria le marchand de chevaux, il y a encore plusieurs de ces fermes dans les environs; on les appelle grand'fermes : si elles ne vous désarçonnent plus d'un noble seigneur, je consens à ne pas me nommer Marx. Cette terre-ci date de loin, réunie de tout temps dans une seule main. Et puis le drôle a toujours été économe, actif; c'est une justice à lui rendre. Vous l'avez vu tout à l'heure suer sang et eau, rien que pour voler au forgeron les quelques misérables *grochen* [1] qui lui revenaient. Sa fille est promise à un autre jeune richard; elle aura gros en mariage. J'ai passé devant la chambre au linge : elle est bourrée, jusqu'au plafond, de chanvre, de fil, de linge, de hardes de toute espèce; sans compter six mille écus que le vieux ladre lui donne comptant. Jetez un peu les yeux autour de vous : ne se croirait-ton pas chez un comte? »

Pendant ces derniers propos, le colérique maquignon avait tout doucement glissé sa main dans la ceinture de cuir, et ajouté d'un air indifférent six nouvelles pièces aux vingt autres. Le maire reparut sur le seuil de la porte; l'autre, d'un ton d'humeur et sans le regarder :

« Puisqu'il en faut passer par là, voici les vingt-six écus. »

Le vieux paysan sourit d'un air narquois :

« Je savais bien que vous achèteriez mon cheval, monsieur Marx, car il vous en faut un de trente pistoles pour le commandant d'Ounna, et ma brunette fait admirablement votre affaire. Tenez, je n'ai fait qu'aller chercher ma balance; j'avais bien vu que dans l'intervalle vous vous raviseriez. »

---

1. Pièce de deux sous et demi.

Le vieux, qui mettait dans toutes ses allures tantôt une incroyable vivacité, tantôt, suivant ce qu'il avait à faire, la lenteur la plus circonspecte, s'assit devant la table, essuya longtemps, avec le plus grand soin, ses lunettes, les planta sur son nez, et se mit à compter une à une les pièces d'or. Il en refusa deux ou trois qu'il trouva trop légères; le maquignon jeta les hauts cris : le maire l'écouta d'un air impassible, sans mot dire, tenant toujours sa balance à la main, jusqu'à ce que l'autre eut remplacé par des espèces de poids les pièces défectueuses. Enfin l'affaire se conclut. Le vendeur enveloppa soigneusement l'argent dans un papier, et se dirigea vers l'écurie avec le marchand de chevaux pour lui livrer la bête.

Le receveur n'attendit point qu'ils revinssent.

« Avec une pareille souche, se dit-il, il n'y a rien à faire. Ah! si tu n'étais pas toujours si ponctuel à l'échéance, nous verrions !... »

Il tâta sa poche, s'assura au petit bruit sec qu'elle rendit que ses papiers y étaient bien, et disparut.

Bientôt sortirent de l'écurie le maquignon, le maire, et un valet amenant derrière lui deux chevaux, celui du maquignon et sa nouvelle acquisition, la jument brune.

« C'est pourtant vrai, dit le vieux maire en caressant celle-ci comme pour lui faire ses adieux, ça coûte toujours de se séparer d'une pauvre créature qu'on a élevée; mais qu'y faire? — Allons, la Brune, conduis-toi bien ! » et il appuya sa recommandation d'une vigoureuse tape sur la croupe ronde et polie de la jument.

Le marchand de chevaux, cependant, était sauté en selle. Avec sa longue figure, sa courte veste, son chapeau ciré à larges bords, avec ses culottes jaune-pois dessinant ses hanches sèches, et ses hautes guêtres, avec ses lourds éperons et son fouet, il ne ressemblait pas mal à un de ces dresseurs d'embuscades, de ces routiers d'autrefois. Il piqua des deux sans même dire adieu, toujours grommelant et maugréant, tirant la Brune par la longe. Il ne daigna plus donner un seul regard à la ferme. La Brune, au contraire, tourna plus d'une fois le cou et poussa des hennissements doulou-

reux, comme pour se plaindre que son bon temps fût passé.
Le maire, les mains sur les hanches, suivit de l'œil avec son
garçon les chevaux qui s'éloignaient. Quand ils eurent disparu
au bout du verger :

« La bête a du chagrin, fit le garçon.

— Pourquoi pas? repartit le maire; nous en avons bien,
nous. Tiens, montons au grenier mesurer de l'avoine. »

CHAPITRE II.

Conseil et sympathie.

En se retournant avec son garçon du côté de la maison, il
vit que d'autres hôtes s'étaient établis sous les tilleuls. Les
nouvelles figures formaient entre elles un remarquable contraste. A côté de deux ou trois paysans, ses plus proches
voisins, était assise une ravissante jeune fille. Cette belle
fille était la blonde Lisbette qui avait passé la nuit à la ferme.

Je n'aurai pas la présomption de vouloir décrire sa beauté ;
aussi bien il ne s'agirait que d'en venir à des joues roses et
à des yeux bleus, et ces deux charmantes choses, si fraîches
dans la réalité, se décolorent quelque peu sur le papier. Que
chacun de mes lecteurs songe à sa maîtresse d'à présent ou
d'autrefois ; ma lectrice n'a qu'à donner un coup d'œil à son
miroir, ou du moins se souvenir de ce qu'elle y aperçut le
jour de ses fiançailles : et tous verront Lisbette comme s'ils
l'avaient sous les yeux.

Le maire, sans avoir l'air d'apercevoir ses voisins aux
longs cheveux et en sarraux, alla droit au plus gracieux de
ses hôtes.

« Eh bien, avons-nous bien dormi, ma petite demoiselle ?

— Admirablement, répondit Lisbette.

— Qu'avez-vous donc au doigt, pour l'avoir ainsi enveloppé ? demanda le vieillard.

— Ce n'est rien, » dit la jeune fille, et elle rougit.

Elle voulut parler d'autre chose ; mais le maire, qui avait son idée, lui prit la main, et regardant le doigt enveloppé :

« Il n'y a pas grand mal, j'espère ?

— Ce n'est pas la peine d'en parler, repartit Lisbette. Hier soir, en aidant votre fille à sa couture, je me suis enfoncé une aiguille dans le doigt, il a saigné, et voilà tout.

— Hé ! hé ! fit le maire d'un air malin, c'est précisément l'annulaire ; bon signe, cela. Savez-vous bien que lorsqu'une jeune fille qui travaille au trousseau d'une fiancée se pique au doigt annulaire, c'est chose sûre qu'elle sera elle-même fiancée dans l'année ? Je vous fais d'avance compliment du beau mari. »

Les paysans se mirent à rire ; la belle Lisbette ne perdit pas contenance, mais s'écria gaiement :

« Et savez-vous aussi ma chanson, la chanson de la Prude ?

« Aussi loin que le Seigneur habille les lis,
« Qu'il nourrit les petits des corbeaux,
« S'étendent mes champs, mes biens ;
« Que celui donc qui me demande
« Vienne faire sa demande
« En voiture, en voiture attelée de quatre chevaux ! »

— Et...., interrompit le maire,

« Il faudra qu'il m'attrape comme une souris,
« Qu'il me prenne à l'hameçon comme un poisson,
« Que son plomb m'atteigne comme un chevreuil.... »

Un coup de fusil partit assez près de là.

« Entendez-vous, ma petite demoiselle ? Comme cela se rencontre ! Autre présage ! s'écria le vieillard.

— Parlons sérieusement, maire, dit la jeune fille. Je suis venue chez vous pour avoir vos conseils sur les censives ; donnez-les-moi donc maintenant, sans plus rire ni badiner. »

Le maire se mit en devoir d'écouter. Lisbette tira des tablettes et lui lut les noms des paysans qu'elle avait été voir les jours précédents, afin de faire rentrer l'arriéré des censives qu'ils devaient à son père adoptif. Elle racontait au maire sous quels prétextes ils s'étaient refusés à acquitter leur dette. L'un voulait avoir payé depuis longtemps; l'autre se disait nouveau venu sur le domaine; un troisième ne savait ce qu'on lui voulait dire; un quatrième avait fait semblant d'avoir l'ouïe dure.... tant y a que la pauvre enfant, aussi dépourvue qu'un oiseau qui, en temps d'hiver, revient de la picorée sans rapporter le moindre grain, s'était vu éconduire à chaque porte. Mais croire que toutes ces peines et courses inutiles avaient attristé son humeur, serait se tromper: elle contait sa chance d'une bouche souriante.

Le maire écrivit, avec de la craie, sur la table plusieurs des noms qu'elle lui indiquait, et, la liste épuisée, il lui dit:

« Pour ce qui est des autres, ils ne sont point de chez nous, je n'ai point autorité sur eux, et s'ils sont assez mauvaises gens pour renier leur devoir et obligation, m'est avis que vous les rayiez tout bonnement de votre papier; car il n'y a rien à tirer du paysan avec des procès. Mais quant à ceux qui sont de notre finage, je pourrai vous aider à en avoir raison; nous avons encore des moyens de les réduire.

— Ho! ho! lui dit à demi-voix l'un des paysans, on dirait vraiment, maire, que vous avez toujours la hart dans votre manche. A quand l'assemblée secrète?

— Taisez-vous, Baumchoulte; vous pourriez quelque jour vous repentir d'avoir parlé à la légère, » répondit le vieillard d'un grand sérieux.

L'autre baissa les yeux d'un air embarrassé et se tut. Lisbette remercia le vieillard de l'assistance qu'il lui promettait, et s'informa des chemins et des sentiers qu'il lui faudrait suivre pour arriver chez ceux des débiteurs qu'elle avait encore sur ses tablettes. Le maire lui enseigna le sentier qui la devait mener à la plus prochaine ferme: elle devait prendre par le Pré-aux-Prêtres, passer au long des Trois-Moulins et traverser les monts d'Holla. Lorsque, après avoir mis son

chapeau de paille, pris son petit bâton, après avoir remercié
du bon accueil qu'on lui avait fait, elle allait se mettre en
route : il la pria de s'arranger de façon qu'au retour elle pût
demeurer à la ferme le jour, le lendemain et même le surlen-
demain des noces, espérant, dit-il, pouvoir alors lui donner
bonne assurance au sujet des deniers dus, et peut-être les
deniers mêmes à remporter au logis.

Dès qu'on eut vu disparaître la taille noble et élancée de
la jeune fille derrière le dernier noyer du verger, l'un des
paysans se prit à dire :

« Si le vieux baron l'avait eue plus tôt, elle, pour inten-
dante, il ne serait point si bas qu'il est, et il n'aurait pas à s'inquiéter que son château ne lui tombe un jour sur la tête,
quoique ce ne soit guère bien à eux de laisser cette jeunesse
courir toute seule par le pays.

— Je n'y vois rien à redire, répliqua le maire. Il ne me
souvient point qu'il soit encore arrivé malheur à une brave
fille. Une honnête personne peut hardiment suivre son chemin entre toutes sortes de brigands, de racailles et d'ivrognes;
il n'y a pas danger qu'ils lui fassent si vite un affront. L'au-
tomne dernière, qu'il y avait des soldats campés tout près
d'ici dans la plaine, ma fille, revenant d'une course, tomba au
beau milieu d'une troupe en marche : pas un, vous dis-je,
qui eût seulement l'idée de lui manquer; elle paraissait lasse,
ils la firent honnêtement monter sur un de leurs chariots et
la déposèrent à la ferme. Quand les hommes s'attaquent à
une femme, le plus souvent c'est que la marchandise n'en
vaut guère. »

Les paysans mirent alors sur le tapis l'affaire qui les amenait chez le maire. Un nouveau projet de chemin, qui
devait établir une communication avec la grand'route, menaçait d'écorner quelques-unes de leurs pièces de pré. Quoique la chose fût dans l'intérêt de toutes les *paysanneries* [1]
des environs, les paysans entendaient bien empêcher par
tous les moyens possibles qu'on ne leur enlevât la moindre parcelle de leur bien, et c'est sur ce qu'il y avait à

1. Communes rurales.

faire pour cela qu'ils venaient consulter le propriétaire de la Grand'ferme. De fait, le maire se montra dans cette circonstance fort zélé pour leurs intérêts. Il leur traça tout un plan de campagne, suivant lequel, retranchés derrière les prescriptions littérales de la loi, ils pourraient éluder les demandes de l'État, ou du moins prolonger longtemps la résistance. Ils n'avaient qu'à dire que la perte de ces terrains était pour eux la ruine assurée, qu'à demander de chaque miette un prix énorme, qu'à circonvenir tel et tel de qui l'affaire dépendait et qui, s'ils savaient bien le prendre, ne refuserait pas de déclarer qu'on pouvait encore faire passer la route ailleurs, etc.: tous conseils qui sembleront sans doute assez peu d'accord avec les sentiments du maire, avec la manière dont nous l'avons vu jusqu'à présent en user avec le monde.

Mais il parut bien par la conversation qu'il eut avec ses voisins, que tous ces campagnards, en face de l'administration prenant en main l'intérêt général, se croyaient tout à fait en état de guerre déclarée, et à la guerre, comme chacun sait, tous moyens sont bons qui peuvent mener au but.

« Pour rentrer nos récoltes et les conduire au marché, — et il ne nous chaut du reste, — aujourd'hui comme par le passé nous n'avons que faire de grand'routes, dit le maire dans le cours de l'entretien. Qu'ils remuent de la terre tant qu'ils voudront, mais qu'ils nous laissent en repos chez nous. Si on les laissait faire, ces messieurs-là, ils nous auraient bientôt mis hors de nos héritages, toujours sous couleur du bien général, » ajouta-t-il.

« Bonjour, comment cela va-t-il ? » s'écria une voix bien connue à la Grand'ferme. Un homme à pied, de mise fort honnête, mais de ses guêtres grises à sa casquette verte tout couvert de poussière, était entré par la grande porte de la cour et s'était approché de la table, sans que personne y eût pris garde.

« Tiens! monsieur Schmitz, on vous revoit donc par ici ? » dit le vieux paysan d'un air amical, et il ordonna à son garçon d'aller chercher pour le voyageur fatigué du meilleur vin de la cave.

Les paysans se rangèrent courtoisement pour faire place au nouveau venu. On le força de s'asseoir; mais il mit à prendre cette position sur le banc une prudente lenteur, afin de ne rien casser de ce qu'il portait sur lui. Force lui était bien de ne se mouvoir qu'avec quelque précaution, car notre homme était chargé comme une voiture de roulage; son apparence, les contours de sa personne étaient ceux que dessinerait un assemblage de ballots ficelés ensemble. Non-seulement, en effet, les pans de sa redingote bourrés d'une quantité de corps ronds, carrés, ovales, s'écartaient en bouffant d'une étrange façon; mais tout ce qu'il avait de poches de côté et autres, utilisé de même, formait toutes sortes de bosses et de bourrelets, d'autant plus saillants, que le collectionneur, pour ne rien perdre de ses trésors, et malgré le grand chaud qu'il faisait, s'était boutonné jusqu'au menton. Le fond même de son bonnet avait dû loger quelques menus objets, et affectait la figure d'un potiron. Il huma avec une satisfaction visible le bon vin qu'on lui avait servi; son visage vieillot, bouffi, enluminé par la marche et la chaleur, reprit peu à peu ses tons et ses plans naturels.

« Avez-vous fait de bonnes affaires, monsieur Schmitz? demanda le maire en souriant. Rien qu'à vous voir, on le croirait.

— Mais je suis assez content, répondit l'antiquaire. La terre, grâce à Dieu, recèle d'inépuisables richesses. Elle ne se contente pas de faire pousser, et sans se lasser jamais, les grains et les autres plantes; mais on a eu beau la fouiller, la bouleverser en tous sens: à qui sait bien chercher elle garde toujours une riche moisson d'antiquités. Je viens, comme vous voyez, de faire ma petite tournée dans le pays; j'ai poussé cette fois-ci jusque vers Siegen. Je suis en train de m'en retourner et je compte rentrer ce soir en ville; mais je n'ai pu résister à l'envie de me reposer un peu chez vous, maire; car, ma foi, j'étais sur les dents.

— Et que rapportez-vous? » demanda le maire.

Le collectionneur frappa doucement et d'un air de satisfaction sur toutes les bosses de ses différentes poches et dit:

« Hé, hé, toutes sortes de belles et bonnes choses : une

hache de combat, une couple de pierres de foudre, des anneaux de Cattes, revêtus d'un vert-de-gris magnifique, de petites urnes cinéraires, des lacrymatoires, trois petites idoles et un certain nombre de lampes des plus précieuses. »

Puis, se tapant le dos du revers de la main :

« J'ai encore là, poursuivit-il, un beau morceau d'airain de Corinthe que je ne savais plus où fourrer, et que je me suis attaché sous ma redingote. Il faudra voir tout cela bien nettoyé et bien rangé à sa place sur mes rayons. »

Les paysans témoignèrent le désir d'admirer quelques-unes de ces raretés; mais le vieux Schmitz déclara qu'il lui était impossible de satisfaire leur curiosité: chacun de ces objets, disait-il, était empaqueté avec tant de soin, il lui avait fallu tant d'art et de calcul pour les caser tous jusque dans les moindres vides dont il disposait, que ce serait une besogne à n'en pas finir d'avoir à défaire et à refaire tout cet emballage. — Le maire dit quelques mots à l'oreille de son garçon, qui entra aussitôt dans l'habitation. — Cependant l'antiquaire se mit à parler fort au long de l'endroit où il avait fait tant de trouvailles, et finalement, se rapprochant des autres et s'épanchant tout à fait :

« Mais savez-vous bien la grande découverte que j'ai faite ce voyage-ci? J'ai positivement retrouvé le lieu où Hermann a battu Varus.

— Vraiment? dit le maire tournant et virant son bonnet sur sa tête.

— Tous s'étaient fourvoyés, vous dis-je, Clostermeier, Schmid, tous ceux qui ont écrit là-dessus, s'écria le collectionneur avec feu. Ils se sont tous accordés pour faire marcher Varus, dans sa retraite, sur Aliso,—et pas un, notez, ne s'est encore avisé de déterminer l'emplacement de cet Aliso; —enfin, Varus, disent-ils, s'est retiré dans la direction du nord, et par suite on prétendait que c'est entre les sources de la Lippe et de l'Ems, près de Detmold, de Lippspringe, de Paderborn, que sais-je encore? que la bataille s'est livrée....

— Je crois, interrompit le maire, que Varus devait chercher, coûte que coûte, à arriver au Rhin, ce qu'il ne pouvait qu'en gagnant le pays plat. Il paraît que la bataille a duré trois jours; en trois jours on fait du chemin, et mon idée est que l'attaque a eu lieu dans les montagnes qui entourent notre plaine, partant pas bien loin d'ici.

— Vous n'y êtes pas, maire, s'écria le collectionneur. Ici au bas tous les passages étaient gardés; Chérusques, Cattes, Sicambres s'y étaient entassés. Non, c'est plus au midi que la bataille a été donnée, vers la Rouhr, non loin d'Arnsberg. Varus fut contraint de filer comme il put par les montagnes; ne trouvant d'issue nulle part, il pensait à arriver sur le moyen Rhin en perçant à travers le Sauerland. Ç'avait toujours été mon idée, toujours; et à cette heure, j'ai de quoi mettre à quia tous les contradicteurs. C'est sur les bords mêmes de la Rouhr que j'ai déterré mon airain de Corinthe et acheté les trois idoles; et voilà qu'un homme du village me dit qu'à une petite lieue de là, dans la montagne, il y avait un endroit où l'on trouvait d'énormes amas d'ossements parmi le sable et le gravier. Ho! ho! m'écriai-je, quel trait de lumière! J'y vais, j'emmène quelques paysans, nous fouillons.... bah! nous trouvâmes des ossements plus qu'il ne m'en fallait. C'est donc bien là la place où, six ans après la bataille de Teutobourg, Germanicus fit enterrer les restes des légions romaines, lors de sa dernière campagne contre Hermann, et j'ai reconnu par conséquent le vrai champ de bataille.

— Aïe, aïe, aïe! Des os ne se conservent guère des mille et tant d'années, dit le maire en hochant la tête.

— Ils se sont pétrifiés là, dit le collectionneur en s'échauffant. Mais je vais vous faire toucher la chose au doigt; tenez, en voilà un que je rapporte. »

Il tira de son sein un gros os, et le tenant sous le nez de son contradicteur :

« Qu'en dites-vous, hé? » fit-il d'un air de triomphe.

Les paysans écarquillaient les yeux. Le maire, ayant quelque temps considéré l'os, répondit :

« Un os de vache! monsieur Schmitz. Vous avez rencontré un abattoir, et non pas le champ de bataille de Teutobourg. »

Le collectionneur, furieux du blasphème, remit sa relique

où il l'avait prise, et exhala sa colère en quelques propos fort aigres ; le vieux paysan ne lui mâchait pas la réplique, et on aurait pu les croire vraiment fâchés ; mais, entre eux, la chose était sans conséquence. Il y avait longtemps qu'ils étaient sur ce pied-là, se prenant de paroles pour quelque sujet semblable chaque fois qu'ils se voyaient, et ne s'en quittant jamais moins bons amis. Le collectionneur, qui s'ôtait les morceaux de la bouche afin de pouvoir contenter sa manie, ne passait guère d'année sans venir se refaire une semaine ou deux à la table grassement servie de la Grand'ferme ; son hôte, à son tour, en tirait bonne aide et assistance pour toutes sortes d'écritures où l'obligeaient ses affaires ; car Schmitz avait le titre d'ancien notaire juré et immatriculé de l'Empire.

Finalement, après maintes divagations de part et d'autre, le maire dit :

« Je ne dispute plus du lieu, bien qu'on ne puisse m'ôter de l'idée qu'Hermann a battu Varus quelque part ici autour. Mais c'est qu'au fond il ne m'importe guère ; c'est affaire à MM. les savants de discuter ce point-là. Si l'autre général romain, six ans après, comme vous me l'avez souvent raconté, avait déjà ramené une armée dans le pays, c'est bien preuve que toute cette bataille n'avait pas tant avancé les affaires.

— Vous n'y entendez rien, maire, s'écria le collectionneur d'un ton d'impatience. Sans Hermann et sa bataille, il n'y aurait point d'Allemagne. Si Hermann n'avait pas été le grand libérateur, vous ne seriez pas où vous êtes, assis à votre aise entre vos haies et vos pieux. Mais vous autres, vous vivez au jour le jour, et que vous font l'histoire et les antiquités !

— Holà, monsieur Schmitz, vous me faites tort, vrai ! répondit le vieux paysan avec fierté. Dieu sait le plaisir que cela me fait, quand vient l'hiver, de lire dans les chroniques et les livres d'histoire ; et vous-même savez que je conserve comme la prunelle de mes yeux cette épée de Charlemagne, qui se garde ici, à la Grand'ferme, depuis plus de mille ans, et par conséquent....

— L'épée de Charlemagne! interrompit le collectionneur avec dédain. N'y a-t-il donc pas moyen, mon cher, de vous faire renoncer à cette chimère? Laissez-moi vous....

— Et moi, je dis et je soutiens que c'est bien l'épée de Charlemagne, celle même avec laquelle il a établi et installé ici, à la Grand'ferme, le tribunal des francs juges. Et je vous dis que cette épée fait encore à l'heure qu'il est son office; mais là-dessus je sais ce que je sais. »

Le vieillard, en prononçant ces mots, avait sur sa figure et dans tous ses gestes une expression pleine de solennité.

« Et moi je dis et je soutiens, repartit le collectionneur avec vivacité, que tout cela n'a pas le sens commun. J'ai cent et cent fois examiné votre vieille rapière, elle n'a pas cinq cents ans; elle peut venir du temps des guerres de Soest[1]; quelque reître de l'archevêque l'aura jetée par ici en se cachant dans les broussailles.

— Que la peste!... » s'écria le maire en frappant la table du poing. Mais il s'arrêta, se contentant de murmurer entre ses dents : « Attends! Tu vas me le payer. »

Le garçon reparut. Il portait un vase de terre cuite d'assez grande capacité et de forme singulière; il le tenait à deux mains, par les anses, avec gaucherie et précaution.

« Ah! mon Dieu, s'écria le collectionneur, dès qu'il l'eut vu d'un peu près. Mais voilà une magnifique amphore! D'où avez-vous cela?

— Il y a huit jours, répondit le maire d'un air d'indifférence, qu'en faisant tirer du gravier de ma sablière, j'ai trouvé cette vieille marmite. Il y avait encore beaucoup de cette poterie, mais que mes gens ont brisée avec leurs bêches. C'est la seule pièce qui soit restée entière. J'étais bien aise de vous la faire voir, puisque vous voilà. »

Le collectionneur considérait d'un œil humide le grand vase admirablement conservé. Enfin, il dit d'une voix tremblante :

---

[1]. Vers le milieu du quinzième siècle, les bourgeois de Soest soutinrent contre l'électeur de Cologne une longue lutte, dont une chronique en vers a transmis le souvenir.

« Ne ferons-nous point affaire ensemble?

— Non, répondit sèchement le vieux paysan, je garde ceci pour moi. »

Sur un signe de son maître, le garçon se mit en devoir d'enlever le vase, mais il en fut empêché par l'antiquaire qui, couvant toujours l'amphore des yeux, prit tous les biais possibles pour amener le possesseur à lui céder le précieux objet de ses convoitises. Mais rien n'y fit; le maire, à toutes les prières, à toutes les supplications, opposait une inébranlable fermeté; il était là, impassible, figure immobile au milieu du groupe animé d'expressions et de mouvements divers que formaient les paysans écoutant bouche béante les deux interlocuteurs, le garçon essayant de remporter l'amphore qu'il avait déjà saisie par les anses, et l'antiquaire la retenant par le fond. Le maire finit par dire que son intention avait bien été d'abord de donner le vase à son hôte, ainsi qu'il avait fait de mainte autre trouvaille; car ce lui était un véritable plaisir de voir tous ces vieux objets rangés le long des murs, sur les tablettes de la collection; mais, que ses plaisanteries perpétuelles sur l'épée de Charlemagne lui étaient désagréables, et qu'enfin, il prétendait à son tour ne point céder, et ne reviendrait point sur son refus.

Après une pause, le collectionneur, radoucissant le ton, répondit: que nul n'était infaillible, qu'en fait d'armes du moyen âge, on ne pouvait pas toujours en déterminer l'époque avec certitude, qu'il se connaissait moins à ces antiquités-là qu'aux antiquités romaines, qu'il ne niait point que certaines particularités ne permissent de rapporter l'épée à une date plus reculée, antérieure en tous cas aux guerres de Soest. A quoi le maire répliqua qu'il ne pouvait se payer de ces généralités-là; il voulait mettre fin une bonne fois à ces disputes, à ces doutes sur son épée; le seul moyen d'obtenir le vase, c'était que M. Schmitz donnât sur l'heure une attestation signée de lui, où il serait formellement reconnu que l'épée gardée à la Grand'ferme était l'épée authentique de Charlemagne.

A cette ouverture, partagé entre ses tentations et sa conscience d'antiquaire, le vieux Schmitz eut un rude combat à soutenir. Il allongea les lèvres en promenant ses doigts sur l'os du champ de bataille de Teutobourg. Il était visible qu'il s'efforçait de triompher du désir qui le poussait tout doucement au mensonge. A la fin cependant, la passion, comme toujours, eut le dessus. Il demanda vite une plume et du papier, et tout en lorgnant à plusieurs reprises l'amphore du coin de l'œil, il rédigea en grande hâte un certificat où il constatait qu'après avoir plusieurs fois examiné l'épée déposée à la Grand'ferme, il la reconnaissait bien pour celle de Charlemagne.

Le maire, prenant les deux paysans à témoin, leur fit signer l'acte, plia avec soin le papier et le mit dans sa poche. Le vieux Schmitz porta vivement la main sur l'amphore à laquelle il venait de faire le sacrifice de sa véracité. Le maire voulut lui promettre de lui envoyer dès le lendemain le vase à la ville; mais le moyen qu'un collectionneur puisse jamais consentir à se voir priver un seul instant de la possession réelle, de la jouissance immédiate d'un objet chèrement acquis ? Le nôtre se refusa net à toute remise; il se fit apporter une ficelle, et la passa dans les anses de la grande amphore qu'il suspendit en sautoir sur son épaule. On se quitta dans les meilleurs termes, après que l'antiquaire eut été prié de la noce. Lorsqu'il se mit en marche, l'amphore ballant à sa gauche, toutes ses formes biscornues, ses pans d'habit gonflés et écartés, en faisaient une étonnante figure.

Les paysans prirent congé de leur conseiller ordinaire, promirent de profiter de ses avis, et s'en retournèrent chacun à sa ferme. Le maire, qui dans le courant d'une heure avait ainsi obtenu de chacun ce qu'il voulait, alla d'abord serrer le certificat, si adroitement arraché, dans la chambre où était déjà déposée l'épée de Charlemagne ; puis, il monta avec son garçon au grenier à fourrage.

CHAPITRE III.

La Grand'ferme.

« Le territoire de la Vestphalie se divisait en domaines ou fermes isolées, appartenant chacune en toute propriété à un paysan libre. Un certain nombre de ces fermes formaient une *paysannerie* ou commune rurale qui tirait généralement son nom de la plus ancienne et de la plus considérable d'entre elles. Par un usage constant, et qu'explique l'origine même de ces paysanneries, dans chacune la ferme la plus ancienne gardait une sorte de supériorité. C'était là, comme au berceau de la famille, que fils, petits-fils, parents, successivement établis dans les domaines d'alentour, se rassemblaient à certaines époques pour y passer quelques jours en fêtes et en festins. Le commencement ou la fin de l'été était le temps ordinaire de ces réunions ; chacun des propriétaires y apportait pour la table commune quelque produit de ses récoltes, ou même quelque jeune pièce de bétail. Là on s'entretenait de toutes sortes d'affaires : les marchés s'y concluaient ; les mariages s'y décidaient ; les naissances, les morts y étaient solennellement annoncées ; et l'on peut croire que le fils héritier du domaine paternel, le nouveau chef de famille venant pour la première fois prendre sa place à l'assemblée, n'y apportait pas les moins riches présents , n'y amenait pas le bétail le moins choisi. En ces jours de réjouissance, les querelles ne pouvaient manquer : le père alors, le maître de la plus ancienne ferme, s'interposait et arrangeait les choses, après avoir recueilli les avis des autres. S'élevait-il, dans le courant de l'année, une contestation quelconque entre quelques chefs de famille, les deux adversaires portaient l'affaire devant l'assemblée la plus prochaine, et tous deux en croyaient volontiers leurs pairs et parents sur ce qui était équitable et juste. Les provisions épuisées, l'arbre qu'on avait mis de côté pour la circonstance une fois brûlé, la fête était finie, la réunion se séparait. Chacun s'en retournait chez soi raconter à sa famille, qui l'attendait avec impatience, les événements de ces journées, et ainsi se gardaient dans la mémoire de tous, ainsi se transmettaient de génération en génération les archives de la paysannerie.

« Ces assemblées s'appelaient *parlements*, parlements des paysans, parce que tous les propriétaires des domaines ou fermes d'une même paysannerie y venaient parler d'affaires, s'entretenir ensemble, et *justices* des paysans, parce qu'on y arrangeait ou jugeait les différends survenus entre ceux qui, par un pacte tacite, étaient entrés dans l'association. Comme ces parlements ou justices des paysans se tenaient à la plus ancienne ou principale ferme, celle-ci s'appelait quelquefois ferme-justice, et les parlements ou justices des paysans étaient encore dits parlements et justices de la Ferme. C'était la plus ancienne ferme, la ferme-justice, qu'on nommait la Ferme par excellence ; on entendait par là la grande ferme, la maîtresse ferme, celle dont le possesseur était par le fait placé à la tête de toute la paysannerie. Ces coutumes n'ont point encore complétement disparu de *nos* jours.

« Telle dut être l'origine de la première association ; ainsi s'établirent les premières juridictions des fermes ou paysanneries de Vestphalie. Une semblable organisation n'a rien qui puisse surprendre, quand on songe que l'ancienne Vestphalie, à cause de la nature et de la forme de son sol, n'a pu se peupler qu'à la longue, n'a été défrichée que petit à petit. Ce lent progrès explique la simplicité, l'uniformité des institutions, les ressemblances de caractère, de mœurs, de coutumes, qu'on remarque chez les anciens habitants du pays. »

Cet extrait des *Recherches de Kindlinger sur Munster* nous amène sur le théâtre où se passe notre histoire ; il nous en fera mieux comprendre le héros, le maire. Il était possesseur de l'une des plus vastes et des plus riches de ces grand'fermes qui de nos jours, en petit nombre il est vrai, existent encore dans ces contrées.

Le vent des siècles a soufflé sur ces vieux remparts qui abritaient des hommes libres; il a renversé bien des barrières, emporté plus d'un droit consacré. L'association primitive des Germains, dans laquelle entrait chacun, non pour y sacrifier son indépendance et sa vie, mais pour les mieux garantir, est depuis longtemps tombée en dissolution. La liberté a été assaillie d'abord par la féodalité, puis par la centralisation. Enfin, dans le naufrage de l'indépendance particulière, quelques débris ont trouvé un port dans la constitution moderne de la société; ils y flottent pêle-mêle (pour continuer la métaphore), se heurtant les uns les autres, ou se sont échoués sur la grève, où ils pourrissent lentement, couverts de lichens, de varechs et de coquilles qui en changent la forme extérieure et semblent en faire des corps nouveaux.

Mais c'est chose merveilleuse de voir comment se perpétuent les plus lointains souvenirs d'une race; la mémoire d'un peuple est aussi tenace que celle de l'individu : celui-ci, d'ordinaire, garde fidèlement jusque dans l'âge le plus avancé les impressions de sa première enfance. Si l'on considère maintenant que la vie d'un homme peut se prolonger jusqu'à quatre-vingt-dix ans, et que pour les nations les années ce sont les siècles, on ne s'étonnera plus que, dans le pays où nous transporte ce récit, il se rencontre çà et là quelque tradition qui remonte au temps où le grand empereur des Francs convertit les opiniâtres Saxons à l'aide du fer et de la flamme.

Qu'il plaise donc à la nature, aux lieux mêmes habités autrefois de père en fils par le premier juge et propriétaire de la contrée, de douer une fois encore un homme de facultés particulières : et nous verrons dans ce canton où vivent des souvenirs de mille ans, dans ce canton limité encore par les mêmes bornes et les mêmes fossés, nous verrons tout naturellement s'élever une figure comme celle de notre maire, un personnage dont les puissances du présent ne sauraient sans doute reconnaître l'autorité, mais capable de rétablir et de maintenir quelques années encore, pour lui du moins et pour ses pairs, un état de société aboli depuis longtemps.

Mais quittons des réflexions trop sérieuses pour cette histoire en arabesques [1]. Entrons plutôt dans la Grand'ferme même.

Les éloges d'un ami sont toujours suspects; en revanche, on peut se fier aux aveux de l'envie, et personne ne mérite plus de créance qu'un marchand de chevaux vantant l'état des affaires d'un paysan avec qui il n'a pu conclure marché. On ne pouvait à la vérité pas dire de la ferme, comme le maquignon Marx, qu'on s'y serait cru chez un comte; mais partout autour de soi on remarquait un air d'opulence rustique, une abondance de toutes choses qui au plus affamé semblait dire : « Mets-toi là, et mange tout ton soûl : la marmite est toujours pleine. »

La Grand'ferme, isolée de toutes parts, était située sur la limite de la plaine fertile et de la contrée des collines et des bois. Les derniers champs du maire commençaient à s'élever doucement vers les hauteurs ; à un mille de là on était en pleine montagne. Le plus proche voisin était à un quart de lieue de la ferme. Autour de l'habitation s'étendaient tout d'un tenant, réunies en un vaste enclos, toutes les propriétés nécessaires à une grande exploitation rurale : champs, bois, prairies.

Après avoir descendu la pente du coteau, les champs s'avançaient dans la plaine; ils étaient admirablement cultivés. On était au temps où les seigles sont en fleur; une fumée légère s'exhalant des épis montait, comme une offrande de la terre, dans l'atmosphère brûlante. Quelques rangées de frênes élevés ou d'ormes noueux, plantés des deux côtés des anciens fossés, formaient en partie la clôture des terres labourables; on les apercevait de loin, et ils marquaient, mieux que n'auraient pu faire des bornes ou des poteaux, les limites du domaine. Un chemin creux, d'où partaient de distance en distance, à gauche et à droite, plusieurs sentiers, traversait tous les champs, et conduisait, au-dessus des

---

1. Immermann a intitulé son livre : *Munchhausen, histoire en arabesques.*

cultures, dans un petit bois de chênes vigoureux, sous lesquels venaient s'étendre et se régaler les porcs, et dont les ombrages n'étaient pas moins agréables aux hommes. Cette chênaie, qui fournissait au maire son bois, se rapprochait jusqu'à quelques pas des bâtiments, et les entourait de deux côtés, les abritant à la fois contre les vents du nord et de l'est.

La maison construite en pans de bois, peinte en blanc et en jaune, était élevée de deux étages; elle n'était couverte que de chaume; mais cette couverture toujours très-bien entretenue n'avait rien qui sentît la misère, et ajoutait encore à l'impression agréable que faisait l'ensemble des lieux. Nous aurons plus d'une occasion de pénétrer dans l'intérieur de l'habitation. Sur le derrière une vaste cour était entourée d'écuries et de granges; là non plus, l'œil le plus attentif n'aurait pu découvrir la moindre lézarde sur les murailles. De grands tilleuls ombrageaient l'entrée de la cour, et c'était là, comme nous l'avons vu, et non du côté du bois, qu'on avait établi quelques bancs pour se reposer. Car le maire, même en ses moments de relâche, voulait avoir l'œil à tout.

En face de l'habitation, par une porte à claire-voie, on apercevait le verger. Des arbres fruitiers forts, bien portants, y étendaient leurs branches touffues au-dessus d'un frais gazon, et de quelques carreaux de légumes et de salade; par-ci par-là, en quelque étroite plate-bande, on avait laissé pousser des roses rouges et des lis jaunes. Mais ces plates-bandes n'étaient qu'en petit nombre. Un vrai paysan utilise jusqu'au moindre terrain, alors même que l'aisance lui permettrait de demander quelque luxe à la nature. Aussi jouissons-nous dans de semblables fermes d'un calme de tous les sens que nous ne saurions trouver dans nos grands jardins, nos parcs, nos villas. Car le plaisir d'artiste que nous recherchons dans la campagne est déjà un sentiment raffiné. Jamais les générations vraiment vigoureuses ne l'ont connu; elles ne voient dans la terre notre mère que la grande nourrice; elles ne lui demandent que les richesses des champs, des pâturages, des étangs, des forêts.

Aussi loin que la vue se pouvait étendre par-dessus le

verger, on n'apercevait que la verdure. Car au bout du jardin
commençaient les grands prés de la ferme, où le maire trouvait pour ses chevaux de l'espace et des fourrages. Ces chevaux, qu'il élevait avec beaucoup de soin et d'industrie,
étaient un des meilleurs produits de son héritage. Les
prairies étaient également closes de haies et de fossés; au
milieu de l'une d'elles il y avait un vivier où nageaient de
longues files de grosses carpes.

C'est dans ce riche domaine, au milieu de ces granges,
de ces écuries, de ces greniers si bien remplis, qu'allait, venait, agissait le vieux maire, l'homme le plus considérable de
toute la contrée. Si l'on montait au haut de la plus élevée
des collines qui dominaient ses champs, on découvrait les
tours de trois des plus anciennes villes de la Vestphalie.

Il pouvait être onze heures du matin : la vaste ferme était
déserte et silencieuse, on n'entendait guère que le bruit du
vent dans les arbres. Le maire était en train de mesurer de
l'avoine pour son garçon, qui bientôt, le sac sur l'épaule, se
dirigea lentement vers l'écurie ; la fille de la maison, retirée
dans la chambre au linge, passait en revue son trousseau ;
une servante était occupée à la cuisine. Tous les autres habitants de la ferme se reposaient et dormaient; car on approchait du temps de la moisson, on se trouvait à ce moment de
l'année où les paysans ont le moins à faire, et où ils ont
coutume de donner au sommeil toutes les minutes dont ils
peuvent disposer, et de se dédommager ainsi par avance au
compte des jours laborieux qui vont venir. Aussi bien les
gens de la campagne ont, comme les chiens, la faculté de
dormir dès qu'ils le veulent, à toutes heures du jour et de la
nuit.

CHAPITRE IV.

Où le Chasseur arrive à la Grand'ferme.

Deux hommes, d'âge et d'air bien différents, descendaient des collines qui bornaient les champs du maire. L'un en veste de chasse verte, portant la petite casquette sur sa tête bouclée, un léger fusil belge sous le bras, était un beau jeune homme de la plus charmante figure; l'autre, vêtu de couleurs plus modestes, un homme déjà sur l'âge, et dont la physionomie respirait la bonté, la candeur. Le plus jeune, agile comme un cerf, précédait le plus âgé, dont l'allure lente ressemblait assez à celle d'un vieux chien de chasse invalide, mais toujours attaché à son maître et qui se traîne comme il peut à sa suite. Arrivés à une sorte de clairière, en avant des collines, ils s'assirent sur une des grosses pierres qui se trouvaient là, à l'ombre d'un magnifique tilleul. Le jeune homme remit au vieux de l'argent et des papiers, lui indiqua la direction qu'il devait suivre et lui dit :

« Maintenant, Iochem, pars, et de l'adresse ! Il nous faut mettre la main sur ce maudit Schrimbs ou Peppel, qui a forgé de si abominables mensonges. Et dès que tu l'auras découvert, donne-m'en avis.

— Soyez tranquille, répondit le vieux Iochem. A moins que le diable ne s'en mêle, je finirai bien par déterrer ce coquin. Vous cependant, vous vous tiendrez caché, jusqu'à ce que vous ayez de mes nouvelles.

— Bien, dit le jeune homme; et surtout, Iochem, sois prudent; car nous ne sommes plus dans notre bon pays de

Souabe, mais chez des étrangers, parmi les Saxons et les Franconiens.

— Les gaillards ! s'écria le vieux Iochem, il y a longtemps qu'ils se gaussent de nous, qu'ils parlent de la bêtise des Souabes; on leur fera voir que dans l'occasion un Souabe est tout aussi malin qu'un autre.

— Prends toujours sur ta droite, mon bon Iochem ; car c'est de ce côté que nous retrouverons, suivant toute apparence, la piste de ce Schrimbs ou Peppel, » dit le jeune homme en se levant et en secouant cordialement la main du vieillard.

« Toujours à main droite, c'est entendu, » répondit celui-ci; puis il donna à l'autre la gibecière bien garnie qu'il avait portée jusque-là, souleva son chapeau, et se mit à descendre, entre les blés, un sentier qui se dirigeait sur la droite vers une de ces villes dont on voyait les clochers s'élever dans le lointain.

Le jeune chasseur au contraire descendit tout droit vers la Grand'ferme. Il pouvait avoir fait cent pas, lorsqu'il entendit venir derrière lui une personne tout essoufflée, et vit en se retournant que son vieux compagnon le suivait.

« J'ai encore une prière à vous faire, lui cria celui-ci; maintenant que vous voilà seul et livré à vous-même, laissez ce fusil; vous savez bien que vous ne tuerez rien, et vous ferez, j'en ai peur, encore quelque malheur, comme dernièrement que vous visiez un lièvre et faillîtes envoyer votre plomb à cet enfant.

— Oui, maudit guignon ! Toujours tirer, et toujours donner à côté ! Aussi veux-je me surmonter moi-même, quoi qu'il m'en coûte; car tu sais bien que je tiens cette envie de ma mère. Je te le répète, je me surmonterai; tant que tu ne m'auras pas rejoint, pas un grain de plomb ne sortira de ce fusil.

— Eh bien, à quoi bon le garder? Donnez-le-moi plutôt, dit le vieux.

— Non, dit le chasseur, si je m'en défaisais, quel mérite y aurait-il à tenir ma promesse?

— C'est juste, » fit Iochem, et, désormais rassuré, il reprit sa marche du côté qui lui avait été assigné, ᴇᴬ ᴠs faire de

nouveaux adjeux, les premiers étant encore valables. Le
jeune homme s'arrêta, posa son arme à terre, passa la baguette
dans le canon, et dit : « Voilà une charge qu'il ne sera pas
facile de retirer et que je ne veux cependant pas laisser là-
dedans. » Puis il remit son fusil sur l'épaule, et gagna le
bois de chêne du maire.

En arrivant sur la lisière, il fit lever du milieu d'un champ
toute une compagnie de perdrix, qui partirent avec un grand
bruit d'ailes et de grands cris. « Voilà mon fusil tout dé-
chargé, » s'écria le jeune homme transporté d'aise ; il mit en
joue, les deux coups partirent : les oiseaux n'en eurent que
la peur. « Cette fois-ci, se dit le chasseur désappointé en les
suivant des yeux, j'aurais juré avoir tué quelque chose ; décidément je ne céderai plus à la tentation. » Il poursuivit son
chemin vers la Grand'ferme.

Quand il eut passé le seuil, il vit dans un vestibule vaste
et élevé, qui occupait tout le milieu de la maison, le maire et
sa fille, les garçons et les servantes, qui prenaient en
commun leur repas du milieu du jour. Il souhaita le bonjour
de sa voix sonore et agréable ; le maire le considéra avec attention, la fille avec étonnement ; quant aux valets et aux
servantes, ils ne levèrent pas les yeux sur lui, mais continuèrent de manger à qui mieux mieux, sans s'occuper de lui le
moins du monde. Notre chasseur s'avança vers le maire, et
s'informa de la distance qu'il y avait de la ferme à la ville
voisine, et du chemin qui y conduisait. Le maire ne saisit pas
d'abord ce qu'on lui voulait dire en une langue qui lui paraissait étrangère ; mais la fille, qui n'avait pas détaché ses regards du beau chasseur, vint au secours de son père, et celui-ci
donna les renseignements qu'on lui demandait. Ce fut au tour
du chasseur de ne pas comprendre ; il finit cependant par démêler, après se l'être fait répéter trois fois, qu'il ne lui faudrait pas moins de deux grandes heures pour se rendre à la
ville, par un sentier difficile à trouver.

La chaleur de midi, la vue d'un repas appétissant, tout
servi, la faim, déterminèrent le chasseur à demander si, pour
son argent et un grand merci, on ne voudrait pas lui donner
à boire, à manger et un abri pour attendre la fraîcheur du soir.

« Pour de l'argent, non, répondit le maire ; mais pour une parole d'honnêteté, monsieur aura à dîner, à goûter, et sera libre de se reposer tant qu'il lui plaira. »

Il fit apporter une assiette d'étain brillante comme un miroir, une cuiller, une fourchette, un couteau tout aussi reluisants, et força son hôte à s'asseoir. Celui-ci fit honneur, avec tout l'appétit de la jeunesse au succulent jambon cuit, aux gros haricots, aux œufs et aux saucisses qui compo saient le festin, et trouva que cette cuisine de campagne, tant méprisée des délicats, avait bien son mérite.

Le chasseur n'eut pas grande conversation avec ses hôtes ; car les paysans n'aiment point à causer durant leurs repas ; il apprit cependant qu'aucun homme du nom de Schrimbs ou de Peppel n'avait paru dans le pays. Les garçons et les filles, assis à distance respectueuse de la place des maîtres vers l'autre bout de la longue table, ne soufflaient mot, et ne perdaient pas un instant de vue le plat où ils puisaient avec leurs cuillers les morceaux qu'ils portaient directement à leur bouche.

Mais quand ils eurent fini et se furent essuyé les lèvres, ils vinrent tous l'un après l'autre se planter devant le maire, en lui disant :

« Maître, ma sentence. »

Et le maire répondait à chacun par quelque proverbe, ou par quelque sentence de la Bible. Ainsi, au premier garçon, gaillard aux cheveux roux, il dit :

« La colère allume l'incendie, la colère verse le sang ; » au second, un gros indolent : « Va-t'en voir la fourmi, paresseux[1], et prends exemple sur elle ; » au troisième, petit homme aux yeux noirs et à l'air délibéré : « Mieux vaut un moineau dans la main qu'un héron sur le toit. » Le dicton adressé à la première servante fut celui-ci : « As-tu des bestiaux ? prends-en soin ; en tires-tu profit ? garde-les ; » et à la seconde, il dit : « Rien de si caché qui ne finisse par se découvrir. »

Les maximes distribuées, tous s'en allèrent à leur travail,

---

1. Livre des Proverbes, ch. vi v. 6.

les uns d'un air indifférent, d'autres paraissant préoccupés. La seconde servante, en entendant sa sentence, était devenue rouge comme du feu. Notre chasseur, qui petit à petit se familiarisait avec le dialecte de l'endroit et avait tout écouté, était assez surpris de ce mode d'enseignement ; il demanda au maire quel était son but.

« De leur donner à réfléchir, répondit-il. Quand ce soir ils seront de nouveau réunis ici, ils me feront part des idées qui leur seront venues à propos de ce que je leur ai dit. Dans les travaux de la campagne on peut le plus souvent avoir l'esprit à toute autre chose qu'à ce qu'on fait, et Dieu sait toutes les idées qui trottent alors dans la tête de ces gens-là, les tromperies, les mauvais coups, les mauvaises pensées qu'ils ruminent. Tout en donnant à manger aux chevaux, ils songent aux moyens de mettre de l'avoine de côté, et en trayant ses vaches, la servante ne rêve qu'à son amoureux. Mais donnez-leur quelque proverbe dont ils aient à chercher le sens, l'application, ils n'auront de cesse qu'ils ne l'aient trouvée, et le temps passera sans qu'ils songent à mal. On peut beaucoup obtenir du monde quand on sait s'y bien prendre pour lui prêcher le bien, et une bonne moralité se tire mieux d'une courte maxime que d'un long discours ou d'un sermon. Mes gens se gâtent bien moins depuis que je me suis avisé de leur faire ainsi de la morale. A la vérité, cette morale ne peut se répéter tous les jours de l'année : au temps des labours et de la moisson on n'a pas le loisir de se creuser la cervelle, mais aussi on n'a pas celui de faire le mal. »

Resté seul, le jeune homme visita la maison, la cour, le verger, les prairies. Il employa plusieurs heures à tout examiner, car tout le charmait. Le calme des champs, la verdure des prairies, cet air de prospérité qu'offrait partout la ferme fit sur lui la plus agréable impression, éveilla en lui le désir de passer au milieu de cette libre nature, plutôt que dans les rues étroites d'une petite ville, les huit ou quinze jours qu'il lui fallait attendre les nouvelles du vieux Iochem. Comme il avait le cœur sur les lèvres, il alla sur-le-champ trouver le maire, qui était en train de marquer dans sa chè-

naie quelques arbres à abattre, et il lui exprima son désir.
En retour il se mettait à la disposition de son hôte pour tous
les services qu'il pourrait lui rendre.

C'est un don précieux qu'une jolie figure. La beauté est
comme cette clef d'or, cette petite clef merveilleuse qui ouvrait sept serrures dont aucune n'était faite comme l'autre.
C'est un passe-port qui, sans qu'il soit besoin de le faire viser
chaque soir, permet au porteur de parcourir en toute liberté
l'univers entier ; dans les romans et les nouvelles, la beauté
franchit tous les abîmes de l'impossible avec la hardiesse de
l'arc-en-ciel.

Si le chasseur n'avait pas eu une si jolie figure, que de
raisons ne m'aurait-il pas fallu imaginer et déduire afin
d'amener le maire à le recevoir chez lui! Au lieu qu'il me
suffit de dire qu'après que le vieillard eut quelque temps
considéré le corps svelte et robuste, la figure si honnête à la
fois et si belle, si noble du jeune homme, qu'après avoir
d'abord, il est vrai, secoué la tête, prenant peu à peu un air
aimable, il finit par consentir à sa demande. Il logea le chasseur dans une petite chambre, à l'angle de l'étage supérieur
de la maison, d'où la vue s'étendait d'un côté au delà du bois
de chênes jusqu'aux collines et aux montagnes, et de l'autre
sur de vastes prairies et des champs de blé.

A la vérité, notre jeune homme dut se soumettre à une
singulière condition que pour tout loyer lui imposa son hôte.
Car le maire n'était pas homme à céder tout à fait gratuite-
ment à l'influence d'une belle figure.

CHAPITRE V.

Le chasseur se fait braconnier au service du maire. — Le soir, les valets et les servantes font connaître le fruit de leurs méditations sur les maximes morales.

Il demanda donc au jeune homme, avant de lui promettre un gîte, s'il n'était point, comme semblait l'indiquer son costume vert, son fusil et sa gibecière, amateur de chasse. L'autre répondit que du plus loin qu'il lui souvînt il avait toujours eu la passion, la rage de courir après le gibier, omettant d'ajouter que, hors un moineau, une corneille et un chat, son plomb et sa poudre n'avaient encore fait passer de vie à trépas aucune autre créature du bon Dieu. En effet, malgré son peu de succès, il n'aurait pu vivre sans lâcher chaque jour quelques coups de fusil dont aucun ne portait, et, de compte fait, il avait abattu dans sa dix-huitième année un moineau, dans sa vingtième année une corneille, et un chat dans sa vingt-quatrième. Cette passion si malheureuse, et autrement inconcevable, était comme un signe dont il avait été, dans une circonstance singulière, marqué dès le ventre de sa mère. C'est du moins ainsi qu'il s'expliquait à lui-même une manie qu'il maudissait sincèrement à ses heures de réflexion.

Sur la réponse affirmative de son hôte, le maire fit sa proposition, qui était que le chasseur se mît chaque jour, durant quelques heures, en campagne contre le gibier qui faisait grand dégât dans ses blés, particulièrement du côté des collines.

« Les seigneurs ont de vastes chasses dans le montagne,

dit le vieux paysan ; leurs maudites bêtes m ont, les années précédentes, assez rongé et bouleversé de récoltes ; mais cette année, c'est bien pis encore ; car le jeune comte de là-bas est aussi un chasseur déterminé, et a augmenté son gibier : tant y a que les cerfs et les chevreuils sortent du bois par troupeaux, et que je perds tout le fruit de mes peines et sueurs. Je n'entends rien à la chose, et je ne voudrais pas non plus permettre à mes garçons de s'en mêler, parce que, sous prétexte de se mettre à l'affût, ils me feraient de nouvelles sottises. Aussi ces chiennes de bêtes s'en donnent, que cela crève le cœur. Vous m'arrivez à point, et si ces quinze jours-ci, d'ici à la moisson, vous préservez mes blés de cette peste, vous aurez bien gagné votre pension.

— Qui ? moi, braconner ? moi, voleur de gibier ? » s'écria le jeune homme, et il partit d'un rire fou, retentissant, qui gagna le maire lui-même.

Tout en riant celui-ci passa la main sur le fin drap dont était fait l'habit de son hôte et lui dit :

« Mais oui, précisément parce que vous ne courriez pas grand risque à vous faire prendre. Vous sauriez bien vous tirer d'affaire plus vite qu'un pauvre diable de domestique. Les mouches restent dans les toiles d'araignée, les guêpes passent au travers. Mais quel crime, dites-moi, y a-t-il à défendre sa propriété contre les bêtes malfaisantes qui la dévorent et la saccagent ? »

Avant qu'il eût achevé ces derniers mots, l'expression de la gaieté s'était tout à coup changée sur sa figure en celle de la plus violente colère. Les veines de son front s'enflèrent, un sang d'un rouge sombre lui monta au visage et lui colora jusqu'au blanc des yeux ; le vieillard était devenu terrible à voir.

« Vous avez raison, père, il n'y a rien de plus absurde que ces prétendus droits de chasse, dit le jeune homme, afin de l'apaiser. Aussi, je me charge du péché, je consens, pour le bien de vos terres, à faire main basse sur le gibier des gentilshommes de ce pays, bien qu'à vous dire vrai, en commettant ce délit, je.... »

Mais au moment de finir sa phrase, il s'arrêta brusquement et se mit à parler de choses indifférentes.

Celui pourtant qui s'imaginerait que la conversation de ce maire de Vestphalie avec un chasseur du pays de Souabe fut aussi aisée et coulante que ma plume d'auteur l'a rendue ici, se tromperait grandement. Force leur était pour arriver à s'entendre à peu près, de se répéter plus d'une fois mainte et mainte phrase. Il leur fallut même par-ci par-là recourir au langage du geste. Mais malgré ce qui pouvait les rendre étrangers l'un à l'autre, jeune homme et vieillard s'étaient plu tout d'abord ; ces deux bonnes et vigoureuses natures étaient faites pour se deviner et s'apprécier.

Monté à sa chambre du coin, le chasseur y trouva certains objets qui piquèrent fort sa curiosité. Comme il procédait à son installation, tirant de sa gibecière son léger bagage et quelques rouleaux d'or assez lourds, il avisa dans un coin un fichu, un jupon et une cornette de nuit proprement pliés et déposés sur le dos d'une chaise. Le tout avait évidemment été porté, mais était d'une éblouissante blancheur.

« Ha! s'écria le chasseur, une jolie fille aurait-elle occupé cette chambre avant moi? Voilà qui me portera certainement bonheur. »

L'idée folle lui vint de se coiffer de la cornette, mais elle se trouva beaucoup trop petite pour sa tête. Il mesura, à la froissure des rubans, l'ovale du visage, et le trouva parfait. Le jupon annonçait la plus charmante taille, et aux plis sinueux gardés par le fichu on devinait qu'il avait contenu les battements d'un jeune sein. Mais tout à coup le jeune homme sentit le rouge lui monter au front, il eut honte de ce badinage, il le trouva presque coupable ; ne voulant plus les avoir sous les yeux, il porta chaise et vêtements derrière un rideau, et, s'asseyant à une table, il se mit à écrire.

Le soir on vint l'appeler pour souper ; quand il entra dans le vestibule, il trouva les valets et les servantes, qui avaient déjà pris leur repas du soir, réunis autour du maire et en train de lui communiquer leurs réflexions.

Le vieux avait aussi mangé sa salade ; il écoutait ses élèves en morale, approuvant ou contestant leur dire. Le valet roux qui avait été averti des dangers de la colère dit :

« Il est vraiment heureux, maître, que vous m'ayez donné tout juste aujourd'hui cette maxime-là ; car comme je menais sur le soir les chevaux au pré, j'ai rencontré Pierre du Bandkotten, contre qui j'avais depuis longtemps une dent, et ma foi en un tour de main je lui ai mis le nez en compote.

— Mais c'était précisément le contre-pied de ce que je t'avais dit, s'écria le maire.

— A Dieu ne plaise, repartit le rousseau. La preuve : j'avais à la main une bonne grosse perche qui me servait à pousser les chevaux, et du plus loin que j'avisai Pierre, et puis quand je le tins sous moi : « Cette fois-ci, chien, que « je me dis, ton affaire est bonne ; un bon coup de perche, et « ce sera un compte réglé. » Car il est toujours autour des filles à les cajoler et on ne peut plus approcher d'une seule. Mais je me souvins à propos du proverbe que j'avais tant tourné et retourné dans ma tête : « La colère allume l'incendie, la « colère verse le sang ; » et je me contentai de lui donner un coup de poing, sans plus, un coup de pied, et le laissai courir.

— A la bonne heure, reprit le maire ; mais à l'avenir supprime aussi les coups de pied et les coups de poing, si tu m'as bien compris. »

Le petit noir à l'air déterminé dit :

« Ma foi, on dit bien vrai : « Mieux vaut un moineau dans « la main qu'un héron sur le toit. » Aussi je ne pense plus à la Gertrude ; elle est beaucoup trop fière, et je me suis engagé pour la Saint-Michel avec la fille aux Hœlscher, parce que je pense bien qu'on me la donnera.

— As-tu donc du goût pour elle ? demanda le maire.

— Nenni, répondit le petit homme ; mais cela ne fait rien. »

La fille qu'à midi le dicton : « Rien de si caché qui ne finisse par se découvrir » avait tant fait rougir, était restée jusque-là pensive et à l'écart, jouant avec un coin de son tablier, les yeux baissés d'un air craintif.

Dès que les garçons et les servantes s'en furent tous allés, elle s'approcha de son maître, le tira à la dérobée par l'habit, et sortit avec lui de la maison. Quelques instants après le maire rentra seul, et s'adressant à sa fille :

« Je ne m'étais pas trompé, dit-il, la Ghitta[1] vient de m'en faire l'aveu, Mathis l'a mise à mal. Parle-lui, et dis-lui que, si elle se conduit bien d'ailleurs, je tâcherai que Mathis fasse son devoir.

— Je m'en doutais, » répondit la fille, sans paraître embarrassée de la découverte, ni de la commission dont on la chargeait.

Quand elle se fut éloignée, le chasseur ne put s'empêcher d'exprimer sa surprise de l'ascendant que dans cette circonstance il venait de voir exercer à son hôte.

« Rien de plus simple, dit celui-ci. Chacun sait qu'au moindre soupçon sur sa conduite il lui faut sortir de chez moi, à moins qu'il ne vienne à résipiscence. Que s'il s'y décide, je lui pardonne, ou bien je tâche de lui être utile. Comme mes moyens me permettent de donner à tous ceux que j'emploie un écu de gages de plus que mes voisins, nul ne se soucie de déchoir en quittant la Grand'ferme. Dès que j'ai vent de quelque chose, j'y fais allusion par quelque proverbe, et il est rare que le pécheur ne se vienne confesser, parce qu'il est bien sûr autrement d'être renvoyé. »

Ils se souhaitèrent bonne nuit, et le chasseur remonta à sa chambre. En découvrant son lit il put remarquer à quelques petits plis des draps, d'ailleurs blancs comme neige, qu'on n'avait point jugé nécessaire de les changer après le départ de la dernière personne qui avait reçu l'hospitalité à la Grand'ferme. Une sensation étrange le fit frissonner de tout son corps. Il avait déjà tout à fait oublié la jeune fille qui avait reposé là; mais en ce moment la petite cornette lui revint à l'esprit; il la prit sur la chaise, et se remit à mesurer l'ovale de son visage, puis il la pressa sur ses joues comme pour éteindre le feu qui les brûlait, et soudain il fondit en larmes. Car dans cette nature jeune, pleine de sève, le sérieux et la folie, ces contraires que l'expérience de la vie neutralise par l'indifférence, luttaient encore confusément.

---

1. Brigitte.

CHAPITRE VI.

Lettre du chasseur à son ami Ernest, grand bailli en Souabe.

« Mon cher mentor (Mentor hélas! sans Télémaque), que vas-tu dire en voyant mon écriture et l'*en-tête* de cette lettre? Là-bas, au milieu de tes sapins et de tes fabricants d'horloges, tu te crois bien sûr, n'est-ce pas, que, revenu de mes longues pérégrinations, je me livre enfin aux douceurs du repos dans l'antique manoir de mes pères? Après avoir lu, tu t'écrieras : « Toute notre science est vanité! » Tu te dis, tout en biffant le soir sur ton carnet tes *agenda* devenus à leur ordre d'inscription autant d'*acta*, tu te dis avec satisfaction : « Enfin le voilà couché dans son lit; sans doute il « s'occupe de ses terres, il songe à créer quelque utile établis- « sement, peut-être un moulin à papier, et tout au plus sa- « tisfait-il de temps en temps à son besoin d'agitation aux dé- « pens des sangliers et des cerfs de son parc. » Or est-il que tu es à mille lieues de la vérité, quoique j'aille présentement, et pour mon malheur, à la chasse, mais en qualité de bra- connier, au service d'un paysan vestphalien, et au mépris de tous les droits de messieurs mes pairs....

« Écoute donc le *confiteor* d'un pénitent qui compte moins que jamais sur ton absolution.

« Parti depuis quinze jours de Souabe, je suis établi de- puis une semaine dans ce qu'on appelle ici une grand'ferme, non loin de....

« Mais avant de te dire où je suis, il est à propos de t'ap- prendre les raisons qui m'y ont amené.

De retour à ma terre, je fis tout d'abord la connaissance

de ma parente, la baronne Clélia, arrivée récemment de Vienne dans nos environs. Nous fûmes tout naturellement ensemble sur le meilleur pied de cousinage. Nous ne songions ni l'un ni l'autre à une alliance; mais sans doute la parenté y avait songé pour nous, la trouvant des plus convenables; car ayant observé quelque sourire de bienveillance dans nos yeux, quelques attentions polies, deux ou trois innocentes poignées de main, on nous avait tout doucement enveloppés d'un filet d'où nous ne pouvions plus sortir que comme fiancés à tout le moins, et même un jour le vieil oncle me demanda de l'air le plus naturel du monde quand donc la chose serait déclarée.

« Qui fut bien étonné? Ce fut nous. Des amoureux mettent tout en œuvre afin d'être un jour l'un à l'autre : nous, nous ne négligeâmes rien de ce qui pouvait nous séparer à jamais dans l'opinion de la parentaille ; à quoi nous réussîmes tout en restant les meilleurs amis du monde. Ma cousine Clélia avait à la chose encore un plus grand intérêt que moi ; car, à ce qu'il parut bientôt, son cœur, au fond de la Souabe, était attaché à un fil que tenait un beau cavalier des Provinces héréditaires.

« L'exécution de ce plan donna lieu aux scènes les plus bouffonnes; moi surtout, peu fait à tant de combinaison et de finesse , je fis un personnage assez ridicule. Je voulus me charger de tous les torts, faire croire que seul j'avais pu faire soupçonner une inclination, m'embrouillant dans les plus sottes explications, allant jusqu'à me dire déjà fiancé ailleurs, démentant ce mariage l'instant d'après; bref, on pouvait faire de moi le héros d'une petite nouvelle assez gaie.

« Cette histoire, après tout, ne fût jamais sortie d'un cercle très-intime et aurait été bien vite oubliée, si un intrus, un misérable, n'en avait fait le sujet de ses méchantes plaisanteries.

« Il s'était faufilé parmi nous un certain Schrimbs ou Peppel, ainsi qu'il s'est fait appeler ailleurs. Dieu sait, du reste, tous les noms que cet être, qui a couru le monde, a portés ou porte encore. L'extérieur seul de cet homme frappait tout d'abord ; son visage était décrépit, ravagé, et pourtant il eût été malaisé de deviner son âge ; malgré les rides de ses joues et de son front, il n'avait pas un cheveu blanc, son corps était droit, son allure jeune, son geste pétulant. Ce Schrimbs ou Peppel était le premier homme du monde pour faire un conte, et comme hâbleur n'avait pas son pareil. D'un esprit fantasque, d'une imagination vraiment aristophanesque, d'un *humour* inépuisable, il avait par-dessus tout le goût et comme le génie du mensonge. Personne ne l'estimait, et pourtant il s'était introduit dans les plus honnêtes maisons. Il amusait par ses folles histoires, ses sarcasmes, ses gambades. Bref, quand je revins, je le rencontrai partout. Il assista à toute cette comédie des *Amants malgré eux* que nous donnâmes Clélia et moi, sans paraître s'y intéresser beaucoup. Mais comme on n'y pensait déjà plus, voilà qu'un beau jour, quelques visites m'ayant amené à la ville, notre ami Pfleiderer m'apporte tout ému une feuille lithographiée, où notre aventure, tout notre manége pour rompre sans éclat un engagement imaginaire, était impudemment raconté dans une sorte de charge, pleine de verve, intitulée : *Histoire des égarements du cœur d'un oison et d'une jeune oie.*

« Pfleiderer attribuait la chose à l'aventurier, et il était évident, dès les premières lignes, qu'il ne se trompait pas. Contée d'abord dans une société, l'histoire avait été trouvée charmante ; quelqu'un l'avait aussitôt écrite de mémoire, et, à la demande générale, fait lithographier pour les membres de cette charitable société. Chacun la donnait à lire en confidence à ses amis, et c'est ainsi qu'elle avait à peu près fait le tour de la ville.

« Je dévorai cette satire, et, pour ce qui me concerne, j'aurais pu en prendre mon parti ; j'avoue même que plus d'un trait me fit rire malgré moi. Mais Clélia, naturellement, n'y était pas ménagée, et c'est ce qui me fit entrer dans une fureur épouvantable. Je jurai de tirer du drôle une vengeance éclatante. Il n'y avait pour cela qu'un moyen : le guetter au passage, le surprendre dans sa maison. Mais admire ma simplicité (je n'en fais jamais d'autres) : je mis sous enveloppe la feuille lithographiée, avec un mot pour l'auteur, le prévenant que tel jour j'irais lui demander une explication; c'était une déclaration de guerre en forme. Quand à l'heure dite je me présentai, le nid était vide; il avait décampé et court encore. A force de questionner tout le monde à droite et à gauche, j'appris que le fugitif s'était dirigé vers le nord, vers le bas pays. Je me jetai dans une voiture avec le vieux Iochem, encore plus bouleversé que moi, et nous voilà courant de ville en ville jusqu'ici, où je compte faire halte quelque temps; j'ai chargé Iochem de suivre seul la piste de notre homme, car l'incognito est nécessaire si nous voulons arriver à le découvrir, et partout, je ne sais comment, malgré tous mes efforts pour dérouter les gens, j'étais reconnu. Afin de mieux garder l'incognito, nous avons laissé notre voiture à Coblentz et pris la poste, et même fait plus d'une traite à pied.

———

« Je ne puis te dire combien je me plais dans cette solitude des plaines accidentées de Vestphalie, où, depuis huit jours, j'ai trouvé à m'installer entre bêtes et gens. Je dis bêtes et gens, car les vaches occupent avec nous la maison, logées des deux côtés du grand vestibule; mais cela n'a rien de désagréable ou de malpropre, et augmente encore l'illusion, achève pour moi ce tableau de la vie patriarcale. J'entends tout devant ma fenêtre bruire les cimes de quelques vieux chênes, et à côté ma vue s'étend sur de longues, longues prairies et des moissons ondoyantes, au milieu desquelles s'élèvent çà et là quelques fermes isolées et également protégées par une chênaie. Car, dans ce canton, rien n'a changé depuis Tacite : *Colunt discreti ac diversi, ut fons, ut campus, ut nemus placuit.* Aussi, chacune de ces fermes est-elle un petit État vraiment indépendant, gouverné par un chef aussi maître chez lui qu'un roi sur le trône.

« Mon hôte est un superbe vieillard. On l'appelle le *Maire*, mais il a certainement encore un autre nom, car celui qu'on lui donne est un titre attaché à la possession de son domaine. C'est, me dit-on, la coutume du pays : le domaine seul généralement a un nom; le nom du propriétaire disparaît sous celui de la terre. De là une race qui sent son terroir, race dure, tenace, peu changeante. Mon maire peut bien avoir passé la soixantaine ; cependant, la solide charpente de son corps n'a pas encore fléchi. Son teint a bruni sous les couches de hâle déposées sur son visage par les cinquante moissons qu'il a faites ; son nez proéminent paraît comme une tour au milieu de ce visage, et sur ses yeux bleus, étincelants, pendent comme un toit de chaume les touffes blanches de ses sourcils. Il me rappelle le patriarche consacrant au Dieu de ses pères un autel de pierre brute, sur lequel il verse des libations et l'huile sainte, élevant ses chevaux, coupant ses moissons, et exerçant sur tous les siens une autorité absolue. Jamais je n'avais pu encore observer un pareil ambigu de dignité et de ruse, de raison et d'entêtement. C'est un vrai paysan libre de la vieille roche ; je crois que ce type ne se trouve plus qu'ici, où, grâce à la dispersion des habitations, à l'opiniâtreté saxonne et aussi à l'absence de grandes villes, s'est conservé le caractère primitif de la Germanie. Toutes les puissances, tous les gouvernements ont passé sur ce sol ; ils n'ont fait que briser les hautes branches de l'arbre ; les racines sont demeurées et envoient sans cesse de nouveaux rejetons ; mais l'arbre ne peut retrouver sa couronne et sa cime.

« Le pays n'est point ce qu'on appelle beau : quelques ondulations de terrain, voilà tout ; les montagnes ne s'aperçoivent que dans le lointain ; encore, au lieu des belles lignes d'une grande chaîne, n'est-ce qu'un sombre rempart qui borde l'horizon. Mais c'est justement à cause du peu de prétention de cette campagne, c'est parce qu'elle n'a point trop de parures à étaler aux regards et ne semble point vous demander coquettement : « Comment me trouves-tu ? » parce qu'elle ne veut plaire qu'au maître qui la cultive et dont elle se fait l'humble servante, c'est pour cela qu'elle attire ; et j'ai passé de douces heures dans mes courses solitaires. Ce qui contribue sans doute aussi à mon contentement, c'est que mon cœur peut encore une fois battre en pleine liberté ; l'horloge va son train : pas d'habiles gens qui soient sans cesse à toucher aux rouages pour la mieux régler.

« Même.... et que vas-tu dire, mon vieil Ernest? j'ai eu ici quelques accès de poésie. J'ai écrit quelque chose dont je dois la première idée à un délicieux dimanche employé à errer dans les forêts du Spessart. Je crois que tu seras content de cela.

« J'aime surtout à aller m'asseoir sur la colline, dans un lieu retiré, au milieu des champs de blé du maire, qui se terminent là. On a devant soi un grand creux rempli d'herbes et de ronces : au fond du creux sont rangées tout autour de grosses pierres ; la plus grosse se trouve juste en face des champs, et trois vieux tilleuls étendent leurs branches au-dessus d'elle. On entend, derrière, le murmure de la forêt. La place est toute solitaire, enfermée de toutes parts, cachée à tous les yeux, surtout maintenant qu'on a derrière soi des blés qui s'élèvent à hauteur d'homme. Je suis souvent là-haut, non pas toujours, il est vrai, pour m'y livrer à mes rêveries sentimentales, à la contemplation de la nature ; c'est aussi là que d'ordinaire je me mets le soir à l'affût, chassant à coups de fusil les chevreuils et les cerfs qui en veulent aux champs de mon hôte.

« L'endroit s'appelle le *Franc-siége*. Sans doute qu'autrefois le tribunal vehmique y tenait ses assises, y préparait ses arrêts dans l'horreur de la nuit. Quand je dis au maire combien le lieu me plaisait, son visage s'épanouit. Il ne répondit rien, mais quelque temps après il m'emmena, sans me dire pourquoi, dans une chambre haute, ouvrit un grand coffre garni de fer, et me montra au fond une vieille épée toute rouillée. « Voici quelque chose de précieux, me dit-il ; c'est « l'épée de Charlemagne, gardée depuis mille et des an- « nées à la Grand'ferme, et qui n'a rien perdu de sa puis- « sance. » Sans ajouter d'autre explication, il laissa retomber le couvercle. Pour rien au monde je n'aurais voulu troubler sa foi en cette relique, bien qu'il m'ait suffi d'un coup d'œil pour juger que cette flamberge n'a pas plus de deux ou trois cents ans. Il me montra cependant un certificat en bonne forme, attestant l'authenticité de l'arme, et qu'un savant de la province a eu la complaisance de lui délivrer.

« Je vais donc vivre ici avec mes paysans, en attendant

que le vieux Iochem me donne des nouvelles de ce Schrimbs ou Peppel. Les cent cinquante lieues que j'ai faites m'ont, il est vrai, un peu rafraîchi le sang ; quinze jours écoulés entre un projet et l'exécution, c'est beaucoup. Et puis je me demande quelle espèce de vengeance je prétends tirer du coquin. Mais nous verrons bien.

« Mentor, tu auras sans doute bientôt de plus amples nouvelles de

ton Pseudo-Télémaque.

« Mais gronde-le bien fort, c'est moi qui t'en prie. »

CHAPITRE VII.

Où le chasseur raconte au maire une vieille histoire de famille.

Plusieurs jours s'écoulèrent à la Grand'ferme dans cette tranquille uniformité. Le vieux Iochem n'envoyait toujours aucune nouvelle ni de lui, ni de l'aventurier, et une secrète inquiétude commençait à gagner son jeune maître. Car notre organisation moderne nous a si bien tous accoutumés à l'attache, que personne, si indépendant qu'on le suppose, ne peut longtemps supporter de vivre sans l'appui, le secours de quelque affaire, de quelques relations.

Il s'entretenait avec le maire aussi souvent qu'il en trouvait l'occasion, et l'originalité de cet homme exerçait sur lui la même attraction qu'au premier jour de leur connaissance; mais la plupart du temps le maire était fort occupé par les soins de sa ferme, et souvent il était en affaire avec quelque étranger; il ne se passait pas de jour que plusieurs personnes n'entrassent à la Grand'ferme pour réclamer de lui con-

seil ou assistance. Dans ces occasions, le jeune homme put
remarquer que le maire ne faisait jamais rien pour rien. Voisins, compères et amis le trouvaient toujours prêt à les
obliger; mais ils devaient s'attendre que ce serait à charge
de revanche, qu'il ne manquerait pas de leur demander aussi
quelque chose, ne fût-ce que de s'acquitter d'une commission dans le voisinage ou de lui rendre quelque petit service
de ce genre.

Chaque jour notre chasseur brûlait force poudre, sans en
devenir plus habile, et le vieux au contraire, qui en toutes
choses ne manquait jamais son but, commençait à s'étonner
grandement du peu de résultat de tant d'efforts.

Heureusement que le propriétaire de la chasse la plus voisine se trouvait précisément alors en voyage avec sa famille
et ses gens; sans cette circonstance, les chasseurs en titre
auraient bien fini par surprendre l'affût du Franc-siége.

Le jeune Souabe eût bien voulu éclaircir plus d'un point
qui l'intriguait beaucoup. Le premier garçon demanda un
jour au maire s'il n'était pas bientôt temps de couper les blés
du haut, du côté du Franc-siége; son maître lui répondit
qu'ils resteraient sur pied jusqu'après la noce. Ces mots
n'auraient pas autrement frappé le chasseur, s'ils ne l'eussent fait souvenir d'une conversation dont, quelques jours
auparavant et à l'insu des interlocuteurs, il avait été le témoin auriculaire.

Deux propriétaires de fermes du voisinage, en visite chez
son hôte, avaient en effet demandé à celui-ci, de façon à être
entendus du chasseur, à quand les assises. Il leur fut répondu
qu'elles se tiendraient le deuxième jour après la noce, et
qu'à cette occasion le gendre recevrait le mot de reconnaissance. Notre jeune homme ne put s'empêcher de soupçonner
un certain rapport entre ce propos et l'ordre de ne pas toucher au blé mûr du Franc-siége.

A son tour le maire, voyant un soir le chasseur rentrer à
son ordinaire avec sa poire à poudre et sa gibecière toutes
deux vides, lui dit :

« Comment donc, mon jeune monsieur, cela se fait-il? vous
n'abattez jamais rien. »

Le chasseur qui avait pris de l'humeur, s'en trouvait, comme cela arrive quelquefois, plus expansif. Il répondit sèchement :

« Si je n'abats jamais rien, je n'en peux mais; et si malgré cela je continue à tirailler, c'est que cela est plus fort que moi et me vient, dès avant ma naissance, de ma mère.

— Comment? de votre mère? demanda le vieillard.

— C'est pour moi la seule explication possible, reprit le chasseur. Vous êtes un homme si raisonnable, que je n'ai aucun motif de vous taire une histoire.... La voici; elle pourra vous faire comprendre jusqu'à un certain point ma passion pour la chasse, qui depuis quelque temps, à ce que je vois, vous fait hocher la tête. Plus d'un enfant apporte en naissant des signes en forme d'étoile, de croix, de couronne, d'épée; cela vient de ce que la femme qui le portait dans son sein avait été vivement frappée de la vue d'un ordre fameux, du spectacle d'une procession, d'une cérémonie royale, ou s'était trouvée grosse pendant le tumulte de la guerre. Pourquoi ne serait-on pas chasseur dès le ventre de sa mère? »

Le maire força son jeune hôte à s'attabler sous les tilleuls de la cour, fit apporter une bouteille de vin fort passable, et le chasseur commença ainsi son histoire :

« Ma mère ne put être enfin unie à mon père qu'après de longs chagrins et bien des larmes répandues. Des parents et plusieurs circonstances s'étaient longtemps opposés au mariage; leur mutuel amour cependant fut le plus fort, et les anneaux furent échangés. Après tant de contrariétés et de retards, le refroidissement ne succéda point aussitôt, comme cela arrive, à la possession, mais au contraire le plus tendre attachement : la passion avait une fois de plus prouvé ses droits. Aujourd'hui encore les vieilles gens, qui ont connu mes parents dans les premières années de leur mariage, aiment à parler de ce beau couple, de ces époux toujours amants. Or, la tendresse de ma mère se manifestait aussi dans les alarmes continuelles que lui inspiraient la vie et la santé de mon père. Prolongeait-il de quelques minutes au delà du temps fixé, une promenade ou une visite faite dans le voisinage : la peur la prenait, et elle envoyait après lui; son visage lui semblait-il un peu plus pâle qu'à l'ordinaire : aussitôt elle appréhendait quelque grave maladie, et voulait faire venir le médecin; pour rien au monde elle ne lui eût permis de voyager la nuit, et en quelque lieu qu'il se trouvât, il lui fallait se garder des courants d'air. Tandis qu'elle était pour elle-même dure, insouciante, intrépide, elle ne voyait autour de mon père que dangers, objets d'effroi.

— Oui, oui, dit le maire, en se parlant à lui-même, les gens du beau monde ont le temps de se tourmenter ainsi. Chez nous autres paysans on n'a pas la peau si tendre.

— Ma mère le conjurait surtout de renoncer à la chasse. Dans les premières années de son mariage elle avait eu un songe confus qui ne lui avait laissé au réveil que le souvenir d'un bel uniforme vert sous lequel mon père lui avait apparu : il était en grand péril.

« Depuis cette nuit-là, tous les malheurs qui peuvent arriver à la chasse se présentèrent en foule à son imagination : chevaux qui s'emportent, coups de fusils qui partent à l'improviste, sangliers se ruant sur les chasseurs; et elle exigea de mon père le sacrifice d'un plaisir si plein de dangers. Il céda volontiers à ses désirs : tant d'amour le touchait; il n'avait d'ailleurs jamais eu une passion très-vive pour l'exercice qu'on lui interdisait, bien que sa position lui en eût fait prendre naturellement l'habitude.

« Plusieurs années se passèrent sans qu'aucun enfant leur fût né. Enfin ma mère se sentit grosse. On m'a dit que d'ordinaire en cet état l'affection de la femme pour son mari diminue, et se reporte sur l'être mystérieux qui grandit dans son sein. Mais ma mère fit exception à la règle. Son amour pour mon père s'accrut encore, s'il était possible. Le souvenir presque effacé du songe qu'elle avait eu se retraça plus vivement que jamais à son esprit, sans qu'elle pût réussir cependant à fixer les vagues images que sans cesse elle évoquait. Mon père dut renouveler le serment qu'il avait fait.

« Cependant approchait la Saint-Hubert. Le prince dans la familiarité duquel vivait mon père, célébrait chaque année ce jour par une grande chasse. Son entourage avait bien remarqué que depuis longtemps, sous différents prétextes, mon

père n'était plus d'aucune de ces parties-là; la chose semblait
singulière; on en jasa tant, qu'on finit par avoir le mot de
l'énigme, et ce monde frivole et assez peu délicat s'égaya
fort aux dépens d'un mari trop docile. Le prince d'humeur
brusque et railleuse se promit d'avoir raison d'une si belle
obéissance. La coutume était que dès la veille de la Saint-
Hubert un joyeux banquet fût donné au rendez-vous de
chasse du prince, dans une salle toute ornée de têtes de
cerfs, d'arbalètes et d'épieux antiques. Qui venait au banquet,
ne pouvait naturellement manquer à la chasse de Saint-
Hubert.

« Aussi pour chose au monde mon père n'eût voulu être du
nombre des convives, si le prince n'avait usé de ruse afin de
l'attirer au rendez-vous de chasse. Il le manda sous prétexte
d'affaires, et le retint dans une longue conférence jusqu'au
moment où le maître d'hôtel annonça qu'on avait servi. Mon
père fit sur-le-champ demander son cheval pour s'en retourner. Mais le laquais revint bientôt lui dire que son domestique, le croyant retenu à dîner, avait remmené les chevaux
jusqu'au soir. « Eh bien! prends-en ton parti, dit le prince,
« sois des nôtres. Tu ne songes pas, j'imagine, à faire deux
« grandes lieues à pied. » Que faire en pareil cas? Malgré
qu'il en eût, mon père se décida à rester. A table, les têtes
étant déjà un peu échauffées, quelqu'un lui demanda tout à
coup s'il serait de la chasse du lendemain.

« Sans attendre sa réponse, un autre s'écria : « Oh! non,
« il ne saurait : sa femme le lui a sévèrement défendu. »

« Serait-il vrai? dit le prince tout haut, de façon à at-
« tirer l'attention générale, ta femme ne te permet plus de
« toucher à un fusil? Si cela est, et que tu obéisses, je te
« proclame le modèle des maris, un homme digne de l'ad-
« miration des villes et des campagnes. » De grands éclats de
rire accueillirent ces paroles, quoiqu'il n'y eût là rien de bien
risible.

« Mon père, très-contrarié, gardant néanmoins son sang-
froid, protesta que rien n'était plus faux : comment imaginer que sa femme lui voulût jamais imposer de semblables
caprices!... Il fit ce que chacun eût fait à sa place en si

bruyante compagnie. « Eh bien ! c'est dit, s'écria le prince,
« nous comptons sur toi demain pour fêter dignement Saint-
« Hubert. » Et mon père, essayant de s'excuser sur un voyage,
une visite, une indisposition : « Oh ! oh ! décidément je
« soupçonne Mme la comtesse d'être pour quelque chose là-
« dedans. C'est un point à éclaircir. Faites-moi souvenir,
« messieurs, la première fois que je rencontrerai cette sévère
« beauté, de l'interroger sérieusement à ce sujet. »

« Mon père prit son parti. Il crut devoir épargner à
ma mère une scène désagréable, telle que la vivacité du
prince la pouvait faire craindre, et il répondit : « Afin de
« convaincre tout le monde de l'injustice de ces soupçons, je
« promets de me joindre demain à la chasse. » De longs
applaudissements retentirent; on se leva de table en tumulte;
le prince s'écria encore d'une langue embarrassée: « Si de-
« main à six heures tu n'es pas au rendez-vous, nous irons
« tous *in corpore* t'arracher de ton lit. »

« Mon père prit froidement congé, lança un regard furieux
au laquais qui dans l'antichambre lui demanda d'un air narquois s'il fallait maintenant faire amener son cheval, et se
rendit lui-même à l'écurie, où il trouva ses chevaux et son
domestique qui n'avaient point bougé du château.

« Il comprit alors que tout avait été concerté d'avance.
Chemin faisant, il médita son plan. Se dégager de la
promesse qu'il avait faite, était impossible : la bande entière serait sûrement venue à grand bruit le lendemain assié-
ger sa maison et épouvanter ma mère. Il résolut en conséquence de se réunir en effet aux chasseurs, mais aussi de
s'esquiver dès qu'il y aurait moyen, et pour leur cacher son
absence le plus longtemps possible, de s'entendre avec son
ami le grand veneur, dont le visage sérieux avait laissé
assez voir qu'il goûtait peu toutes ces plaisanteries : il le
prierait de lui assigner le poste le plus éloigné, d'où il lui
serait sans doute aisé de s'échapper. Mais afin d'inspirer pour
l'avenir au prince et à toute la société plus de discrétion, il se
proposait de faire tenir aux plus turbulents convives un petit
billet qui ne leur laisserait d'autre parti que de ne se point
vanter de l'avoir reçu, ou de se rendre sur le terrain.

« Rentré chez lui, il mit dans sa confidence un vieux serviteur sur la fidélité duquel il pouvait compter, le chargea d'aller prendre en cachette au fond d'une armoire le superbe uniforme que chaque cavalier était tenu de revêtir pour les chasses de la cour, et ne put se défendre (ainsi qu'il l'avouait bien des années après, chaque fois que cette histoire revenait sur le tapis), en dépit de sa mauvaise humeur, d'un secret plaisir, lorsqu'il vit sortir du papier de soie qui l'enveloppait son éblouissant habit vert, aux boutons polis, aux riches broderies, aux aiguillettes d'or, aux larges épaulettes ; lorsqu'il eut tiré de l'étui son magnifique couteau, à la poignée ornée de pierres précieuses, lui qui depuis si longtemps avait été privé de la vue de ces objets. Il prévint ma mère que quelque affaire indifférente le retiendrait toute la journée du lendemain hors du logis. Il réussit à la tromper, et elle s'endormit confiante à ses côtés.

« Pendant la nuit, elle eut encore ce même songe qui l'avait autrefois si fort effrayée, et dont elle avait en vain essayé depuis de se rappeler les incidents. Il lui sembla voir mon père quitter leur couche, et, après avoir jeté un regard soucieux sur sa compagne endormie, se glisser sans bruit, sur la pointe des pieds, hors de la chambre. Le songe la conduisit ensuite à la chambre de toilette. Mon père y revêtait l'une après l'autre les différentes pièces de son brillant costume de chasse. Elle le contemplait avec ravissement, jamais elle ne l'avait vu si beau, et cependant elle le suppliait avec des larmes d'angoisse de renoncer à son projet. Mais lui n'écoutait rien ; il ceignait son couteau, et au même moment un cheval se mit à hennir. Tout à coup la vision se brise, et son imagination lui montre mon père, la tête sanglante, étendu sur le pavé de la cour. Comme elle se penchait sur lui pour le secourir, le cheval, qui, chose singulière, restait invisible pour elle, hennit une seconde fois ; et elle se réveilla, arrachée, comme il lui sembla, par de véritables hennissements aux horreurs de son rêve. Encore dans son demi-sommeil, elle étendit la main ; elle voulait la passer sur le front de mon père pour chasser sa peur ; mais au trouble de ses sens succéda un réveil plus effrayant encore. La place était vide à ses côtés, la couverture repliée. Elle sonne, demande à sa fille de chambre où est monsieur. Celle-ci, qui vient de voir dans le corridor son maître glisser comme une ombre à côté d'elle, répond en hésitant : « A la chambre de toilette. » Rien ne peut plus retenir ma mère; elle jette un peignoir sur ses épaules et vole à la chambre de toilette. La porte s'ouvre, et mes parents restent frappés d'une égale stupeur à la vue l'un de l'autre. Mon père était là devant elle, comme le lui avait présenté son rêve, revêtu d'habits magnifiques dont les rayons du soleil levant avivaient encore l'éclat; il venait de ceindre son couteau. On s'interroge, on s'explique vivement. Ma mère ne veut absolument pas laisser partir mon père, qui finit par lui déclarer qu'il n'est plus maître de rester, que cette fois sa résolution est inébranlable. Pendant qu'ils discutaient encore, le cheval qui attendait tout sellé dans la cour hennit une troisième fois. Ma mère court à la fenêtre; elle voit le bouillant animal se cabrant, frappant le sol du pied. Le funeste dénoûment de son rêve s'offre de nouveau à ses yeux; elle conjure mon père par l'enfant qu'elle porte dans son sein de ne point au moins monter à cheval : un sûr pressentiment lui dit qu'il s'expose à un malheur. « Prenez « plutôt, lui dit-elle, la petite calèche. — Eh bien ! qu'on at- « telle, » s'écrie mon père impatienté, et ramenant doucement ma mère vers la porte, il la supplie au nom du ciel de se remettre au lit et de ne pas s'exposer davantage avec un simple peignoir au froid dangereux du matin. Dès qu'il la suppose en chemin pour regagner sa chambre, il s'élance par le grand escalier, croyant pouvoir enfin, en cette malheureuse journée, sauter en selle et sortir du château.

« Mais ma mère, devenue défiante, descendait tout doucement par un escalier dérobé qui conduisait également dans la cour. En arrivant au bas, elle vit mon père déjà à cheval et à peine maître de sa monture, que dans son humeur il avait rudoyée et rendue impatiente. Elle pousse un grand cri et se précipite dans la cour. Le cheval, à la subite apparition de cette blanche figure, pris d'une folle peur, se met à tourner sur ses pieds de derrière, puis glissant, perd l'équilibre et s'abat. Mon père cette fois était bien étendu la

tête sanglante sur le pavé. Ma mère ne peut lui porter secours, car elle aussi était tombée évanouie près du seuil. »

Le chasseur s'arrêta pour reprendre haleine, ému par son
propre récit, dont tous les détails, ajouta-t-il après une pause,
ne lui étaient si présents, que parce que l'aventure, jusque
dans les moindres circonstances, lui avait été plus de cent
fois racontée par ceux qui y avaient été acteurs ou témoins :
ç'avait été un grand événement dans la famille.

Le vieux maire écarta d'un air pensif les cheveux de son
front, et dit après un moment de silence :

« Enfin, l'accident n'eut point de suites fâcheuses, car je
vous vois assis là frais et dispos, mon jeune monsieur.

— Heureusement on en fut quitte pour la peur, répondit
le chasseur. Mon père s'était vivement dégagé des étriers ;
son épaulette détachée par les soubresauts du cheval se trouva
sous sa tête au moment de la chute et amortit la violence du
choc ; il ne reçut qu'une légère blessure. Ma mère aussi,
pour qui on avait tout à craindre, trouva dans son énergique
nature des ressources inattendues. Elle se remit, et arriva
heureusement à la fin de sa grossesse, sans pouvoir cependant chasser un seul instant le souvenir de cette matinée.

— Et c'est à cette aventure que vous attribuez votre goût
pour la chasse ? demanda le maire.

— Quelques mois après l'événement, je vins au monde
avec un signe, en forme de couteau de chasse, sous le cœur.
Je n'étais encore qu'un petit garçon que, bravant défenses
et châtiments, je courais de tous côtés avec les chasseurs. Et
cela a duré jusqu'aujourd'hui, sans que, comme vous ne l'avez
que trop remarqué vous-même, le moindre succès ait favorisé
ce penchant.

— Si la chasse a causé à Mme votre mère tant d'effroi,
c'était plutôt l'horreur de ce plaisir qu'elle devait naturellement vous transmettre.

— Non ! » s'écria le chasseur, et ses yeux brillèrent d'un
feu plus sombre, ce qui arrivait toujours quand la conversation tombait sur ce sujet. « Vous n'y entendez rien, maire.
Si un être humain peut étendre sur un autre l'influence du
sang et des sympathies morales, c'est dans un creuset mysté-

rieux que, toutes ces influences se combinent, agissant chacune d'après ses propres lois et amenant des effets que nul ne saurait prévoir. L'horreur peut engendrer le goût; la crainte, le courage; le désir , le dégoût; et il n'y a personne qui puisse suivre la filiation de ces générations-là.

— Je n'y entends rien, en effet, dit le vieux paysan, et ne m'en inquiète guère. Mais de cette histoire que vous venez de conter d'une façon si plaisante, je tire une triple morale.

— Vous tenez fort à la morale.

— C'est la morale qui nous distingue de la brute, répondit le maire d'un ton solennel. Les bêtes ont toutes sortes d'avantages : elles trouvent plus sûrement leur chemin; elles ont une nourriture qui est faite pour elles et n'en convoitent point d'autre; elles portent les vêtements avec lesquels elles sont venues au monde; elles n'ont point peur de la mort; elles ne se livrent point à d'inutiles plaisirs; mais les bêtes n'ont point de morale ; l'homme seul a de la morale.

— Et dans mon histoire, il y a trois morales?

— Trois. Vous l'allez voir, mon jeune monsieur. »

CHAPITRE VIII.

Où le maire tire une triple morale de l'histoire du chasseur.

« Premièrement, dit le vieux paysan, votre histoire prouve, si votre passion vous vient en effet de Mme votre mère, que ces paroles du Seigneur sont toujours une vérité : *Je rechercherai les fautes des pères sur les enfants jusqu'à la troisième et la quatrième génération.* Car de soi la chasse est chose permise et agréable. De plus, c'est pécher que de prétendre

ne pas suivre une coutume établie parmi ceux de sa condition;
une chose d'ailleurs indifférente prend alors de l'importance
et peut avoir des suites graves : témoin la peste qui survint
après le dénombrement ordonné par David, parce que ce n'é-
tait pas l'usage chez les Juifs. Or Mme votre mère péchait
en détournant M. votre père d'aller à la chasse, ainsi que
l'exigeait son rang; et de là cette folie qui vous tient, de
tirer toujours sans rien atteindre. Vous ne devriez pas moins
tâcher de vous en défaire, coûte que coûte, attendu qu'un
pareil penchant n'est pas l'effet des combinaisons.... Comment
disiez-vous?... de forces agissant d'après leurs propres lois....
dans un creuset mystérieux; mais tout simplement une folie
qui vous fera faire quelque grand malheur. Les petites filles
aussi ont souvent la manie de jouer avec le feu; après quelques bonnes corrections cependant elles s'en dégoûtent. Mais
un homme qui n'est plus d'âge à avoir quelqu'un pour le
conduire, peut et doit être son propre guide et se morigéner
lui-même.

« Deuxièmement, votre histoire nous apprend qu'entre mari
et femme trop d'amour ne vaut rien. Dans le mariage, il faut
que tout soit modéré, même l'amour; un si long engagement
ne comporte pas tant de vivacité et d'ardeur. Avant, l'homme
est libre de se gouverner à sa guise sans que cela tire à
conséquence; mais après le mariage, halte-là! Un ménage,
une famille suppose mille relations de toute espèce, mille
affaires, mille devoirs de voisinage, de religion; propriétés,
bétail à soigner, enfants à élever : et le moyen qu'il y ait
quelque ordre en tout cela, si les époux mêmes se comporten
comme des fous? Chez nous autres paysans ce mauvais
exemple est rare; mais chez les gens de la ville, avec qui j'ai
souvent affaire, ici ou ailleurs, il s'en faut à mon gré que les
choses se passent comme elles devraient. Quand un mari bat
sa femme, ou la querelle sans nécessité, il donne du scandale; car l'Apôtre écrit que les maris doivent aimer leurs
femmes comme Notre-Seigneur Jésus-Christ aime son Église.
Mais quand une femme, à force de caresses et de câlineries,
arrive à dominer son mari au point que le pauvre homme
tremble de rester dans une réunion de bons amis, dès que

sonne l'heure où on lui a fait promettre de rentrer, ou qu'il lui faut dire adieu à tout ce qui faisait son plaisir, elle donne du scandale à son tour; car l'apôtre Paul écrit aussi que la femme doit craindre son mari. Quand il en est là, que devient la crainte? Pour qu'elle subsiste, il faut qu'un mari ait une volonté.

— Votre morale est un peu une morale de pot-au-feu, mais il y a du vrai, dit le chasseur. Le bon sens n'a jamais tort, bien que le bon sens ne soit pas tout. Quant à mes parents, la suite de leur histoire donne assez raison à vos principes. Après cette terrible secousse, ma mère devint tout autre, et, du plus loin qu'il me souvienne, mes parents m'ont toujours paru vivre dans une union fort tendre à la vérité, mais paisible et pleine d'indépendance.

— Oui, oui, reprit le maire, il n'en pouvait aller autrement. Lame trop affilée s'ébrèche. L'arc trop tendu se brise. Après le temps chaud, le temps froid. Mais j'ai encore un petit avis à vous donner à vous-même, mon jeune monsieur. Si vous prétendez rester ici incognito et vous donner, ainsi que vous vous êtes annoncé à moi, pour le fils de bons bourgeois, il ne faudrait point me conter des histoires de rendez-vous de chasse, de banquets princiers, d'uniformes dorés, de laquais et de piqueurs.

— Ma foi, l'avis vient trop tard, s'écria le jeune chasseur gaiement. Les déguisements ne me réussissent guère; j'ai beau, comme l'autruche, mettre ma tête derrière un arbre, on ne m'en découvre pas moins. Cependant ne me trahissez point; j'ai mes raisons pour vous en prier, et ne vous en faites scrupule, car je n'ai aucun méfait sur la conscience.

— En effet, vous n'en avez pas trop la mine, dit le maire en souriant.

— A votre tour, maintenant, de recevoir un conseil. Vous êtes un homme d'âge, un homme sérieux, à qui il importe plus qu'à moi de ne rien dire à l'aventure. Vous avez sans doute vos secrets, que vous devez tenir à mettre à l'abri de ma curiosité. Mais pourquoi alors la tenter vous-même si fort en me montrant avec un si solennel mystère l'épée de Charlemagne? »

Le maire se leva. Sa haute taille sembla grandir encore, et
la lune, qui venait de monter à l'horizon, projeta son ombre
allongée sur le sol de la cour. D'une voix sourde et avec
une expression qui fit froid à l'autre :

« Si l'épée de Charlemagne a des mystères, dit-il, malheur
à qui les voit ou les entend ! »

Puis il se rassit, emplit une dernière fois le verre de son
hôte, comme si de rien n'était.

Le jeune homme embarrassé se tut. Il vit bien que, sur
certains points, le vieux n'entendait pas raillerie. Enfin, voulant renouer la conversation :

« Vous m'aviez promis de tirer trois morales de mon histoire, et ne m'en avez encore dit qu'une.

— La troisième est toute en action, » répondit le maire.
Et, sans s'expliquer davantage, il rentra dans la maison.

CHAPITRE IX.

Le chasseur retrouve une ancienne connaissance.

Le lendemain, sur le midi, le chasseur entendant du bruit
sous sa fenêtre, s'en approcha et vit quantité de monde rassemblé devant la maison. Le maire en sortait revêtu de ses
habits de dimanche; vis-à-vis, près de la chênaie, s'était
arrêté un chariot attelé de deux chevaux, sur lequel, au milieu de plusieurs paniers, était assis un homme vêtu de noir
et de mine ecclésiastique. Dans quelques-uns des paniers
semblait s'agiter de la volaille. Un peu en arrière était assise
une femme en costume de bourgeoise, tenant aussi devant
elle, d'un air roide, un panier posé sur ses genoux. A la tête

des chevaux se tenait un paysan, le fouet à la main, un bras
passé sur le cou d'une de ses bêtes, et à côté de lui une
servante, qui portait également à son bras un panier couvert
d'une blanche serviette.

Un homme vêtu d'une ample redingote brune, dont l'allure circonspecte et le visage solennel annonçaient, au premier coup d'œil, un sacristain, s'avança avec dignité vers la
maison, se plaça en face du maire, et ayant soulevé son chapeau, prononça les vers suivants :

> « Nous voici devant votre porte,
> Le sacristain et monsieur le pasteur,
> La femme du sacristain, ainsi que la servante,
> Venant recevoir à la Grand'ferme
> Les redevances et dons accoutumés :
> Poulets, œufs et fromages.
> Dites-nous donc si vous tenez prêt
> Tout ce qui nous revient à la saison d'été. »

Le maire écouta tête nue cette harangue. Il s'approcha ensuite de la voiture, s'inclina devant le pasteur et lui aida
respectueusement à descendre; s'arrêtant un peu à l'écart,
ils échangèrent divers compliments, dont le chasseur n'entendit rien, pendant que la femme au panier mettait aussi
pied à terre, et venait avec le sacristain, le paysan et la
servante se ranger comme en cortége derrière les deux principaux personnages. Le chasseur, curieux d'avoir l'explication de toute cette scène, se hâta de l'aller voir de plus près.
On avait répandu du sable blanc dans le vestibule; et le
poêle [1] qui y faisait suite, la plus belle pièce de la maison,
était orné de ramée. La fille du maire, également endiman-
chée, se tenait là, assise au rouet et filant de toutes ses
forces ; elle était rouge comme une cerise et ne levait pas
les yeux de dessus son fil. Le chasseur entra et allait l'interroger, quand parut à la porte qui ouvrait sur le vestibule,
la procession des étrangers. En tête venait le pasteur, le sacristain derrière lui, puis le paysan, puis la femme du sa-

---

1. On se rappelle ce *poêle* d'Allemagne où s'enfermait Descartes.

cristain, puis la servante ; le maire fermait la marche ; ils s'a-
vançaient à la file, un à un. Le pasteur alla droit à la jeune
fille qui filait toujours les yeux baissés, et après un bonjour
amical :

« C'est bien, cela, mon enfant ; quand la fiancée fait ainsi
aller le rouet jusqu'à la dernière heure, le mari peut s'attendre à voir sa maison se remplir de richesses. A quand
donc la noce ?

— Jeudi en huit, monsieur le diacre, si cela se peut, » répondit-elle en devenant encore un peu plus rouge ; elle baisa
humblement la main du jeune prêtre, lui prit sa canne et
son chapeau, et lui offrit un rafraîchissement. Les autres,
après avoir chacun à son tour donné la main à la fiancée
en la félicitant, et bu un coup, quittèrent la chambre pour se
rendre dans le vestibule ; le pasteur s'entretint des affaires
du pays avec le maire, qui demeura tout le temps debout
devant lui, son chapeau à la main, dans une attitude pleine
de déférence.

Le jeune chasseur, qui, sans qu'on fît attention à lui, àvait
pu tout observer d'un coin de la chambre, fut plus d'une fois
tenté d'aller saluer le pasteur ; mais il jugea peu convenable
de troubler les étrangers et ses hôtes dans les discours et
réponses que, toute villageoise que fût la scène, ils s'adres-
saient avec un sérieux vraiment diplomatique. Il avait, à sa
grande surprise et à sa grande joie, retrouvé dans le diacre
une ancienne connaissance d'université. Le maire étant un
instant sorti de la salle, le chasseur s'avança vers le diacre
en l'appelant par son nom. L'ecclésiastique se passa en sur-
saut la main sur les yeux, reconnut aussitôt l'autre et ne se
réjouit pas moins de le voir.

« Mais, ajouta-t-il après les premiers compliments, ce n'est
ni le moment ni le lieu de nous entretenir. Accompagnez-moi
quand je quitterai la Grand'ferme ; nous bavarderons alors à
notre aise ; j'ai ici un caractère public qui m'enchaîne au
plus rigoureux cérémonial. Il nous faut faire semblant de ne
nous point connaître ; soumettez-vous aussi de bonne grâce
au rituel ; surtout ne riez de rien, quoi que vous puissiez
voir : ce serait offenser cruellement ces bonnes gens. Au

fond, d'ailleurs, ces vieux usages, si bizarres qu'ils semblent, ont quelque chose de respectable.

— N'ayez peur, répondit le chasseur ; je voudrais seulement savoir....

— Plus tard ! » murmura l'ecclésiastique, les yeux tournés vers la porte où le maire avait reparu, et il s'éloigna du chasseur comme d'un étranger.

Le maire et sa fille apportèrent eux-mêmes le dîner sur la table qui se trouvait déjà mise dans cette chambre. C'étaient un bouillon de poulet, des haricots verts garnis d'une longue saucisse maigre, un rôti de porc aux prunes ; le tout, flanqué de beurre, de pain, de fromage et d'une bouteille de vin, fut servi à la fois. Le paysan, après avoir donné un coup d'œil à ses chevaux, était aussi rentré dans la salle. Les plats, proprement rangés et fumant sur la table, le maire invita poliment le diacre à vouloir bien y faire honneur.

Il n'y avait là que deux couverts ; le pasteur, après avoir dit le bénédicité, s'assit, ainsi que le paysan qui l'accompagnait, mais ce dernier à quelque distance.

« N'y a-t-il pas de place pour moi ? demanda le chasseur.

— A Dieu ne plaise, » lui répondit le maire, et la fiancée, toute surprise, le regarda de côté.

« Il n'y a place ici que pour M. le diacre et le *colon*[1] ; vous mangerez là dehors, à la table du sacristain. »

Le chasseur se rendit vis-à-vis, dans une autre pièce, après avoir encore remarqué avec étonnement que le maire et sa fille s'étaient eux-mêmes chargés du service de cette table d'honneur.

Dans l'autre chambre, il trouva le sacristain, sa femme et la servante, debout autour de la table et attendant avec quelque impatience, à ce qu'il semblait, l'arrivée du quatrième convive. Cette table était couverte des mêmes plats que celle du pasteur, seulement il n'y avait ni beurre, ni fromage, et la bière remplaçait le vin. Le sacristain se mit avec dignité au haut bout, et, les yeux dévotement baissés

1. Paysan qui ne possède qu'un petit bien.

sur les mets qui fumaient devant lui, il récita l'oraison suivante :

> « Tout ce qui fuit et rampe sur la terre,
> Le Seigneur le créa pour l'homme;
Bouillon de poulet, haricots, saucisse, rôti de porc, prunes sont en
[tous lieux
Dons de Dieu; bénis, Seigneur, ce repas que nous allons prendre. »

On s'assit, le sacristain présidant. Celui-ci ne quitta pas
un seul instant la gravité, non plus que la sacristine son panier, qu'elle ne fit que déposer à terre, tout près d'elle. La
servante, au contraire, s'était tout bonnement débarrassée du
sien. Pendant ce dîner, où de vraies montagnes disparurent
de dessus les plats, pas un mot ne fut dit; le sacristain, d'un
front calme et sérieux, engloutissait d'effroyables portions;
sa femme l'imitait de son mieux; la plus discrète fut encore
la servante. Quant au chasseur, il se contenta à peu près
de les voir faire; ce repas officiel n'était point de son goût.

Lorsqu'il fut terminé, le sacristain souriant, mais d'un ton
solennel, dit aux deux servantes qui avaient eu le soin de
cette table :

« Nous allons donc maintenant, s'il plaît à Dieu, recevoir
les redevances de ce domaine, ainsi que les dons volontaires. »

Les deux filles avaient déjà desservi, et sortirent. Le sacristain s'établit sur une chaise au milieu de la chambre;
les deux femmes, la sacristine et la servante, vinrent s'asseoir à sa gauche et à sa droite, ayant chacune son panier
tout grand ouvert devant elle. Après que l'attente si bien
exprimée par ce groupe eut duré quelques minutes, les deux
servantes rentrèrent accompagnées du maire. La première
portait un panier à claire-voie dans lequel criaient et se débat-
taient des volailles effarées; elle le plaça devant le sacristain
qui, comptant à travers l'osier, dit :

« Un, deux, trois, quatre, cinq, six, c'est bien cela. »

Puis, la seconde servante tira d'une grande toile cinq
douzaines d'œufs et six fromages ronds qu'elle déposa, en
comptant tout haut, dans le panier de la servante du pasteur.
Quand tout y fut, le sacristain, qui avait suivi l'opération
d'un œil attentif, dit :

« M. le diacre a son dû ; reste la part du sacristain. »

On lui remit alors, dans le panier de sa femme, treize œufs et un fromage. Elle, voulant s'assurer s'ils étaient frais, les prit un à un, les mira au jour, les flaira, et finalement en rejeta deux. Après quoi le sacristain se leva, et s'adressant au maire :

« Ne nous entendrons-nous point, monsieur le maire, au sujet du second fromage que la sacristie a le droit d'exiger de la Grand'ferme ?

— Vous savez parfaitement, sacristain, que ce second fromage n'a jamais été reconnu par la Grand'ferme, répondit le maire. Ce prétendu droit était assis sur l'héritage des Baumann qui, il y a quelque cent ans, se trouvait réuni avec la Grand'ferme dans une même main. Depuis, ces terres ont été séparées, et par suite la Grand'ferme n'est plus grevée que d'un seul fromage. »

Des rides profondes sillonnèrent en tous sens la peau tannée du sacristain.

« Où est, je vous prie, l'héritage Baumann ? s'écria-t-il. N'a-t-il pas été morcelé au temps des troubles, n'est-il pas tombé en poussière ? Est-ce à la sacristie d'en pâtir ? Cela ne saurait être. Ce néanmoins, toutes choses demeurant en état, sous la réserve expresse de tous droits à un second fromage dû par la Grand'ferme, droits mal à propos contestés depuis plus d'un siècle, j'accepte le fromage unique que voilà. Je déclare donc acquittées les redevances dont ce domaine est tenu envers le pasteur et le sacristain. Je suis prêt maintenant à recevoir les offrandes volontaires. »

Celles-ci consistaient en galettes roulées toutes fraîches, dont six furent mises dans le panier du pasteur et deux dans celui du sacristain. Tout était terminé. Le sacristain s'avança vers le maire, et lui débita cette troisième formule :

« Les poulets ont été trouvés bons tous les six,
Les fromages de poids,
Et les œufs, frais;
Rien n'a manqué sur la table.
Aussi, puisse le Seigneur préserver votre maison
De disette et d'incendie !

Il est sûr d'être aimé de Dieu et des hommes,
Celui qui s'acquitte scrupuleusement de ce qu'il doit. »

Le maire remercia en s'inclinant. La sacristine et la servante emportèrent les paniers et les chargèrent sur la voiture. En ce moment, le chasseur vit l'une des servantes du
maire aller chercher dans la chambre où avait dîné le diacre
les plats et les assiettes ; elle les lava dans le vestibule, sous
les yeux mêmes du pasteur debout sur le seuil ; quand elle
eut fini, elle s'approcha de lui, et il prit dans un papier une
petite pièce de monnaie qu'il lui donna.

Cependant, le sacristain savourait son café ; comme on
avait aussi apporté une tasse pour le chasseur, celui-ci vint
lui tenir compagnie.

« Je suis étranger ici, dit le jeune homme, et n'ai pas toujours compris ce dont j'ai été témoin dans cette journée.
Ne voudriez-vous point, monsieur le sacristain, me donner
l'explication de ces usages ? Est-ce donc une obligation aux
paysans de pourvoir à l'entretien de leur pasteur par des
contributions en nature ?

— Une obligation à l'égard des poulets, des œufs et des
fromages, non à l'égard des gâteaux roulés qui sont dons
volontaires, mais assurés, » répondit le sacristain d'un air
très-sérieux.

« Au diaconat ou cure principale de la ville sont annexées
trois paysanneries ; une partie des revenus du curé et du sacristain consiste dans les redevances annuelles dont sont
respectivement tenus les domaines ruraux. C'est pour recueillir ces redevances, établies depuis un temps immémorial,
que nous faisons chaque année deux tournées, à savoir
celle-ci, la petite tournée d'été, et la grande tournée d'hiver,
immédiatement après l'avent. Pendant la tournée d'été, nous
recevons les poulets, les œufs et les fromages, tant chez l'un,
tant chez l'autre ; le premier article, néanmoins, celui des
poulets, n'est que *pro diaconatu* ; la sacristie n'a droit qu'aux
œufs et aux fromages. En hiver, on nous remet les grains,
orge, avoine, seigle ; nous venons alors avec deux voitures,
car une seule ne pourrait contenir tous les sacs. Nous nous

rendons ainsi tous les ans deux fois dans les trois paysanneries.

— Et d'ici, où allez-vous ? demanda le chasseur.

— Droit à la ville, répondit le sacristain en déboutonnant
sa redingote (et il retira un petit coussin que, malgré le temps
chaud qu'il faisait, il portait par précaution sur l'estomac ;
après un dîner si copieux, on conçoit que ce coussin l'incom-
modât). Cette paysannerie-ci est la dernière que nous visi-
tions, et la Grand'ferme, où suivant l'usage on nous donne à
dîner, est le terme du voyage.

— Il m'a semblé voir, reprit le chasseur, que pendant le
repas, l'échange des compliments, la réception des redevances
et même le lavage de la vaisselle, tout le monde s'était con-
formé à une certaine étiquette. »

Le digne sacristain voulut bien s'étendre encore sur ce point :

« Sans doute ; pour chacun des actes qui s'accomplissent
dans nos tournées il y a une règle d'étroite observance à laquelle personne n'oserait manquer. A six heures du matin
nous partons de la ville, M. le diacre, moi, ma femme et la
servante du presbytère. Ceux du Reymannskotten, après en
avoir été poliment priés, fournissent la voiture sur laquelle
est chargée la collecte de la journée ; le colon nous conduit
et ne quitte pas un seul instant M. le diacre, à la table de qui
il a seul le droit de s'asseoir. Nous emportons de la ville un
panier à poulets ; mais comme il s'emplit dès la première
ferme, on nous en prête là un autre pour la seconde ferme,
et ainsi de suite jusqu'ici. Le colon fait rafraîchir ici ses chevaux et leur donne un boisseau d'avoine levé chemin faisant
au Balstroup. Enfin la servante qui a ordre de laver les plats
et les assiettes sous les yeux de M. le diacre, reçoit pour sa
peine sa pièce de trois *stuber* [1] et demi, remise le matin même
à cet effet par le propriétaire du petit Beek, dans la paysannerie de Brandstedde.

— Et les vers que vous récitiez d'une voix si ferme et si
sonore, monsieur le sacristain, sont-ils aussi du vieux
temps ?

1. Sou.

— Assurément. Seulement, ajouta la sacristain d'un air de
satisfaction, j'ai cru devoir en passer ou en retoucher quelques-uns qui sentaient un peu trop la grossièreté de l'époque. Par exemple, le remercîment, dans le texte, se termine
ainsi :

> « Mais si vous vous avisiez de nous rogner quelque chose,
> Que le diable vous emporte tous;
> Ne dût-il manquer qu'une once aux fromages,
> Vous êtes sûrs de tomber du haut mal. »

« J'ai peu à peu laissé tomber dans l'oubli ces rimes mal-
séantes, retranchant vers par vers, un chaque année, feignant
à propos une quinte de toux, ou usant de quelque autre
adresse; car avec des paysans il faut bien procéder lentement
aux réformes. Celle-ci n'a pas passé sans opposition, et quelques-uns de mes rustres exigent absolument que je conserve
ces sottises, puisqu'enfin, disent-ils, c'est comme cela. Ils
refusent les redevances, si je ne les menace du diable et du
haut mal; le maire est là-dessus plus raisonnable. »

On vint appeler le sacristain : la voiture était attelée; le
maire et sa fille reconduisaient le pasteur, continuant jusqu'au bout de lui témoigner par leur attitude leur respect et
leur amitié; le diacre prit affectueusement congé de ses
hôtes, et leur serra cordialement la main. Le convoi s'engagea, pour le retour, dans un autre chemin, entre des champs
de blé et de hautes haies. Le colon, le fouet à la main,
précédait ses chevaux; la voiture s'avançait lentement, portant, outre les deux femmes, le sacristain assis au milieu des
paniers, et protégé de nouveau par le petit coussin contre tout
refroidissement à la région épigastrique.

Le chasseur, au moment du départ, s'était discrètement
retiré; mais quand la voiture se fut un peu éloignée, il courut pour la rattraper, et joignit bientôt le diacre qui, ayant
aussi laissé aller devant ses gens et sa récolte, l'attendait
sous un frais ombrage. Là ils purent s'embrasser sans contrainte.

« Vous ne vous attendiez sans doute guère, s'écria le diacre
en riant, à retrouver votre ancien ami qui, dans cette grande

ville, guidait avec tant de bonne grâce et de distinction son
jeune comte suédois dans les sentiers glissants de la science
et du grand monde, à le retrouver sous une figure qui
doit vous faire souvenir de l'Ehrn-López, du *curé espagnol* de
Fletcher ?

— Votre sacristain, répondit le chasseur, qui n'est pas
le facétieux Diego, n'en est pas moins un homme rare. Il
m'a fait comprendre, en vrai maître des cérémonies, toute
l'importance des formalités qui accompagnent la remise des
redevances, et il a montré lui-même dans l'exercice de ses
fonctions, comme commissaire et comme orateur, une dignité, un tact qui ferait honneur aux diplomates chargés des
plus épineuses affaires.

— Oui, dit l'ecclésiastique, ce jour-ci est pour lui un
grand jour, et dont il se réjouit six semaine à l'avance. Les
types comiques deviennent rares de nos jours ; ils s'en trouve
encore beaucoup parmi les sacristains. Habitués, dans un emploi tout servile, à entendre sans cesse le langage le plus
sublime et le plus édifiant, chargés de sonner les cloches, d'annoncer les naissances et les morts, ils contractent un air de
haute spiritualité qui forme le plus merveilleux contraste
avec leur heureux appétit, ou, pour mieux dire, leur formi-
dable voracité. N'ayant pas chez eux grand'chose à mettre
sous la dent, ils se garnissent aux repas de baptême, de
noces et d'enterrements pour des semaines entières; ils y
dévorent, mais toujours d'un air d'onction, et souvent l'œil
humide des larmes que leur arrache par sympathie la joie ou
le deuil de leurs hôtes. Le mien, à toutes les grâces de son
état joint, pour trait particulier, une incroyable poltronnerie, qui plus d'une fois, quand nous nous rendions seuls,
la nuit, auprès de malades ou de mourants, a donné lieu
aux scènes les plus bouffonnes.

« Mais laissons là le sacristain et ses extravagances. Quant
aux cérémonies dont vous avez été témoin aujourd'hui, il est
absolument nécessaire que j'y figure en personne; c'en serait fait de tous bons rapports avec mes gens, si je montrais
de la répugnance à me conformer aux vieux us. Mon prédé-
cesseur dans cette paroisse, qui n'était pas du pays, eût

rougi d'aller ainsi à la quête; il n'en voulut pas entendre parler. Qu'arriva-t-il ? Il eut avec ses communes rurales les plus tristes démêlés, dont souffrirent la religion et les écoles. Il en fut réduit à solliciter son changement. Pour moi, quand je fus nommé à cette cure, je résolus tout d'abord de ne heurter en rien l'usage établi. Je me suis jusqu'à présent parfaitement bien trouvé de cette conduite, et loin que ces tournées aient par un air de dépendance fait tort à mon caractère, j'y ai gagné au contraire en considération et en autorité.

—En pouvait-il être autrement ! s'écria le chasseur. Il faut que je vous l'avoue, le spectacle que j'ai eu sous les yeux, malgré tout le comique qu'y a su mêler votre sacristain, m'a profondément ému. J'ai vu, d'une part dans la simplicité avec laquelle ces redevances en nature étaient acceptées, de l'autre dans les égards avec lesquels elles étaient offertes, une pieuse et naïve image de l'Église, qui a besoin pour subsister du pain quotidien ; et l'image des fidèles qui pourvoient à ses besoins terrestres, avec l'humble espérance qu'ils s'assurent par là des biens spirituels pour l'éternité : il n'y a servitude ni d'un côté ni de l'autre, mais assistance mutuelle dans une union parfaite.

— Que je suis heureux, dit le diacre en serrant la main du chasseur, que vous envisagiez à ce point de vue des choses dont un autre peut-être eût raillé ! Que je vous le dise maintenant, ce ne fut pas d'abord sans quelque appréhension que je rencontrai en vous un témoin inattendu de ces scènes.

—Dieu me préserve de railler de ce que j'ai pu voir dans ce pays ! reprit le chasseur. Je me sais gré, à cette heure, d'une escapade qui m'a poussé au milieu ds ces bois et de ces champs ; sans elle, je n'aurais sans doute jamais connu vos contrées, peu vantées ailleurs, et qui de fait n'ont rien de bien attrayant pour des touristes usés et blasés.

« Pour moi, je me suis écrié ici avec une conviction et des transports plus vifs que dans le pays même où je suis né : ce sol que je foule, une race pure de tout mélange le foule depuis plus de mille ans! Et l'idée d'un peuple immortel, je l'aspirais, si je l'ose dire, dans le souffle qui fait murmurer ces chênes et ondoyer ces moissons autour de nous. »

Ces mots firent tomber sur un nouveau sujet l'entretien que le diacre et le chasseur continuèrent en suivant lentement le chariot.

Leur longue causerie fut tout à coup interrompue par un cri ou plutôt un beuglement parti d'auprès de la voiture. Ils y coururent et virent de loin le sacristain dans l'attitude de l'épouvante, les bras étendus comme ceux d'un poteau de route, le visage marbré de blanc et de brun, la bouche béante comme Laocoon. Les femmes l'entouraient avec le colon qui avait arrêté ses chevaux. La sacristine lui tapait dans le dos; la servante lui avait à moitié déboutonné sa redingote, d'où sortait malheureusement le petit coussin.

» Qu'est-il donc arrivé? » demanda le diacre, et sa servante lui apprit (car le sacristain demeurait toujours sans voix) que le sacristain était descendu du chariot, afin, disait-il, de faciliter sa digestion en marchant un peu; tout à coup un gros chien noir s'était élancé sur le chemin et l'avait traversé tout près du sacristain; et c'est alors qu'il avait poussé cet effroyable cri dont les chevaux avait failli prendre le mors aux dents.

Cependant la sacristine voyant que les tapes dans le dos ne réussissaient point, s'avisa d'un autre procédé pour remboîter la mâchoire de son époux.

« Quand rien n'y fait, dit-elle, voici le meilleur moyen! » et elle lui donna un soufflet à tour de bras. Soudain les mandibules du désespéré sacristain se remirent à jouer, se refermèrent comme deux battants de porte; il essuya les grosses larmes qui roulaient dans ses yeux et dit à sa femme :

« Merci, Gertrude, de ce soufflet, qui me délivre d'une atroce douleur. » Et se tournant vers le pasteur : « Oui, monsieur le diacre, un chien enragé! Queue entre les jambes, yeux rouges et pleurants, gueule écumante, langue bleuâtre et pendante, allure équivoque; enfin tous les signes de l'hydrophobie!

— Au nom du ciel, où vous a-t-il mordu? s'écria le diacre tout pâle.

— Nulle part, mon bon monsieur le diacre, s'écria le sacristain d'un ton solennel, nulle part ; grâces en soient ren-
dues au Tout-Puissant. Mais qui empêchait ce chien de me
mordre? D'autres ont mis en fuite un loup furieux au son
du violon ; moi, par le son seul de la voix que Dieu m'a donnée, j'ai terrifié et chassé cette affreuse bête au moment
qu'elle s'allait jeter sur moi. Elle s'arrêta court, puis, se détournant, sauta sur le talus. Mais, dans l'effort surhumain
qu'il me fallut faire pour produire ce cri qui m'a sauvé, je me
suis décroché la mâchoire, et elle est restée décrochée jusqu'au moment où ma chère épouse, comme vous avez vu, prit
sur elle de me donner ce soufflet bienfaisant. Voilà une tournée que je n'oublierai de sitôt. »

Le diacre et le chasseur se mordirent les lèvres pour ne
point rire. La servante dit qu'elle ne croyait pas que le chien
fût enragé, qu'il avait seulement la mine effarée d'un chien
qui a perdu son maître. De fait, on aperçut bientôt à quelque
distance dans un sentier le chien noir cheminant tranquillement et en remuant la queue derrière un porteballe. Le
sacristain, à qui on le fit remarquer, se contenta de répondre
d'un grand sérieux : « Mais qui empêchait ce chien d'être
enragé ! »

Le diacre l'engagea à se remettre en route avec la voiture,
et se sépara là du chasseur.

« Aussi bien, dit-il, notre entretien a été troublé, et le
colon m'en voudrait si j'évitais sa société pendant tout le
reste du voyage. »

Le jeune Souabe dut promettre à son ami de l'aller voir
sous peu de jours à la ville, et chacun prit de son côté.

CHAPITRE X.

La fleur étrangère et la jolie fille. — La société scientifique
et littéraire.

Le soleil était encore haut à l'horizon, et le chasseur ne se
sentit point disposé à rentrer d'aussi bonne heure à la Grand'-
ferme. Il monta sur le rebord du chemin, sur une des berges
les plus élevées, jeta les yeux autour de lui, et pensa qu'il
aurait encore le temps, sans rentrer trop tard au logis,
d'aller parcourir un groupe de collines dont il apercevait
à une faible distance les sommets couverts de jeune bois.
La rencontre du diacre, l'entretien qu'ils avaient eu ensemble
avait réveillé en lui des souvenirs d'un autre temps; il
était agité, inquiet, et souhaitait de rencontrer un sentier
qu'il n'eût point encore foulé, des montagnes, des arbres
auxquels ses yeux ne fussent point encore accoutumés.
Se plonger dans la fraîche obscurité des forêts, respirer les
vapeurs humides des rochers et des mousses, voir briller l'é-
cume légère des eaux vives, voilà ce que demandait son âme
émue, voilà après quoi il soupirait du fond de l'atmosphère
brûlante des champs de blé.

La vue du diacre lui avait été à la fois agréable et pénible.
Leur première liaison avait été signalée par cette intrépide
gymnastique de l'esprit, par ces assauts où la jeunesse fait
volontiers le premier essai des forces qui débordent en elle.
L'autre, plus âgé, et, comme on l'a vu, déjà gouverneur d'un
jeune noble suédois, aimait cependant encore à se mêler
aux étudiants et à prendre part à leurs disputes, où il se

montrait toujours habile et redoutable argumentateur. Que de
fois, lui et le chasseur, ils avaient prolongé jusque bien avant
dans la nuit leurs luttes ardentes et opiniâtres !

« Oui », s'écria-t-il, tout en marchant vers les collines,
« oui, ô ma chère patrie allemande, tu es le foyer béni où
s'alluma, où se garde à jamais le feu sacré ! Il n'y a si petite
place sur cette terre où l'on ne sacrifie au culte de l'Invisible ;
et l'Allemand est un autre Abraham qui en tout lieu, n'eût-il
fait qu'y reposer une nuit sa tête, élève un autel au Seigneur. »

Il songeait aux paroles de son ami, et dans quelle situation
elles avaient été prononcées.

« Cela non plus ne se rencontrerait point ailleurs : un
pauvre pasteur suivant sa voiture à poulets et que l'idée immortelle de Patrie remplit d'enthousiasme. Étrange contraste ! Le sublime, chez nous, se montre même à travers nos
plus grandes misères, nos plus grandes pauvretés, et sort
victorieux des formes mesquines qui l'enveloppent. Que tu es
riche, ô ma patrie ! »

Il sentit bientôt sous son pied le frais et humide gazon
d'une prairie bordée de buissons, sous lesquels coulait un
clair ruisseau. A cette âme vive, saine, jeune, les actes sym-
boliques plaisaient encore ; ils répondaient en elle à je ne sais
quel vague besoin. Il avait aperçu à quelque distance de
petits rochers au-dessus desquels courait un sentier étroit et
glissant. Il y alla, il descendit entre de grosses pierres jusqu'au bord de l'eau ; là, il releva sa manche, s'ouvrit une
veine et en laissa tomber quelques gouttes dans le courant,
après avoir fait dans son cœur une pieuse et muette promesse.
Puis il plongea son bras dans la source et sentit avec un
agréable frisson l'onde fraîche laver son sang brûlant. Ainsi,
moitié à genoux, moitié assis à l'ombre des humides rochers,
il regardait de côté dans le vague du ciel, quand tout à coup
une charmante chose attira et captiva ses yeux. Quelques
vieux troncs d'arbres pourris se dressaient immobiles et tout
noirs au-dessus de l'herbe verte. Du fond de l'un d'eux, que
le temps avait entièrement creusé et dont il avait transformé
la poussière en terre brune, sortait comme d'un cratère une
fleur magnifique. Au-dessus d'une couronne de feuilles dou-

cement arrondies s'élevait une tige élancée portant de grands
calices du plus beau rouge. Le fond des calices était dé-
coupé d'un blanc tendre, qui rayonnant vers le bord, s'y termi-
nait en fines petites veines vertes. Ce n'était évidemment point
une fleur du pays, mais une fleur étrangère dont la semence,
par Dieu sait quel hasard, avait été déposée dans cette terre
de jardin, produit naturel des forces de décomposition ; un soleil d'été favorable l'avait, là aussi, fait pousser et s'é-
panouir.

Le chasseur contempla longtemps avec ravissement cette
merveille qui lui était apparue, comme pour le récompenser,
au moment où il venait de jurer d'appartenir corps et âme à
la patrie, et de ne jamais sacrifier aux dieux étrangers. Enivré
par la magie de la nature, perdu dans de douces rêveries, il
appuya sa tête contre un rocher et ferma les yeux. Quand il les
rouvrit, la scène était changée.

Une belle jeune fille, vêtue des plus simples habits, un
chapeau de paille suspendu à son bras, était agenouillée devant la fleur ; entourant tendrement la tige de ses mains,
comme le cou d'un bien-aimé, elle plongeait ses regards au
fond d'un des calices rouges, avec une expression charmante
de surprise et de joie. Elle s'était sans doute approchée tout
doucement pendant que le chasseur sommeillait, renversé en
arrière, Elle ne pouvait le voir : les rochers le lui cachaient,
et il n'eut garde de se trahir par le moindre mouvement,
de peur de faire fuir l'apparition. Mais lorsqu'un instant
après, haletante elle détacha ses regards du calice, elle aperçut
dans l'eau l'ombre d'un homme. Il la vit alors pâlir, abandonner la fleur, et rester sur ses genoux sans mouvement. Il se
souleva entre les rochers : quatre jeunes yeux se rencontrèrent et échangèrent un regard plein d'innocence et de flamme.
Regard rapide ! car aussitôt la jeune fille se releva rougissante,
remit à la hâte son chapeau, et en trois pas elle eut disparu
derrière les buissons.

Il s'avança alors et étendit du côté des buissons son bras
rougi de sang. L'âme de la fleur avait-elle pris forme humaine ? Il la regarda de nouveau : elle ne voulait plus lui paraître aussi belle que quelques instants auparavant.

« Une amaryllis! dit-il froidement; je la reconnais à cette heure; j'ai aussi cette plante dans ma serre. »

Suivrait-il la jeune fille? Il l'eût voulu, mais une pudeur secrète le clouait à sa place. Il porta la main à son front: il n'avait point rêvé, il en était certain. « Et l'aventure, s'écriat-il enfin avec un sourire forcé, n'est pas non plus si extraordinaire pour n'avoir pu arriver qu'en rêve. Une jolie fille qui vient à passer par ce chemin, et qui elle aussi prend plaisir à regarder une jolie fleur, voilà tout! »

Il erra dans des montagnes, des vallées, des champs inconnus, tant que ses pieds le voulurent porter. Il dut enfin songer au retour. Ce ne fut que tard, dans l'obscurité, et avec l'aide d'un guide rencontré par hasard qu'il regagna la Grand'ferme.

Les vaches la remplissaient de leurs mugissements; le maire assis à table, dans le vestibule, avec sa fille, ses valets et ses servantes, se disposait à reprendre ses propos de morale. Mais le chasseur ne se sentit point en humeur de l'écouter : tout, ce soir-là, lui semblait changé, les maximes, forcées, fausses, grossières. Il se hâta de monter à sa chambre, ne sachant trop comment il pourrait faire pour prolonger ainsi sans but son séjour à la ferme. Une lettre de son ami Ernest qu'il trouva sur sa table augmenta encore son humeur chagrine.

Dans cette disposition qui le priva de sommeil une partie de la nuit, et qui n'était point encore dissipée le lendemain matin, il fut enchanté de voir arriver une petite voiture que le diacre lui envoyait pour l'amener à la ville.

Des créneaux, de hauts murs, des bastions annonçaient de loin que la petite cité, autrefois membre puissant de la ligue hanséatique, avait eu ses jours de grandeur et de guerre. Un fossé profond l'entourait encore, transformé il est vrai en jardinets et en carrés de potagers. La carriole après avoir passé sous une sombre porte gothique, et cahoté sur un pavé défoncé, s'arrêta enfin devant une maison d'agréable aspect; le diacre reçut le chasseur sur le seuil et l'introduisit dans une jolie demeure, animée, égayée par la présence d'une jeune femme vive et gentille, et de deux garçons bien éveillés qu'elle avait donnés à son mari.

Après le déjeuner, ils firent un petit tour dans la ville. Les rues étaient fort désertes. On y rencontrait de vieilles arcades, des tourelles, des consoles, des fragments de statues de pierre, et par-ci par-là une mare, une petite place plantée d'arbres, des gazons. Autour d'un vieux bâtiment orné de charmants obélisques aux quatre coins, et d'une frise où l'on avait sculpté une guirlande de roses et de feuilles de rue¹, sautait un pétulant petit ruisseau; le lierre et la vigne vierge s'étaient nichés dans les crevasses des murs. De tous côtés la plus complète solitude.

« Ne croirait-on point, » s'écria le chasseur, en s'arrêtant là, ou en quelque endroit semblable, « ne croirait-on point surprendre à l'œuvre le génie de l'histoire ?

— Oui, répondit le diacre, on se trouve ici transporté dans un autre âge, et l'âme s'abandonne tout entière aux souvenirs. Ajoutez qu'une partie de la population ne se compose que de ruines d'hommes. »

— Comment cela? demanda le chasseur.

— Comme il ne fait pas cher vivre ici, à cause aussi de la tranquillité de l'endroit, et peut-être d'un certain air de vétusté qui plaît aux vieillards, beaucoup de gens âgés, retirés des affaires ou des emplois, viennent s'y établir et passer leurs derniers jours entre ces murs tout rongés par le temps. Nous avons ici une foule d'anciens fonctionnaires, d'anciens officiers, d'anciens marchands qui y mangent leurs pensions et leurs rentes. Un grand nombre de ces invalides ne sont sans doute que d'ennuyeux radoteurs ; mais on ne laisse pas de rencontrer des gens qui ont beaucoup vu, beaucoup observé, amassé un riche fonds d'expérience, et qu'il y a plaisir à interroger sur bien des choses qui ne sont pas si généralement connues. Les débris de pierre nous racontent l'histoire, et nous possédons toute une collection de mémoires dans les débris vivants qui se traînent parmi les autres. Je vais tout à

_____

1. Il y a dans les armes de Saxe un crancelin (portion de couronne posée en bande) à fleurons de feuilles de rue.

l'heure vous faire voir un de ces curieux fragments : un
vieux capitaine; mais de grâce gardez-vous de le contredire
en rien, car il ne peut supporter la contradiction. »

Il sonna à la porte d'une assez belle maison, à moitié cachée derrière quelques gros châtaigniers. Un domestique vint
ouvrir, et conduisit les deux amis, avec une roideur toute
militaire, dans une chambre brillante de propreté. Puis il
alla prévenir son maître, qui, disait-il, était en train de donner à manger aux poulets. Le diacre examina la chambre
d'un coup d'œil, et dit rapidement au chasseur :

« Le capitaine est aujourd'hui en veine française : ainsi au
nom du ciel, quoi qu'il puisse dire, n'allez point prendre feu,
vous laisser aller à votre enthousiasme de patriote allemand. »

Le chasseur jeta aussi les yeux autour de lui. Tout dans
l'appartement respirait le culte des souvenirs de l'empire.
Sur le bureau était exposée une statuette de Napoléon, vêtu
de la redingote grise, les bras croisés; plusieurs autres bustes et médaillons rappelaient encore son image. Les murs
étaient couverts de cadres. C'était Murat, à cheval, dans son
costume théâtral; Eugène, Ney, Rapp. Le général Bonaparte
visitant les pestiférés de Jaffa, le premier consul à Saint-
Cloud, les adieux de Fontainebleau n'avaient garde de manquer à la collection, non plus qu'un grand nombre de sujets
analogues. Dans un coin de la chambre, une petite biblio-
thèque contenait les œuvres de Ségur, de Gourgaud, de Fain,
de Las Cases et de quelques autres.

Le chasseur cependant n'avait pas très-bien compris l'a-
vertissement de son compagnon, et l'allait prier de s'expliquer davantage, lorsque le capitaine entra. C'était un assez
vieux monsieur en redingote bleue, le ruban rouge à la bou-
tonnière. Son maigre visage était sillonné d'innombrables
rides et de quelques balafres. Il salua ses hôtes avec une politesse froide, les invita à s'asseoir, et s'informa du nom du
chasseur que le diacre prononça étourdiment, avant que celui qui le portait eût pu l'en empêcher.

« J'ai connu, dit le capitaine en cherchant dans ses souvenirs, j'ai connu quelqu'un de ce nom en Russie, parmi les

Vurtembergeois. Le hasard nous réunit plusieurs fois ; nous fûmes même faits ensemble prisonniers à Smolensk ; mais nous réussîmes bientôt à nous échapper...

— C'était mon oncle, » dit le chasseur.

A ces mots, le front du capitaine s'éclaircit ; il serra la main au neveu de son vieux camarade, comme à une ancienne connaissance, et se mit aussitôt au long récit de ses campagnes qu'il mena jusqu'à la bataille de Leipsick. Mais arrivé là, il s'arrêta court, il y eut comme une barrière qu'il ne put franchir. « Un grand homme, dit-il en terminant, est un grand homme. Sous quelque amas de ruines et de décombres que le malheur ait enfoui sa statue, l'humanité l'en retire un jour et la relève. Toutes les victoires qui par deux fois ont conduit ses adversaires à Paris, quelle gloire ont-elles value aux vainqueurs ? Aucune. Ce sont là des faits que tous écoutent et se racontent froidement ; mais l'Empereur, l'Empereur est resté la seule grande figure de cette époque. Il a tourmenté les hommes, et cependant ils l'ont divinisé. Ah ! croyez-moi, souhaitons au peuple de souffrir un peu, plutôt que de s'endormir dans un lâche bien-être ! En vérité je vous le dis : les invalides pourront veiller près des monuments de fonte aux toits pointus [1], et en ouvrir les grilles aux touristes anglais ; mais la colonne Vendôme seule verra chaque cinq mai tomber à ses pieds une nouvelle jonchée d'immortelles. »

Le diacre se leva ; le capitaine demanda s'il n'aurait pas l'occasion de revoir l'étranger.

« Assurément, lui dit le diacre ; mon jeune ami nous fera le plaisir d'assister à notre réunion littéraire ; et, cette fois, nous comptons fort sur vous, mon cher capitaine.

— Je vous communiquerai, répondit le capitaine d'un ton ironique, un extrait des *Mémoires* de mon défunt ami ; il pourra vous édifier sur les mirmidons qui prétendent avoir battu le grand empereur. »

« Mais voilà un enragé bonapartiste, dit le chasseur au diacre en sortant.

---

1. Allusion sans doute au monument du Kreuzberg, près de Berlin.

— Cela dépend des jours, » répondit celui-ci ; et, se tournant vers le domestique qui les accompagnait :

« Jean, ne pourriez-vous point nous montrer la chambre prussienne ? »

Le vieux serviteur regarda d'un air inquiet autour de lui, et répondit après une pause :

« Monsieur ne va pas tarder à sortir ; glissez-vous dans la chambre ; je ferai sentinelle. »

Le diacre, traversant le vestibule, emmena son ami de l'autre côté de la maison, et lui ouvrit une pièce dont les fenêtres, encadrées de vigne, ne laissaient pénétrer qu'une lumière adoucie par de verts reflets, et donnaient sur un agréable parterre de fleurs. La première chose qui frappa le chasseur fut un trophée de canons, de drapeaux, d'armes de toute espèce, dressé en face de la porte sur un grand piédestal. Sur le piédestal brillaient en chiffres d'or les trois dates de 1813, 1814, 1815 ; et, au-dessus du trophée, se détachaient, sur un fond blanc entouré d'étoiles d'or, les noms des grandes batailles de la délivrance. Les murs étaient ornés des bustes des princes alliés et de leurs généraux. Des gravures représentaient le départ des volontaires ; Blücher et Gneisenau enveloppés de leurs manteaux et chevauchant dans la plaine après la bataille de la Katzbach ; l'entrée des alliés à Paris ; les plans de Leipsick et de Waterloo. Et, pour achever le symétrique contraste de cette chambre avec la chambre française, on y avait aussi réuni une petite collection d'ouvrages militaires, écrits par des Allemands dans un esprit tout allemand.

« Çà, me direz-vous le mot de l'énigme ? » demanda le chasseur qui considérait avec le plus profond étonnement tous ces objets. « C'est donc un amphibie que votre capitaine ?

— Hé ! quelque chose d'assez approchant, répondit le diacre. Je viens d'entendre la porte se refermer ; le capitaine a quitté la maison : je puis vous expliquer à mon aise ces contrariétés qui vous surprennent si fort. »

Il força son ami à s'asseoir sur un canapé et reprit :

« Notre capitaine est un caractère anguleux, roide, tout d'une pièce. Aussi ses souvenirs se sont-ils séparés les uns des autres comme deux figures géométriques. Il a servi dans l'armée française avec une grande distinction ; il a, comme vous avez vu, gagné le ruban rouge sous ses aigles. Après la bataille de Leipsick son corps fut licencié : l'Allemand fut rendu à lui-même, à la patrie ; et lorsque l'ouragan de la guerre, en s'étendant, entraîna toute l'Europe contre la France, il eût été peu naturel que cette vieille épée restât dans le fourreau ; il entra donc au service de Prusse et se rangea, ainsi que tant d'autres, du côté de ceux que, quelques mois auparavant, il eût voulu pouvoir anéantir. Il fit preuve, sous ces nouveaux drapeaux, du même courage ; et l'on raconte que, dans les sanglantes batailles des Pays-Bas surtout, il se battit comme un lion. Il joignit à la croix de la Légion d'honneur la croix de Fer, devenue si ennemie de l'autre.

« La paix faite, il ne resta plus que peu de temps à l'armée ; ses blessures, ses fatigues l'avaient entièrement cassé. Il se retira ici avec sa pension qui lui assurait une honnête existence. Tandis que tous autour de lui, dans les provinces orientales reconquises par la patrie, trouvaient moyen de s'arranger avec leurs sentiments, en amalgamant ou du moins soudant, tant bien que mal, bout à bout leurs sympathies pour l'empire déchu et pour la nouvelle Allemagne, la dure tête de notre pauvre capitaine n'y put du tout réussir. L'épée au poing, il avait aveuglément frappé d'estoc et de taille, pour ou contre ; mais, dans les loisirs et les réflexions de la paix, il fut bientôt en proie à un trouble, à un déchirement intérieur tel, qu'il en pensa devenir fou. Il ne pouvait se dissimuler que, dans une même année, il s'était montré aussi brave Français qu'intrépide Prussien ; qu'il s'était de son mieux employé, jusqu'en octobre, à châtier *la perfidie du cabinet de Berlin* ; et, après octobre, à sauver la patrie. Il jetait des regards étranges sur les deux ordres, ces lions belliqueux qui, comme de paisibles agneaux, reposaient l'un à côté de l'autre sur sa poitrine. Il lui échappa des paroles et des actes qui inquiétèrent sérieusement ses amis.

« Tout ce que je vous dis là je ne le sais que par ouï-dire ;

car, dans ce temps-là, je n'étais point encore ici. Il est possible que cet état ne fût qu'un effet des blessures qu'il avait reçues à la tête et des glaces de la Russie; mais je suis convaincu, pour mon compte, que la cause en était morale: trop d'idées cherchaient où se loger dans les cases étroites de cet honnête cerveau. Finalement, la fièvre s'empara de lui, et lui fit recouvrer la liberté du corps et de l'âme. Ce fut immédiatement après cette crise, et son rétablissement, qu'il adopta le train de vie que je lui vois mener depuis que j'ai fait sa connaissance, qu'il prit ces arrangements dont la bizarrerie vous a frappé.

« Il assujettit en effet ses souvenirs à une discipline toute militaire, et les partagea, pour ainsi dire, en deux corps d'armée séparés et indépendants. Pour un temps il est Français, il s'abîme dans la contemplation des merveilles de l'ère napoléonienne; puis, pour un temps encore, il se fait Prussien tout aussi décidé, il exalte la grande époque du réveil et du soulèvement populaire. Ces phases alternatives se succèdent selon qu'il a été plus vivement frappé d'une idée appartenant à l'une ou à l'autre catégorie, et durent jusqu'à ce que la suite des souvenirs, qui a été mise en mouvement, ait tout entière défilé dans son imagination. Il va sans dire qu'il ne porte jamais que l'un ou l'autre des ses ordres, le prussien ou le français. Pour chacune des deux périodes par où il passe, il s'est fait préparer un logement à part ayant sa chambre à coucher. Il se tient de l'autre côté, au milieu des maréchaux lorsqu'il est Français; il s'établit ici, près du trophée, quand revient la lune prussienne. N'est-il pas vrai que nous possédons dans notre ville de bons originaux ?

—On se croirait, en effet, chez vous, dans le monde de Tristram Shandy. Du reste, si singulière que paraisse la méthode du bon capitaine, je ne la trouve pas précisément déraisonnable. Maint Allemand qui, pendant un fort long temps, n'a pas su au juste ce qu'il était, Français ou Allemand, aurait pu devoir à cette méthode de mieux conserver la droiture et la pureté de son caractère. Mais quel tour son cœur lui a joué à son insu! Il a choisi pour chambre nationale la mieux exposée, celle qui donne sur ce riant jardin; tandis que la chambre française est triste et n'a vue que sur une rue morne et déserte.

— Il faut dire aussi, à la louange du capitaine, reprit le diacre, que, bien que son imagination soit occupée des jours, des mois entiers des réminiscences d'une gloire étrangère, jamais il n'a souhaité le moins du monde de voir revenir ces temps de calamités et d'horreurs. Il est pour notre société scientifique et littéraire un membre très-utile; car il possède un vrai trésor dans les *Mémoires* qu'un de ses intimes amis, un officier, lui a légués en mourant. On y peut suivre, par le menu, le train journalier de la guerre, ce que les livres d'histoire, les descriptions de batailles et les rapports militaires n'ont garde de nous révéler; et, comme c'est un homme d'un cœur chaud, un observateur sincère et exact qui a écrit ces pages sans prétention, il m'a semblé plus d'une fois, en écoutant certains récits, voir se dérouler une nouvelle *Iliade* et une nouvelle *Odyssée*. Dans ces vives peintures, du moins, malgré l'obéissance passive, malgré ce que, de nos jours, la conduite de la guerre a de mécanique, l'individu souffre et agit comme un héros d'Homère. Le capitaine nous lit de temps en temps quelques extraits du manuscrit. »

Le chasseur voulut savoir ce que c'était que cette société scientifique et littéraire dont il n'aurait point soupçonné l'existence dans un pareil endroit. Le diacre satisfit sa curiosité tout en achevant de lui montrer la ville; il lui expliqua en souriant la constitution et les statuts de l'académie; il lui parla de ses membres les plus actifs, parmi lesquels, outre un poëte, on comptait un antiquaire et un voyageur de profession. Il ajouta que s'il lui avait envoyé la voiture ce jour-là, c'était un peu à cause de la séance qui devait avoir lieu le soir même et qui pourrait lui faire passer quelques heures agréables.

Sans sortir de l'enceinte de la ville, ils étaient arrivés devant une assez vaste prairie. Une vieille église gothique s'y élevait, aussi verte que le gazon où elle était assise. Le chasseur ne pouvait se lasser de la contempler. La couleur seule que la pierre avait revêtue faisait déjà rêver; et puis tous ces

matériaux disjoints et effleuris s'étaient prêtés aux jeux les
plus capricieux de la nature : secondée par la pluie et l'humidité, elle avait donné aux riches piliers, aux sculptures,
aux arêtes, aux angles, des formes toutes nouvelles, tellement que certaines parties de l'édifice semblaient être sorties
de ses mains et non de celles de l'homme.

« Quels étonnants symboles s'offrent souvent à nous ! s'é-
cria le chasseur. Voyez cette église où personne ne peut plus
distinguer, quant aux accessoires du moins, la pensée de l'architecte de ce qui est l'œuvre du temps et du climat.... Et
hier, dans le bois, auprès d'une fleur m'est tout à coup apparue une jolie fille. »

Le diacre pressa le chasseur de s'expliquer ; le jeune
homme lui conta, l'œil brillant et d'une voix émue, son aventure de la forêt.

« A en juger par votre description, vous avez rencontré la
blonde Lisbette, dit le pasteur. La pauvre enfant court le pays
afin de recueillir quelque argent pour son vieux fou de père
adoptif ; elle m'est aussi venue voir il y a quelques jours,
mais en passant et sans vouloir s'arrêter. Si c'était elle, la
nature vous a en effet montré un symbole ; car cette jeune
fille s'est épanouie au milieu des ruines, comme votre fleur
merveilleuse au fond du vieux tronc d'arbre. De bons génies
la couvrent de leurs ailes ; c'est la Cendrillon la plus adorable.... Je ne lui souhaite plus que le prince qui tombera
amoureux de son soulier mignon. »

Le diacre et le chasseur se proposaient avant de rentrer de
faire encore une visite à l'antiquaire et au voyageur ; mais ils
ne rencontrèrent ni l'un ni l'autre au logis.

En revanche, ils trouvèrent dans la maison du diacre un
certain nombre d'amies de sa femme, que le hasard semblait
avoir amenées et peut-être bien l'envie de voir le bel et
jeune étranger. Son enjouement, son aimable abandon lui
gagnèrent bien vite la sympathie de toutes ces femmes,
dont aucune n'était laide ; son accent souabe, dont elles
ne pouvaient s'empêcher de sourire, ne lui fit nul tort auprès
d'elles.

Il s'était vanté pendant le dîner de sa discrétion. Quand on se fut levé de table, la maîtresse de la maison, le prenant vivement à part, lui dit à voix basse :

« Vous voyez ces dames (elle désignait du coin de l'œil deux de ses amies qui étaient restées pour le dîner) : gardez-vous de leur rien dire des projets qu'on a pour ce soir; on leur ménage une surprise.

— Vous voulez parler sans doute, répondit-il, de la séance littéraire?

— Précisément, reprit la jeune femme d'un air malin, et surtout, si par hasard vous deviez vous trahir, taisez du moins le lieu de la réunion.... Ah! mon Dieu, quel est-il déjà? »

Il lui dit bonnement l'endroit, que le diacre venait par hasard de lui faire connaître.

« Oui, oui! » s'écria la jeune femme; elle se hâta de rejoindre ses amies, et toutes trois quittèrent la chambre en riant et en chuchotant.

CHAPITRE XI.

Lettre et réponse.

Le grand bailli Ernest au chasseur.

« Si tu m'appelles Mentor, c'est que Pallas Athéné habite en moi; et si, malgré ma divinité, je reste toujours attaché à cet indocile Télémaque, la faute en doit être à l'inexorable destin qui courbe sous ses lois les dieux et les hommes.

« Dis-moi, quel être es-tu? Où commence chez toi la raison et où finit la folie? Veux-tu donc rester éternellement enfant?

Ne donneras-tu jamais que des fleurs sans fruits? J'aurais cru qu'on se lassait de tout, même des sottises, et qu'elles avaient au moins perdu pour toi le charme de la nouveauté....

« Ton vagabondage t'a déjà fait dissiper un temps précieux et plusieurs milliers de florins; et ta maudite manie te jouera encore un mauvais tour. Tes lettres m'ont presque rendu malade; car il y a tout à redouter d'un homme de ton âge et de ta condition qui fait encore des frasques qu'on pardonnerait à peine à un étudiant sans feu ni lieu. Le monde ne croit pas à la folie, il cherche et trouve des explications aux actions les plus extravagantes. Voici en deux mots ce qu'on conte partout de ton escapade. Tu as imaginé de te dire déjà fiancé : on t'a pris au mot; on assure que tu n'as saisi qu'un prétexte pour t'échapper, et que tu vas ramener un de ces jours dans ton château quelque vieille maîtresse d'université. Mlle Clélia, compromise par ton don-quichottisme, se désespère. Voilà ce que m'a rapporté Pfleiderer, qui a passé par chez moi venant de Stuttgart. L'histoire, du reste, un peu gazée, a été mise dans le *Mercure*, et ce que sait le *Mercure*, toute la Souabe ne tarde pas à l'apprendre.

« Mon parti est pris. J'ai juré jadis à ta défunte mère de veiller sur toi, de te sauver des excès où pourrait t'emporter un tempérament trop bouillant : je tiendrai fidèlement ma parole. Voici le temps des vacances; un peu d'exercice, après mes éternelles écritures, m'est nécessaire; la colère, si je te rattrape, achévera de me secouer.... bref, dans huit jours je ferme mon bureau, je descends le Rhin, je me rabats sur ta Germanie de Tacite, où, au milieu des haricots, des porcs et des paysans, tu coules des jours si pleins de jouissance, je me saisis de toi, où que je te trouve, et nous verrons si tu me laisseras revenir seul.

« Du reste, je suis comme toujours

« Ton ami, Ernest. »

Le chasseur au grand bailli Ernest.

« J'envoie ce mot à ta rencontre; je l'adresse à Vilhelm qui te le remettra à Stuttgart; car je m'assure qu'en vrai croyant

tu voudras faire dévotement ta prière dans notre Caaba nationale, avant d'affronter les périls du voyage que tu
vas entreprendre au milieu de peuples étrangers et perfides.

« Maintenant que j'ai reçu ma semonce, je suis content, il
ne me manque plus rien. Mais je suis ravi que tu coures
après moi : j'en conclus que la folie est contagieuse, et plus
forte que la raison. Si tu viens, je me laisse remmener avec
la douceur d'un agneau, sauf le cas où, chemin faisant, ce
Schrimbs ou Peppel me tomberait sous la patte; mais il y a
peu d'apparence. Si je pouvais seulement ravoir mon vieux
Iochem! Qui sait où le pauvre diable court à cette heure? Je
me suis déjà, mais en vain, informé de lui dans plusieurs
journaux.

« Me voilà depuis quelques jours dans cette vieille ville,
chez un de mes bons amis retrouvé par hasard. J'ai été reçu
dans un heureux ménage et une aimable société. J'ai encore
fait la connaissance de quelques originaux assez bouffons,
et qui ne laissent pas d'être de bonnes gens, estimables,
instruits; si bien que tout en riant de leurs travers on ne
peut s'empêcher de les aimer. Que de savoir, que d'esprits
cultivés, d'âmes naïves et indépendantes on rencontre partout chez nous! Quand mon voyage n'aurait eu d'autre résultat
que de me donner cette conviction, il m'aura été fort utile.

« Ce fut avant-hier grande fête : la Société scientifique et
littéraire (ne va pas rire!) avait résolu de s'assembler ce
jour-là. Ils ont fondé une académie où se font des lectures
sur toutes sortes de sujets; mais d'après les statuts, aucun
mémoire, aucun article ne peut être publié. Tout membre,
qui, à l'appui de son opinion, cite un journal ou une revue
quelconque, est mis à l'amende. Les femmes sont rigoureuse-
ment exclues. J'ai passé dans cette réunion une soirée
vraiment digne des jardins d'Académus; car si nous n'y dis-
courûmes pas tous aussi bien que des Grecs, on y déploya
tant de jugement, d'observation, d'enjouement, d'esprit, que
tu en seras émerveillé. J'emploie chaque matin quelques
heures à écrire pour toi une relation de cette soirée sous le
titre de : *Un Banquet*. Je fus cause qu'un incident romanesque interrompit la séance; j'avais innocemment livré aux

dames le secret de la réunion, et la soirée finit d'une façon pleine de gaieté et d'imprévu.

« Je ne sais, mon bon Ernest, mais il me semble que la poésie de la vie est tout près de moi, que je vais pouvoir la saisir derrière chaque buisson, en aspirer le souffle dans le calice de chaque fleur que je porte à mes lèvres. Ici, là, partout la sylphide se laisse entrevoir, et me jette un coup d'œil caressant. Toute existence est-elle donc destinée à ne donner, comme une de ces équations compliquées d'algèbre, qu'une solution approximative? Ou n'y aurait-il point aussi des existences toutes simples, tout unies, qui tirent de l'accomplissement de leurs désirs un résultat définitif? Et que penses-tu de tout ce galimatias que je viens malgré moi de griffonner?

« Je suis aussi peu un poëte, que tu es, toi, un horloger de la Forêt-Noire ; mais la poésie s'échappe à de certains moments de toute âme, comme débordent au printemps les larmes de la vigne. Ce sont des phases de notre existence grosses d'événements, des moments où nos étoiles tressaillent, et font tressaillir notre individualité chétive....

« Ne va rien t'imaginer d'extraordinaire ; seulement il y a des jours où l'on vit plus par la pensée que par sa vie réelle. Je ne rêve plus que bois et forêts, mon âme nage dans un océan de verdure, je m'enivre de la fraîche senteur des écorces, et des étincelles d'or illuminent le champ de ces douces, de ces délicieuses visions.

« Je suis à toi, mon vieil Ernest, à la vie et à la mort.

                                    « Ton fou. »

« P. S. Je plains la pauvre Clélia de tout mon cœur. Je me reproche vraiment de ne t'avoir point encore parlé d'ella. Du reste, qu'on jase sur mon compte tant qu'on voudr

CHAPITRE XII.

Le chasseur tire, et cette fois le coup porte.

Chaque jour cependant quelque objet nouveau venait solliciter l'intérêt de notre jeune Souabe, et le tirer de ses rêveries. Ainsi quelques jours après avoir écrit à son ami Ernest, il alla voir l'antiquaire dont nous avons déjà fait la connaissance à la Grand'ferme. Le vieux Schmitz lui avait fait sentir plus d'une fois par sa mine renfrognée, combien il lui en voulait de n'être point encore venu admirer ses trésors; mais son visage s'épanouit bien vite quand le chasseur lui demanda avec instance la permission de pénétrer dans le sanctuaire, le suivit dans tous les coins et recoins de sa petite maison, étroite, sombre, encombrée du haut en bas d'énormes liasses de parchemins, de vieilles images religieuses, d'armes, d'urnes, de vases de toute espèce, et surtout prêta une oreille attentive à la discussion naturellement amenée de ce problème : *Quel est le lieu où Hermann a battu Varus?* Le chasseur trouva là plus d'une curiosité nouvelle pour lui, et aurait encore bien mieux profité de sa visite, si son guide lui avait laissé le loisir d'examiner chaque chose avec un peu d'attention. Mais à peine en avait-il regardé une quelques secondes, que l'impatient antiquaire l'entraînait, lui criait d'en venir voir une autre, tant il avait de crainte qu'une seule de ses raretés restât inaperçue.

Il vivait, comme tous ses confrères, seul, enterré dans sa collection. Un gros chat noir faisait toute sa société. Celui-ci, selon son habitude, suivit gravement de chambre en chambre son maître et l'étranger, passant aussi sa revue comme un autre archéologue.

Le vieillard s'était fait collectionneur par suite d'un amour malheureux. Il avait, dans sa jeunesse, donné son cœur à une belle fille, qui, de bonne heure orpheline, abandonnée à la garde, ou plutôt à la négligence d'un tuteur faible et insouciant, se trouva à la fois trop libre et de tête trop légère pour mettre quelque raison dans sa conduite. Après s'être plu longtemps à désespérer son constant adorateur par ses caprices et sa coquetterie, elle couronna ces beaux procédés par une infidélité qui fit scandale. Mais elle en fut doublement punie : le ciel voulut qu'elle s'attachât à un homme qui la trahit; et peu après elle tomba gravement malade, et ne se releva plus. Au lit de mort, regrettant sa faute, elle appela celui qu'elle avait trompé; ils se réconcilièrent, et elle lui légua tous ses biens. Il se trouva, parmi, quantité de menus objets d'or, d'argent, d'émail, de chiffons de soie, que cette trop vive créature avait achetés, mendiés, un peu grappillés à droite et à gauche; car son œil, comme celui d'une pie, était fasciné par tout ce qui brille, et ce qui avait une fois tenté ses yeux devait nécéssairement passer dans ses mains. De tous ces brimborions, l'amant survivant composa un assez joli cabinet; mais bientôt il y remarqua des vides; et des monnaies, des bronzes, des sceaux, des parchemins précieux, des manuscrits coloriés vinrent tenir compagnie aux médailles, aux figurines, aux albums et aux portefeuilles. On dirait ces sortes d'objets doués d'une vertu magnétique : l'un attire l'autre invinciblement; et, avant que Schmitz y eût pris garde, ils avaient envahi sa demeure et décidé de sa vocation. Mais comme la manie chez lui devait son origine à un tendre sentiment, elle ne lui avait pas communiqué ce je ne sais quoi de sec et de mort, qui fait que tout collectionneur devient comme une épreuve effacée de sa collection; il avait conservé un grand fonds de bonté et de bienveillance.

Le chasseur, tout en distinguant quelques bonnes choses, avait été obligé de s'arrêter devant beaucoup d'antiquailles sans valeur. Tout à coup, ses yeux se portèrent par hasard dans un coin, où l'amphore que nous connaissons était plutôt cachée qu'exposée.

« Comment ! vous ne me montrez pas cet admirable vase ? Mais c'est peut-être ce que vous avez de plus beau dans votre cabinet, » s'écria-t-il étonné.

Une ombre de tristesse se répandit sur le front de l'antiquaire ; sa langue, d'ordinaire si active, s'embarrassa ; il s'approcha de l'amphore, il la caressa avec la tendresse inquiète d'un père qui caresse un enfant malade, et il raconta avec abandon au chasseur l'histoire de son acquisition.

« Depuis ce jour, dit-il en terminant, où j'ai contre ma conscience donné au maire un certificat pour sa prétendue épée de Charlemagne, bien souvent je ne regarde plus toute ma collection qu'avec dégoût. Car chez nous autres antiquaires, tout repose sur la bonne foi ; et qui a pu prendre sur soi de mentir pour autrui s'ôte à soi-même toute créance à ses propres yeux. C'est ce qui m'arrive déjà de temps en temps : mes aérolithes me deviennent suspects ; voilà déjà plusieurs fois que je rêve que mes bractéates ne sont que des contrefaçons de pacotille. Je crois que, pour en finir et m'ôter ce poids de dessus le cœur, je rendrai l'amphore et redemanderai mon faux certificat, bien que je ne sache trop comment je pourrai me résigner à perdre ce magnifique morceau. »

Malgré l'air profondément affligé du vieillard, le chasseur ne put s'empêcher de sourire.

« Avec de pareils scrupules, lui dit-il, on n'aurait jamais pu former de musées.... Mais, de grâce, qu'est-ce donc que cette épée à laquelle le maire tient tant ? Quel mystère y a-t-il là-dessous ? »

Le collectionneur donna au chasseur les curieuses explications que voici :

« Vous n'ignorez point que c'est sur le sol rouge de notre province qu'ont pris naissance les francs-tribunaux, si improprement appelés Cours vehmiques. C'étaient réellement de francs-tribunaux, malgré tous les abus qui faussèrent plus tard l'institution, c'est-à-dire les tribunaux des libres confédérés des Marches, aussi indépendants en deçà des limites de leurs domaines, de leurs *forts*[1], que le roi dans son palais. Mais, ce que vous ne savez sans doute point, c'est que, dans plusieurs districts de nos environs, plus d'une ferme, qui jouissait jadis du droit de libre justice, est restée en possession de ce privilége par une tradition non interrompue et qui se continue encore. Naturellement ce n'est plus de nos jours qu'un enfantillage; mais enfin il se trouve encore des initiés qui s'assemblent de temps en temps près des anciens francs-siéges; ceux-là en initient d'autres en leur révélant les signes de reconnaissance et tout le cérémonial. Quelques autorités prirent d'abord ombrage de ces momeries, voulurent pénétrer le secret; mais elles n'y réussirent point; les paysans s'entourèrent plus que jamais de précautions et de mystère, et gardèrent obstinément le mot d'ordre.

« Or, la Grand'ferme est une des principales de ces fermesjustices. Suivant la croyance des paysans, les francs-tribunaux ont été établis par Charlemagne, et l'épée conservée à la Grand'ferme passe pour le glaive de justice que l'empereur remit en signe d'investiture au premier possesseur du domaine. Le maire, qui est un fin matois, n'a pas manqué, pour se donner plus d'importance, d'accréditer cette fable, et joue le rôle d'une manière de franc-comte, de chef des francs-juges. Il convoque assez souvent, dit-on, ses assesseurs des grand'fermes voisines et les préside au francsiége. On assure même qu'il a rendu quelque réalité à ce semblant de justice ; qu'ils prononcent sur certaines affaires des jugements secrets. Ce qui est certain, c'est que les vrais tribunaux s'étonnent du petit nombre de contestations qui leur arrivent de ces quartiers-là, malgré l'humeur processive de notre pays.

— Mais comment cela se peut-il faire, puisqu'ils sont sans pouvoir pour faire exécuter leurs arrêts? demanda le chasseur, dont cette étrange révélation intéressait vivement l'esprit romanesque.

---

1. Les fermes de Vestphalie, dit Adelung, s'appellent encore de ce nom.

— Sans doute, répondit le collectionneur, ils ne peuvent plus pendre haut et court à un arbre le récalcitrant; mais s'ils lui refusent toute aide et assistance, tout secours; si, grâce à leur influence, car ils sont les plus riches, ils réussissent à éloigner de lui tout le monde; si personne ne veut plus boire avec lui au cabaret; si son valet et sa servante le plantent là : que fera-t-il? N'est-ce pas là une contrainte assez rigoureuse et efficace? Quelle puissance n'a pas sur un homme l'opinion de ses pairs? On remarque par-ci par-là des paysans délaissés de leurs amis et connaissances ; cela dure un certain temps; puis, un beau jour, tout le monde leur revient. C'est qu'après avoir été mis au ban de la vehme, ils ont été graciés, qu'ils ont obtenu par leur soumission la levée de l'interdit jeté sur leur maison. »

Le chasseur put se rendre compte alors de quelques faits qui étaient demeurés pour lui jusque-là inexplicables. Il dit à l'antiquaire qu'il avait ses raisons pour soupçonner qu'avant peu il se passerait quelque chose au franc-siége, et le pressa de questions, pour savoir s'il n'y aurait pas un moyen de surprendre, d'observer à la dérobée une délibération du tribunal secret. Mais l'antiquaire, qui jugeait la tentative dangereuse, n'en voulut même pas entendre parler.

Le cocher, qui devait reconduire le chasseur à la Grand'-ferme, parut, annonçant que la voiture attendait à la porte. C'était en effet chose convenue avec le diacre, que le chasseur s'établirait à la ville; mais celui-ci se croyait tenu d'aller en personne remercier son ancien hôte et lui dire adieu. Pendant une bonne partie du chemin, le chasseur ne donna pas la moindre attention ni au pays qu'il traversait, ni à son équipage; il songeait au franc-siége, aux mystères du tribunal vehmique, dont une ombre subsistait encore. « Singulier pays, s'écria-t-il en lui-même, où tout semble éternel! Et comment nul grand poëte n'en est-il sorti? Les souvenirs si profondément enracinés dans ce sol, ces vieilles mœurs, ces vieux usages sont bien faits cependant pour allumer une imagination. » Il oubliait que le génie n'est point un fruit du sol : c'est la manne qui tombe du ciel dans le désert.

Quand il revint aux choses extérieures, il s'aperçut que sa

petite voiture n'avançait qu'avec une lenteur désespérante, attendu que l'un des chevaux boitait fortement. Il résolut sur-le-champ de renvoyer la carriole et de faire le reste du chemin à pied, quitte à coucher ce soir-là à la campagne, au lieu de rentrer, comme c'était son projet, le jour même à la ville.

Il trouva son hôte qui travaillait à la charpente d'une porte de grange. L'imagination frappée de tout ce qu'il venait d'apprendre, il crut voir le Vieux de la montagne, lorsque le maire, interrompant son ouvrage, leva sur lui ses yeux brillants ombragés de blancs sourcils. Le chasseur annonça son départ de la Grand'ferme.

« Cela se trouve bien, lui dit l'autre ; la jeune fille qui a occupé la chambre avant vous m'a fait dire qu'elle serait de retour ici aujourd'hui ou demain ; il vous aurait bien fallu lui céder la place, et je n'aurais plus trop su où vous loger. »

La ferme entière nageait dans les premiers feux du soleil couchant. Nulle vapeur n'altérait la légèreté, la transparence d'une chaude atmosphère d'été. Le chasseur trouva la cour entièrement déserte ; les valets et les servantes étaient sans doute encore tous retenus aux champs. Il ne vit personne non plus dans l'intérieur, lorsqu'il se rendit à sa chambre. Il y mit en ordre quelques papiers, empaqueta le peu d'effets qu'il avait apportés, puis chercha son fusil.

Il avait disparu. Ne comprenant point qui avait pu le lui prendre, il se décida à l'aller demander au maire. Comme il se dirigeait vers l'escalier, il crut entendre du bruit dans une des pièces qui donnaient dans la galerie. « Peut-être, se dit-il, y a-t-il là dedans une servante qui pourra tout aussi bien me dire où est mon fusil, » et il ouvrit la porte. Mais il se trouva que c'était la chambre à coucher de la fille de la maison, et il aperçut avec effroi un couple des plus tendres. Il se sauva au plus vite et tout ému dans sa chambre ; le fiancé, un jeune et robuste paysan, l'y suivit.

« Il ne faut point que cela vous scandalise, lui dit-il ; car le second ban est publié, et la noce est pour jeudi prochain. Quand les choses sont aussi avancées, personne, ni pasteur ni père, ne s'inquiète plus de rien. Nous ensachons cette nuit du grain chez nous, et je n'avais que l'après-dînée pour venir voir ma promise.

— Cela ne me regarde en rien, dit le chasseur avec embarras. Si seulement je savais où peut être mon fusil !

— Oh bien, je m'en vas vous le dire, répondit le jeune rustre : le beau-père l'a caché derrière cette grande armoire; car il disait que le troisième choral de votre histoire était....

— Comment? choral? Vous voulez dire morale sans doute?

— Oui. Que le troisième choral donc de votre histoire était : qu'il ne fallait point laisser d'arme entre les mains d'un tireur maladroit de naissance; qu'un mauvais tireur ordinaire n'était déjà guère recommandable; mais qu'un tireur maladroit de naissance pouvait faire de grands malheurs. »

Mais le chasseur, sans l'écouter davantage, jeta sa gibecière sur son épaule, courut s'emparer du fusil, le chargea, et, en deux sauts, il fut hors de la ferme, sur le chemin du franc-siége. Il lui tardait d'éloigner, en se livrant à son exercice favori, les images qui l'obsédaient. A la vue de la chênaie dorée par le crépuscule, il avait retrouvé tout son calme.

« Il faut convenir, s'écria-t-il, que les faiseurs d'idylles nous ont furieusement travesti les paysans! Rien n'est vrai : ni les langoureuses bergeries des uns, ni les grossières rusticités des autres. C'est un monde où règne la nature dans toute sa rudesse, mais tout plein aussi de convention et de cérémonie; ni la grâce, ni la délicatesse n'en sont absentes; seulement la délicatesse ne se trouve point où on la cherche d'ordinaire. Est-ce par transport de passion que ce garçon a usé, avant le temps, de ses droits? Certainement non. La coutume le veut ainsi; c'est un joyeux usage du bon vieux temps, et sa maîtresse lui en voudrait peut-être, se croirait méprisée, s'il ne s'y conformait point. »

Il se retrouva avec joie sur la colline, près du franc-siége. Les blés agitaient en frémissant leurs tiges, qui fléchissaient sous le poids des épis; le disque ardent de la pleine lune se levait à l'orient, tandis que l'occident était encore éclairé par le reflet du soleil couché; l'air était si pur, que ce reflet donnait au ciel d'admirables teintes mêlées de jaune et de vert.

Il ne s'était jamais senti si heureux de sa jeunesse, de sa vigueur, de ses espérances. Il se posta derrière un gros arbre, au bord du bois. « Voyons, dit-il, s'il n'y a pas moyen aujourd'hui de faire tourner la chance. Je ne tirerai que sur ce qui s'approchera à trois pas de mon canon; si je manque mon coup, il faudra décidément qu'on m'ait jeté un sort. »

Il avait à dos la forêt; à ses pieds, le grand creux avec les grosses pierres et les arbres du franc-siége; plus loin, en face, les champs de blés mûrs entouraient cette solitude. Dans les hautes branches au-dessus de sa tête s'éteignaient les derniers roucoulements des tourterelles; les sphinx s'éveillaient autour des tilleuls du franc-siége et commençaient à faire entendre le bruissement de leurs ailes vertes et rouges. Dans le bois aussi, peu à peu, mille rumeurs s'élevaient du sol. Un hérisson rampait, encore tout engourdi de sommeil, entre les feuilles; une petite belette sortit son corps souple d'une crevasse de pierre qui ne semblait pas plus large qu'un tuyau de plume. De jeunes lièvres s'élancèrent en liberté, s'arrêtant prudemment après chaque bond, se tapissant, couchant les oreilles, jusqu'à ce que, devenus plus hardis et arrivés à la limite des champs de blé, ils se dressèrent, se mirent à danser, à jouer ensemble, à faire de leurs pattes de devant toutes sortes de gestes folâtres.

Le chasseur se garda bien de troubler en ses ébats tout ce peuple de lièvres. Enfin, une svelte chevrette sortit du bois. Inquiète, le nez au vent, fixant à gauche et à droite ses gros yeux bruns, elle s'avança sur ses fines jambes avec une grâce légère. Le sauvage et agile animal était arrivé en face du canon de son ennemi caché. La pauvrette était si près, qu'il était presque impossible de la manquer; il allait lâcher la détente, quand, s'effarouchant, faisant un écart, elle se rabattit droit vers l'arbre derrière lequel se tenait le chasseur; le coup partit : la bête n'était pas touchée, elle rentra en bondissant dans le bois. Mais du milieu des blés un cri avait retenti, et quelques instants après parut, au-dessus des épis, la figure d'une femme; elle gravissait en chancelant un étroit sentier qui se trouvait dans la direction du coup.

Le chasseur jeta son arme, se précipita vers elle et pensa s'évanouir en la reconnaissant. C'était la jolie fille de la fleur étrangère; c'est elle qu'il avait atteinte au lieu de la chevrette. Elle tenait une de ses mains pressée contre sa poitrine, entre l'épaule et le sein gauche, comme pour arrêter le sang qui coulait abondamment de dessous son fichu. Son visage était pâle, légèrement crispé, toujours charmant. Elle aspira trois fois l'air jusqu'au fond de ses poumons, et dit ensuite d'une voix douce et faible : « Grâce à Dieu, je ne dois pas être dangereusement blessée : je souffre, mais je puis respirer.... Je veux essayer, continua-t-elle, de gagner la Grand'ferme; je croyais m'y rendre par ce sentier, où il était dit qu'un malheur m'arriverait. Donnez-moi votre bras. »

Il fit avec elle quelques pas en redescendant la colline; mais tout à coup elle tressaillit et s'arrêta.

« C'est impossible, dit-elle : la douleur est trop vive; il pourrait me prendre une défaillance en chemin. Il nous faut prendre patience ici, jusqu'à ce qu'il vienne du monde et qu'on m'apporte un brancard. »

Malgré la douleur qu'elle ressentait, elle avait tenu toujours dans sa main gauche un petit paquet; elle le lui donna en lui disant : « Gardez-le-moi; c'est l'argent de monsieur le baron; je pourrais le perdre.... Il faut nous résigner à attendre peut-être longtemps ici, ajouta-t-elle. S'il vous était possible de m'arranger une petite place pour m'étendre ? de me trouver de quoi m'envelopper et garantir ma blessure de la fraîcheur ? »

Elle avait ainsi de la tête pour elle et pour lui. Il demeurait stupide, pâle, immobile comme une statue; le désespoir déchirait son cœur, ses lèvres ne pouvait prononcer une parole distincte. La demande qu'elle lui faisait lui rendit le mouvement: il courut à l'arbre derrière lequel il avait déposé sa gibecière. Il aperçut aussi là son malheureux fusil. Il s'en saisit, et le lança avec tant de force et de fureur contre une pierre, que le bois vola en éclats, que les canons se faussèrent, que les platines furent arrachées. Il maudit cette journée, il se maudit lui-même. Revenu en toute hâte près de la jeune fille, qui s'était assise sur une des pierres du franc-siége, il tomba à ses pieds, et baisant le bord de sa robe, l'arrosant d'un torrent de larmes, qui alors débordèrent, il implorait son pardon.

« Relevez-vous, je vous en supplie, lui dit-elle. Il n'y a point de votre faute.... La blessure n'est certainement pas grave.... Songez seulement à m'aider un peu. »

Il lui fit un siége d'une pierre et de sa gibecière, qu'il plaça dessus. Il lui noua sa cravate autour du cou, et lui couvrit les épaules de son habit. Elle s'assit, et lui à côté d'elle. Il l'engagea, pour être mieux, à appuyer la tête contre sa poitrine. Elle y consentit.

La lune s'était élevée toute grande et radieuse dans le ciel, et éclairait d'une lumière presque aussi vive que celle du jour ces deux personnes, qu'un malheureux hasard avait si fort rapprochées. L'étrangère et l'étranger étaient assis sur la même pierre, tout près l'un de l'autre, dans le plus confiant abandon ; appuyée sur la poitrine du jeune homme, elle gémissait doucement, tandis que sur ses joues à lui roulaient de grosses larmes. Autour d'eux s'étendaient peu à peu le silence et la solitude de la nuit.

Enfin le bonheur voulut qu'un passant attardé traversât les champs de blé. Il entendit le cri du chasseur ; il accourut, et fut envoyé à la Grand'ferme. Bientôt après on entendit les pas de gens qui montaient la colline : c'étaient les garçons apportant un brancard avec des coussins. Le chasseur y déposa doucement la blessée, et elle entra enfin, tard dans la nuit, sous le toit de son vieil hôte, qui ne fut pas peu étonné, comme on peut croire, de voir arriver dans cet équipage celle qu'il attendait.

FIN DU LIVRE PREMIER.

LIVRE DEUXIÈME

NOCES ET FIANÇAILLES

CHAPITRE I.

Par une claire matinée du mois d'août, tant de feux de
cuisine brûlaient à la Grand'ferme, qu'on eût pu croire que
la population de toutes les paysanneries d'alentour était
attendue en masse pour le dîner. Au-dessus de la flamme du
grand âtre, alimentée avec un luxe inaccoutumé par d'é-
normes bûches, se balançait à la crémaillère la plus puissante marmite de tout le ménage; et, rangés tout autour,
bouillaient, fumaient, chantaient encore six ou sept pots de
fer. En avant de la maison, vers le petit bois de chênes,
flambaient, si l'histoire est véridique, neuf feux, et tout autant, à un près, dans la cour, du côté des tilleuls. Tous ces
foyers improvisés étaient garnis de trépieds supportant les
poêles, poêlons et casseroles, ou de landiers auxquels étaient
accrochées des marmites de fort belle grandeur encore, bien
qu'aucune d'elles n'approchât de la capacité de celle qui
fonctionnait dans la cuisine. Les flammes, les brasiers ré-
pandaient dans la maison, et bien loin à la ronde, une forte
chaleur; de rouges étincelles s'échappaient de toutes parts
et volaient jusque sous le toit de chaume; mais, inoffensives
ce jour-là, elles allaient s'éteindre au beau milieu de la plus
inflammable matière : on eût dit que le dangereux élément
voulait se montrer reconnaissant de la confiance illimitée
qu'on lui témoignait.

Les servantes de la Grand'ferme allaient, venaient, couraient d'un feu à l'autre armées d'écumoires et de fourchettes. Pour en venir à leur honneur, il fallait ne point plaindre leur peine, avoir surtout l'œil et la main prestes à retourner, arroser, écumer; car, dans la grande chaudière de la cuisine, on n'avait pas mis bouillir moins de huit poulets pour la soupe, et dans les trente-trois ou trente-quatre autres pots, chaudrons, marmites, poêles, poêlons et casseroles cuisaient, mijottaient, rissolaient six jambons, trois dindons, cinq pièces de porc, et des poulets à l'avenant.

C'était à cette volaille, en effet, que les préparatifs de la fête avaient été le plus funestes. Le coq qui à la tête de la bande fort éclaircie de sa famille, la promenait à travers le pailler de la cour, se retournait de temps en temps d'un air mélancolique, ou jetait un regard de colère du côté des feux où l'on apprêtait ses amours pour les plaisirs d'autrui. Et, dans un des coins reculés de la cour, le vent du matin remuait un gros tas de plumes jaunes, brunes et blanches, dont plus d'une venait tourbillonner jusque dans le voisinage des feux de cuisine.

Pendant que les servantes remettaient du beurre dans les poêles, perçaient les jambons, renouvelaient la braise sous les dindes, enlevaient l'écume des marmites, les garçons, de leur côté, ne chômaient point de besogne. Le petit noir aux yeux vifs dressait, à l'aide de tréteaux, de blocs et de planches, une longue, une interminable table entre les plates-bandes et sous les arbres du verger, après en avoir déjà établi une semblable dans le vestibule. Le gros indolent tapissait de jeunes bouleaux l'entrée de la maison, les murs du vestibule et les portes des deux pièces, où nous avons vu naguère le diacre et son sacristain prendre leur repas. Cette fraîche et agréable besogne lui arrachait de profonds soupirs; il semblait fort incommodé de la chaleur. Sa tâche cependant était bien plus aisée que celle qui était échue à son camarade, le colérique rousseau; car enfin il n'avait à manier qu'une flexible ramée; l'autre avait été chargé de parer le bétail pour ce grand jour. Le rousseau était en train, en effet, de dorer en faux or les cornes des bœufs et des vaches

qu'on apercevait derrière leurs crèches sur l'un des côtés du
vestibule, et d'y suspendre des rubans, des nœuds, des
houppes et bouffettes bariolées. De fait, c'était là un ouvrage peu commode pour un homme surtout d'humeur si peu
endurante. Car plus d'une vache, d'un bœuf ou d'un veau
qui n'avait cure de la fête, se mettait à secouer les oreilles,
à donner de la corne, dès que le rousseau approchait avec
son pinceau enduit de colle ou sa feuille de laiton. Il se con-
tint longtemps, ne laissant que de loin en loin, quand quelque coup de corne lui faisait tomber des mains le pinceau ou
le métal, échapper un sourd grognement, mais qui troublait à
peine le silence complet que gardaient tous ces gens occupés.

Mais quand l'honneur de l'étable, une superbe bête à
taches blanches, dont depuis un grand quart d'heure il ne
pouvait venir à bout, devenue tout à fait mauvaise et sour-
noise, s'avisa finalement de lui vouloir porter un coup dangereux, la rage du rousseau débonda. Il sauta de côté, et,
trouvant par hasard sous sa main cette grande perche qu'il
avait un jour fait sentir, avec tant de modération, à Pitter
du Bandkotten, il en assena du gros bout sur les flancs de
la vache rétive un si terrible coup, qu'elle en poussa un
long mugissement, que ses côtés se mirent à battre, et ses
naseaux à souffler.

L'indolent laissa tomber sa ramée; la première servante
leva les yeux de dessus sa marmite, et tous deux s'écrièrent
tout d'une voix : « Ah! mon Dieu, qu'as-tu fait?

— Quand une carogne comme ça, maugréa le rousseau,
ne veut pas entendre raison et se laisser faire tranquillement, le diable ait sa carcasse! » Et faisant rudement tourner et retourner la tête à la vache, il se mit à la décorer
avec plus de soin que toutes les autres; car l'animal, rendu
plus doux par la douleur, laissa faire désormais sans résistance le brutal artiste.

« Voilà une noce qui vous pourra coûter cher, dit la première servante. Car la Blanche est pleine, et si elle fait veau
avant terme, vous pourrez faire votre paquet.

— Et si tu ne tiens pas ta langue, je vas t'envoyer à toi
ma perche à la tête, s'écria le hargneux rousseau. Il y a long-

temps que le maître ne m'a donné de maxime, et décharger sa bile par-ci par-là, ça soulage toujours; et ce n'est pas un jour comme celui-ci qu'il faut venir tarabuster le monde. »

La Blanche bien belle, bien dorée et enrubannée, il lui donna une tape sur la croupe, et lui dit : « Maintenant tiens-toi bien, et qu'on voie tes cornes! afin que tue aies l'air de quelque chose quand les messieurs seront à table. »

Tandis que les préparatifs de la noce s'achevaient de la sorte en bas, le maire revêtait ses plus beaux habits dans la chambre haute où il gardait l'épée de Charlemagne. Ce qui dans cette contrée distingue surtout le costume de gala des paysans, c'est la quantité de gilets qu'ils mettent sous leur habit. Plus un paysan est cossu, plus il porte de gilets dans les occasions solennelles. Le maire en possédait neuf, qui devaient tous ensemble paraître sur sa personne ce jour-là. Dans une partie de la pièce séparée de l'autre par une toile à semences, tendue en guise de rideau, il les avait méthodiquement suspendus l'un à côté de l'autre à des por-temanteaux : d'abord ceux de dessous, en damas de laine à fleurs, rouge ou gris de fer ; puis ceux de dessus, en drap brun, vert ou jaune ; ces derniers étaient ornés de lourds boutons d'argent. Retiré derrière ce rideau, le maire s'était mis à sa toilette.

Il avait peigné avec soin ses cheveux blancs; et son visage jaune, tout frais lavé et rasé, reluisait comme un champ de navette saupoudré de neige au mois de mai. L'air de dignité naturelle répandu sur tous ses traits était plus marqué qu'à l'ordinaire : il était le père de la mariée, et sentait toute l'importance de son rôle. Ses mouvements étaient encore plus lents, plus mesurés que le jour où nous l'avons vu aux prises avec le maquignon. Il examina attentivement cha-cun des gilets avant de le décrocher; puis il les endossa, les boutonna l'un après l'autre avec précaution, sans se presser le moins du monde.

Il avait déjà mis ceux de damas de laine, et allait passer aux gilets de drap, quand se firent entendre dans le couloir, près de la porte de la chambre, les sons d'un orgue de Bar-

barie ; et une voix rauque, ravagée par la boisson, entonna
l'air suivant :

> « Que personne ne s'informe de mon destin
> Parmi ceux à qui la vie promet encore des plaisirs;
> Oui, je pourrais évoquer des esprits.... »

Le maire interrompit là le chant du cygne de Kosciusko ;
sortant aussitôt de derrière sa toile, il se dirigea vers la
porte en criant d'un ton de colère :

« Qu'est-ce que cela veut dire? Qu'est-ce que ce vacarme
dans la maison des noces ?

— Je voulais seulement m'annoncer, » répondit la voix
de pot cassé, tandis que se mourait tristement la dernière
note de l'orgue. A l'instant entra, ou plutôt se poussa malgré
le maire dans la chambre un homme malbâti, chauve, vêtu
d'une veste courte d'étoffe grossière et d'une culotte déchirée,
des sabots aux pieds. C'était le joueur d'orgue borgne, que
les paysans de la contrée appelaient Gaspard le Patriote, parce
qu'à l'âge de quinze ans, lors des troubles de 1787, il avait
couru se joindre aux patriotes de Hollande. Il en savait long
et ne tarissait pas sur Schonhoven, Gorkum et Nieuport :
cette campagne faisait époque dans sa vie. Il passait d'ailleurs
pour un mauvais sujet qu'on ne se souciait pas trop de rencontrer; les quelques *fenins* [1] que lui rapportait son orgue
étaient toute sa ressource pour ne pas mourir de faim; il
couchait souvent des semaines entières à la belle étoile, ou
dans quelque remise, quelque écurie solitaire ; car un toit à
lui, où il pût abriter sa tête, il n'en possédait point, après
s'être vu cependant dans sa jeunesse à la tête d'un assez bel
héritage : une étrange aventure lui avait fait tout perdre.
Outre les chansons *les plus jolies, les plus nouvelles, imprimées
cette année*, il colportait encore certaines brochures, telles
que : *l'Alliance du duc de Luxembourg avec Satan*; ou *la belle
Caroline colonel de hussards*, qu'afin d'allécher les curieux, il
avait soin d'exposer sur son orgue, pendant qu'il chantait ou
jouait.

1. Liards.

Le maire, furieux de l'impudence de Gaspard le Patriote, avait reculé d'un pas ; et, se mettant les mains sur les côtés :

« Qui vous a dit d'entrer? Allons, qu'on déguerpisse de la ferme ! Il n'y a rien ici pour vous.

— Non, » répondit le joueur borgne, en clignant, d'un air méchant, sous son maigre sourcil, le seul œil qui lui restât, « il n'y a rien ici pour moi. je le sais, maire. Vous me lâchez votre chien dans les jambes et me faites reconduire par lui, quand je veux vous chanter : *Debout, debout, frères, et soyez forts!* ou *la Chanson du Manteau*, ou *le Canapé est mon plaisir*. Oui ; et s'il n'avait tenu qu'à vous, il y a longtemps que la faim m'aurait plus ratatiné qu'une prune séchée au four. Vous agissez de la sorte à mon égard ; et vous savez bien cependant que c'est vous qui m'avez dans le temps fait chasser par votre vehme de mes héritages, et réduit à cet orgue de Barbarie.»

Le maire jeta les yeux sur le coffre garni de fer qui renfermait son glaive de justice ; puis se rapprochant d'un pas du joueur borgne, il le regarda longtemps d'un air calme et imposant ; puis il lui dit :

« Et qui donc est cause que la Grand'ferme passera après ma mort à des alliés, à des étrangers, au lieu de rester à ma race et vraie lignée ?

— Moi, » répondit le borgne, et d'un tour de manivelle il fit rendre à l'orgue quelques sons affreux. « Je vous ai assommé votre gars, votre héritier. Mais vous savez bien le parti qu'il m'avait voulu faire, et où j'ai laissé mon œil gauche. Et vous n'auriez jamais dû me traiter comme vous m'avez traité ; car il est permis de se défaire d'un homme, mais non de le rendre misérable pour toute sa vie.

— N'avez-vous point été régulièrement cité? demanda le maire froidement. Ne vous ai-je point, suivant les priviléges et les formes du franc-siége, déclaré coupable, indigne, infâme, déchu de tous droits, mis au ban et maudit?... Hein?

— Non, répondit le joueur avec un rire de mépris. Ma chair et mon sang et mes os sont, comme de juste, devenus la propriété des corneilles et des corbeaux et de tous les oiseaux du ciel ; mais mon âme est à Dieu, qui voudra peut-être bien la recevoir un jour.

— *Amen*, fit le maire. Mais pourquoi remuez-vous le passé ?

— Ce sont de vieilles histoires ; laissons-les dormir, soit ! dit le joueur en déchirant de rage une des feuilles volantes, étalées sur le couvercle de son orgue, et qui racontait l'infernale alliance du duc de Luxembourg. C'est la faim qui m'a poussé chez vous. J'ai faim. Depuis trois jours je n'ai pas mis ça sous ma dent. Le monde ne veut plus rien me donner : ils ont assez de mes chansons. Maison de noces est ouverte à tout venant, et c'était mon droit d'entrer à la Grand'ferme. Je venais vous prier de me prendre pour votre *plaisant* de cette après-midi, et de me faire donner, suivant l'usage, pour ma peine, à boire et à manger. »

Le maire toisa de la tête aux pieds ce piteux plaisant ; puis il lui dit d'une voix lente :

« Vous n'avez ni tournure ni mine à faire rire les gens. D'ailleurs, j'ai déjà engagé Steinhausen ; et deux plaisants, ce serait pour avoir des querelles.

— Steinhausen, s'écria le joueur en colère, ne sait pas la moitié de mes farces et drôleries ! Je connais les meilleures et les plus nouvelles, dont Steinhausen ne se doute seulement pas.

— Cependant je m'en tiendrai à Steinhausen, » répondit le maire avec le plus grand flegme ; car il avait repris durant le cours de l'entretien son calme habituel. Mais, après ce refus, il ajouta qu'il donnait licence à l'autre d'aller s'établir, loin des invités, dans la chênaie ; qu'on aurait soin de lui porter de quoi assouvir sa faim.

Mais chez ce singulier peuple, les bannis même, ceux que tous repoussent, conservent encore un reste de fierté. A la dure offre de son ennemi, le joueur haussa les épaules avec dédain, et s'écria : « Je n'ai pas encore mangé de pain que je n'aie gagné, et si vous ne voulez pas consentir à ce que je travaille pour vous, eh bien, je garderai ma faim. »

Il tourna le dos et fit mine de vouloir s'en aller. Le maire n'attendit point qu'il se fût complétement éloigné pour re-

passer derrière sa toile. Mais le joueur s'était arrêté sur le
seuil, et, remarquant que son adversaire ne pouvait le voir,
il déposa tout doucement son orgue, se glissa de nouveau,
sur la pointe des pieds, dans la chambre, et l'explora de
l'œil : « Elle doit être fourrée quelque part par ici. Où peut-
elle être ? » se dit-il à part lui.

Le coffre attira son attention; il en souleva le couvercle
avec précaution, et faillit trahir sa joie par un cri, en apercevant, au fond, l'arme rouillée. « Bon ! murmura-t-il ; je
prétends te jouer d'un tour dont tu ne te consoleras jamais. »
Il referma sans bruit le couvercle, revint, sans souffler, vers
la porte, en retira la clef, puis, ayant jeté son orgue sur
l'épaule, faisant résonner ses pas comme s'il revenait encore :
« Maire, dit-il à haute voix, encore un mot ! »

Le maire, qui venait de mettre la dernière main à sa toilette de noce, reparut. Son aspect était des plus imposants.
Un habit de drap bleu clair, découvrant la poitrine, à larges
manches, donnait de l'ampleur et de la plénitude à sa haute
et ferme taille, et laissait voir, boutonnés de façon à se
déborder l'un l'autre, les neuf rangs de ses gilets. Il
avait planté sur sa tête le chapeau à trois cornes et à larges
bords retroussés sur le côté; des guêtres de toile, d'une
éclatante blancheur, recouvraient ses souliers; une grande
canne armait sa main brune et ridée. Surpris de la fausse
rentrée du joueur, il s'arrêta sans rien dire. L'autre se taisait également : sûr maintenant de pouvoir lui préparer des
chagrins mortels, il semblait jouir dans son cœur de la vue
de son ennemi, comme de celle d'une victime parée pour le
sacrifice. Ainsi campés vis-à-vis l'un de l'autre, les deux
paysans, le mendiant et le riche, se considérèrent quelques
instants en silence : le riche plein de dédain; le mendiant se
disant que lui aussi avait enfin prise sur le riche.

« Que voulez-vous encore? demanda enfin le maire.

— Maire, répondit le joueur avec une humilité hypocrite,
décidément, la faim fait trop souffrir, et il n'y a entêtement
qui tienne contre des boyaux qui crient. Je voulais vous dire
seulement que j'irais m'asseoir cette après-midi dans la chênaie et y attendre les miettes qui tomberont de votre table.

— je m'en doutais bien, dit l'homme heureux avec orgueil. *Jour de noce, jour de frairie* : c'est un commun proverbe; je ne le ferai pas mentir à votre égard. »

Il s'avança pour sortir. Le joueur lui barra le chemin.

« Permettez, dit-il, que je vous admire encore un moment. Vous êtes superbe. Voilà un habit qui coûte bien ses soixante écus. Mais il y a une mode qui ne me plaît pas : celle des neuf gilets. Quand on a voyagé de par le monde, quand on a été témoin à Shonhoven de l'avanie faite à la vieille Orange[1], quand on a assisté à la remise de Gorkum, vu enfin tout ce que j'ai vu à l'étranger, on ne peut pas toujours approuver ce qui se fait au pays. Neuf gilets sur le corps, l'un sur l'autre!... Mais vous ne pouvez déjà plus remuer, et il vous faudra endurer une chaleur, surtout pendant le dîner!... Vous étoufferez pour sûr là dedans.

— Ce n'est pas précisément pour son plaisir qu'on s'habille ainsi, repartit le maire gravement. Mais comme mes moyens me permettent d'avoir neuf gilets, je porte neuf gilets; et parce que c'est la coutume depuis des centaines d'années, et que les convenances le veulent ainsi, et que mon père et mon grand-père ont toujours porté neuf gilets à toutes les noces et à tous les baptêmes. Combien donc m'en faudrait-il mettre à votre compte, Gaspard? »

Le Patriote réfléchit un instant et répondit :

« Mais.... six par exemple.

— Bien. Ainsi, si je vous en crois, je m'en vais ôter tout à l'heure le septième, le huitième et le neuvième. Arrive maintenant quelqu'un à qui le sixième gilet ne revient point; puis un autre à qui le cinquième déplaît, et puis un autre qui trouve à redire au quatrième : et ainsi de suite. Une supposition que je me sois réduit à trois gilets? Il se trouvera encore des gens pour critiquer le troisième, et des amis pour me déconseiller le second. Or, il n'y a aucun motif raisonnable pour refuser à ces gens ce que je vous accorde à vous.

---

1. Il veut parler sans doute de l'arrestation de la femme du stathouder sur la route de la Haye, lors des troubles de Hollande (en 1787).

(Note de l'auteur.)

Je reste donc avec *un* gilet, et mon habit par-dessus. Mais, puisque me voilà une fois en train de me mettre à mon aise, et que par le soleil d'été il n'y a vêtement qui ne pèse : ma foi, qui me tiendrait de jeter encore bas mon habit et mon dernier gilet, et, pour peu que le chaud redouble, finalement ma chemise? Et me voilà à courir nu comme la main ou comme un moineau déplumé : ce qui serait une honte et un scandale.

« Il ne faut jamais se relâcher sur des choses qui ont pour elles le bon ordre, le temps, la coutume. Si vous n'aviez pas été chez les patriotes hollandais, et tant trôlé de tous côtés, si vous vous étiez tenu coi dans votre métairie, les sottes idées et l'orgueil ne vous auraient pas tourné la tête. Pour avoir été donner un coup de main là-bas à ceux qui molestaient la vieille Orange, vous vous êtes imaginé qu'il vous serait permis de venir nous molester chez nous, que le monde vous appartenait, et que sais-je encore? Vous avez osé lever les yeux jusqu'à ma fille, ce qui vous était défendu, à vous simple *colon*. Vous avez été cause qu'il y a eu péché, scandale, violences, meurtre et mort d'homme. J'ai dû me faire rendre justice contre vous; vous voilà réduit à tourner votre orgue de Barbarie; moi, je porte encore mes neuf gilets. Et quiconque a le pouvoir d'en porter autant, fera bien de laisser dire, et de ne se pas laisser dépouiller même du neuvième; car il saurait bien par où il commencerait, mais non pas où il s'arrêterait: et voilà la morale de la chose.

CHAPITRE II.

Un pot s'enfuit. — Toilette de la mariée.

Le maire, après son petit discours, avait léntement quitté la chambre et descendu l'escalier, suivi du joueur, qui n'avait trop su que répondre à l'argumentation du vieux, et qui, arrivé en bas, sortit aussitôt, d'un pas furtif, de la Grand'ferme. Le maire examina dans le vestibule les apprêts de la matinée; il donna un coup d'œil aux feux, aux marmites, à la ramée, aux cornes dorées et pomponnées de ses vaches. Tout sans doute lui sembla dans l'ordre; car à plusieurs reprises il inclina la tête d'un air de satisfaction. Du vestibule il se rendit dans la cour, puis du côté de la chênaie, y vit flamber les autres feux, et donna, mais toujours du haut de sa grandeur, de nouveaux signes d'approbation. Chaque fois que le sable blanc, qu'on avait à foison répandu dans tout le vestibule et jusque devant la maison, criait et craquait bien fort sous son pied, ce bruit paraissait lui causer une sensation particulière de plaisir.

Sa revue faite, il était revenu près de la cuisine. A ce moment l'un des pots, que la servante avait poussé trop avant dans l'âtre, était en train de s'emporter, et menaçait de répandre son contenu. Une partie déjà s'était enfuie dans le feu, qui repoussait en sifflant l'élément ennemi. Par malheur, de tant de garçons et de servantes, personne qui se trouvât là: ils étaient occupés à préparer la grande table du verger. Le maire, à la vérité, eût bien pu arrêter les progrès du mal en retirant le vase de sa propre main; mais il n'avait garde de s'oublier à ce point: le décorum ne permettait pas que le

pè re de la mariée fît œuvre quelconque ce jour-là. Il s'arrêta,
il regarda froidement le liquide s'en aller à gros bouillons.
Ce roi d'Espagne qui préféra se laisser brûler le pied par des
charbons ardents, plutôt que de violer l'étiquette en les repoussant lui-même, ne montra point au monde une dignité
plus majestueuse. Il se contenta d'appeler deux ou trois fois:
« Ghitta! » mais sans précipitation, d'une voix calme, qui ne
trahissait ni impatience, ni humeur. Aussi quelque temps
se passa avant que la servante Ghitta parût, et quand enfin
elle arriva, il était trop tard, le pot n'avait plus rien à répandre.

Le maire s'inquiéta peu de ce désastre; il ordonna à la
servante de lui porter une chaise devant la maison; il s'établit là, en face de la chênaie : les jambes allongées droit devant lui, son chapeau d'une main, sa canne de l'autre,
éclairé en plein par un beau soleil, il attendit, serein, confiant et dispos, que les choses suivissent leur cours.

Cependant deux filles d'honneur atournaient l'épousée dans
sa chambre. Quantité de coffres, bariolés de fleurs, et des
paquets de toile, qui renfermaient tout le trousseau, hardes,
literies, fil, linge, chanvre, laissaient à peine dans cette
pièce assez de place pour se retourner, encombraient
l'embrasure même de la porte, et, au dehors, presque toute
la longueur de la galerie. Environnée de ces richesses,
devant une petite glace, était assise la mariée, sérieuse et
plus rouge que jamais. La première fille d'honneur lui mit
les bas bleus à coins rouges; la seconde lui passa la robe de
fin drap noir, et, par-dessus, la veste de même étoffe et de
même couleur; puis toutes les deux s'occupèrent des cheveux,
qui furent relevés, tressés, et réunis par derrière en forme
de roue.

Pendant qu'on l'habillait, la mariée ne dit pas un seul mot.
Ses amies n'en caquetèrent que mieux. Elles s'extasiaient
sur la beauté de l'ajustement, se récriaient d'admiration
à la vue de tant de trésors entassés dans la chambre; et
par-ci par-là un petit soupir qui leur échappait, disait assez
combien volontiers elles auraient changé de rôle avec celle
qu'elles étaient en train de parer. Elles ne tarissaient point

sur les histoires de noces, qui toutes ramenaient la description d'une toilette exactement pareille à celle que, suivant les usages du pays, allait porter la fille de la Grand'ferme. Cet interminable fuseau enfin dévidé, elles vinrent à parler de l'absence de la troisième fille d'honneur. Celle-ci s'était fait dire indisposée, en annonçant toutefois qu'elle espérait encore être en état de venir, mais un peu plus tard que les autres. Or, il était déjà dix heures du matin, dans une demi heure la cloche allait convoquer les gens de la noce à la cérémonie; il était grand temps que la troisième fille d'honneur parût : sans elle, la mariée courait risque de n'être pas accompagnée comme il convenait.

« Elle viendra certainement, dit la seconde fille d'honneur : un jour comme celui-ci, personne ne fait attention à un peu de malaise.

— Et que voulez-vous parier, s'écria l'autre, qu'elle ne viendra point? Je sais ce que je sais : elle n'est pas si malade; mais le dépit qui la tient est trop grand; elle n'a jamais su se contraindre : ç'a toujours été son défaut.

— Mais, bon Dieu! dit avec effroi la mariée qui ouvrit alors la bouche pour la première fois, mais ce serait désolant : si elle nous fait faux bond, il n'y a plus de noce. »

Elle se fût peut-être consolée de l'absence de son fiancé; mais comment se passer d'une troisième fille d'honneur?

« Si tu m'en crois, ma chère Cordula, songeons à parer à ce contre-temps, dit la seconde fille d'honneur, petite personne fine et éveillée. Je m'en vais dépaqueter ton second costume de fête; nous attendrons encore un bout de temps, et si Mlle Sibylle nous plante là, j'habillerai sa remplaçante. »

Sans attendre de réponse, la jeune fille avait ouvert l'un des coffres et en avait tiré toute une fraîche toilette, avec force tulles et rubans. Sa compagne, cependant, fixait dans la roue de cheveux une flèche d'argent, et bientôt toutes deux s'avancèrent d'un air grave vers l'épousée, lui apportant la couronne. Car les jeunes filles de la contrée, dans ce jour, le plus beau de leur vie, n'ornent point leurs cheveux d'un simple chapeau de fleurs, mais d'une vraie couronne, à paillettes d'or et d'argent. Le marchand, qui fournit le reste de la parure, ne fait que prêter la couronne qu'il reprend le lendemain des noces. Elle passe ainsi d'une tête de vierge sur une autre. Il y a une idée juste et belle au fond de cet usage, et je me trompe fort s'il n'est pas sorti de l'instinct divin du peuple qui, en cela comme en tout ce qu'il crée, n'a sans doute pas eu conscience de ce qu'il voulait. Cet emblème, qui ne peut qu'une fois décorer la vie, ne devrait jamais devenir une propriété ; il ne devrait être qu'emprunté, pour toucher quelques instants le front des heureux. Le laurier qui ceint les tempes du héros et du poëte, les fleurs dont le père et la mère entrelacent, avec des larmes et des bénédictions, les cheveux de la fiancée, ne peuvent être que la faveur et le symbole d'un fugitif moment. Oh! combien il serait à souhaiter, croyez-moi, qu'il ne fût plus donné à maintes dames de nos villes de contempler encore avec un vain orgueil ce pauvre myrte, ce myrte fané qu'elles conservent, sous la grande glace, dans un précieux coffret ; qu'on les eût habituées, au contraire, comme les paysannes de Vestphalie, à voir demain sur une tête étrangère la couronne qu'elles ont portée aujourd'hui, et qu'une autre déjà avait portée hier!

CHAPITRE III.

Où l'auteur continue de décrire les préparatifs de la noce.

La mariée baissa un peu la tête lorsque ses amies y posèrent la couronne, et dès qu'elle en eut senti le léger poids, son visage passa du rouge à l'écarlate. Il est beau qu'il y ait dans l'existence de chacun un moment où il voit toute puissance, toute majesté s'anéantir devant lui. Ce moment, ce n'est pas seulement au général qui par une victoire a sauvé la capitale, ou au diplomate qui d'un trait de plume vient de reculer au loin les limites de l'empire, qu'il est donné d'en goûter la douceur; tout homme, une fois dans sa vie, fût-il d'ailleurs condamné chaque jour à la lutte la plus opiniâtre, à la plus écrasante oppression, tout homme a eu cette joie. Le pauvre journalier l'a eue, en élevant dans ses bras son premier né; le mendiant lui-même, sur le grabat où il agonisait, en recevant des mains d'un digne prêtre la sainte communion.

Notre épousée aussi, personne d'ailleurs assez insignifiante, jouit de ce moment, lorsqu'elle reçut la couronne sur sa tête. Au milieu de sa chevelure noire, qui la distinguait parmi cette blonde population, c'était plaisir de voir scintiller l'or et l'argent des paillettes. Appuyée sur ses compagnes, elle se leva, et les deux larges rubans tissus d'or qui pendent derrière la couronne, lui tombèrent le long du dos. Les garçons attendaient déjà à la porte, prêts à emporter le trousseau. Les filles d'honneur prirent leur amie par la main; l'une d'elle s'empara du rouet, qui avait lui aussi sa place marquée dans les cérémonies; et toutes trois descendirent ainsi lentement l'escalier, pour aller rejoindre le père, tandis que les garçons se mettaient en devoir de charger sur leurs épaules les caisses et les paquets, et de les ranger dans le vestibule.

Dans l'intervalle, en bas, devant la porte, le maire avait eu l'occasion de prouver l'empire qu'il avait sur lui-même. Car à peine se prélassait-il là depuis quelques minutes, qu'un jeune garçon parut sur le chemin de la chênaie, s'avançant à pas lents vers la maison : c'était le semonneur de noces, dont l'air contrit s'accordait peu avec tout son costume, et la joyeuse touffe d'au moins cinquante rubans de toute couleur qui flottait sur son chapeau.

« Qu'est-ce donc? demanda le maire; que veut dire cette mine allongée? Est-il arrivé quelque malheur?

— Ah! répondit le jeune semonneur de noces, ne m'en voulez pas, maire; j'en suis bien marri : Hœlscher refuse de venir. »

Le vieux, de saisissement, laissa tomber son chapeau, et ses traits s'altérèrent.

LES PAYSANS DE VESTPHALIE.

« Comment! s'écria-t-il après un silence, Hœlscher ne veut
pas venir.... mon plus proche voisin? Mais ce serait un véritable affront qu'il ferait à toute la fête et réjouissance. Et
pourquoi ne veut-il pas venir? Tu auras manqué ton compliment.

— Oh! pour cela, non, répondit le semonneur. Vous savez
que j'ai toujours la langue bien pendue, et je débite mon
affaire sans broncher, en criant de la bonne façon. Je sais la
chose sur le bout du doigt, comme je l'ai répétée partout, et
aussi chez Hœlscher :

> « Chères gens, bonnes gens de la noce,
> Venez demain à la Ferme, non aujourd'hui;
> Le fiancé et la fiancée
> Seront unis par monsieur le pasteur,
> Et après la cérémonie on ira se mettre à table :
> Il y aura dessus force viande, mais de poisson point;
> Il y aura aussi un bon bout de saucisse :
> Ça met en appétit et éveille la soif.
> On vous servira aussi un ou plusieurs jambons,
> Après lesquels il fait bon boire.
> La remolade ne sera pas oubliée.
> Dans la soupe il y aura des poulets
> Qui n'ont jamais chanté.
> Mais le meilleur, ce seront quatre dindons
> Qui sont restés cinquante ans à la chaîne;
> Aussi sont-ils gras devenus.
> Donc c'est dit : à la Grand'ferme trouvez-vous tous;
> Sinon, vilains, foin de vous!... »

Le semonneur aurait défilé l'interminable kyrielle de ces
vers, qu'il récitait du haut de sa tête, pour laisser, à chaque
rime, tomber sa voix d'une manière monotone, si le maire,
impatienté, ne lui avait coupé la parole :

« Je n'ai que faire de ta chanson, dit-il. Pourquoi Hœlscher
ne sera-t-il pas des nôtres?

— Parce que je ne lui ai été faire ma semonce que ce matin au lieu d'hier, répondit le jeune paysan l'oreille basse. Ils
m'ont hier tant offert à boire partout, que sur le soir je me
trouvai la tête un peu prise, et que je m'endormis, et que
Hœlscher me sortit de l'idée; je pensais raccommoder la
chose ce matin, mais....

— Hœlscher ne s'est pas payé de tes raisons, et t'a dit qu'il n'était pas honnête de venir prier les gens le matin même des noces ; que cela se devait faire la veille au plus tard.... n'est-ce pas ? interrompit le maire.

— Hé ! oui, répondit le jeune garçon ; et il a ajouté qu'il y avait dans le compliment : « Venez *demain* à la ferme, et non « aujourd'hui, » et que s'il venait demain, ce ne serait que pour avoir un pied de nez. »

Le maire enfonça de toutes ses forces sa canne dans la terre. Le sang lui était monté au visage avec une telle violence, que les veines de son front se gonflèrent. Il lança au semonneur un regard terrible, dont l'autre tira son chapeau et recula trois pas. Puis il dit :

« S'il ne me fallait pas me ménager, surtout un jour comme celui-ci, je t'allongerais, de ce bâton, un coup sur les oreilles.... que tu oublierais de t'en relever. Hœlscher ne viendra pas ; je le connais : c'est un homme à qui il ne faut pas manquer Et quand j'irais moi-même le trouver, ce qui du reste ne conviendrait point, je n'en obtiendrais rien. Un chacun, maintenant, va demander après Hœlscher ; j'en aurai les oreilles battues et rebattues.... Aïe ! aïe ! aïe !... Quel tort tu as fait à ma noce ! Ne pouvez-vous donc vous tenir d'ivrogner sans cesse comme vous faites ? Croyez-vous donc que sans cela vous ne sauriez profiter ? Regarde-moi : tel que me voilà, j'aurai mes soixante-neuf ans bien sonnés à la Saint-Martin, et il n'y a encore besogne que je refuse : cependant, je défie qu'on me montre quelqu'un qui puisse dire qu'il m'a jamais vu autrement qu'à mon ordinaire.

— Mais aussi vous n'êtes pas fait comme les autres, et il n'y a personne pour prétendre s'égaler à vous, dit timidement le jeune paysan.

— Allons donc ! s'écria le maire. Ce que je suis, le bon Dieu a voulu que tous les hommes le puissent être, et vous seriez comme moi, n'était votre maudite intempérance et mauvaise conduite. »

Pendant cette scène, les garçons, avec leurs caisses et paquets, avaient fait grand bruit dans l'escalier et dans le vestibule, complétement troublé le silence qui jusque-là avait

régné à la Grand'ferme. La mariée, menée par les deux filles
d'honneur, parut sur le seuil; elle portait la tête droite et
roide sous sa tremblotante couronne d'or, comme si elle eût
craint de perdre ce symbolique ornement. Elle donna la main
à son père, et, les yeux baissés, lui souhaita le bonjour; à
quoi le vieillard, sans montrer la moindre émotion, répondit
par un : « Grand merci, » et il se carra de nouveau sur sa
chaise. La fiancée s'assit de l'autre côté de la porte, plaça son
rouet devant elle, et se mit à filer avec ardeur : elle était
tenue de se livrer à cette occupation jusqu'au moment où le
fiancé la ferait monter sur le char nuptial.

L'oublieux semonneur avait pris son temps et s'était es-
quivé. La seconde fille d'honneur instruisit le maire de
l'absence de leur compagne, absence qu'il fallait attribuer,
comme elle le remarqua, non à une indisposition, mais au
mauvais caractère de Sibylle : on savait bien qu'elle avait
autrefois jeté son dévolu sur Vilhelm, le fiancé. Le premier
coup sonnait, il n'y avait plus un moment à perdre. Le
maire qui depuis un quart d'heure allait de contrariété en
contrariété, grommela d'un air soucieux : « Pourvu que tout
se passe dans l'ordre à cette noce!... Voilà bien du guignon....
Hom! hom! Aïe, aïe!... Mais il faut savoir garder sa contenance. » Il donna, avec une répugnance visible, la permission de mettre à Lisbette un costume de fille d'honneur,
pour remplacer la troisième, la jalouse Sibylle. Cette décision rendue, la seconde fille d'honneur courut aussitôt habiller Lisbette; la première s'éloigna également : il lui restait à faire un bouquet pour le marié.

Déjà dans le lointain se faisait entendre par intervalles le
son de la musique; c'était le char nuptial qui approchait.
Mais ce signal annonçant qu'on touchait à l'heure solennelle
qui fait quitter à l'enfant la maison de son père, qui fait
perdre au père la première place dans le cœur de son enfant, ce signal même ne put tirer de leur impassibilité les
deux êtres, qui, comme des personnifications d'antiques
usages, se faisaient pendants des deux côtés de la grande
porte. La fiancée, les joues en feu, mais l'air indifférent,
filait toujours de grand courage; le père regardait droit

devant lui : le père et la fille n'échangèrent pas une parole.

Cependant la fille d'honneur qui s'était rendue dans le jardin, y composait le bouquet du marié. Elle choisit des roses tardives, des lis couleur de feu, des asters orangés, des fleurs qu'ils appellent là-bas les *tant-plus-longues-tant-plus-jolies*[1] (ailleurs petites fleurs de Jésus), et de la sauge. Le bouquet se trouva si gros, qu'on en eût sans peine à la ville fleuri trois mariés : chez les paysans tout doit être cossu. Il n'était pas non plus des plus agréables à sentir; car la sauge exhalait une odeur âcre, et les asters une odeur moins douce encore; mais, pour obéir à la tradition, ces deux fleurs, la sauge surtout, ne pouvaient être oubliées. Le bouquet cueilli, la jeune fille, l'éloignant un peu, le considéra d'un air de joie et d'orgueil; elle le noua avec un large ruban rouge foncé. Puis elle alla reprendre son poste auprès de la mariée.

CHAPITRE IV.

Le chasseur et son gibier.

Tandis que le cérémonial gouvernait tout à la Grand'ferme, deux jeunes gens, sans la moindre cérémonie, s'entretenaient ensemble dans la chambre que le braconnier avait occupée autrefois. Il y avait là des joues brûlantes qui changeaient de couleur à chaque instant : tantôt pourpres, tantôt roses, tantôt couvertes d'une fugitive pâleur; des

1. Chèvrefeuille des bois.

yeux bleus qui se cherchaient, et qui, lorsqu'ils s'étaient rencontrés, comme effrayés de leur audace abaissaient devant eux le voile de leurs cils ; des lèvres qui mouraient d'envie de se rapprocher ; mais comme cette douceur leur était encore refusée, elles frémissaient agitées d'une singulière impatience.

La jeune fille était assise à une petite table, près de la fenêtre ; elle ourlait un joli fichu que le jeune homme avait acheté à la ville, et dont il lui avait fait présent pour qu'elle s'en parât aux noces. Elle se piquait les doigts ce jour-là, plus souvent encore que le soir, où elle avait aidé la fiancée à sa couture ; car quand les yeux ne dirigent point l'aiguille, il n'est caprices ni malices dont elle ne s'avise.

Le jeune homme, debout devant elle, s'employait à son service : il lui taillait une plume. La jeune fille ne pouvait tarder plus longtemps, avait-elle dit, à donner de ses nouvelles, et à demander la permission de passer quelques jours encore à la Grand'ferme. Il était à l'autre bout de la table, et entre lui et la jeune fille, dans un verre, une rose et un lis blanc tout frais cueillis exhalaient leurs parfums. Il n'allait pas trop vite en besogne. Avant d'entamer sa plume, il demanda et redemanda à la jeune fille si elle la souhaitait molle ou dure, fine ou grosse, avec ou sans barbe ; il lui fit encore cent autres questions, entrant dans un si curieux détail, qu'on eût pu croire que cette plume allait servir, pour quelque chef-d'œuvre calligraphique, à un professeur d'écriture. A ces minutieuses questions, la jeune fille faisait à demi-voix de nombreuses réponses, assez peu claires : il fallait tailler la plume comme ceci, et puis comme cela, et puis de temps en temps elle le regardait, et chaque fois soupirait. Le jeune homme soupirait plus souvent encore, je ne sais si c'était de l'incohérence des réponses, ou par quelque autre cause. A un certain moment, il lui donna la plume ; il s'agissait de savoir au juste la longueur qu'il devait donner à la fente. Elle le lui montra, et lorsqu'elle rendit la plume, le jeune homme sentit dans sa main quelque chose encore : la main de la jeune fille ; il la retint ; la plume tomba par terre et leur sortit quelque temps tout à fait de l'idée; car toute leur âme semblait passée dans leurs deux mains qui se pressaient doucement.

Je vais vous dire un grand secret. Ce jeune homme, cette jeune fille, n'étaient autres que le chasseur et la belle et blonde Lisbette. Et si vous me promettez, ô lecteur, d'être enfin pour moi bénévole, de ne me plus tant chicaner, critiquer (ce qui a gâté, en moi, plus d'une bonne qualité, et à vous plus d'un plaisir), je vous veux bien conter ce qui était advenu de Lisbette et du chasseur depuis le jour où il l'avait atteinte d'un coup de fusil en manquant la chevrette.

La blessée avait été au milieu de la nuit portée dans sa chambre. Le maire, sortant de la sienne tout bouleversé, ce qui ne lui arrivait guère, avait aussitôt fait chercher le chirurgien le plus proche. Mais cet homme demeurait à une lieue et demie de la Grand'ferme, il avait le sommeil dur et n'aimait point à se déranger la nuit. Ce ne fut qu'au petit jour qu'il arriva enfin avec ses instruments. Il enleva le fichu qui couvrait l'épaule, examina la blessure, et prit une mine extraordinairement grave et soucieuse. Cependant les craintes ordinaires d'un chirurgien de village durent se dissiper devant le peu de gravité du cas, par trop évident. Le coup n'avait fait heureusement qu'effleurer l'épaule; deux grains de plomb avaient seuls pénétré dans cette jeune chair, et même peu profondément. L'opérateur put sans peine les extraire, appliqua un léger appareil, recommanda du repos et de l'eau fraîche, et s'en retourna au logis en se disant, avec une satisfaction mêlée d'orgueil, que s'il n'avait pas été appelé en toute hâte, et que si, n'écoutant que son devoir, il n'était si vite accouru, la gangrène se mettait infailliblement dans la blessure.

Lisbette avait durant cette longue attente montré beaucoup de patience et de résignation; elle se plaignait à peine, bien qu'une pâleur mortelle trahît assez ses souffrances. Elle supporta de même avec courage l'opération que la lourde main du frater rendit plus douloureuse qu'il n'était besoin. Elle se fit remettre les grains de plomb, et les donna en souriant au chasseur. « Voilà des plombs infaillibles, lui dit-elle; gardez-les, ils vous porteront bonheur. »

Le chasseur les prit, les serra dans un papier, et retira
de dessous la tête de sa belle chevrette, que le sommeil ga-
gnait, le bras dont il l'avait doucement entourée ; car pendant
ces heures de souffrance, depuis son entrée à la Grand'-
ferme comme au franc-siége, Lisbette n'avait eu d'autre
appui. Il n'avait un seul instant cessé d'interroger d'un œil
chagrin le visage de la jeune fille, épiant le regard amical
qu'elle tournait quelquefois vers lui comme pour le tran-
quilliser.

Il sortit dans la campagne. « Il ne m'est plus possible
maintenant, se dit-il, de quitter la Grand'ferme, il me faut
du moins attendre la guérison de la pauvre blessée; c'est
là un devoir d'humanité, » ajouta-t-il. Dans le verger il rencontra le maire, qui ayant appris qu'il n'y avait point de
danger, s'en était allé tranquillement à son travail. Il pria
le vieux de le garder quelque temps encore chez lui. Le
maire se consulta, ne sachant trop où il le pourrait loger.
« Et quand vous ne me donneriez qu'un coin au grenier !... »
s'écria le chasseur : il attendait la décision de son vieil hôte
avec une inquiétude si grande, qu'il semblait que sa destinée
en dépendît.

Après avoir bien cherché, le maire se souvint qu'il avait,
en effet, au grenier, un réduit où il serrait le surplus de ses
grains quand, après une abondante moisson, la place venait
à lui manquer ailleurs. Le lieu se trouvait vide, et il le mit
à la disposition du jeune homme, en le prévenant qu'il ne serait pas trop bien là-haut. Le chasseur y monta sur-le-champ,
et bien que ce misérable local, nu et triste, fût à peine éclairé
par une petite lucarne, qu'il ne s'y trouvât pour s'asseoir
qu'une planche et un bahut, le chasseur en prit possession
avec joie. « Car, se dit-il, tout m'est égal, pourvu que je
reste, que je puisse m'assurer que ma maudite manie n'a
point causé un trop grand malheur. Le temps est superbe : je
ne serai pas forcé de me tenir beaucoup ici. »

De fait, il n'était guère en haut dans son réduit, mais souvent en bas près de Lisbette. Il lui demanda tant et tant de
fois pardon de sa maladresse, qu'elle s'en impatienta, et finit
par lui dire avec un ton de mécontentement, et un petit pli

du front qui lui allait à ravir, de laisser ce sujet. En cinq jours elle fut complétement guérie; l'appareil put être enlevé, et il ne resta plus que quelques petits points roses sur sa blanche épaule pour indiquer la place de la blessure.

Elle resta à la Grand'ferme; car elle avait déjà, comme nous le savons, été priée de la noce par le maire. Celle-ci fut quelque peu retardée, le trousseau ne se trouvant point prêt au jour fixé d'abord. Le jeune chasseur resta aussi, sans que le maire eût songé à l'inviter. Mais il s'invita lui-même en avouant un jour au vieux que les coutumes du pays lui semblaient si intéressantes, qu'il ne souhaitait rien tant que d'assister encore à une noce. Cela fut dit alors qu'il s'était déjà montré bien assidu auprès de Lisbette. Aussi son visage s'alluma, sa langue s'embarrassa quelque peu quand il se résolut à faire part à son hôte de ce grand désir d'étendre ses connaissances.

Le chasseur eut bientôt dans la journée ses bons et ses mauvais moments. Ses mauvais moments, c'était quand Lisbette, ainsi qu'elle faisait chaque jour, aidait au trousseau de la fiancée. Le chasseur alors errait comme une âme en peine. De temps en temps il levait les yeux au ciel, mais plus souvent il les attachait à la terre que çà et là il eût voulu baiser, tant ce sol lui rappelait déjà de souvenirs et lui était devenu cher. Et quand ses pensées s'échappaient en quelques paroles entrecoupées : « La jolie fleur, la jolie fille.... répétait-il ; et son sang, là-haut, au franc-siége.... et puis.... et puis.... »

Il se sentait un grand vide dans l'âme. La solitude lui pesait; toute société, à la vérité, ne lui eût point convenu; il évitait le vieux maire, ou le quittait au plus vite quand il le rencontrait. Il se dirigeait souvent vers la chambre au linge, où il entendait bavarder les filles, et où Lisbette travaillait en silence. Mais à peine avait-il la main sur le loquet, prêt à ouvrir, que le feu lui montait au visage; il se retournait héroïquement, descendait l'escalier d'un pas résolu, sortait de la ferme, et s'en allait droit devant lui bien loin, bien loin dans la campagne.

Ses bons moments commençaient à l'heure où Lisbette pre-

nait quelque récréation et allait respirer au grand air. Il
était sûr qu'alors tous deux se rencontreraient, le chasseur
et elle. Eût-il été au fin fond de la forêt, il lui semblait entendre une voix lui dire : « A cette heure Lisbette sort de la
maison. » Il volait où l'appelait son cœur : ses pressentiments
ne l'avaient pas trompé; de loin déjà il apercevait sa taille
élancée et son gracieux visage. Souvent alors elle détournait
la tête, se penchait pour cueillir une fleur, ayant l'air de ne
se point douter de son approche. Il n'en était pas moins vrai
que l'instant d'avant ses regards s'étaient dirigés du côté
d'où il venait.

Puis ils parcouraient ensemble les prairies et les champs;
car il lui demandait si honnêtement, avec tant de cordialité,
la permission de l'accompagner, qu'elle se fût fait conscience
de lui refuser une chose si simple.

Plus ils s'éloignaient de la ferme pour errer dans les ondoyantes campagnes, dans les vertes prairies, plus ils se
sentaient libres et heureux. Et quand les reflets ardents du
soleil du soir transfiguraient toutes choses autour d'eux et
leurs jeunes visages, ils n'imaginaient point que la vie leur
pût réserver jamais ni peines ni soucis.

Il n'y avait attention, prévenance que le chasseur n'eût
pour Lisbette, un regard d'elle qu'il ne devinât. Avait-elle
par hasard, de loin, jeté les yeux vers quelque bouquet de
fleurs sauvages, épanouies sur un buisson bien haut au-
dessus du chemin, il atteignait les fleurs avant que le désir
de les avoir eût pu naître encore dans l'âme de la jeune
fille. Pour peu qu'une pente devînt moins douce, qu'une
pierre rétrécît le sentier, au moindre ruisseau qu'il leur fallait enjamber, il lui offrait son bras pour la soutenir et la
guider; elle, riait d'un empressement si inutile, et elle acceptait le bras, sans trop se hâter de retirer le sien, même quand
le chemin était redevenu tout uni.

Pendant ces paisibles et douces promenades, nos deux
jeunes gens avaient toujours cent choses à se dire. Il lui
décrivait les montagnes de Souabe, le verdoyant Neckar,
l'Alpe, la vallée de la Mourg, le château de Hohenstaufen,
berceau d'une illustre famille dont il lui racontait aussi l'his-

toire. Puis il l'entretenait de la grande ville où il avait étudié, de tant de personnes savantes qu'il y avait connues. Enfin, il lui parlait de sa mère, de la tendre affection qu'il avait eue pour elle; il lui disait quels sentiments de respect et de sympathie lui étaient restés dans le cœur pour toutes les femmes, parce qu'il n'en pouvait voir une seule sans qu'elle lui rappelât l'image de sa mère.

Il fallait que Lisbette, à son tour, lui racontât l'histoire bien simple de sa vie. Il n'y était question ni de grandes villes, ni de grands savants, ni, hélas! de sa mère. Et cependant le chasseur admirait, était ému; il écoutait avec ravissement les moindres détails. Car l'humble service dont l'orpheline s'acquittait dans la famille qui l'avait recueillie, elle l'avait ennobli par l'amour. Elle lui faisait mille touchants récits sur la vieille demoiselle, et sur M. le baron qui lui avait servi de père; et puis c'étaient des souvenirs d'enfance, une foule d'événements dont le jardin du château avait été le théâtre, ou bien encore des histoires singulières de peuples et de pays étrangers, des aventures merveilleuses sur terre et sur mer qu'elle avait lues par-ci par-là dans quelques volumes dérobés au grenier, et qu'elle avait toutes retenues.

Le diacre comparait, avec raison, Lisbette à cette fleur qui avait poussé d'elle-même dans la poussière d'un vieux saule. Il semblait qu'en cette blonde jeune fille la nature eût voulu prouver sa toute-puissance, et se moquer de ce que les hommes appellent éducation. Cette jeune fille avait l'esprit juste et tenace d'un mathématicien; elle était d'humeur à batailler avec les paysans jusqu'à ce qu'elle leur eût arraché le dernier *gros* [1] des redevances qu'elle se chargeait de recueillir pour son père adoptif; et cependant cette jeune fille était douée d'une âme toute poétique, capable du plus généreux entraînement, ouverte à l'enthousiasme et faite pour le communiquer. On croyait voir passer sur son visage l'âme des choses qui frappaient ses yeux ou ses oreilles. Lorsqu'elle entendait le chasseur lui rapporter les maximes des

1. Pièce de deux sous et demi.

sages, une fine expression d'intelligence effleurait ses lèvres; lorsqu'il lui disait que Charles d'Anjou avait assisté, sombre et impassible, au supplice du jeune et innocent Conradin, son front virginal se plissait de colère et des larmes coulaient de ses yeux; mais une douce ivresse, un rayon de bonheur illuminait sa figure lorsqu'il lui peignait la verte, la sauvage vallée de la Mourg et qu'il lui chantait, de sa voix profonde et harmonieuse :

« Douce journée de printemps! — O splendeur, ô ravissement!— Moi qui trouvai tant d'heureuses chansons, — N'en trouverais-je point une aujourd'hui [1] ? »

La moindre graine confiée à cette terre neuve germait, prenait racine, poussait fleurs et fruits; le chasseur y semait à pleines mains, car elle rendait au centuple. Son monde à lui, le monde de ses pensées, lui apparaissait revêtu d'un éclat tout nouveau, et comme divin, à travers un éclair des yeux de Lisbette ou un sourire de ses lèvres. Aussi trouvaient-ils tous deux, dans leurs mutuels épanchements, des jouissances ineffables, infinies. Tout, en elle, plaisait au chasseur. Quand, à quelque difficulté du chemin, il lui offrait la main, et sentait qu'à sa timide pression répondait une pression plus timide encore, il frissonnait de plaisir ; et lorsque, sollicitant aussitôt une nouvelle caresse, il ne serrait plus qu'une main insensible, il lui savait gré de ce muet reproche. De même encore, une ou deux fois chaque jour, elle attachait sur lui un regard plein d'abandon, et puis ses yeux ne voulaient plus rien dire, si éloquents que fussent ceux du chasseur pour les faire parler. Cette réserve, qu'elle gardait en toutes choses, l'enchantait. Vous le dirai-je ? elle avait la lèvre d'en haut un peu trop courte, et ses blanches dents se montraient un peu trop lorsqu'elle riait ou parlait avec animation : le chasseur aimait jusqu'à ce petit défaut; il lui semblait donner au visage de Lisbette un charme, une grâce

---

1. Ces vers, dans l'original, d'une grâce, d'une simplicité exquise, sont du Souabe Uhland; le sens du troisième a été, comme involontairement, un peu forcé : que d'heureuses chansons, en effet, n'a pas trouvées ce doux et généreux poète !

de plus, quelque chose d'enfantin, d'inachevé, et qui, comme tout en elle, n'attendait sa perfection dernière que du souffle de l'amour.

Ainsi s'écoulaient pour eux, l'une après l'autre, les journées à la Grand'ferme. Le maire, à la vérité, regardait les choses d'un autre œil : il laissait faire ce qu'il ne pouvait empêcher; mais l'intimité de ses jeunes hôtes, tant de si longues promenades seul à seule lui faisaient bien souvent hocher la tête. « Cela est mal de la part de ce jeune noble, » se disait-il à lui-même; et il se promit d'avertir Lisbette à la première occasion.

L'avertir? et de quoi?... Entre elle et son ami tout n'était-il pas innocence, candeur, chaste rêverie? Leurs lèvres n'avaient point encore prononcé le mot d'amour, et ils ne s'étaient point encore donné un seul baiser. Quand, la nuit venue, le jeune homme se laissait tomber sur la paille de son galetas, par la lucarne ouverte il voyait les étoiles, et il les contemplait longtemps, croyant sentir encore le regard de Lisbette le pénétrer jusqu'à l'âme. Quand la jeune fille avait regagné sa chambrette, elle s'agenouillait sur une chaise devant son lit, elle joignait les mains, et pensait dire une belle prière bien qu'aucun mot ne sortît de sa bouche. Lui, quand ses paupières se fermaient, s'écriait encore doucement : « Je voudrais confier à tout l'univers combien elle me ravit. » Elle, en abandonnant sa tête à l'oreiller : « C'est un bien bon jeune homme, » se disait-elle. Et tous deux s'endormaient; et leurs innocentes pensées se visitaient au milieu des ombres mobiles de la nuit.

C'étaient de ces journées dont il est écrit : « Elles fleurissent une fois pour ne plus refleurir ! »

CHAPITRE V.

Ce qui advint dans une église de village.

Enfin, le chasseur avait taillé sa plume. Il glissa une feuille de papier sous la main de Lisbette et la pria d'essayer la plume, ce qu'elle fit; mais elle ne fut pas contente : la plume avait des crans, disait-elle. Il jeta les yeux sur ce qu'elle avait écrit : c'était son nom à elle, tracé d'une main nette et égale. Ces fines petites lettres le ravirent.

« Je crois, dit-il à demi-voix, que la faute n'en est pas à la plume; telle qu'elle est, j'écrirais bien avec toute une pièce de vers.

— Oh! bien, je vous en prie, écrivez-la, dit Lisbette en baissant les yeux. Vous m'avez dit d'ailleurs que votre intention avait été de me donner ce fichu avec un petit mot pour rire.

— Oh! je ne me sens pas en humeur de rire, » s'écria le chasseur. Il prit la plume et le papier, mit devant le mot *Lisbette* le petit mot *à*, et écrivit dessous quelques lignes rimées.

N'allez pas en rire! Le chasseur savait assez bien tourner un bon et franc vers souabe; ceux-ci seraient meilleurs, s'il avait eu le cœur plus libre en les composant :

« Je voulais joindre à mon pauvre présent — Quelques lignes pour t'égayer; — Mais un autre sentiment s'empare de mon cœur, — Et chasse bien loin la gaieté. — C'est la douce et sainte émotion que toute âme éprouve, — Quand la faveur de quelque bon génie — Lui fait contempler la nature — Dans toute la grâce de son libre épanouissement.

« Sérieuse ou souriante, — Ton âme est à toi, rien qu'à toi; — Ce que tes fraîches lèvres disent, — Ton cœur seul l'a dicté : pour-raient-elles mieux dire? — La fleur annonce le fruit; — D'une âme si belle la destinée n'est pas douteuse; — Abandonne-toi donc sans crainte à la vie; — Ton sort, charmante fille, sera digne de toi. »

Il avait à la hâte jeté ces vers sur le papier; car on enten-dait déjà la cloche, et Lisbette, qui devait se joindre au cor-tége, laissait voir quelque inquiétude. Il lui tendit le papier en détournant les yeux, et s'approcha de l'autre fenêtre. Quelques secondes après, il entendit derrière lui des soupirs et comme de légers sanglots. Il se retourna vivement. Lisbette debout, la tête penchée, et comme confuse de l'honneur qu'on lui avait fait, tenait à deux mains le papier devant elle; elle avait cet air d'incertitude charmante d'un enfant ébloui par de trop belles étrennes et qui n'ose les prendre encore. Mal-gré ses larmes elle souriait, et son regard confiant semblait dire au chasseur : « Pour que tu adresses d'aussi jolis vers à la pauvre orpheline, il faut que tu aies vraiment de l'amitié pour elle. » Enfin, elle trouva un mot à lui dire :

« Avec des exagérations comme celles-là, murmura-t-elle, vous finirez par me rendre bien vaine. »

Il s'avança vers Lisbette en fixant sur elle ses yeux étince-lants et pourtant si pleins de douceur, et voulut lui baiser la main. Elle était bien digne qu'on la baisât cette main, elle était restée douce et délicate, en dépit des plus rudes travaux; car il semble qu'à certaines choses rien ne peut nuire. Lis-bette retira sa main, et, fermant les yeux, elle lui offrit ses lèvres. Le chasseur poussa un cri de joie, allait en approcher les siennes. En ce moment, la porte s'ouvrit : c'était la fille d'honneur, un costume de noce sur le bras, venant requérir Lisbette. Surpris, effrayés, le jeune homme et la jeune fille s'éloignèrent l'un de l'autre; Lisbette reprit son fichu; le chasseur, sans regarder Lisbette, se dirigea vers la fenêtre et puis vers la porte et s'esquiva les yeux baissés. Car l'amour seul peut ainsi connaître, si chaste, si innocent qu'il soit, les terreurs et la honte du crime. Vous mêlez le souvenir de celle que vous aimez aux pensées que vous élevez vers Dieu; vous vous dites, comme le chasseur dans ses élans solitaires : « Que ne puis-je crier mon amour sur les toits comme ma meilleure action ! » Et puis, cet amour, à la première question indiscrète, vous le reniez avec indignation, cŏmme Pierre renia le Seigneur.

Au dehors, mêlée aux sons de la cloche, la musique s'était de plus en plus rapprochée, et le char nuptial, traîné par deux vigoureux chevaux, avait paru à l'extrémité du chemin qui traversait le bois de chênes. La première fille d'honneur, son gros bouquet à la main, se tenait avec dignité auprès de la mariée ; les garçons, debout dans le vestibule à côté des caisses et paquets, n'attendaient plus que le signal de les enlever ; le maire cherchait des yeux, d'un air d'inquiétude, la deuxième fille d'honneur, et la suppléante improvisée de la troisième : car si cette dernière, avant l'arrivée du marié, n'avait pas pris la place que lui assignait le cérémonial du jour, c'en était fait, à son sens, de toute la solennité. Heureusement celles qu'on attendait parurent encore à temps au haut de l'escalier ; elles se rangeaient à leurs postes au moment même où le char nuptial débouchait devant la maison sur la petite place.

L'air indifférent, comme tous les principaux personnages de cette fête, le marié descendit du char. Des jeunes gens, ses plus intimes amis, le suivaient, tout chamarrés de rubans et de bouquets. Il s'avança lentement vers la mariée, qui, sans encore oser lever les yeux, filait, filait toujours. La première fille d'honneur vint lui attacher alors le trop odoriférant bouquet d'asters et de sauge. Il la laissa faire sans lui dire un mot de remercîment, l'usage n'ayant rien prescrit à cet égard. Il tendit silencieusement la main à son beau-père, puis aussi silencieusement à sa future, qui alors, se levant, se plaça entre la première et la deuxième fille d'honneur, et devant la troisième.

Pendant ce temps, les garçons avaient chargé le trousseau sur le char. La scène était même devenue quelque peu tumultueuse, tous ces gens s'empressant, courant avec leurs paquets entre les feux de cuisine, heurtant du pied les tisons enflammés dont plus d'un vint petiller et lancer des étincelles jusque sur le chemin que le jeune couple allait suivre. Après que toile, chanvre, literie, hardes. tout y fut, la mariée à son tour s'établit sur le char avec ses trois filles d'honneur, et son rouet qu'elle devait porter elle-même Le marié s'assit, non pas près d'elle, mais tout à fait sur le derrière de la voiture, et les jeunes gens durent suivre à pied, le riche trousseau encombrant tout le reste de la place. Là-dessus l'un d'eux adressa au maire quelques plaisanteries d'usage en pareille occasion, et auxquelles le vieux répondit en riant d'un air narquois. Il marchait derrière les jeunes gens en compagnie du chasseur. Ainsi allaient côte à côte deux personnes occupées ce jour-là de pensées bien différentes ; car le maire songeait uniquement à la noce et le chasseur à tout autre chose, bien que son esprit rôdât sans cesse autour du char nuptial.

Laissons-les s'acheminer lentement vers la ferme du marié où les attend déjà toute la noce : hommes, femmes, jeunes filles et jeunes garçons de tous les domaines d'alentour, ainsi que les amis de la ville, le capitaine et le collectionneur. Pendant qu'on s'occupe à décharger la voiture, prenons les devants et dirigeons-nous vers l'église qui s'élève, tout enveloppée de noyers et de châtaigniers sauvages, sur une verdoyante colline, au centre de la paysannerie.

Dans la sacristie, le diacre cherchait à se pénétrer de son texte. Il était du nombre de ces heureux prêtres dont la foi n'est point troublée par le doute, ce doute vraiment sérieux que la science moderne a la première soulevé et fortifié autour de nous. Les systèmes qui ont plus ou moins subtilisé, fait évaporer la religion ne lui étaient pas restés étrangers, et son esprit était forcé de se dire qu'il y avait là plus de vérité que dans la lettre morte des orthodoxes. Mais, au fond, ses sentiments pour le christianisme étaient ceux que nous avons pour nos parents. Nous reconnaissons leurs faiblesses et nous ne nous en montrons pas moins leurs enfants. Dès qu'il avait mis le pied dans le sanctuaire, il devenait tout autre : là son cœur s'échauffait et acceptait l'Évangile avec tous ses rayonnements, ses miracles, ses contradictions ; il l'acceptait, non comme un poëme, mais comme une histoire réelle, comme une éternelle vérité ; là sa foi n'était pas seulement sur ses lèvres ; c'était un prêtre vraiment édifié qui édifiait les autres.

Ce jour-là aussi il se préparait par une pieuse méditation au sermon qu'il allait prononcer. Mais il était jusqu'à un certain point troublé par la présence du sacristain qui, sans aucune nécessité, s'obstinait à rester dans la sacristie, regardant avec embarras son supérieur et poussant à chaque instant de profonds soupirs. Ce manège dura tant, que le diacre se vit forcé de lui demander ce qu'il avait.

« Ah! monsieur le diacre, une oppression, une angoisse, des palpitations, un afflux de toutes les humeurs vers la tête! répondit le dolent sacristain.

— Je ne m'étonne point si vous êtes oppressé, dit le diacre en souriant. Cet inséparable plastron dont vous vous rembourrez sitôt que nous sortons de la ville et quelque beau temps qu'il fasse, doit nécessairement vous échauffer le sang et vous pousser les humeurs à la tête.

— Ce n'est point cela, monsieur le diacre, répondit le sacristain tout en passant la main sur le creux de son estomac, où les plumes du coussin, inégalement réparties, formaient des ondulations, des bourrelets et des bosses bizarres; ce n'est point cela. Un peu de précaution ne saurait nuire; un refroidissement ne pardonne guère : je suis payé pour le savoir. Ce coussin d'ailleurs est devenu comme une partie de moi-même, et je le porte sur mon cœur sans plus le sentir. Mais ce qui m'oppresse, c'est l'appréhension que j'ai que cette malheureuse noce ne porte atteinte à ma considération, que le corps entier des sacristains, pour ainsi dire, ne soit menacé en ma personne d'une humiliation inouïe.

— Eh! comment cela?

— Monsieur le diacre sait que le maître d'école loci est mort la semaine passée et que sa place n'est point encore remplie. Voilà donc que le marié resterait seul pour servir au repas de noce, celui qui, conformément à la coutume, devait l'aider faisant défaut. Mais ce vieil entêté de maire n'a-t-il pas eu le front de me faire insinuer hier, que c'était à moi à remplacer pour cet office le maître d'école absent, sous prétexte que sacristain et maître d'école c'est quasi tout un? Je n'ai pu fermer l'œil de la nuit et je suis encore tout bouleversé de cette idée.

— Il est certain que, servant les autres, vous ne pourriez pas si bien faire honneur au repas, dit le diacre.

— Autre désagrément ! dit le sacristain d'un grand sérieux. Au besoin cependant on pourrait mettre en réserve dans des paniers et des serviettes la part de la sacristie et empêcher qu'il ne lui fût fait tort. Mais compromettre ma dignité ! souffrir qu'au mépris des franchises de ma place on m'imposât un pareil service ! non, non ! Et plutôt que de céder à de si étranges prétentions, de laisser diminuer mes droits, d'avoir à me reprocher que, grâce à un précédent funeste et peut-être à la faiblesse de mes successeurs, la sacristie restât à tout jamais soumise à cette charge nouvelle : j'aimerais mieux périr !... Encore que je prévoie que mon refus va soulever une tempête épouvantable ; car le maire est buté à cela ; c'est le plus entier des hommes, il ne revient jamais sur ce qu'il a une fois résolu. Ce n'est donc pas sans sujet que vous me voyez triste et soucieux. »

Le diacre, désagréablement distrait de ses pensées par le bavardage de son fou de sacristain, se hâta de l'apaiser en lui promettant d'user de toute son influence, afin d'amener le maire à se désister de son injuste exigence. Le sacristain, le cœur un peu plus léger et voyant qu'il était temps, que le monde était déjà rassemblé dans l'église, sortit pour aller exécuter sur l'orgue, suivant sa coutume en pareille occasion, la *Bataille de Prague*. Il n'avait qu'un prélude, en effet, dans son répertoire et c'était cet antique et héroïque morceau, dont quelques vieilles gens se souviendront peut-être encore si je leur rappelle que le pittoresque chef-d'œuvre s'ouvre par la marche des hussards de Ziethen. Le sacristain trouvait toujours moyen, par quelques modulations, souvent pleines d'imprévu et de hardiesse, de sauter de la fanfare au cantique du jour.

Avant la fin du psaume, le diacre était monté en chaire, et, en jetant les yeux sur son auditoire, il fut grandement surpris. Un personnage de la cour se trouvait au milieu des paysans, auxquels il donnait de fortes distractions, ceux-ci ne se pouvant tenir de lorgner à chaque instant sa décoration par-dessus leurs psautiers. Le grand seigneur eût bien voulu suivre sur le livre de quelque voisin et chanter avec les autres; mais comme chacun, dès que le monsieur de la cour faisait mine de s'en approcher, se retirait respectueusement, il ne réussit qu'à causer un désordre général. Car, lorsqu'il entrait dans un banc, les paysans qui l'occupaient reculaient aussitôt en masse serrée jusqu'à l'autre bout, et désertaient tout à fait le banc, plutôt que de se laisser joindre. Cette manœuvre se renouvela dans deux ou trois bancs, et le monsieur de la cour, qui était venu avec les meilleures intentions du monde dans cette église de village, dut enfin renoncer à prendre une part active à l'office qu'on y célébrait. Des affaires l'avaient amené dans le pays, et il ne voulait point négliger cette occasion de gagner par son affabilité le cœur de ces campagnards, de les gagner au trône, dont il avait l'honneur d'approcher de si près. Dès qu'il avait entendu parler de cette noce de paysans, il avait résolu de se montrer populaire en y assistant depuis le commencement jusqu'à la fin.

Le diacre ne s'aperçut pas sans déplaisir de la présence du grand seigneur, qu'il connaissait pour l'avoir autrefois rencontré dans les salons de la capitale. Il savait quelle scène étrange allait succéder à son sermon, et redoutait les railleries de l'étranger. Aussi ses idées perdirent-elles quelque chose de leur clarté ordinaire; il y eut comme un voile sur son inspiration, et plus il parlait, moins il retrouvait le fil de son discours. Son trouble augmenta encore lorsqu'il s'aperçut que le grand seigneur lui adressait des regards d'intelligence et approuvait certains endroits d'un signe de tête, précisément ceux où l'orateur s'était le moins satisfait lui-même. Aussi abrégea-t-il son sermon, et il se hâta de procéder à la cérémonie du mariage.

Les époux s'agenouillèrent et répondirent aux solennelles questions du prêtre. A ce moment, il se fit dans l'église un mouvement qui causa au noble étranger une inquiétude extrême. Il vit à sa droite, à sa gauche, devant et derrière lui, hommes, femmes, filles et garçons, tirer, des espèces de sacs qui les enveloppaient, d'énormes gourdins. Tous s'étaient levés; ils chuchotaient entre eux et roulaient des yeux qui ne lui semblèrent rien annoncer de bon. Comme il était à cent

lieues de deviner la vraie cause de ces préparatifs, son imagination se mit à battre la campagne, et comme les gourdins
étaient incontestablement destinés à tomber sur le dos de
quelqu'un, il se figura que ce pourrait bien être sur le sien.
Il se rappela de quelle façon farouche tout le monde s'était
écarté de lui à son approche; il songea à la brutalité des gens
de campagne : il conclut que ces paysans, qui ne connaissaient point encore son humeur populaire, s'était donné le
mot pour se débarrasser d'un intrus qui les gênait. Tout cela
traversa son esprit avec la rapidité de l'éclair. Il ne savait
quel parti prendre afin de préserver sa dignité et sa personne d'un si indigne attentat.

Il se demandait encore avec désespoir comment il allait se
tirer d'une situation si délicate, lorsque le diacre termina la
cérémonie, et à l'instant ce fut un épouvantable tumulte.
Porteurs et porteuses de bâtons se précipitèrent en masse en
avant, poussant des cris, se bousculant l'un l'autre, et brandissant leurs armes. Le monsieur de la cour, sautant de
côté par-dessus plusieurs bancs, tomba en trois bonds au
pied de la chaire, en gravit les marches quatre à quatre, et
du haut de ce point élevé, d'une voix forte, il jeta ces mots à
la foule en délire :

« Je ne conseille à personne de toucher à un cheveu de ma
tête! Je suis venu au milieu de vous avec les meilleurs, les
plus populaires sentiments. Mais sachez que tout outrage qui
me serait fait..., Sa Majesté le vengera comme un outrage fait à
son auguste personne! »

Mais les paysans ne l'écoutaient point, tout à la fureur qui
les possédait. Ils couraient vers l'autel, et plus d'un, dans la
bagarre, reçut de bons horions qui n'étaient pourtant point à
son adresse ; car c'était au nouveau marié seul que tous en
voulaient. Élevant les mains au-dessus de sa tête, celui-ci
cherchait à se frayer un passage au travers de la foule pressée qui faisait danser les gourdins sur ses épaules et sur
toute la longueur de son échine. A force de vigoureux efforts,
il parvint à se pousser jusqu'à la porte, mais après avoir essuyé une grêle de coups; et c'est le corps moulu, couvert de
bleus, qu'il sortit de l'église en ce grand jour de sa vie. Toute

la noce s'élança après lui ; la mariée et son père suivirent ; le
sacristain ferma aussitôt la porte sur eux et se rendit à la sacristie, qui avait une porte de sortie particulière du côté de
la campagne. En quelques secondes, l'église se trouva vide.

Le monsieur de la cour était resté dans la chaire. Le diacre,
debout devant l'autel, s'inclina en souriant. Dès que le noble
personnage eut pu se convaincre, du haut de son mon
Ararat, que les coups n'étaient point pour lui, il reprit ses
esprits ; mais les bras lui étaient tombés, et, le silence rétabli, il demanda au diacre :

« Expliquez-moi, au nom du ciel, monsieur le pasteur,
la cause de tout cet enragé vacarme. Qu'avait donc fait ce
pauvre diable à ceux qui sont tombés sur lui ?

— Rien, Excellence, répondit le diacre, qui, malgré la
sainteté du lieu, avait peine à retenir un sourire, en regardant l'homme de cour juché dans la chaire. Cette distribu-
tion de coups de bâtons faite au marié après la bénédiction
nuptiale, est un antique usage, auquel ces gens n'ont jamais
voulu renoncer. Ils disent qu'il est bon que le mari sente
combien les coups font de mal, afin qu'il ne soit pas tenté plus
tard d'abuser contre sa femme de ses droits domestiques.

— Oui-da? Mais ce sont là des coutumes bien bizarres, »
murmura Son Excellence en descendant de la chaire. Le diacre
la reçut au bas avec une respectueuse politesse, et fut honoré
par elle de trois baisers sur la joue. Puis le prêtre l'accom-
pagna jusqu'à la porte de la sacristie. Encore mal remis de sa
peur, l'éminent personnage avoua dans le trajet qu'il avait besoin de se consulter un peu, avant de se décider à voir la
suite de la fête. Le pasteur exprima tous ses regrets de n'a-
voir point eu connaissance du dessein de Son Excellence : il
aurait pu alors la mettre au courant de la coutume des coups
de bâton, et lui épargner un moment d'émotion.

Après que tous deux se furent éloignés, le temple rentra
dans le plus profond silence. C'était une jolie petite église,
proprette, décorée avec un certain luxe et sans trop de mauvais goût, grâce aux libéralités d'un riche donateur. Le plafond était peint en bleu avec des étoiles d'or ; la chaire était
sculptée, et parmi les tables mortuaires des anciens curés qui

couvraient le sol, deux ou trois étaient de laiton. Un beau parement ornait l'autel, au-dessus duquel s'élevait un baldaquin à colonnes imitant le marbre.

Un beau jour clair entrait dans la petite église ; on y entendait le murmure des arbres qui l'abritaient au dehors, et de temps en temps un léger souffle, pénétrant par une vitre brisée, agitait l'écharpe blanche qu'on avait jetée sur l'ange des fonts baptismaux, ou les paillettes des couronnes qui, après avoir été déposées sur le cercueil des vierges, étaient suspendues aux piliers de la nef.

Les mariés et toute la noce étaient partis, et cependant la petite église, malgré le silence qui y régnait, n'était pas tout à fait déserte. Deux jeunes gens s'y trouvaient encore, à l'insu l'un de l'autre. Au moment où les gens de la noce étaient entrés dans l'église, le chasseur s'était séparé d'eux et était monté inaperçu dans une tribune haute. Là, il s'assit sur un escabeau, et seul, caché à tous les yeux, ne voyant lui-même ni la foule ni l'autel, il s'enfonça dans ses rêveries. Il resta d'abord la tête dans ses mains ; mais le feu qui lui montait aux joues et au front le força bientôt à la relever. Les graves et solennels accents du cantique tombèrent comme une rafraîchissante rosée sur son âme embrasée ; il remercia Dieu de lui avoir enfin envoyé le bonheur après lequel il avait si longtemps, si longtemps soupiré ; et, mêlant sa voix aux voix d'en bas, sur le rhythme sacré il répétait sans cesse ses vers profanes :

« En ton sérieux, en ton sourire, — Ton âme est à toi, rien qu'à toi. »

Un jeune enfant, poussé par la curiosité, grimpa jusqu'à sa tribune ; il l'arrêta doucement au passage et caressa sa petite main. Il voulut lui donner une pièce de monnaie ; mais, se ravisant, il l'attira sur son cœur et le baisa au front. Et quand l'enfant, effrayé de toutes ces tendresses, voulut redescendre, il le conduisit avec précaution jusqu'au bas de l'escalier. Puis il revint à sa place, et, sans rien entendre du sermon ni du tumulte qui suivit, il s'abandonna à ses heureux rêves qui lui montraient la douce figure de sa mère, son blanc château au haut de la verte montagne, et une autre personne encore dans le château.

Lisbette, sous son costume villageois, avait marché, d'un air timide et embarrassé, derrière la mariée. « Hélas ! pensait-elle, au moment où ce bon jeune homme dit de moi que je suis toujours naturelle, être contrainte de m'affubler de ces habits d'emprunt ! » Elle eût voulu reprendre les siens. Elle entendait derrière elle les paysans, les gens de la ville se chuchoter son nom à l'oreille; le monsieur de la cour, qui était venu au-devant de la noce sur la place de l'église, l'avait longtemps considérée à travers son lorgnon. Tout cela la fit souffrir, elle qui s'était vu tout à l'heure célébrer en si beaux vers, et dont le cœur était encore tout gonflé de joie et d'orgueil. Elle entra de plus en plus troublée et confuse dans l'église, et résolut de ne plus se joindre au cortége pour le retour, afin de ne pas redevenir le sujet des conversations, ou peut-être de plaisanteries auxquelles, depuis un quart d'heure, elle sentait qu'il lui serait impossible de se prêter. Elle non plus n'entendit presque rien du sermon, quelque effort qu'elle fît pour rester attentive à la parole respectée de son ami le pasteur. Et quand les anneaux furent échangés, en contemplant les figures indifférentes des époux, elle éprouva une émotion étrange, que faisait naître en elle à la fois la tristesse, l'envie, et le dépit secret qu'un moment si doux pût laisser deux âmes si froides et si insensibles.

Au bruit, au tumulte qui se fit alors, elle courut involontairement se réfugier derrière l'autel. N'entendant plus rien, elle poussa un profond soupir, froissa dans sa main un coin de son tablier, rattacha une boucle de cheveux qui lui était tombée sur le front, et prit son parti. Elle voulait essayer de revenir sans être vue, par des chemins de traverse, à la Grand'ferme, et de se débarrasser de son odieux costume. Elle se dirigea lentement, les yeux baissés, par l'une des petites nefs latérales, vers la porte.

Tiré enfin de sa rêverie, le chasseur descendait de la tribune. Lui aussi voulait quitter l'église, sans trop savoir où il irait. A la vue de Lisbette son cœur bondit. Elle leva les yeux, et s'arrêta interdite et grave. Puis tous deux s'avancèrent en silence et sans se regarder vers la porte; le chasseur mit la main sur le loquet pour ouvrir. Il poussa un cri de joie...

« Elle est fermée! dit-il. Nous sommes enfermés dans l'église.

— Enfermés? demanda-t-elle avec un doux émoi.

— Pourquoi paraissez-vous inquiète? Quel plus sûr asile qu'une église? » dit-il d'une voix pleine de tendresse. Il lui passa doucement un bras autour de la taille, et, de l'autre main prenant sa main, il la conduisit ainsi dans un banc, où il la fit asseoir à côté de lui. Les yeux baissés, elle faisait glisser dans ses doigts les rubans de la veste bariolée qu'elle portait. Il avait, lui, appuyé sa tête sur l'accoudoir, et la considérait de côté, tout en jouant avec l'une des barbes de sa cornette, dont il avait l'air d'examiner le tissu. Il entendait battre le cœur de la jeune fille, et voyait son cou rougir.

« N'est-ce pas que ce costume est horriblement laid? fit-elle après un long silence et d'une voix à peine intelligible.

— Oh! s'écria-t-il, ce n'est pas le costume que je regardais. » Il ouvrit son habit, et lui prenant les deux mains il les pressa avec impétuosité contre sa poitrine; puis l'entraînant hors du banc:

« Je ne puis rester ainsi tranquillement assis, s'écria-t-il. Ne voulez-vous pas visiter l'église?

— Nous n'y verrons, je crois, rien de bien intéressant. » répondit-elle toute tremblante.

Il alla avec elle vers les fonts baptismaux : un peu d'eau sainte se trouvait encore au fond de la pierre; car il y avait eu un baptême avant la noce. Il la força de se pencher comme lui et de regarder cette eau; puis y trempant le doigt, il en mouilla d'abord son front à elle, ensuite le sien.

« Au nom du ciel, que faites-vous? s'écria-t-elle toute scandalisée et en se hâtant d'essuyer son front humide.

— Je nous rebaptise tous deux, dit-il avec un sourire étrange. Cette eau sanctifie l'enfant à son entrée dans la vie.... et puis nous vivons de longues, de longues années...

mais est-ce là vivre ? Quand la vie véritable commence pour l'homme, on devrait le baptiser de nouveau. »

La jeune fille ne pouvait se défendre à ses côtés d'un secret effroi.

« Venez, murmura-t-elle, nous trouverons sans doute moyen de sortir par la sacristie.

— Non, s'écria-t-il; allons voir encore les couronnes des mortes. »

Il l'entraîna devant un pilier, où il lui montrait la plus belle couronne. Son regard était noyé et comme égaré, et tout en marchant il récitait à voix basse ce passage de Gray, qui ne répondait pas à sa pensée, et que le lieu seul pouvait lui rappeler :

> Mais l'avare Océan recèle dans son onde
> Des diamants. . . . .
> Des plus brillantes fleurs le calice entr'ouvert
> Décore un précipice ou parfume un désert[1].

Songeait-il à la jeune fille dont cette couronne avait honoré le cercueil ? Je ne sais.... Des paillettes et quelques anneaux brillants pendaient à d'étroits rubans de taffetas. Il arracha deux anneaux :

« Vous êtes de pauvres bagues, murmura-t-il; mais je veux vous bénir et vous changer en or pur. » Avant que Lisbette pût l'en empêcher, il lui passa au doigt l'un des anneaux; puis il mit l'autre au sien. Je ne sais quel mouvement de fierté, de colère avait allumé ses yeux et gonflé ses lèvres. Il posa son poing fermé sur le cou de la jeune fille, comme pour la punir de lui avoir ravi son cœur. L'amour dans cette âme jeune et fougueuse était comme un torrent de montagne qui bouleverse tout sur son passage et creuse des abîmes.

« Osvald ! s'écria-t-elle en reculant effrayée. C'était la première fois qu'elle l'appelait ainsi.

— Ne pouvons-nous célébrer nos fiançailles tout aussi bien que ces rustres ? Et puisque nous n'avons point d'autres

---

1. Traduction de M. J. Chénier.

anneaux, nous prenons ceux des cercueils : la vie est plus
forte que la mort.

— Maintenant je m'en vais, » dit-elle. Ses larmes la suf-
foquaient. Son sein agité soulevait violemment sa veste. Elle
chancela.

Mais déjà Osvald l'avait enlacée dans ses bras vigoureux, et
portée devant l'autel. C'est là qu'il déposa la jeune fille à moitié pâmée sur son cœur. Au milieu des sanglots que lui arrachait l'amour, le désespoir, la colère, il balbutiait : « Lisbette !
mon cher, mon unique amour ! Terrible Lisbette ! Pardonne-
moi ! Dis, veux-tu être mon âme, mon âme pour toujours? »

Elle ne répondait point. Son cœur battait sur le cœur
d'Osvald. Elle se serrait contre lui comme si elle avait voulu
confondre son être dans le sien; ses larmes coulaient sur la
poitrine du jeune homme. Il lui redressa la tête, et leurs lèvres se rapprochèrent. Ils s'oublièrent dans un long, long
baiser.

Puis il la fit doucement agenouiller à côté de lui, et tous
deux levèrent leurs mains devant l'autel comme pour prier.
Mais ils ne pouvaient trouver d'autres paroles que : « Père,
notre père qui es dans les cieux ! » Et ils ne se lassaient
point de les répéter d'une voix frémissante de volupté. Ils
l'invoquaient avec tant de confiance ce père, qu'on eût dit
qu'ils le voyaient leur tendre la main.

Enfin cette prière expira sur leurs lèvres; ils appuyèrent
leurs fronts brûlants sur le bord de l'autel, et, joue contre
joue, le bras passé sur le cou l'un de l'autre, caresssant d'une
main distraite les boucles de leurs cheveux, ils demeurèrent ainsi longtemps agenouillés, unis dans une muette extase. Leurs cœurs apaisés ne battaient plus que d'un mouvement égal et tranquille.

Tout à coup sentant une main les effleurer, ils relevèrent
la tête. Le diacre se tenait debout entre Lisbette et Osvald ;
son visage était radieux ; il avait pour les bénir étendu les
mains au-dessus de leurs têtes. Il était par hasard rentré
dans l'église, et avait été, non sans surprise et sans émotion,
le témoin de ces fiançailles célébrées sous l'œil de Dieu. Il se
tut; mais ses yeux parlaient. Il ouvrit les bras, et pressa

tendrement sur son cœur le jeune homme et la jeune fille. Puis il les ramena jusqu'à la porte de la sacristie, et tous trois sortirent ensemble de la petite église.

———————

CHAPITRE VI.

Suite des événements d'un jour de noce.

Cependant les **mariés** et tout le cortége, précédés des musiciens, étaient rentrés à la Grand'ferme, qui se trouva remplie de monde. Partout dans le vestibule, la cour, le jardin, des groupes de gens assis, debout ou circulant. Les feux flambaient encore, et les servantes couraient toujours d'un air affairé. Les vestes bariolées des jeunes filles, les cornettes de forme bizarre, avec un bandeau à pointe des femmes, les habits bleu clair des hommes donnaient à l'ensemble un aspect varié et original. Il y avait là réunis au moins cent personnes que le père de la mariée avait fait inviter. Steinhausen aussi, le *plaisant*, se trouvait déjà au milieu d'elles; mais il se tenait encore coi : il ne devait entrer en fonction que l'après-midi. Personne n'avait l'air de s'inquiéter beaucoup des nouveaux époux. Le marié aidait dans le vestibule à mettre le couvert. La mariée, entourée des deux filles d'honneur qui lui étaient restées fidèles, s'était assise à l'écart, loin des autres femmes, sous les tilleuls de la cour. De temps en temps, interrompant leurs libations, les musiciens exécutaient quelques courts morceaux derrière la table qui leur avait été réservée dans le jardin; mais on ne daignait guère les écouter, la curiosité de tout ce monde se concentrant sur les blanches tables, que les servantes commençaient à couvrir de plats.

Le sang-froid du maire venait d'être mis à de nouvelles épreuves. A la vérité, le diacre en arrivant à la ferme lui avait annoncé une nouvelle qui n'avait pu que flatter son orgueil : Son Excellence, que le diacre avait été complimenter à son auberge, Son Excellence, oubliant ses terreurs du matin, avait promis de prendre part à la réjouissance. Mais, ainsi que le vieux le murmurait entre ses dents, il s'en fallait que tout marchât à son gré. D'abord (il l'avait bien prévu) pendant le retour à la Grand'ferme, l'absence du voisin Hœlscher lui avait attiré cent questions, et il en avait pris de l'humeur. Puis il était fort mécontent que la troisième fille d'honneur, Lisbette, eût quitté le cortège, et ne tînt point, comme l'exigeait la bienséance, compagnie à sa fille. Le capitaine, qui ce jour-là était dans sa lune prussienne et portait la croix de Fer, trouva encore moyen d'ajouter à ces contrariétés. Suivant un très-ancien usage en effet, les notables, et les invités de la ville devaient être réunis à la table dressée dans le vestibule ; les moindres convives, à celle du verger. Car forcé de beaucoup vivre en plein air, non pour son plaisir, mais pour y porter le poids et la peine du jour, le paysan ne se trouve nulle part mieux que sous son toit, et en l'offrant à ses hôtes pense leur faire honneur. Mais le capitaine avait vite reconnu qu'il serait fort désagréable d'être renfermé si près du grand feu et des vapeurs de la cuisine : d'autorité il décida que la mariée et son père, le pasteur, l'antiquaire et lui mangeraient dehors ; et sur-le-champ il fit transporter les fourchettes (on n'en donnait qu'aux hôtes de distinction) sur la table du verger. Le commandement était déjà exécuté, quand le maire arriva : il vit avec grand dépit cette nouvelle infraction à l'étiquette ; il poussa un profond soupir, ce qui chez lui était le symptôme d'une sourde colère. Pourtant, comme le capitaine lui demandait avec un sans façon tout militaire, quelle diable d'idée il avait eue de vouloir faire rôtir ses amis de la ville, il fut assez maître de lui pour répondre, d'un ton calme et poli, que tous les arrangements que ces messieurs préféreraient lui seraient aussi les plus agréables à lui-même.

Mais il tint d'autant plus ferme contre le diacre, qui le

prit alors à part pour l'entretenir d'une affaire importante.
Le diacre eût fort souhaité, en effet, faire dispenser son
malheureux sacristain de la corvée qu'on lui voulait imposer : il craignait qu'en poussant à une résistance désespé-
rée un homme si chatouilleux sur ses droits et le point
d'honneur, on n'amenât quelque esclandre, dont toute la fête
pouvait être complétement troublée. Mais le maire était lui-
même trop intimement convaincu d'avoir de son côté la raison et la justice : il se roidit, il fut inébranlable; c'était au
sacristain à servir les convives, puisque l'ancien maître d'é-
cole était mort, et que le nouveau n'était pas encore arrivé.
Il était clair que pour lui un sacristain n'était qu'une variété
de maître d'école, et de fait en maint endroit une seule personne cumule les deux fonctions. Le diacre essaya, avec les
plus grands égards et par divers arguments, de le faire changer d'idée; il finit par proposer de choisir Steinhausen, le far-
ceur, pour second servant. A cette ouverture, le maire parut véritablement blessé, il déclara que c'était uniquement
parce que monsieur le diacre était trop nouvellement arrivé
dans le pays pour être bien au fait des usages, qu'il l'avait
écouté jusqu'au bout. Mais que, premièrement, il ne voyait
point ce qu'il pouvait y avoir de commun entre un maître
d'école et un plaisant; que, secondement, ce serait une chose
humiliante pour son gendre que d'avoir un pareil camarade.

La discussion se prolongea; elle ne cessa pas un seul
instant d'être calme et polie de part et d'autre; mais elle
n'avançait point. Cela était d'autant plus fâcheux, que bon
nombre de soupières de bois et de plats fumaient déjà sur
les tables, et que le monde s'impatientait de voir retarder le
festin : il fallait nécessairement attendre qu'on eût pourvu
d'une façon convenable au service.

Le politique sacristain, craignant quelque algarade, et
voyant d'ailleurs ses intérêts en bonne main, s'était provisoirement éloigné de la Grand'ferme. Il se promenait entre
les haies du chemin creux en compagnie d'un des invités
étrangers, d'un vieux conducteur. Cet homme (parent éloigné du maire) se trouvant de fortune, avec un congé de dix
heures, à la poste voisine, n'avait pas voulu laisser passer

l'occasion de tâter du rôti de noce. C'était un de ces anciens militaires, à qui, pour se reposer de longues années de peine et de fatigue, on accorde ce qu'on appelle une bonne place de retraite. La sienne lui permettait de dormir quatre fois par mois dans son lit; le reste du temps, jour et nuit, il lui fallait courir la grand'route. Il avait le nez tout juste aussi enluminé qu'il convient à tout bon conducteur, avait passé la cinquantaine, c'est-à-dire frisait la soixantaine, mais était encore vert et dispos, sauf ses jours de goutte; car ce souvenir lui était resté de ses campagnes, et il en était parfois tout perclus.

Le sacristain et le conducteur, en attendant le dîner, discouraient de la vie humaine et du souverain bien.

« Quand on a comme moi assisté à tant de noces, disait le sacristain, quand on voit ainsi les jeunes gens s'épouser, au bout de neuf mois faire baptiser leur enfant, et ainsi de suite chaque année un nouvel enfant.... et puis l'un ou l'autre de ces enfants mourir, et ceux qui survivent, dès qu'ils sont en âge, se marier à leur tour, et finalement tout cela s'en aller l'un après l'autre; quand, dis-je, on porte ses soixante ans sur ses épaules, qu'on a dû prendre part un certain nombre de fois aux mêmes joies, aux mêmes douleurs : l'existence ne vous paraît plus qu'une chose bien monotone, et je la comparerais volontiers à une boule qui roule toujours.

— Pour moi, dit le conducteur, la vie me fait plutôt l'effet d'un voyage. »

Le conducteur regarda quelque temps son interlocuteur d'un air frappé; puis il lui dit :

« Voilà une comparaison, une pensée toute nouvelle; je ne l'ai encore rencontrée dans aucun des nombreux ouvrages que j'ai lus.

— Chemin faisant, répondit le conducteur évidemment flatté, il nous vient à nous autres toutes sortes de réflexions. Que celle-ci ne se trouve encore écrite nulle part, ma foi, je le veux croire; car je n'ai guère le temps de lire. »

Le sacristain revint ainsi à son philosophique propos:

« Une fois qu'il s'est fait de la vie une idée si raisonnable, l'homme apprend vite à modérer ses désirs. J'ai eu aussi mon grain d'ambition dans ma jeunesse : je ne visais à rien moins qu'à étudier en théologie. Prêcher un jour, ne fût-ce que les sermons du matin, c'était ma vocation, mon idée fixe. Mais dans ce temps-là l'enseignement se donnait tout de travers ; les maîtres s'y prenaient mal, ne savaient pas vous faire comprendre les choses. Je ne compris rien non plus ; et voilà comme, dans la suite, je suis devenu sacristain, ce qui, du reste, est un état auquel on ne saurait prétendre sans quelque capacité. Pour le présent, il ne me reste plus que trois vœux à former dans le monde.

— Et c'est ? demanda le conducteur.

— D'abord, je souhaiterais que quelqu'un écrivît enfin un ouvrage bien fait et bien complet, où la dignité, les fonctions du sacristain seraient nettement définies, un livre qui fût comme le code de ses droits et de ses devoirs. Car chacun nous en veut à présent, croit pouvoir impunément nous marcher sur le pied ; nulle profession n'est en butte à plus d'attaques ; et ce serait répondre à un vrai besoin de l'époque que de remettre quelque clarté et quelque raison dans les notions que le gros du monde se forme sur les sacristains et la sacristie.

— Pour moi, ce que je souhaite est peu de chose, dit l'enluminé conducteur. Je suis très-content de ma place : on voit du pays ; à chaque relais on fait connaissance avec d'autres gens ; il y a toujours du nouveau sur sa route : tout cela varie agréablement l'existence. A-t-on un moment d'ennui ? eh bien, on lit sa feuille des voyageurs. Enfin, je ne voudrais changer de condition avec personne, et je serais tout à fait heureux, si seulement je pouvais une bonne fois suer comme il faut.

— Cela vous est-il si nécessaire, et si impossible ? demanda le sacristain.

— Nécessaire, oui ; car mes douleurs me font de plus en plus souffrir. Ces sortes de maux empirent naturellement quand on est obligé de s'exposer à tous les temps et à tous les vents. Mais si je pouvais suer, là, ce qui s'appelle bien suer, je serais soulagé pour longtemps. Malheureusement il n'y a pas à y songer : je ne couche que quatre fois le mois au logis.

— Mais encore, ces jours-là...?

— Impossible. J'ai essayé; mais le souci qu'on a empêche la sueur de bien venir. Ainsi, quand j'ai reposé quelques heures dans mon lit, au moment que le thé de sureau va faire son effet, les idées me tracassent, je ne puis m'empêcher de penser, de me dire : « Maintenant, les chevaux qu'on doit t'amener mangent l'avoine; à présent on graisse ta voiture; M. le secrétaire se lève; le voilà enveloppé dans sa fourrure et assis à son bureau qui fait son courrier; à cette heure la feuille des correspondances est écrite, et dans ce moment-ci la feuille des voyageurs.... » Six heures sonnent, et il faut me tirer du lit, aussi sec que quand j'y entrai. Car quand on ne peut pas avoir l'esprit tout à fait en repos, qu'il faut songer à autre chose, on aurait beau entonner des muids de thé de sureau, le corps ne voudrait jamais fondre. Voilà ce qui manque à mon contentement, et c'est ainsi que le bonheur de l'homme n'est jamais parfait.

— Oui, dit le sacristain, il nous manque toujours quelque chose; et c'est peut-être un bien : autrement, aspirerions-nous au ciel?... Secondement, je souhaiterais que l'autorité s'avisât enfin de nous préserver des chiens enragés; je voudrais qu'il n'y eût plus de chiens, ou du moins qu'on n'en laissât plus vaguer par les chemins qu'avec de bonnes entraves. Ici, à cette place même, conducteur, lors de ma dernière tournée, une affreuse bête s'est élancée de la berge sur moi, et m'a causé une frayeur mortelle. On devrait un peu plus chercher à épargner ces terribles émotions à son prochain. Et les fous! on ne prend pas non plus à leur égard assez de précaution. Ainsi, j'ai appris avec stupéfaction que le maître d'école de Hackelpfiffelsberg, dont la tête a déménagé depuis longtemps, et qui a été enfermé chez M. le baron, avait été vu hier errant en liberté dans le pays. Supposez qu'à l'improviste ce furieux.... »

Le sacristain ne put achever sa phrase. Par un hasard bien rare, le loup de la fable s'était montré. Tout à coup, au détour du chemin, le maître d'école Aghesel était apparu, armé d'un fusil. Il venait d'un bon pas sur les deux hommes, car il se rendait à la Grand'ferme. Le voir, pousser un cri d'effroi, tourner les talons et prendre ses jambes à son cou fut pour le sacristain l'affaire d'un instant.

Il courut à perte d'haleine, les bras en avant, vers la maison des noces, et se précipita avec le cri de : « Sauvez-vous ! » au milieu des convives épouvantés, dont les uns l'entourèrent aussitôt, tandis que les autres se disposaient à fuir. Le maire, que le trouble général n'avait pas gagné, s'avança vers le sacristain pour l'interroger, et en reçut cette réponse : qu'un ou plusieurs fous, probablement même tous les fous de l'hospice voisin s'étaient échappés, et que la troupe furieuse s'avançait avec des fusils et des massues.

Les femmes jetèrent des cris ; le maire, qui jugeait des autres par lui-même et n'aurait jamais imaginé que la peur pût exagérer à ce point, le maire, pour la première fois de sa vie, paraissait déconcerté ; tout était en désarroi.... quand on vit le conducteur entrer dans la cour avec le prétendu fou.

« Aghesel ! » s'écrièrent tous ceux qui le connaissaient, et le nombre en était grand. « Est-ce là tout l'hospice échappé ? demanda le capitaine. Vous ne serez jamais qu'un poltron, sacristain !

— On ne peut encore savoir.... » balbutia le tremblant sacristain, qui avait été se cacher derrière l'Excellence, estimant sans doute que le plus sûr était de se mettre sous la protection du plus qualifié de l'assemblée. Son Excellence, qui venait d'arriver, et qui pour la seconde fois ne pouvait s'expliquer pareil tumulte, jetait autour d'elle des regards effarés.

Aghesel regarda d'abord l'assemblée, puis le ciel d'un air mélancolique, et dit avec un soupir :

« Je ne devine que trop la cause de ce que je vois. Oui, celui qu'un certain malheur a une fois frappé, celui-là voit partout la Peur se dresser à son approche, partout devancer ses pas en criant : « Fuyez, fuyez-le ! » Messieurs de la ville, je puis vous assurer que je suis un homme ordinaire, dans la plus large acception du mot. Et je vous dirai à vous

autres, paysans, qui peut-être ne me comprenez pas, je vous
dirai que je n'ai pas de rats dans la tête, et que je viens à la
Grand'ferme chercher des nouvelles de la fille adoptive du
château. Si vous me croyez, vous ferez bien ; si non, je ne
vous en voudrai point. Ce fusil, qui peut-être a effrayé le sacristain, je l'ai trouvé dans le bois, en passant près du franc-
siége. Le canon et le fût gisaient épars ; je n'ai pas voulu
laisser perdre ce bon bois et ce bon fer, je les ai réunis
comme j'ai pu avec un brin d'écorce et un bout de ficelle, et
j'ai produit ainsi cette apparence de fusil : il suffit d'un coup
d'œil pour juger que c'est là une arme bien inoffensive. »

Il montrait les débris du fusil (on a bien deviné que c'était
celui du chasseur), rajustés tant bien que mal ; et après ces
paroles si calmes, personne ne douta plus que le maître d'é-
cole n'eût recouvré sa raison. L'idée vint tout à coup au
diacre de profiter du hasard qui amenait Aghesel à la noce,
pour terminer le conflit élevé à propos du service. Le maire,
consulté, l'approuva, et tous deux firent au maître d'école la
proposition d'accepter les fonctions de second servant. Aucune chose ne pouvait être plus agréable à cet homme. Il
répondit qu'il n'avait désormais rien plus à cœur que de se
rendre utile, qu'il saisissait avec empressement cette occasion qui s'en offrait, qu'il y voyait un coup, non du hasard,
mais d'en haut ; car il ne pouvait taire que M. le conseiller
Thomasius lui avait fait espérer sa nomination à la place de
maître d'école de la paysannerie ; en se chargeant *par inté-
rim* du service, il lui semblait prendre en quelque sorte possession de l'emploi qui lui était promis. Cela dit, il noua
bravement devant lui un beau tablier blanc, s'en alla tirer
prestement un jambon de la marmite et l'apporta avec beaucoup d'aisance et de grâce sur la table du verger.

Les choses ainsi arrangées à la satisfaction générale,
toute la noce, sur une invitation rimée du semonneur, alla
se mettre à table. L'épousée, ses filles d'honneur, son père,
le diacre, les amis de la ville, Son Excellence, le conducteur
et les plus gros propriétaires de fermes ainsi que leurs
femmes, se rangèrent sous les arbres autour de la table du
jardin ; les moindres gens, les jeunes garçons et les jeunes

filles, autour de celle du vestibule, où présida le sacristain. Le diacre et le sacristain récitèrent chacun une prière, qui fut suivie d'un cantique entonné par les convives.

On avait réservé entre les filles d'honneur une place pour Lisbette. Le maire la cherchait partout des yeux. Elle ne venait point. En revanche, le chasseur s'approcha pendant qu'on chantait le cantique, fit de l'œil le tour de la table, n'y vit point de place pour lui, parce que les deux convives sur lesquels on n'avait pas compté, le conducteur et l'Excellence, occupaient déjà celle dont on eût pu disposer en sa faveur, et remarqua que la place de Lisbette était vide. Un éclair de joie brilla dans ses yeux; il se retira bien vite pour aller chercher sa bien-aimée du côté de la maison. Il la rencontra près des tilleuls : elle avait changé de costume, remis ses habits ordinaires et son chapeau de paille.

« Me voilà à mon aise, me revoilà comme il faut que je sois, s'écria-t-elle en riant.

— Je sais, dit-il, que tu n'aimes pas les déguisements; tu n'as jamais voulu me permettre l'autre jour de toucher à tes cheveux et de te montrer comment se coiffent nos filles de Souabe.

— Non, dit-elle, il ne faut jamais avoir l'air de ce qu'on n'est pas. »

Elle se dirigeait vers le verger; mais le chasseur la retint :

« Quoi! s'écria-t-il, tu prétends, sous ces légers habits de ville, aller prendre ta place de fille d'honneur? Alors attends-toi à être bel et bien renvoyée par le maire! Ne sais-tu pas comme il est rigide et ferme sur l'étiquette et le costume?

— Mais que faire? demanda-t-elle d'un air embarrassé. Jamais je ne pourrai plus m'emprisonner dans ces odieux vêtements.

— O mon amie, dit le chasseur d'une voix tendre, irons-nous porter notre bonheur au milieu de ces paysans? écouter leurs grossières plaisanteries, nous condamner pour de longues heures à la contrainte de leur ennuyeux cérémonial? Ce jour n'est-il pas le grand jour, le jour unique? N'est-il pas à nous, et ne pouvons-nous le passer sous le ciel du bon Dieu? Pourquoi ne pas rester nous deux, seuls, loin, bien loin des autres hommes? Oh! je t'en prie, viens avec moi du côté des collines, chercher la place où pour la première fois je te vis près de la belle fleur!

— Comment l'oserais-je? et que dirait-on de moi à la Grand'ferme? répondit-elle tout effarouchée, et en s'éloignant de lui.

— Soit! soit! s'écria-t-il d'un ton de dépit. Va t'asseoir près de tes camarades; pour moi, qu'ils n'ont pas admis à leur table, je me sauve dans la forêt. »

Il se dirigea résolûment vers une petite porte qui conduisait dans la campagne. Il avait une montagne sur le cœur. Pour si peu? direz-vous.... Mais voilà l'amour. Il n'avait pas atteint la porte, qu'il sentit une main légère se poser sur son épaule. Il se retourna : Lisbette l'avait suivi.

« Puisqu'ils ne veulent rien te donner, je ne veux rien non plus; et où il te plaira d'aller, j'irai, » dit-elle avec abandon; et avant qu'il eût eu le temps de répondre, elle l'entraînait elle-même. Il l'entoura d'un de ses bras, et tous deux s'élancèrent en liberté à travers les prés et les champs.

CHAPITRE VII.

Le monsieur de la cour fait de vaines tentatives pour se rendre populaire. — Le plaisant Steinhausen est goûté d'un chacun.

La mariée était assise au haut bout de la table, ne touchant à rien. Le père, qui avait observé du coin de l'œil le chasseur et Lisbette, et qui dut se résigner à voir la place de la troisième fille d'honneur rester vide, en conçut une violente colère. « Avant ce soir, grommela-t-il, j'aurai mis fin, de la bonne façon, à une conduite si indécente. » Lui aussi ne mangeait que du bout des dents. Les paysans n'en jouèrent que mieux des mâchoires : ils avaient tiré chacun son couteau de sa poche, et s'en aidaient si bien, qu'ils n'avaient que faire de fourchettes ; ils tombèrent d'abord sur les poulets, se ruant déjà non moins vaillamment en pensée sur les jambons, la remoulade et le rôt. Les tables étaient chargées à rompre ; il semblait presque impossible qu'un si bel appétit même pût suffire à la tâche et ne finît par demander grâce : la rapidité cependant avec laquelle les premiers services disparurent, vous eût complétement rassurés à cet égard. Tout ce monde à l'envi dépeçait, déchirait, mâchait, grugeait, rongeait, avalait ; et je ne dis que l'exacte vérité en affirmant qu'en quelques minutes maint paysan venait à bout d'expédier un poulet tout entier, et qu'un jambon suffisait tout juste à six personnes. Les citadins aussi firent grand honneur à cette appétissante et solide cuisine ; quant au conducteur, il mangeait comme deux paysans, et buvait comme trois. On ne buvait que de la bière, il faut bien que je l'avoue, si prosaïque que ce détail puisse paraître. On n'avait servi de vin que pour le diacre et les autres invités de la ville. Chacun avait devant soi son cruchon de grès à couvercle, et dès qu'il l'avait vidé, il faisait avec le couvercle d'étain un signal particulier à la contrée et était aussitôt obéi. C'était le premier servant, le marié, qui était chargé du soin de remplir les cruchons ; une blanche serviette devant lui, un énorme broc à la main, il faisait le tour des tables ; les couvercles résonnaient incessamment, tantôt ici, tantôt là : cette rude corvée était jusqu'à présent, sauf la volée de coups de bâton recueillie le matin, l'unique honneur, l'unique prérogative dont jouît le roi de la fête. Le maître d'école, qui avait les solides en son département, se montrait plein d'activité, d'adresse et de belle humeur.

Parmi les convives il n'y en avait que deux qui ne partageassent point complétement la satisfaction générale, l'un par embarras, l'autre par peur. Le peureux était le sacristain ; l'embarrassé, le monsieur de la cour. Le plus grand

médecin de fous d'Europe aurait eu beau solennellement at-
tester la complète santé d'esprit du maître d'école, que notre
sacristain n'aurait pu se défendre d'un certain mal-être dans le
voisinage de cet homme, qui, tantôt les bras chargés de plats
et d'assiettes, tantôt même armé d'un couteau, allait et venait
librement derrière lui. Il songeait en lui-même combien il y
avait d'exemples de fous guéris en apparence, et qui, redevenus furieux tout à coup, jetaient à la tête du premier venu
les objets qu'ils tenaient à la main. Pour parer autant que
possible au danger, bien qu'on étouffât de chaud dans le vestibule, bien que la chose parût étrange et inconvenante, sous
prétexte d'un courant d'air il garda son chapeau. Le pauvre
sacristain était réellement fort à plaindre. Son appétit était
peut-être encore plus merveilleux que celui du conducteur;
c'était un de ces jours où il se plaisait à montrer la puissance
de ses mâchoires. Vain espoir! cruelle déception! Par un effet
ordinaire, l'angoisse, la peur le serrait à la gorge et l'empêchait d'avaler. Avait-il, dans un moment d'heureux oubli, porté
à sa bouche quelque bon gros lopin, une cuisse de poulet,
une succulente tranche de bœuf..., que le maître d'école vînt
à frôler sa chaise, en brandissant peut-être quelque énorme
poche de fer : tout aussitôt le morceau s'arrêtait, retenu,
comme par quelque maléfice, entre ses dents.... En vain,
pour rendre les voies plus glissantes, buvait-il coup sur
coup : il avait beau l'arroser sans cesse, son gosier demeurait aride. Pitoyable victime de sa poltronnerie et de sa gourmandise, il était, qu'on me passe cette comparaison, dans la
cruelle perplexité d'un chien assis devant la saucisse qu'il
vient de voler, qui tremble d'aise, d'envie de la dévorer,
mais en même temps tourne un œil indécis du côté de son
maître, qui déjà accourt le fouet à la main.

Pendant ce temps-là, le monsieur de la cour faisait de vains
efforts pour se montrer affable et populaire. Il était placé
entre le maire et le diacre, et avait en face de lui deux
paysannes, assises près de leurs maris. A la vigueur de la
première attaque en ce terrible repas, il avait tout d'abord
senti son insuffisance, désespéré de ses forces. Aucun mets
d'ailleurs ne pouvait tenter sa délicatesse. Il lui fallait bien,

pour se donner une contenance, prendre quelque chose sur son assiette; mais il n'y touchait point, quoique le maire, quelque peu piqué d'un procédé si dédaigneux, le pressât à chaque instant de manger. L'homme de cour ne pouvait s'y résoudre. Et cependant, il s'était juré d'être aimable : car enfin, c'était dans l'espoir que l'irrésistible séduction de ses manières, contribuerait à gagner au trône l'amour du bon peuple, qu'il était revenu se mêler aux paysans.

Pour essayer l'effet de ces insinuantes manières (il se proposait d'observer une certaine gradation), il se mit à regarder les paysans assis vis-à-vis de lui d'un air de douce satisfaction, leur souriant, les encourageant d'un gracieux hochement de tête, comme pour leur dire : « Eh bien, mes braves campagnards, l'appétit va-t-il ? » Mais là-dessus les paysans se prirent à rire, et l'un d'eux, poussant son voisin du coude, lui dit à demi-voix : « Est-ce que ce gaillard-là est toqué ? » Le noble personnage de la cour s'apercevant de ces rires, s'imagina n'avoir pas fait comprendre assez clairement ses bienveillantes intentions. Il résolut de se concilier d'abord la faveur de l'autre sexe : il se fit donner deux assiettes; puis, ayant coupé d'un dindon placé devant lui deux friands morceaux, il les déposa sur les assiettes, qu'il tendit aux deux paysannes encore assez fraîches et gentilles. Ces femmes ne comprenant pas un mot au joli compliment qu'il leur adressa, ne répondirent rien, rougirent jusqu'aux oreilles, et regardèrent les assiettes d'un air embarrassé, sans toucher à ce qui venait de leur être si galamment offert. Mais leurs maris lancèrent au courtois cavalier des regards étranges; l'un prit l'assiette placée devant sa femme, et l'ayant donnée au maître d'école qui passait tout courant et tout affairé derrière lui : « Tu n'as pas besoin, dit-il à sa moitié, de manger dans l'assiette des autres : tu as la tienne. » L'autre, gardant moins de mesure encore, jeta avec colère l'assiette et ce qu'il y avait dessus sous la table, en s'écriant assez haut: « Ho ! à ce coup, c'est trop malhonnête ! » Le monsieur de la cour voyant toutes ses avances reçues de la sorte, n'en revenait pas : il se mettait en quatre pour plaire, prodiguant les attentions à droite, à gauche, de biais, en face, mais le tout en vain ; il voulait, par un populaire abandon, qui malheureusement contrariait l'étiquette établie, témoigner combien peu il lui en coûtait de rester au milieu des petites gens; mais tout cet empressement passa aux yeux de ces rustres pour de l'impertinence ; et, dès avant le rôt, la conclusion de toutes les remarques qu'on s'était chuchotées à l'oreille fut : qu'on aurait cru les nobles plus civils. Le caressant personnage, qui, malgré son peu de succès et bien qu'il se sentît intérieurement de plus en plus mal à l'aise, faisait toujours bonne contenance en véritable homme de cour, s'avisa enfin de dire au maire : « Vous avez ici des usages tout particuliers, papa. »

A cette interpellation qu'on daignait lui faire sur un ton de si flatteuse familiarité, le maire se redressa, et, regardant son hôte d'un air grave et hautain, il répondit d'une voix lente :

« Je ne sais point, monsieur, si les usages diffèrent ici de ce qu'ils sont ailleurs; car je ne suis jamais sorti de notre *Bœrde* et de notre *Haarstrang*, ni même n'en ai eu d'envie[1]. Il est vrai que chez nous toutes choses sont réglées, que chacun se doit tenir à sa place, et que chacun, suivant ce qu'il est, est toujours traité avec la révérence convenable : ainsi, parlant à un métayer ou à qui que ce soit, je suis tenu de lui donner le nom et titre qui lui revient; mais aussi je prétends qu'on ne m'appelle jamais autrement que *Maire*.... bien entendu, monsieur, que je ne réclame rien que de mes pareils : il y a apparence que de l'autre côté de la montagne on suit d'autres coutumes. »

Fort heureusement qu'on venait d'achever en ce moment la dernière pièce du festin, le gâteau roulé, et que Son Excellence dut renoncer à pousser plus loin sa pointe; car qui sait les scènes fâcheuses qu'aurait pu amener quelque nouvelle démonstration de sa part? Le diacre dit les grâces ; un nouveau cantique fut chanté, et tous quittèrent les tables, que jonchaient comme un champ de bataille des os, des car-

---

1. Le *Haarstrang* est une chaîne de collines qui traverse la Vestphalie de l'est à l'ouest, et borne au midi la *Bœrde* (c'est-à-dire la plaine fertile) de Soest.

casses et des débris de toute sorte. Les femmes prirent du
café ; les hommes continuèrent à boire de la bière ; les musiciens accordèrent peu à peu leurs instruments. Le plaisant
Steinhausen entra en fonction, allant d'un groupe à l'autre,
avertissant un rousseau de ne pas approcher trop près de
la grange de peur d'y mettre le feu, proposant des énigmes,
racontant des histoires, des farces et facéties qu'il débitait
régulièrement à toutes les noces et qui ne manquaient cependant jamais leur effet. Les paysans riaient à faire lézarder
les murs de la ferme. Ceux que le bouffon avait tout à fait
charmés, ne manquaient pas dans leurs transports de lui
allonger un coup de poing, auquel l'autre ripostait par une
taloche, ou par une ruade qu'il détachait à la manière des
chevaux, sans qu'aucune de ces voies de fait troublât le bon
accord, l'entente parfaite qui régnait entre le plaisant et son
public.

Pendant que là on se comprenait si bien, dans un autre
coin de la ferme les malentendus continuaient. Son Excellence, en effet, avait attaqué le capitaine de conversation, et
peu à peu l'entretien avait pris une couleur patriotique. Le
vieux soldat, tout entier à ses souvenirs prussiens, s'étendait
avec complaisance sur les affaires où il avait combattu pour
l'Allemagne. Notre gentilhomme avait été dans le temps attaché au quartier général, et pouvait suivre assez bien. Après
avoir longtemps écouté, il crut devoir placer une exclamation :
« Oui, grande époque que le Seigneur a bénie ! s'écria-t-il.
Mais aussi quels admirables fruits elle a portés ! » Et en parlant ainsi il avait l'œil humide, il joignait les mains.

Le visage du capitaine était devenu aussi sec qu'un
champ de sable qui depuis six semaines n'a bu une goutte de
pluie : « Des fruits?... Aïe !... fit-il.

— Une patrie ! » reprit l'homme de cour avec emphase.

Le vieux capitaine avait un peu trop fêté le vin de la noce.
Il se secoua comme si, sauf respect, il s'était senti mordre
par quelque vermine, et tout hors de lui s'écria d'une voix
de tonnerre :

« Une patrie !... Mille morts ! Et dire qu'en haut lieu on a
tout oublié, tout ! Ils ont crié au feu, et fait jouer les pompes!

Et quand l'année prochaine nous voudrons célébrer notre grand anniversaire, on nous le permettra.... peut-être, oui, en cachette. On nous tolère! Pas de reconnaissance, pas d'appui de la part de.... Mille tonnerres!... Pardon, Excellence, si je vous laisse; mais je ne puis me passer de ma pipe, et je vais demander du feu là-bas aux paysans. »

Il planta là le gentilhomme abasourdi, mais, au fond, charmé que le vieil officier se fût éloigné si brusquement; car il fit réflexion qu'il lui devenait difficile, à lui placé si près du trône, de poursuivre l'entretien sur un sujet de nature aussi délicate et épineuse.

Il commençait à faire à la ferme un fabuleux personnage, à être de fort mauvaise humeur, et il se promit de laisser tomber un mot en temps et lieu sur le mauvais esprit qui régnait dans ce canton; mais, en attendant, de continuer de jouer son rôle. « Puisque ces animaux-là, se dit-il, sont incapables de sentir avec quelle délicatesse de procédé on daigne leur faire entendre qu'on leur veut du bien : ma foi, encanaillons-nous tout à fait. » Il s'approcha d'un groupe de paysans que Steinhausen venait de quitter, en prit deux par la main (comme il avait ses gants, il put s'y décider sans trop de répugnance), et s'écria avec toute la cordialité dont un homme de cour est capable : « Ah! que l'on est heureux, quand on est condamné à une vie de perpétuelle contrainte, que l'on est heureux de se trouver une fois parmi vous, bonnes gens, hommes de la nature, libres du joug des vaines convenances! »

Ce compliment parut de l'hébreu aux paysans; ils commencèrent à se défier tout de bon du trop bienveillant monsieur, soupçonnant qu'il venait de leur annoncer un nouvel impôt. Comme à l'église, ils s'écartèrent de lui d'un air d'effroi, et les deux dont il avait saisi la main remirent leurs mains dans leurs poches.

Le diacre, qui s'était tout le temps beaucoup amusé des petites mortifications que son noble ami s'était attirées en voulant capter la faveur du populaire, le rejoignit alors et lui dit :

« Excellence, ces gens sont trop bêtes pour vous comprendre. Du reste, j'ose croire que si vous faisiez un plus long séjour au milieu d'eux, vous changeriez bientôt d'avis.

— Hé, comment cela?

— Les paysans ne sont pas bons : ils n'ont pas le temps de l'être. La bonté d'âme est le fait de gens peu occupés, non du paysan sans cesse acharné au plus rude labeur. Il est tout bon sens, tout sérieux, entêtement, et intérêt permis. Mais tel qu'il est, cet être a la noblesse de tout ce qui paraît immuable, éternel ; il a sa noblesse comme le granit, qui, dur et pesant, sert de base à la terre. La classe des paysans est le granit sur lequel pose la société.

— Vous les connaissez sans doute mieux que moi.... Mais j'avais du moins raison de les appeler hommes de la nature, hommes délivrés du joug des convenances.

— C'est le contraire qui est vrai.... Votre Excellence me pardonnera.... Le paysan vit à la vérité beaucoup à l'air libre, mais n'est rien moins que l'homme de la nature. Il est aussi esclave des convenances, des usages, des idées et des préjugés de caste, que la plus haute classe de la société. C'est dans la classe moyenne seule qu'il peut être question de la liberté de l'individu ; c'est là que chacun garde l'originalité de son caractère, de son talent ou de son humeur. Le paysan ne pense, ne sent, n'agit, que collectivement, pour ainsi dire, et par tradition. Les rangs, au village, sont aussi peu confondus que dans les châteaux et les palais. Je puis vous assurer que notre hôte a dans son cœur pour un simple colon tout le dédain, que le plus riche possesseur d'antiques majorats peut éprouver pour les nobles faits d'hier par brevet. Je ne conseillerais à aucun fils de petit cultivateur de rechercher en mariage l'héritière de quelque grand'ferme. Le scandale serait aussi grand que si un fils de marchand osait lever les yeux sur l'héritière d'un comté. Il court encore dans ce pays, précisément sur la famille de la Grand'ferme, une vieille histoire, qui raconte les suites terribles d'une liaison mal assortie. Depuis que j'ai étudié ces gens de près, je me suis convaincu que la classe des paysans ne se peut comparer qu'avec celle de la haute et vieille noblesse, supposé que celle-ci n'ait pas dégénéré. La classe moyenne se dis-

tingue complétement des deux autres. Mais le paysan et le
grand seigneur se ressemblent en ceci, qu'ils appartiennent
plus à leur espèce qu'à eux-mêmes, qu'ils sont avant tout
paysan, grand seigneur : l'homme ne vient qu'après. »

Son Excellence ne s'attendait pas à ce parallèle; elle resta
quelque temps toute pensive. Puis elle répondit :

« Ce sont là, monsieur le pasteur, des idées prises dans
les livres. Croyez bien que nous avons marché avec le temps.
Nous épousons jusqu'à des juives.

— Excellence, se laissa aller à dire le diacre, avec toute
la candeur d'un savant allemand, la noblesse à laquelle
vous faites allusion n'est pas une noblesse, c'est un je ne
sais quoi, qui me fait tout au plus l'effet de ce champignon
parasite, rongeur, qui se met dans le bois des maisons.... »

Là-dessus Son Excellence voulut prendre un air qu'elle
croyait majestueux et qui n'était que rogue. Son secrétaire
intime vint en ce moment l'avertir que sa voiture tout attelée attendait devant la ferme. Le maire et le diacre la recon-
duisirent poliment jusqu'à la porte, où elle prit congé d'eux.
L'homme de cour, sans réfléchir autrement à tout ce qui lui
était arrivé, se disait seulement qu'il lui faudrait, dans l'occasion, dénoncer encore le diacre comme une mauvaise tête.

Celui-ci s'en revint tranquillement avec le maire; il souriait et se taisait. Dans le verger, les musiciens avaient
donné le signal, et la danse commençait. Le marié, à qui il
était enfin permis de prendre part à la fête, ouvrit le bal avec
la mariée; puis il la mena à chacun des plus proches parents,
qui firent l'un après l'autre un tour de danse avec elle. On
dansa d'abord des menuets, puis une danse plus vive, puis
la danse des cordonniers aux joyeuses gambades. Le gazon
du verger fut bientôt foulé et rendu aussi uni qu'une aire de
grange. Les têtes s'étaient échauffées; les hommes poussaient
de grands cris de joie auxquels répondaient les rires aigus
des filles : la Grand'ferme n'était plus que bruit, mouvement
et jubilation.

CHAPITRE VIII.

Une idylle.

Pendant ce temps-là, le chasseur et son gibier avaient pris leur course par la chênaie, vers les champs de blé, les pâturages et les collines. La chevrette ne fuyait plus devant le chasseur, elle avait perdu toute sa sauvagerie, elle se laissait embrasser, caresser; et le chasseur en était dans le ravissement. Il faisait mille et mille folies; il roulait autour de ses doigts les blondes boucles de Lisbette, et puis il les baisait; quand les dents blanches de sa bien-aimée se montraient un peu trop, il lui fermait doucement les lèvres. « Ce joli petit minois-là n'est point achevé, disait-il; il faudra que j'y mette la dernière main. » Il lui pinçait, mais pas trop fort, le bout de l'oreille; il la tirait par sa robe et se retournait bien vite, feignant que ce ne fût pas lui. Telles étaient les enfances de ce grand jeune homme. Lisbette marchait droit devant elle, calme et le visage rayonnant, et ses mains, à son insu, se joignaient souvent comme pour prier. « Osvald! » murmurait-elle parfois, mais elle n'ajoutait pas une parole. Le chasseur était-il par trop extravagant en ses gaietés, elle le menaçait du doigt, et lui, alors, de ses sombres yeux bleus, il arrêtait sur elle un regard si profond et si sérieux qu'on eût dit que des pensées d'éternité traversaient son âme. Elle, riait et lui disait : « J'ai peur de toi! — Eh bien, sauve-toi, réfugie-toi en lieu sûr, » répondait-il d'une voix flatteuse en lui ouvrant les bras; et elle se précipitait sur son cœur avec un tel élan, que les tresses de ses cheveux en tremblaient et que plus d'une se dénouait; et puis ils demeuraient longtemps, étroitement embrassés, confondus lui en elle et elle en lui, un être en deux personnes, l'être complet, l'être parfait.

Il l'appelait son cœur, sa bien-aimée, sa chevrette. Elle ne l'appelait qu'Osvald, mais toujours avec une expression différente : toutes les cordes de la harpe d'amour, depuis l'accent de l'ivresse et des transports jusqu'aux plus caressants, aux plus capricieux chuchotements, vibraient et frémissaient tour à tour dans ce seul mot. On ne pouvait dire que son organe fût beau cependant : il était un peu voilé, parfois même un peu âpre ; mais depuis aujourd'hui il avait quelques notes d'une douceur infinie. Il semblait que sa voix aussi eût pris une âme, et des ailes qui s'essayaient à prendre l'essor.

A chacune de ces badineries, de ces folies, à chacun de ces riens, il y avait un ange qui les recueillait et les emportait devant le trône de Dieu. Car c'était un premier amour, le vrai, l'unique, qui enflammait et faisait battre ces deux cœurs jeunes et purs. C'était débordant tous deux de saines et vivifiantes aspirations qu'ils s'étaient rencontrés ; nul regret, nulle illusion perdue n'avait encore refroidi une seule goutte de leur sang, un seul de leurs enthousiasmes. Le bonheur leur était apparu dans sa perfection suprême, comme Aphrodite sortant de l'écume de la mer. Cet amour-là grandit en un instant, comme la plante merveilleuse des Orientaux.

Cet amour-là s'inquiète peu des routes et des sentiers tracés. Le chasseur et Lisbette s'étaient proposé d'aller revoir la belle fleur étrangère ; mais ils n'avaient pas fait cinq cents pas, qu'ils ne songeaient plus à leur projet. Ils allaient, couraient, erraient à l'aventure. Le ciel n'était-il pas partout d'azur, la terre partout verdoyante ?... Des gens passaient près d'eux : ils ne les voyaient point ; quelquefois ils ne suivaient plus aucun chemin : ils ne s'en apercevaient point. Ils arrivèrent, marchant ainsi au hasard, la main dans la main, sur la colline du Franc-Siége. « Ah ! quel bonheur ! s'écria le chasseur ; comme de pieux pèlerins, nous allons visiter toutes les stations. » Il la mena vers la pierre où ils s'étaient assis ensemble dans cette nuit de douleur et d'angoisse.

La tige des blés mûrs, que le maire n'avait toujours pas fait couper, rompait presque sous le poids des épis ; le soleil inondait de ses rayons toute cette moisson dorée ; et cependant l'endroit était frais, car un vent agréable soufflait du fond du bois. Les cimes des tilleuls frissonnaient doucement au-dessus de la tête des deux amoureux. Ils se retrouvaient là, heureux l'un près de l'autre, ils laissaient errer leurs yeux sur cette campagne égayée par un clair soleil, et ils se réjouissaient d'être au monde. « Je veux demander pardon à cette pauvre épaule blessée, » dit le chasseur, et écartant le fichu, il baisa les petits points rouges qui se voyaient encore entre la poitrine et la blanche épaule. Elle le laissa faire sans résistance ; elle avait croisé ses petites mains sur ses genoux, et elle demeurait immobile, victime résignée de l'amour, mais elle le regardait d'un air confus et suppliant. Il ne put soutenir ce regard : des larmes jaillirent de ses yeux, il se hâta de cacher l'épaule sous le fichu, et, tombant aux pieds de Lisbette, il pressa les genoux de la jeune fille contre son cœur ; puis il s'enfuit à quelque distance, afin de se rendre maître de son émotion.

Quand il revint, Lisbette n'était plus sur la pierre. Il la chercha d'un œil inquiet autour de lui. Il entendit bientôt de petits ris étouffés, qui semblaient sortir d'un des vieux tilleuls. Étonné, il tourna les yeux de ce côté et découvrit une particularité qui lui avait échappé jusque-là. L'arbre était creux, on pouvait aisément s'y blottir. Il tira en riant sa bien-aimée de sa cachette.

La voyant alors debout devant lui, il voulut mesurer la taille de Lisbette à la sienne. Elle lui venait juste à la poitrine, et avait ainsi la vraie mesure, car la tête de la femme ne doit atteindre que jusqu'au cœur de l'homme. Il la prit par les deux mains, et fixant ses yeux sur les yeux intelligents et candides de Lisbette :

« Dis-moi, ma Lisbette, lui demanda-t-il, comment as-tu fait pour devenir une fille d'un caractère si vrai et original, si profond, si extraordinaire ?

— Comment suis-je donc ? fit-elle naïvement. Je suis comme je suis ; peut-on être autrement ? J'ai toujours été appliquée à mes devoirs, et je dois beaucoup à mademoiselle ; et au vieux M. le baron, qui sont tous deux des personnes si sages et si instruites. J'ai beaucoup retenu des lectures que je faisais en mon particulier ; et puis, encore enfant, une foule d'idées me venaient déjà sur tout, je ne sais comment.

— Ce sont ces idées-là, ma Lisbette, crois-moi, auxquelles tu es le plus redevable. Voulons-nous maintenant aller revoir la jolie fleur ? Je crois que nous la trouverons tout près d'ici. »

Elle prit son bras, mais en le suppliant d'être raisonnable. Ils descendirent par les verts sentiers de la forêt. Leurs cœurs à tous deux étaient devenus plus calmes ; ils jouissaient d'eux-mêmes, de leur félicité, mais leur joie était plus sereine et plus douce. Ils s'entretenaient de mille choses indifférentes, et aussi de leur avenir, qui flottait devant leurs yeux comme un songe rosé. Elle lui dit qu'il n'avait qu'à prendre les arrangements qui lui sembleraient les meilleurs ; que s'il voulait, elle était sienne ; qu'elle ne doutait point du consentement de son père adoptif.

« Moi non plus je n'en doute pas ! » s'écria-t-il avec un accent involontaire d'orgueil et de triomphe. Elle le regarda tout étonnée. Il eut peur d'en avoir trop dit, et ne lui fit qu'une réponse évasive et maladroite, dont une pauvre fille bien éprise pouvait seule se contenter. Elle ne savait rien de la position du chasseur, et ne l'avait guère interrogé là-dessus. Son regard n'était-il pas sincère, ses discours honnêtes et pleins de sens, la pression de sa main tendre et loyale ? Ne s'appelait-il point Osvald Valdbourg ? Qu'avait-elle besoin d'en savoir davantage ?... Quant à lui, il méditait depuis ce jour un projet.... l'idée seule de ce projet le transportait par avance de plaisir. Il voulait avoir la satisfaction de surprendre sa bien-aimée par l'annonce de tous les bonheurs à la fois.

Au bas de la forêt, sur le bord de la prairie, ils rencontrèrent une femme avec un panier rempli de pommes hâtives. Osvald lui en acheta quelques-unes.

« Car enfin, dit-il, il faut songer à notre ménage. Si nous avions avec cela un petit morceau de pain, nous pourrions faire un dîner de seigneur.

— Du pain ? J'en ai à votre service, dit la femme. J'ai acheté du pain blanc à la ville, dans l'intention de le revendre dans les fermes des environs; si vous m'en prenez, je serai quitte de le porter plus loin. »

Elle ouvrit une serviette blanche où le chasseur choisit deux petits pains.

Ils traversèrent la prairie et aperçurent bientôt la place qui leur était chère, et qu'ils n'avaient plus revue depuis le jour de leur première rencontre. A l'aspect des buissons, des petits rochers et des troncs d'arbres noircis, ils s'abandonnèrent à une joie d'enfant. Ils coururent droit à la fleur. Mais elle s'était fanée dans l'intervalle; les calices rouges pendaient, blêmis, épuisés, le long de la tige. Lisbette soupira; mais Osvald lui dit : « La fleur est morte; mais notre amour s'est épanoui; donnons à la fleur un tombeau dans le sanctuaire de l'amour! » Il détacha les calices de la tige, cueillit une feuille de lis sauvage, y enveloppa les pauvres restes de l'amaryllis, et tendit à Lisbette ce frais petit cercueil. Lisbette le regarda à travers une larme, et le cacha dans son sein.

Le soir approchait, et du ruisseau qui coulait sous les rochers s'élevaient d'enivrantes vapeurs.

« Nous allons faire un festin de roi! s'écria-t-il gaiement. As-tu faim?

— Mais oui, répondit-elle en riant. Il n'est pas vrai que l'amour vive de l'air du temps.

— Écoute, mon cœur, tu viens de dire là une vérité hardie; mais gare les faiseurs de romans ! Entre nous, moi aussi j'ai faim.

— Il y a pourtant une différence, » reprit-elle en souriant. Et lui prenant à son tour le bout de l'oreille et l'effleurant de ses lèvres : « On a faim, c'est vrai, murmura-t-elle; mais la faim fait moins souffrir. »

Elle voulut s'asseoir en face de lui sur un tronc d'arbre; il l'attira sur ses genoux. Ils mangèrent, elle de la main d'Osvald, Osvald de la main de Lisbette, et c'est ainsi qu'ils prirent leur frugal repas. Et puis ils s'assirent sous un noisetier au bord de l'eau, et regardèrent couler les claires petites vagues et frétiller les petits poissons.

« Tu pourrais maintenant me faire un plaisir, dit-elle. Si tu me racontais ton histoire de la forêt, dont tu m'as souvent parlé ?

— Ah ! répondit-il, n'avons-nous donc rien de mieux à faire que de nous lire ou de nous raconter des histoires ? »

Il voulut lui prendre un baiser ; mais elle lui échappa, et, mettant une branche de noisetier entre lui et elle :

« Reste-là, dit-elle, et raconte : plus tard nous aurons le temps de nous embrasser. »

Il tira de sa poche les feuillets sur lesquels il avait écrit son histoire, et se mit tantôt à lire, tantôt à raconter. A mesure qu'il avait achevé un feuillet, il le jetait au ruisseau, qui l'emportait.

« Que fais-tu ? demanda Lisbette.

— Je te l'ai lu : c'est tout ce que je voulais, » répondit-il.

Elle l'écouta d'abord avec attention, et se fit expliquer maintes choses qu'elle ne comprenait point. Mais peu à peu elle parut distraite. Elle tressait une couronne de fleurs et d'herbe, comme pour retenir par ce travail sa pensée prête à lui échapper. Lui aussi avait hâte de finir : il ne trouvait plus aucun charme à son histoire ; comparées à la réalité qu'il avait sous les yeux, ses inventions ne lui paraissaient plus que plates et fades.

Il s'arrêta ; Lisbette ne disait rien ; il lui demanda si son conte lui avait plu.

« Mon Dieu, dit-elle timidement, tes *Enchantements du Spessart* ont produit sur moi un singulier effet. Je crois que si je les avais lus enfermée dans ma chambre, je me serais transportée en idée dans la forêt ; mais ici, sous cette verte feuillée, au murmure du vent et du ruisseau, tout m'a paru bien peu naturel, et je n'ai pu y croire. »

Il fut plus content de cette réponse, qu'il ne l'eût été de l'éloge le plus enthousiaste. « Mais tu n'en obtiendras pas moins ta récompense, ajouta-t-elle tendrement ; car plusieurs endroits m'ont fait un plaisir extrême. Je t'ai tressé une couronne, et je t'en veux couronner comme mon seigneur et maître. »

Il s'agenouilla devant elle, appuya le front sur la poitrine de sa bien-aimée, et reçut la couronne de fleurs sur sa tête. Puis levant vers elle ses yeux étincelants : « Consacre mes lèvres, s'écria-t-il : qu'elles restent toujours pures ! Poses-y tes doigts. » Les mains de Lisbette avaient cette propriété, signe d'un cœur ardent, qu'elles devenaient parfois et subitement toutes froides ; elles l'étaient en ce moment. Il en aspira avidement la pure fraîcheur, et il frissonna comme saisi d'une horreur religieuse. Elle aussi sentit avec volupté ses doigts se réchauffer sur les lèvres brûlantes d'Osvald.

Le soleil couchant illuminait les rochers et les buissons. Ils se promenèrent avec ravissement le long du ruisseau, dont ils descendirent et remontèrent plusieurs fois la pente. Tout à coup il se rappela une chanson, et se mit à chanter :

« Mon amour, mon amour est un vaisseau   Qui vogue au milieu des bancs et des récifs ; — Ses flancs sont vigoureux, le vent est favorable, — Et mon vaisseau avance, avance sans crainte.

« Mon amour, mon amour, ô vaisseau, — Et tu ne redoutes point les bancs et les récifs ? — Je ne crains ni bancs ni récifs : — Le vent favorable me les fera dépasser.

« Mon amour, mon amour, et sais-tu — Où s'arrêtera ta course audacieuse ? — Je ne sais où le vent me conduit, — Je sais seulement qu'il enfle mes voiles.

« Auprès du gouvernail le pilote s'endormit ; — Il rêve de rivages enchantés et de bois de palmiers ; — A sa place un dieu saisit le gouvernail : — Pour arriver aux pays des merveilles et des palmiers, quel meilleur pilote ? »

Elle l'avait écouté presque avec effroi.

« Mon Dieu, dit-elle, comment as-tu choisi cette chanson ? Elle ne convient guère à notre amour. Notre amour ressemble à une barque qui se balance sur le miroir d'un lac paisible.

— Aussi n'a-t-elle point été faite pour nous, répondit-il ; c'est la chanson d'un ami, de mon meilleur ami, et au milieu de mon bonheur à moi, je n'ai pu m'empêcher de songer à ses dangereuses amours. Son vaisseau court sur une mer orageuse : puisse, comme il le dit, un dieu se tenir au gouvernail !

—Hélas! c'est donc un amour bien coupable que celui de ton ami, pour qu'il soit exposé à de si terribles dangers.

— Oh non, Lisbette; c'est un pieux, un saint amour, et cependant les obstacles se dressent autour de lui comme des écueils.

—Une telle destinée peut-elle être celle d'un pieux amour? demanda-t-elle.

—O enfant, enfant, s'écria-t-il d'une voix tremblante, chassons ces pensées ! A Dieu ne plaise que notre amour.... Écoute : je me rends de ce pas au château de tes parents adoptifs pour leur faire ma demande. Je puis encore arriver avant la nuit noire au hameau qui est à mi-chemin; j'y coucherai ; je serai demain de bonne heure au but, et revenu dès le soir auprès de toi. »

Il voulut d'abord la reconduire à la Grand'ferme. « Non, lui dit-elle. Quittons-nous ici, à cette place où nous avons goûté tant de joie. » Il lui remit un rouleau d'or, qu'il était bien obligé de porter toujours sur lui, depuis qu'il habitait son grenier ouvert à tout venant, et la pria de le lui garder.

Ils se séparèrent. Quand ils furent à quelque distance, ils se retournèrent, revinrent en courant sur leurs pas, et s'embrassèrent encore avec transport, sans se dire une parole; puis ils s'éloignèrent en silence, s'acheminant, Osvald par le sentier des rochers, vers le pays où était situé le château, et Lisbette par les prés, vers la Grand'ferme.

CHAPITRE IX.

Catastrophe.

La femme seule sait ce que c'est que l'amour dans ses joies et ses désespoirs. Chez l'homme, il reste plus ou moins fantaisie, orgueil, ambition; la femme, dès qu'elle a senti le premier baiser d'amour, devient tout cœur de la tête aux pieds. Il n'y a fibre en elle ni nerf qui ne tressaille alors de plaisir.... ou de douleur.

Lisbette revint à la Grand'ferme sans savoir comment. Son cœur battait, ses joues étaient brûlantes; elle pressait tendrement contre son sein le rouleau d'or; car c'était *lui* qui le lui avait confié. Sans cesse elle répétait : « Qu'il est bon! » et ne savait rien dire de plus. Ah! le vocabulaire d'une fille amoureuse ne contient que ces quatre mots, et puis encore le petit mot : *tu, toi!* Mais qu'est-ce que la richesse de toutes les langues au prix de l'heureuse pauvreté de ce vocabulaire?

A la Grand'ferme, danseurs et danseuses faisaient rage. Tout le monde était rassemblé dans le verger, où, le jour baissant, on avait allumé des chandelles et des lanternes. Ceux qui ne dansaient point s'étaient groupés, assis ou debout, çà et là. Lisbette fut d'abord tirée de ses rêveries par le tapage, et, rentrée à la ferme par une petite porte latérale, elle se glissa au plus vite dans la maison, afin de ne point être aperçue et peut-être invitée à la danse.

Elle se rendit à sa chambrette et alluma étourdiment sa petite lampe; elle aurait pu se dire que la fenêtre éclairée trahirait nécessairement sa présence; mais elle n'y songea point. Son âme enivrée flottait au gré de mille douces visions. Il lui semblait qu'emportée sur la cime d'une haute montagne, elle voyait des nuages rouges s'étendre sous ses pieds, des nuages à perte de vue, et dans le lointain perçant ces nuages rouges s'élever des coupoles d'or. Elle savait maintenant ce que c'était que le bonheur, mais elle ne trouvait point de paroles pour l'exprimer.

Elle s'assit à la petite table près de la fenêtre, regarda les fleurs qui s'y épanouissaient dans le verre, ramassa un des pétales du lis qui s'était détaché, et le réunit avec soin au calice; puis elle jeta par la fenêtre un baiser au voyageur, en priant les vents de le lui porter.

Elle se leva et marcha par la chambre; son cœur était gros de désir et d'inquiétude. Elle voulut tirer l'amaryllis de son sein : sa main effleura sa jeune poitrine, et elle frissonna à ce contact comme par un sentiment de respect pour elle-même. Son corps lui semblait chose sainte ; car elle était aimée.

Mais réveillée tout à coup de son extase, elle se livra à un accès de folâtre gaieté. Prenant à deux mains son tablier, elle se mit à danser autour de sa chambre au bruit de la musique du dehors. Ses yeux tombèrent sur le rouleau d'or qu'elle avait déposé sur la table. « Ce qui est à lui est à moi : voyons de combien il a hérité. » s'écria-t-elle. Il lui avait dit qu'il était un forestier du pays de Souabe, et qu'il était venu en Vestphalie afin d'y recueillir un héritage. Lorsqu'elle eut défait le rouleau, la vue de l'or l'éblouit comme un éclair. Elle compta, compta; il lui semblait qu'elle n'en finirait point. Elle n'aurait jamais cru qu'il y eût tant d'or sur la terre. « Mon Dieu, est-il donc si riche ? » s'écriat-elle en frappant des mains, quand elle eut compté sur la table les cent et quelques doubles pistoles.

« Nous pourrons donc nous bâtir une maison à nous avec une petite laiterie, et une fontaine claire et fraîche! » continua-t-elle en sautant de joie. « Mais voyons maintenant l'effet que feront toutes ces pièces rangées les unes à la suite des autres; empilées ainsi, on ne juge pas bien de ce que l'on a. Je m'en vais les étaler sur le plancher en une longue file, et en plaçant la lampe auprès, aucune ne se pourra perdre. »

La pauvre enfant trouvée se berçait ainsi d'espérances et nageait dans la joie. Le maire cependant disait au vieux collectionneur, qui, lui aussi, avait paru toute la journée sombre et soucieux, et venait de déclarer à son hôte qu'il avait absolument besoin de l'entretenir au sujet de l'amphore et de l'épée de Charlemagne : « Plus tard, monsieur Schmitz : j'ai pour l'instant à m'occuper d'une affaire indispensable. » Il avait aperçu la lueur de la lampe de Lisbette et résolu de l'aller trouver, de lui parler de son intimité avec le chasseur. « J'y mettrai bon ordre..., je dirai à cette enfant..., » murmurait-il d'un air pensif, en traversant lentement le vestibule, son chapeau sur la tête et sa canne à la main. Il s'arrêta un instant devant ses bêtes; car la Blanche, toute superbement parée et enrubannée qu'elle était, poussait de lamentables mugissements, et en s'approchant avec une lumière, il vit la pauvre vache toute brisée et ramassée sur elle-même. « Qu'est-ce donc encore que cela? s'écria le maire.

— Hé que serait-ce? » répondit d'un ton insolent le rousseau, qui sortit d'un coin sombre de l'étable. « Cette bête est entêtée, et elle en est malade, mais je lui ai déjà fait avaler quelque chose. » Le maire considéra quelque temps sa plus belle pièce d'un air de chagrin et de colère; mais la vue du pitoyable état où elle était ne lui arracha ni juron ni injure; il se contenta de pousser son : *Aïe, aïe, aïe!* habituel, en ajoutant d'une voix sourde : « Cette noce pour laquelle j'ai tant épargné et dont je me promettais tant de satisfaction, elle finira mal. »

Il monta l'escalier d'un pas résolu et retentissant. Arrivé à la chambre de Lisbette, il en poussa brusquement la porte. Elle avait sa lampe à la main, et dans son tablier les pièces d'or, objets de son innocent badinage. A la subite entrée du maire, elle tressaillit; mais s'étant remise aussitôt, elle demeura tranquillement debout près de la table.

Il pouvait y avoir un quart d'heure qu'il avait entamé avec elle une conversation, que d'abord elle ne comprit pas du tout, quand quelqu'un, qui passait sous la fenêtre ouverte, entendit un cri, le cliquetis de pièces de monnaie roulant sur le plancher, et puis le bruit sourd d'un corps qui tombe et d'un meuble heurté. Au même moment, la lumière s'éteignit. L'homme qui passait s'arrêta, et vit bientôt le maire sortir de la maison. « Qu'est-il donc arrivé là-haut? demanda celui-là.

— Mon Dieu, rien, répondit le vieux. Les jeunes filles s'épouvantent quand on leur nomme les choses par leurs vrais noms. Mieux vaut chagrin que honte.» Il se rendit au verger et dit à la première fille d'honneur de monter chez Lisbette. Cette fille, au milieu de la cohue du bal, ne le comprit qu'à moitié, et s'imagina qu'on la chargeait d'aller chercher Lisbette pour la danse. Pressée elle-même de retourner à son plaisir, elle s'acquitta en toute hâte de la commission, et, ne faisant qu'entr'ouvrir la porte de Lisbette, elle lui cria d'une voix essoufflée : « Êtes-vous là? Vous êtes priée de venir à la danse. » Mais elle fut prise d'une grande peur en n'entendant que des sanglots étouffés lui répondre du fond de la chambre toute noire. Elle se hâta de redescendre, trouva en bas sa compagne, et toutes deux revinrent avec une lumière.

Elles eurent alors un spectacle capable d'émouvoir même ces rudes et grossières créatures. A cette même place où tout à l'heure une fiancée triomphante s'était abandonnée au délire de sa joie, était maintenant une malheureuse, terrassée par la douleur. Lisbette était tombée sur les genoux près de la table; ses bras pendaient inanimés; son corps affaissé reposait sur ses talons; ses blonds cheveux s'étaient dénoués et inondaient son visage penché, mouillé de larmes. L'or roulant de son tablier s'était répandu par la chambre, et non loin d'elle gisait la lampe éteinte.

Les jeunes filles s'arrêtèrent quelque temps sur le seuil, embarrassées et muettes devant cette statue du désespoir. L'une d'elle ramassa la lampe, la ralluma, la plaça sur la table ; l'autre répéta d'une voix timide ces mots : « Vous êtes priée de venir à la danse. »

A ces mots Lisbette leva la tête vers elles, et les jeunes filles se retirèrent remplies d'horreur et d'effroi. Car les

joues de la malheureuse enfant avaient la pâleur de la mort,
ses yeux étaient renfoncés dans leurs orbites, et si pleins de
larmes qu'ils ressemblaient à deux sources jaillissantes. Les
filles d'honneur retournèrent à la danse, dansèrent tant
qu'elles purent, eurent bientôt oublié ce qu'elles avaient vu,
et Lisbette demeura seule. Personne ne parla d'elle en bas;
car le diacre, qui l'aimait beaucoup, n'eût pas manqué de
l'aller trouver.

Dès qu'elle fut seule, elle s'occupa d'un soin aussi grave et
triste que ses jeux avaient été folâtres et gais. Elle laissa
tomber un regard de dégoût et d'horreur sur l'or éparpillé
autour d'elle; enfin se surmontant, tandis qu'un suprême
dédain faisait frémir ses lèvres, d'une main tremblante elle
ramassa une à une et enveloppa ces pièces qui ne semblaient
plus à tous les yeux refléter que sa honte. Elle jeta avec
mépris le rouleau, puis les restes de l'amaryllis au fond
d'une caisse et cacha le tout sous une toile. Elle trouva sous
sa main les vers qu'Osvald lui avait adressés; de nouveaux
torrents de larmes débordèrent de ses yeux; ce furent les
dernières qu'elle versa ce soir-là. Elle approcha le papier de
la flamme de sa lampe, et le regarda froidement se consumer.
Le fichu dont le chasseur lui avait fait présent, elle le coupa
en morceaux qu'elle laissa tomber à terre sur les cendres du
papier. Elle voulut ensuite se purifier elle-même. Elle lava
les doigts qu'il l'avait forcée de poser sur ses lèvres. Puis
elle lava les lèvres qui avaient souffert et rendu ses baisers.

Elle accomplit tous ces actes en silence, sans même pousser un soupir. Sa douleur était si grande qu'aucune plainte
n'aurait pu l'alléger. Dans le calice de la rose qui venait de
s'entr'ouvrir au souffle le plus caressant, un poison âcre
avait été versé. Au plus profond de son chaste sein quel
douloureux tressaillement ! Me demanderez-vous comment
elle put ajouter foi à ce que le vieux paysan lui avait dit? Je
vous répondrai que je l'ignore. Entre le ciel et la terre rien
de caché pour le poëte; mais ce qu'il ne devinera jamais, ce
sont les délicatesses infinies, les secrètes pudeurs d'une
jeune fille qui aime.

Je ne puis dire qu'une chose : son âme avait été profanée;

elle l'avait étalée toute nue aux yeux de Dieu et d'Osvald, elle n'en avait rien gardé pour elle, elle l'avait toute livrée à Dieu et à son bien-aimé. Son âme, elle désirait ne la plus posséder qu'en Dieu et en son amant, et on lui apprenait que ce désir avait été un péché et une folie.

Elle ne pleurait plus; ses yeux étaient brûlants et secs. Sa taille s'était redressée, elle se tenait même plus droite, la tête plus haute qu'à l'ordinaire; ses mouvements étaient devenus plus lents, toute sa personne avait plus de dignité et de noblesse. Elle rangea avec soin ses cheveux sous son bonnet; puis elle ferma les rideaux de la fenêtre, et se déshabilla calme et chaste. Elle éteignit la lampe et monta dans son lit, où elle s'étendit toute droite comme une statue, les mains jointes sur sa poitrine. Dans cette position, où, bien qu'elle tînt ses paupières fermées, le sommeil ne la visita point, sans que le plus léger soupir s'échappât de ses lèvres, semblable à une belle morte attendant l'heure de la résurrection, elle laissa agir les forces qui après avoir torturé son cœur y devaient allumer une vie nouvelle.

Pendant que les heures du soir et de la nuit s'écoulaient si tristement pour l'amante, l'amant se hâtait gaiement dans l'obscurité vers le pays où il voulait être rendu le lendemain matin. Il avait toujours sa couronne de fleurs sur la tête, et répétait sans cesse la barcarolle de son ami, en y introduisant à la vérité un désordre tout lyrique, commençant par la dernière strophe et finissant par la première, ou bien mêlant les vers de deux strophes différentes. Il savait maintenant pourquoi la vue d'une femme avait toujours éveillé en lui de si doux pressentiments : c'était la colombe annonçant la terre promise de l'amour, la terre où coule le miel et le lait. « Je penserai sans doute un peu moins à ma mère, s'écria-t-il, ou plus souvent encore qu'auparavant, » ajouta-t-il aussitôt. Il se sentait vivre d'une existence plus pleine, plus achevée, plus parfaite.

Il s'applaudissait de son coup de tête, de ce qu'il appelait son trait de Souabe. « Au fond, disait-il, il est bien indifférent qu'elle devienne ou non la comtesse de Valdbourg-Bergheim; mais, quel plaisir! lorsqu'il faudra passer le Neckar, que je la ferai descendre de voiture, entrer dans le bac, et qu'apercevant devant elle, au haut de la verte colline, le château avec ses deux ailes, elle me demandera : « A qui donc, Os-« vald, appartient ce magnifique château? » Et moi je lui répondrai : « Ma chère Lisbette, au plus riche seigneur du « pays, et.... je voulais te ménager cette surprise : je suis « son forestier; nous aussi, nous demeurerons sur la belle « colline, tiens, là-bas, dans cette petite maison, à côté de la « tourelle couverte en ardoise. Mais d'abord il convient que « je te présente à ma cousine qui est dépensière au château. » Nous sortons du bac, et nous montons tout doucement la colline par le chemin du parc. Les gens que nous rencontrons nous saluent bien respectueusement. « Il faut que tu aies « beaucoup de bons amis par ici, Osvald? — Oh! oui, ces « gens ont quelque considération pour moi; mais aussi je « puis leur rendre service en mainte occasion. » Arrivés au château, nous entrons par une petite porte, afin de ne pas éveiller l'attention. Je la conduis dans la chambre rouge : elle sera bien un peu étonnée de ces tentures de damas, de ces tapis, de ces dorures, et n'osera pas s'arrêter dans un appartement si magnifique. « Reste, Lisbette, lui dirai-je; « mets-toi là, à ton aise; monseigneur est bon et te veut « déjà du bien : je lui ai parlé de toi dans mes lettres; mais.... « ne va pas l'aimer surtout! » Ensuite le mieux serait, je pense, de sortir, de la laisser seule; de ne revenir qu'au bout de quelque temps; mais je crois bien que je ne me pourrai tenir davantage, et que me retournant sur le seuil je lui dirai : « Écoute, Lisbette, encore un mot : ne m'en veux « point, mais je t'ai trompée. Je ne suis malheureusement « pas le forestier; je ne suis que le comte de.... Veux-tu « planter là le forestier, et devenir Mme la comtesse? » En vérité je suis curieux de voir quelle mine elle fera. Et, ce qui me fait surtout plaisir, je suis sûr que, le premier effroi passé, elle ne laissera voir ni embarras ni joie bien extraor-

dinaire, et qu'elle me dira de son air doux et tendre : « Je
« t'aimerai comme j'aimais le forestier. » Oui, ce n'est là
qu'un enfantillage; mais on est toujours heureux de pouvoir
habiller sa bien-aimée de velours et de soie, de lui pendre
des perles au cou, de lui mettre des brillants dans les cheveux, et d'étendre sous ses pieds de moelleux tapis de
Bruxelles. »

Tels étaient les rêves, les riantes visions d'avenir dont
s'amusait l'imagination de notre amoureux. Il était plus de
minuit, et il commençait à sentir quelque lassitude. Il rencontra au sommet de la montagne une hutte abandonnée. Il
y entra et s'aperçut qu'elle était remplie de foin. Endurci par
ses voyages, peu gâté dans ces dernières semaines, il s'ac-
commoda parfaitement de ce simple coucher. Il résolut de
passer la nuit dans la hutte. En fermant les yeux il se dit :
« Maintenant sans doute elle rêve de toi, et dans son rêve te
donne de doux noms d'amour.»

Il se disait cela au moment peut-être où Lisbette, succom-
bant à son horrible peine, après s'être longtemps tordue dans
son lit, laissait enfin échapper de faibles et douloureux gémissements.

Le chasseur s'éveilla le lendemain matin avec un violent
mal de tête : l'odeur du foin fraîchement coupé étourdit,
comme on sait, et son imprudence aurait pu lui être fatale.

Aux doux rêves où Lisbette lui était d'abord apparue,
avaient succédé des songes confus et pénibles. Sur le matin,
le cerveau de plus en plus offusqué par les fumées du foin,
il lui sembla.... ou plutôt c'était une réalité. Dans un autre
coin de la hutte quelque chose avait remué, et le chasseur
vit une forme noire qui se détirait, puis il entendit un long
bâillement, et une voix qui disait : « Ouais ! je crois qu'il
s'en va six heures. » Cette voix-là lui était parfaitement
connue. L'ombre se leva et s'approcha à tâtons de la place
où gisait le chasseur, l'œil fixe, hors d'état de remuer un
membre, cloué sur sa couche par l'affreux cauchemar qui

l'oppressait. « Ha, ha! le gaillard! fit la voix en dialecte souabe. Tu n'as pas pu rentrer au gîte? Tu t'es fourré dans le foin? Va, achève ta nuitée, dors tout ton soûl; je ne veux plus te déranger. » Et ce disant l'ombre s'en alla.

Le chasseur eût voulu crier : « Iochem! » Mais aucun son ne put sortir de sa gorge serrée. Il resta encore quelque temps étendu de la sorte. Enfin le sang presque arrêté se remit en mouvement, il put secouer sa torpeur, et s'élança hors de cette dangereuse hutte, pour respirer l'air pur du bon Dieu.

Le vent du nord-est lui siffla aux oreilles. Il y avait dans l'air comme une odeur de brûlé, et un paysan qui vint à passer dit : « Nous aurons aujourd'hui du brouillard sec. » Il s'informa de l'auberge la plus proche; cet homme la lui montra à quelque distance sur une hauteur. Il avait à traverser un plateau brun couvert de bruyères; il apercevait non loin de là, dans un fond, de vertes prairies où la rivière qui les abreuvait faisait vingt détours. Des troupes de paysans étaient occupés à la seconde fauche; sur plus d'un pré on fanait le regain.

Arrivé à l'auberge, le chasseur plongea dans l'eau fraîche son front brûlant, et se débarrassa ainsi de son mal de tête. Il continua néanmoins de sentir un certain malaise. Sa poitrine était oppressée et irritée; cela l'inquiéta peu; mais il se souvint d'un crachement de sang qu'il avait eu à l'âge de dix-huit ans, et qui avait été précédé de sensations toutes semblables. Le médecin qui lui avait donné ses soins à l'université, lui avait fort recommandé après son rétablissement d'éviter tout écart de régime et les émotions fortes, les rechutes étant à craindre avec un tempérament aussi sanguin. Or, depuis quelques semaines il n'avait pas mené une vie des plus régulières, et son âme avait été dans une agitation continuelle.

Après avoir pris quelque nourriture, il se trouva mieux, et se fit indiquer le chemin du château. Son hôte lui apprit d'étranges choses : « Dieu sait où il en est M. le baron; lui et sa fille ne se montrent plus guère hors de chez eux, malgré que leur château ne soit pas trop sûr à habiter. L'architecte du district a passé hier par ici; il disait que si l'on ne se hâtait de faire des réparations, il faudrait que l'autorité ordonnât d'office la démolition de cette ruine branlante qui menace de s'écrouler un de ces jours. »

Le chasseur fut un peu surpris de ces renseignements et d'autres qu'on lui donna; ils ne s'accordaient guère avec les descriptions de Lisbette. Il ne laissa pas de se remettre résolûment en route : il lui tardait de mener à bonne fin une négociation où son amour était si intéressé.

Son amour occupait toute sa pensée; il était dans la joie de son cœur; et cependant.... une ombre de tristesse passait par moment sur son front. Car l'amour est ainsi. Le lendemain des plus doux aveux, au sentiment le plus vif, le plus profond de votre bonheur se mêlera un secret déplaisir, un vague regret que vous n'oserez avouer, dont vous vous indignerez, mais que vous chercherez en vain à étouffer. « Hélas! vous direz-vous, que ne suis-je encore à avant-hier!... »

. . . .

« Est-ce possible ? est-ce bien toi ? » criait le jeune comte
Osvald, repassant le plateau après sa visite au manoir, à un
homme en sabots et en blouse bleue, qui venait à lui courbé
sous une énorme charge de foin.

Le vieil homme leva les yeux, laissa à la vérité tomber
son foin, mais sans manifester autrement sa surprise :

« Hé, vous voilà donc, dit-il. Je savais bien que vous ne
me laisseriez pas morfondre ici. »

Et il baisa cordialement la main de son jeune maître.

« Iochem, est-ce toi ou n'est-ce pas toi ?

— Eh mais oui, c'est moi, monsieur le comte.

— Mais, au nom du ciel, comment es-tu venu par ici ? et
quel métier fais-tu là ? Et pourquoi n'as-tu pas cherché à me
rejoindre ? »

Il posa la main sur le sarrau du vieux, comme pour se
convaincre par le toucher que c'était bien un homme en
chair et en os qu'il avait devant lui.

L'autre, avant de répondre, se laissa tranquillement faire ;
car il était de ces gens dont le flegme ne s'étonne de rien. Il
avança la botte de foin et força son jeune maître de s'y asseoir ; puis il lui donna les explications suivantes :

« Je vous dirai tout, monsieur le comte ; mais une chose
après l'autre. — Comment je me trouve par ici ? — De retour
du grand voyage que j'ai fait par votre ordre. J'ai toujours
pris sur la droite, comme vous me l'aviez recommandé. Passé
à Cassel, à Magdebourg, à Berlin. Partout de bons gaillards,
ma foi ! Du reste, rien vu. Et puis, je m'en suis revenu par
le même chemin, parce que je me trouvai, à Berlin, avoir
dépensé la moitié de l'argent, et que d'ailleurs je croyais
m'être bien acquitté de ma commission. — Le métier que je
fais ? — Voilà huit jours que je me suis établi chez le paysan :
je lui aide à rentrer ses foins, afin de gagner mon pain quotidien, n'ayant plus un rouge *kreutzer*[1] en poche.—Pourquoi
je ne me suis pas mis à votre recherche ? — Nous ne nous
étions pas bien clairement entendus sur l'endroit où je re-

1. Sou.

trouverais M. le comte. J'ai pensé pour lors que ce que je pouvais faire de mieux, était de rester où je me trouvais ; j'étais bien assuré que M. le comte me dépisterait toujours , et me viendrait chercher n'importe où je serais, fût-ce au fin fond de la terre. Aussi, je me tins tranquille, et me mis de bon courage à faire les foins, quoique ce soit là un genre de vie qui ne convienne pas tout à fait à ma position. Mais je me disais toujours : « C'est aujourd'hui que « M. le comte viendra te chercher ; et, s'il ne vient pas au-« jourd'hui, il viendra pour sûr demain ; » et c'est ce qui est en effet arrivé. »

Osvald fut attendri ; il pressa la main du vieux et lui dit :

« Tu as eu raison, Iochem, de compter sur moi, et de dire que je t'irais chercher même au fin fond de la terre. »

Iochem resta froid à son ordinaire et répondit :

« Vous avez aussi du sang souabe dans les veines ; et des Souabes, ça ne s'abandonne jamais l'un l'autre.... »

Après une pause, il ajouta :

« Quels ordres M. le comte a-t-il à présent à me donner ? »

Osvald se leva et se mit à marcher avec agitation ; ses traits étaient bouleversés ; il se frappait le front du poing, se tordait les cheveux et se mordait les lèvres. Le vieux, qui ne comprenait rien à ces transports furieux, restait immobile à sa place, les genoux ployés en avant, les mains et les bras appuyés sur ses cuisses, suivant d'un œil triste et inquiet tous les mouvements de son jeune maître.

« Il vous est arrivé quelque chose, monsieur le comte, » dit-il d'une voix douce et bonne.

Osvald s'approcha vivement de lui. Il pressa avec emportement la tête du vieux contre sa poitrine, et s'écria d'une voix altérée :

« Oui, oui, il m'est arrivé quelque chose ! »

Puis, les larmes aux yeux, il lui dit à l'oreille :

« J'ai une fiancée, Iochem ! »

Mais alors l'émotion, chez ce flegmatique vieillard, déborda avec une impétuosité que je ne puis décrire. Jetant un grand cri de joie et repoussant brusquement Osvald, il se mit à battre des mains, à tourner, à sauter pesamment sur la

bruyère, comme un vieux chien fidèle qui revoit son
maître.

« Yougue-hée! yougue-hée! criait-il. Ah! quelle joie, quel
bonheur! Mes vieux yeux verront donc ce jour-là! J'y serai
donc encore, aux noces de mon cher maître et de sa belle
fiancée! Oh! la bonne idée qu'a eue M. le comte. Où est-
elle, la noble, la bonne, la chère demoiselle, que j'aille baiser
ses pieds et le bord de sa robe? »

Mais les forces du bon vieux étaient à bout; il fut contraint
de s'arrêter tout pantois, et se tint les côtés.

Le jeune comte Osvald s'était jeté par terre; le front dans
le foin, les bras étendus, il sanglotait et se lamentait:

« L'amour peut tout supporter, tout! disait-il. Il brave le
malheur et se retrempe dans les larmes; il peut même sur-
vivre à l'infidélité : l'espoir lui reste de ramener l'infidèle.
Il triomphe de tout, excepté du ridicule. Si, tenant ta maîtresse dans tes bras, et te rappelant son origine, tu ne peux
retenir un éclat de rire, c'en est fait de ton amour. Le
rire tue l'amour.... O douce journée, journée la plus belle
de ma vie, journée sans lendemain, devais-tu donc passer si
vite! »

Il se releva; il porta la main à sa poitrine; il frissonnait
comme saisi de fièvre.

« Prends cet argent, Iochem, dit-il d'une voix sourde.
Paye ce que tu peux redevoir ici. Attends-moi à la ville,
chez le diacre. J'y serai demain, ou peut-être dès ce soir. Je
vais maintenant à la Grand'ferme, dire adieu à cette jeune
fille.

— Adieu? demanda le vieux, soufflant toujours, et qui
tombait du ciel de sa joie.

— Je n'épouserai point la jeune fille avec qui je me suis
fiancé, » dit Osvald en s'efforçant de prendre un ton ferme et
décidé; mais sa voix tremblait. Il redescendit rapidement la
pente de la montagne.

Le vieux Iochem le suivit quelque temps des yeux. Il regarda l'argent que le comte lui avait mis dans la main, puis
la place où son maître venait de pleurer si amèrement; après
cela, il ôta son chapeau et le fit tourner entre ses mains, en

en considérant avec attention la forme et les bords. Il remit son chapeau, et dit:

« Si M. le comte s'est fiancé avec cette jeune fille, il ne lui dira pas adieu; mais il l'épousera. »

Cela dit, il s'achemina vers l'habitation de son paysan, afin de régler son compte avec lui, reprendre son propre habit, et exécuter ensuite les ordres de son maître.

FIN DU LIVRE DEUXIÈME.

LIVRE TROISIÈME

L'ÉPÉE DE CHARLEMAGNE

CHAPITRE I.

Un lendemain de noce dans une grand'ferm .

Pendant le repas de noce et l'après-dînée qui suivit, le *joueur* borgne était resté assis dans la chênaie, en vue de la Grand'ferme. On lui apporta à manger et à boire, mais il ne toucha presque à rien; il ne prit, et encore à contre-cœur, que tout juste ce qu'il lui fallait pour calmer le plus gros de sa faim. La place où cet homme s'était établi était à peine à cinq pas du chemin qui traversait la chênaie; elle était abritée par les arbres les plus hauts et les plus touffus; l'un de ces arbres, en avant du terrain qui se creusait derrière lui, avait formé avec ses puissantes et noueuses racines un parapet naturel, dont le rebord offrait un siége commode: le joueur se tenait là aux aguets, l'œil obstinément tourné vers la maison.

De temps en temps, n'apercevant personne sous la porte ou dans le vestibule, il se levait à moitié; mais c'était à la Grand'-ferme des allées et venues continuelles, et, dès que quelqu'un se montrait, il se rejetait par terre avec humeur. Parfois aussi il donnait une ou deux saccades à la manivelle de son orgue, qui rendait alors des sons odieux, expirant en aigre fausset, en gémissement lamentable. C'était pour les passants (et ils étaient nombreux ce jour-là dans la chênaie) occasion de rire et goguenarder aux dépens de Gaspard le Patriote. Cependant, il n'y avait guère que la jeunesse qui l'attaquât ainsi, ceux qui n'avaient jamais connu le *joueur* que comme un être malgracieux et ridicule; quant aux gens d'âge, suivant leur coutume chaque fois qu'ils le rencontraient par hasard, ils ne le regardaient même point. Gaspard essuyait tranquillement, et sans y répondre, les brocards des jeunes gens; tout au plus clignait-il alors son œil unique. Mais venait-il à passer un vieux, qui ne daignait seulement pas s'apercevoir que lui, Gaspard le Patriote, le héros de Schonhoven, était là : dès qu'il avait le dos tourné, le borgne le menaçait du poing et grommelait entre ses dents :

« Vieux gredin, vieux gilet, va! Mais patience! il faudra bien que votre chef à tous me.... »

Son dessein était de pénétrer dans l'habitation, et, ce qui ne lui avait pas réussi de jour, il pensait pouvoir l'accomplir à la faveur de l'obscurité. Mais il s'était trompé; car, à la tombée de la nuit, des servantes vinrent devant la maison laver leur vaisselle, écurer leurs marmites : il y en eut pour longtemps, et elles n'avaient pas encore remporté leur dernier chaudron, que deux paysans, raisonnablement pris de vin, étaient venus se planter sur le pas de la porte. L'un se tuait d'expliquer à l'autre un procès qu'il soutenait depuis des années au sujet d'un droit de passage. L'autre, après chaque énoncé de son processif voisin, disait invariablement : « C'est compris! » et ne manquait pas, l'instant d'après, de demander : « Mais, dis-moi, comment se faisait-il donc?... » Le plaideur reprenait son narré, bientôt interrompu par les encourageantes assurances et les judicieuses questions de son auditeur; l'histoire, de la sorte, avançait avec une extrême lenteur, et il n'était pas possible d'en prévoir la fin. Du reste, il restait à nos deux ivrognes tout juste assez de tête, pour s'y être fourré l'idée fixe de repousser les personnes qui essayaient de se glisser entre eux par la porte qu'ils obstruaient; tout pleins de leur procès, ils leurs criaient avec de grands gestes furieux qu'on n'avait pas là droit de passage ; et, pour éviter une querelle, plusieurs des conviés furent contraints de rebrousser et d'aller, en longeant la maison, chercher la porte de la cour. Quant au joueur d'orgue, il dut renoncer à rien tenter tant que les deux ivrognes occuperaient l'entrée. Enfin, sur le minuit, quelqu'un s'avança du fond du vestibule vers la porte, et, sans dire mot, saisissant par derrière au collet les deux amis, les tira dans le vestibule; mais la porte fut aussitôt fermée et verrouillée en dedans. Elle ne fut plus rouverte.

Vers une heure du matin toute la noce se sépara, et la Grand'ferme resta plongée dans l'obscurité et le silence. Le joueur quitta alors sa place et vint rôder comme un chat autour de l'habitation, cherchant quelque brèche, quelque issue oubliée par où il pût s'introduire. Mais il ne trouva rien; et comme, après avoir mesuré de l'œil la partie la moins haute du mur de la cour, il se disposait à risquer l'escalade, les chiens se mirent à faire un tel vacarme, qu'il dut craindre qu'ils ne missent sur pied quelqu'un de la maison. Il se retira donc sur la pointe des pieds, grinçant des dents, ravalant sa rage et ses jurons; il s'en retourna à la chênaie reprendre son affût qu'il garda la nuit avec la même constance qu'il avait fait de jour.

Cet homme, s'acharnant au jeu, resta donc là toute une après-midi, toute une soirée, et plusieurs heures de la nuit. Et cependant ce n'était ni un grand crime, ni même un beau coup de filet qu'il méditait; il ne songeait ni à voler au maire ses sacs d'écus, ni à mettre le feu à son toit: jouer au richard un mauvais tour, voilà tout ce que voulait cet ennemi doué d'une si coriace patience.

Vers les quatre heures du matin, enfin, la campagne étant encore dans une demi-obscurité, la porte s'ouvrit et un garçon alla chercher de l'eau; le guetteur profita de ce moment pour se couler dans la maison. Il traversa rapidement le vestibule et grimpa au haut de l'escalier, faisant son compte de se cacher dans quelque coin, et d'attendre, pour s'échapper avec son butin, l'heure où, comme il le savait, la Grand'ferme serait abandonnée de tous ses habitants.

Quand il fut grand jour, le maire, portant deux gros sacs d'argent, descendit de l'étage supérieur de la maison à la chambre basse, au poêle attenant au vestibule; il était suivi de son gendre. Là, tous deux s'assirent à une grande table, gardant, comme la veille durant les principaux actes de la journée, le plus profond silence. Chacun ouvrant un sac, se

mit à empiler devant lui les trois mille écus bien sonnants
qui y étaient renfermés. Le maire s'inquiéta peu de voir
dans le vestibule, ou debout sur le seuil du poêle, quelques-
uns des domestiques et plusieurs voisins déjà arrivés à la ferme,
suivre curieusement l'opération. Un léger sourire, l'orgueil
qui brillait dans le regard oblique qu'il leur lançait de temps
en temps, disait, au contraire, combien il était charmé de
faire constater sa richesse à tous ces témoins. Les six mille
écus étalés sur la table, leur compte soigneusement vérifié
par le gendre, celui-ci, toujours muet, écrivit sa quittance de
la dot reçue, et tendit, sans un mot de remercîment, le billet
à son beau-père ; il fit aussitôt rentrer l'argent dans les
deux sacs, et les alla provisoirement déposer dans un pla-
card qui se trouvait dans cette chambre, et dont il mit les
clefs dans sa poche.

Le vieux Schmitz, au risque de troubler le maire dans ses
comptes, s'était approché de lui pour lui dire qu'il pensait
retourner à la ville, mais qu'il fallait, auparavant, qu'ils se
fussent arrangés ensemble. Le maire, sans lever les yeux
de dessus ses écus, s'excusa, comme la veille, de ne pouvoir
l'écouter tant que durerait la *réjouissance,* se mettant, après,
tout aux ordres de M. Schmitz. Jamais, en effet, il n'avait
eu l'ambition de mener de front deux affaires ; ce n'était
qu'après avoir définitivement réglé l'une qu'il entamait
l'autre ; et cette pratique n'avait pas peu contribué à l'heureuse situation où il se trouvait. Le vieil antiquaire se retira
de fort mauvaise humeur, et se rendit à l'écurie où il avait
fait déposer un objet dont la possession pesait maintenant à
sa conscience. Il le considéra d'un œil mélancolique, appelant de tous ses vœux la fin d'une réjouissance qui était
loin d'en être une pour lui, puisqu'elle prolongeait les angoisses où il était.

Le maire, cependant, crut que la règle de ne s'occuper
que d'une chose à la fois, pourrait souffrir exception en faveur de la pauvre Blanche. Bien que ce second jour de noce
dût encore être donné au plaisir, il alla voir la malade, s'assura qu'on n'avait pas négligé de lui administrer les re-
mèdes de famille qu'il avait prescrits, l'examina d'un air de

compassion, hocha la tête, lui caressa les flancs, en somme
lui témoigna infiniment plus de tendresse qu'à sa fille ou à
son gendre. Malheureusement, tant de sollicitude semblait
devoir être être inutile: le coup de perche avait été trop violent; la vache poussait des mugissements plus douloureux
encore que la veille. Le maire éprouvait, contre le rousseau,
un vif ressentiment. Informé dans la nuit même, au moment
de s'aller coucher, de la brutalité de ce garçon, il lui avait
sur-le-champ signifié son congé. Aussi, l'avisant alors dans
l'étable, lui cria-t-il d'un ton rude :

« Que fais-tu encore par ici ?

— Je voulais seulement vous demander, maître, si c'est
pour tout de bon que vous m'avez donné congé? fit le rousseau.

— Quand je donne congé, ça veut dire que je donne congé;
et, quand je ne ris point, c'est que ce n'est pas pour la
frime, répondit le maire.

— Mais, reprit le rousseau, quand on a bonne volonté,
qu'on fait de son mieux afin que tout soit beau et brillant
pour la fête, être cassé aux gages, c'est injuste.

— D'enfoncer les côtes à une pauvre bête sans raison, qui
ne se doute mie qu'elle est de noce..., je ne vois pas que la
fête en soit tant plus gaie, repartit froidement le maire.
Suffit, tu es renvoyé; et tu peux être content que je ne te
retienne pas, comme j'en aurais le droit, la perte sur tes
gages. »

Le rousseau se réduisit à prier son ancien maître de lui accorder la faveur de rester encore quelques jours à la ferme,
attendu qu'il trouvait par trop humiliant d'être ainsi chassé
un jour de noce. Le maire le voulut bien, mais à condition
qu'il ne se faufilerait pas dans le cortège; car, dit-il, il ne
voulait point l'avoir devant les yeux pendant la réjouissance.
Le rousseau, lui lançant un regard méchant, alla s'accroupir
sur un escabeau dans le vestibule, non loin de la Blanche,
dont les souffrances ne semblaient pas lui causer le moindre
remords. Il se mit à larmoyer, et se dit à demi-voix : « Si
je pouvais encore jouer à ce chien un bon tour qui le fasse
souvenir de moi, je serais à la joie de mon cœur.

— Il faut des ménagements même avec un animal, » murmura le maire, en s'en allant rejoindre ses hôtes, qui commençaient déjà à se rassembler en grand nombre, et remplissaient peu à peu, buvant et fumant, la place qui s'étendait
entre la chênaie et la maison.

Car c'était le jour, où, suivant l'antique usage, les nouveaux mariés devaient être conduits en grande pompe à leur
future demeure. Le programme de cette solennité comprenait : un drapeau, un grand nombre d'armes à feu, un nouveau gala, mais donné cette fois à la ferme du jeune mari,
enfin le rouet qui avait figuré le jour de la noce.

Le semonneur attacha à une perche, autour de laquelle
flottaient de longues banderoles de toutes couleurs, une
grande pièce de toile blanche, et fournit ainsi le drapeau.
Une trentaine de jeunes garçons s'étaient munis de fusils,
qu'ils se mirent, à grands cris et à grand vacarme, à charger
de gros plombs et même à balle, se faisant fort d'en avoir
bientôt criblé le drapeau. L'une des filles d'honneur apporta
le rouet, et enfin parut la mariée, dans ses atours de la veille,
l'air bien honteuse, mais toujours parée de sa couronne,
bien que tous les assistants affectassent, avec toutes sortes
de grosses plaisanteries, de la saluer de son nouveau nom de
femme [1]. Le cortége se forma, et se mit en marche vers la
ferme du gendre. Le garçon qui portait le drapeau marchait
en tête, immédiatement après venait le nouveau couple entouré des porteurs de fusils, et derrière s'avançait, précédant
le reste de la noce, le père de la mariée.

De tous les citadins, le vieux Schmitz s'était seul joint au
cortége. Le diacre, le capitaine, le sacristain étaient retour-
nés à la ville. Le sacristain n'aimait point l'odeur de la poudre ; mais des fusils chargés, et à balle encore.... vous pensez ! Aussi avait-il coutume, aux noces de campagne, de
prétexter quelque affaire pressante et indispensable, afin de
pouvoir se retirer décemment le second jour. Il revenait, le

---

1. Les mots allemands *Ioungfrau* (*Ioungfer*), *jeune fille, vierge,* et
iounge Frau, jeune femme, ne diffèrent que par un *e* muet de plus ou de
moins et la place de l'accent tonique.

troisième, avec sa servante chercher à la maison nuptiale
certaine part de vivres et reliefs à laquelle il avait droit.
Il avait cette fois un motif particulier de s'éloigner au plus
vite. Car Aghesel, qu'on avait revu le matin avenant et al-
lègre au milieu des groupes de la place, lui avait, en lui
adressant un regard des plus farouches, à ce qu'il lui sembla, coulé à l'oreille ces mots mystérieux : « Il faut absolument, monsieur mon collègue, que je vous parle en particulier. » Il n'en fallait pas davantage pour donner des
ailes à notre sacristain.

Quant au diacre, son intention avait été d'entretenir, avant
son départ, le jeune couple qu'il avait surpris la veille au
pied de l'autel, il eût voulu causer avec eux de leur avenir,
qu'à la réflexion, revenu d'un premier entraînement, il jugeait bien incertain. Il fut fort étonné d'apprendre que Lisbette était indisposée et le chasseur absent. Il avait à la ville
des affaires plus sérieuses que celle du sacristain et ne pouvait s'arrêter davantage. Il ne doutait point, d'ailleurs, que
les jeunes gens ne le vinssent voir, et il se dit qu'il serait
temps d'aviser. Il partit donc, mais tout soucieux et inquiet :
connaissant la position du chasseur, il se demandait comment de cet amour pourrait jamais sortir une heureuse et
indissoluble union.

Aghesel se sépara des autres, dès que le cortége eut quitté
la place de la Grand'ferme : lui aussi avait des intérêts qui
le réclamaient ailleurs. Il s'en alla du côté d'un bâtiment
qu'il se flattait avec quelque raison d'habiter bientôt; il visita la maison, ou plutôt la ruine qu'on décorait du nom
d'école ; il mesura le bout de pré attenant, et en compara la
superficie avec celle qu'avait son ancien pré de Hackelpfiffelsberg. Il fut satisfait du résultat de l'opération. Il trouva
qu'il aurait ici trois perches carrées de plus que là-bas,
somme toute de quoi faire paître encore une oie. Tout en
procédant à son arpentage, il ruminait le plan, auquel faisaient déjà allusion les quelques mots adressés au sacristain.

Lorsque le cortége fut sorti des alentours de la Grand'-
ferme, celle-ci devint entièrement silencieuse; on y eût pu

entendre voler les mouches ; car garçons et servantes avaient couru vers le domaine du beau-fils. Le rousseau seul était resté assis dans le vestibule, près des vaches, remâchant sa rancune. C'était un caractère violent et sournois ; dans cette solitude, cent idées de vengeance lui passaient par la tête. Il regarda le feu de la cuisine, et se dit à part lui : « Il n'y aurait qu'à flanquer un de ces brandons dans la paille de l'écurie : on verrait bien vite le *coq rouge* [1] s'envoler et battre des ailes sur le toit du vieux ; on dirait toujours qu'une étincelle, pendant que personne ne veillait au feu, a pu voler sur le chaume. » Puis tournant les yeux du côté de l'armoire où la dot était renfermée : « Un bon coup de hache, murmura-t-il, et ce battant sauterait et les six mille écus seraient au fils de ma mère ; avec ce viatique-là on serait bien vite hors du pays : et puis, cours après ! » Des bouffées de colère lui montaient au cerveau : tantôt il étendait la main vers le foyer ; tantôt il se levait de son escabeau et faisait un pas vers la chambre à l'armoire.

Comme il était tout occupé de ces dangereuses pensées, tout à coup il prêta l'oreille ; il avait entendu du bruit au haut de l'escalier, comme de légers pas dans la galerie. Il se leva, et gagna tout doucement le pied de l'escalier, curieux de savoir qui donc se croyait tenu de marcher là-haut avec tant de précaution. On découvrait d'en bas une partie de la galerie. Peu après, deux têtes ébahies s'avisèrent l'une l'autre ; mais sur l'une des deux l'expression de la surprise s'était plus vite que l'éclair changée en celle de la plus vive terreur. Le garçon avait vu venir le joueur d'orgue, qui, portant sous son bras un objet long et enveloppé d'une toile, s'avançait à pas de loup vers l'escalier ; déjà le borgne avait posé un pied sur la première marche, quand son regard tomba sur l'homme qui le guettait d'en bas et qu'il devait croire bien loin de la ferme, à la suite du tir ambulant. Tous deux désappointés de rencontrer ainsi un fâcheux témoin, l'un du crime projeté, l'autre du crime accompli, s'arrêtèrent quelques instants, celui-ci en haut, celui-là en bas de l'esca-

---

[1]. L'incendie.

lier, à se regarder dans les yeux. Mais soudain, faisant un
bond en arrière, le joueur se jeta dans la rampe qui montait
au grenier. « Ce gredin voulait voler! » s'écria le garçon en
se précipitant pour lui donner la chasse.

Dans l'intéressante ébauche du Faust que nous a laissée
Lessing, le docteur déclare que de tous les esprits de l'enfer
celui-là est le plus rapide, qui se vante de l'être autant que
le passage du bien au mal. Mais il est aussi un ange capable
de tenir tête à ce diable-là, et c'est lui qui opère le passage
du mal au bien, ou du mal au mieux : son influence sur les
cœurs même les plus grossiers n'est souvent pas moins
prompte que celle de ce démon.

Le rancunier rousseau, qui tout à l'heure encore caressait
des idées d'incendie et de pillage, et qui à la vue du borgne
n'avait d'abord conçu que du dépit, maudissant l'importun
qui venait déjouer ses projets, il n'avait déjà plus l'instant
d'après d'autre pensée, qu'une pensée d'indignation contre
ce coquin de joueur d'orgue qui voulait voler le maire, il
obéissait au cri de sa conscience qui lui ordonnait à lui, serviteur, d'arrêter le voleur et de le livrer à son maître. Il s'é-
lança donc sur l'escalier, heurta dans sa course un coffre qui
se trouvait en travers de la galerie, tomba, se fit beaucoup
de mal, eut grand'peine à se relever, mais continua, quoiqu'avec un peu moins de précipitation, la poursuite du larron.

Arrivé au grenier, il vit le borgne sortir du coin où se
trouvait le gîte du chasseur. Le rousseau, dont la chute n'a-
vait pas engourdi les bras, empoigna le joueur par les
épaules, et, le tournant et retournant comme il eût pu faire
d'un habit vide : « Brigand, lui cria-t-il, qu'as-tu volé?

— Rien, » répondit le joueur, qui malgré tout l'effroi que
lui causait le vigoureux garçon, gardait l'air d'impudence
qu'ont d'ordinaire ses pareils en semblable cas. « Voyez-vous
que j'aie quelque chose sur moi? » Le joueur en effet ne portait plus rien sous le bras. Le garçon eut beau le fouiller : hors
ses culottes déchirées et rapiécetées, sa vieille veste grise, et
son pauvre misérable corps, le borgne n'avait rien. Le rousseau le lâcha de l'air d'un homme qui ne sait trop que faire
ou que penser.

Le joueur, dont l'assurance augmentait à mesure que l'autre paraissait plus irrésolu, lui dit hardiment:

« Eh bien! qu'est-ce que j'ai volé?

— Je ne sais pas, repartit le rousseau, où tu l'as jeté; mais je vais te rosser jusqu'à tant que l'âme te sorte du corps, ou que tu me montres l'endroit.

— Soit! s'écria le joueur sans s'émouvoir, battez-moi, battez un innocent, ne serait-ce que pour être agréable à votre maître qui vous chasse! » Il avait de sa cachette entendu la conversation du maire et du rousseau.

Ce mot retourna complétement le garçon.

« Non! s'écria-t-il avec un juron, personne ne le volera tant que je serai à la ferme, car je suis son domestique pour l'empêcher; mais je ne ferai rien pour lui être agréable; car il a trop mal agi à mon égard.

— Alors, laisse-moi me sauver, fit le joueur.

— Dis ce que tu as fait, coquin, et je te laisserai aller, » répondit le garçon.

Le joueur jeta autour de lui un regard circonspect, comme s'il eût craint là aussi d'être entendu et dit à l'oreille du garçon : « C'est une farce, une niche que je voulais faire au maire et, je m'en flatte, elle est faite. Je n'ai rien entrepris de plus contre lui et n'avais d'autre intention. »

Le garçon réfléchit. « Une niche; au vieux? se dit-il, eh! je m'en bats l'œil. Ne pas laisser ou voler, ou mettre le feu chez lui, ou nuire à son bétail, c'est tout ce que je lui dois. » Puis il allongea un coup de poing au joueur et lui cria : « Allons, chien, détale! » Le borgne ne se le fit pas dire deux fois et dégringola l'escalier.

Le rousseau le suivit clopin-clopant. Arrivé en bas dans le vestibule, il se dit en lui-même : « Si le maître enrage, j'en serai content, supposé qu'on ne lui ait fait tort en son argent ni en ses biens. Car : *Soulage-toi toi-même avant de médicamenter les autres*, c'est une maxime qu'il m'a baillée à la Saint-Martin et que je veux suivre. Je commence par me soulager moi et ma rancune contre lui en ne m'opposant pas à ce que ce coquin de borgne lui joue d'un bon tour. » Après ce raisonnement, il se remit sur l'escabeau sans faire semblant de rien, bien résolu de ne sonner mot, à aucun prix, de la visite clandestine que Gaspard le Patriote avait faite à la Grand'ferme.

CHAPITRE II.

Nouvelle brouille du collectionneur et du maire.

La procession des noceux cependant faisait le tour des domaines du gendre. Tout ce monde, excité par de nombreuses libations, riait, criait, chantait à tue-tête au milieu du feu roulant que les jeunes garçons dirigeaient contre le drapeau; et, chaque fois qu'un coup portait, c'étaient des acclamations plus furieuses, plus sauvages encore : car c'est pour tous un point d'honneur d'apporter dans la maison des jeunes époux un drapeau tout troué et déchiré; on y voit même alors un signe de prospérité pour l'avenir. Cette journée devait être plus bruyante, plus tumultueuse que celle de la veille : le paysan se livre toujours avec une sorte de rage aux derniers plaisirs d'une fête.

Le ciel même ajoutait quelque chose à l'effet de cette scène animée. Le cortége n'avançait que lentement et employa plusieurs heures à faire le tour du vaste héritage : dans l'intervalle, le brouillard sec s'était répandu dans la plaine et avait tout enveloppé de sa poussière. Les paysans s'aperçurent sans déplaisir de l'arrivée de leur ancienne connaissance; l'obscurité, la fumée, l'odeur semblaient au contraire avoir mis le comble à leur jubilation. La teinte grise dont le brouillard revêtait ces groupes mouvants, ces longs cris de joie résonnant dans l'atmosphère lourde et épaisse, l'éclair rougeâtre des fusils qui la sillonnait, tout cela formait un ensemble assez fantastique : on eût pu se figurer le dieu Krodo sortant de terre avec toute sa suite de gnomes et reprenant à grand fracas possession de son antique domaine.

C'est de cette manière que furent montrées à la jeune femme les propriétés de son mari. Enfin le cortége dut s'arrêter. Le drapeau entra tout en loques dans la cour, et l'on en tira les plus heureux pronostics. Il était plus de deux heures : toute la noce s'assit de nouveau, je laisse à penser avec quel appétit, devant un plantureux repas offert par les nouveaux époux. Il n'y avait cette fois ni noble personnage ni étrangers pour troubler le festin ; les paysans se trouvèrent tout à fait entre eux et ne firent que boire et manger, s'en donnant à cœur joie.

Le banquet terminé, on procéda à la dernière cérémonie de ce joyeux drame. La jeune femme avait encore à recevoir les *présents*. Elle se leva d'un air grave, alla se rasseoir seule près d'une autre table, fit placer à côté d'elle son rouet et son dévidoir, releva sur son giron deux de ses jupes (car elle en portait plusieurs) et attendit ainsi, les yeux baissés, les offrandes des conviés. Ceux-ci, avec la même gravité, quittant l'un après l'autre la table du festin s'avancèrent vers elle, et déposèrent chacun, sans rien dire, quelques *gros*[1] sous, le pan replié de ses jupes. Quelques-uns placèrent devant elle sur la table des dons en nature, qui un poulet, qui un gâteau, qui un demi-cent d'œufs. Après ce défilé, la mariée, faisant le tour du cercle, adressa à chacun de ses hôtes les mêmes mots de remercîment. Elle était seulement alors tout à fait installée dame et maîtresse au *Iurgenserbe* (ainsi s'appelait la ferme du gendre). Elle ôta sa couronne et alla figurer comme femme dans les danses qui l'appelaient au verger et qui devaient clore les réjouissances de la noce.

Pendant la danse, le maire entretint à voix basse et avec beaucoup d'animation quelques-uns des paysans. C'étaient les propriétaires des plus grosses fermes des environs. Ils lui faisaient des signes d'assentiment et répondaient : « C'est dit, nous viendrons tous. » Puis il prit son gendre à part et

---

1. Pièce de deux sous et demi.

lui parlant à l'oreille : « N'oublie pas.... demain.... le mot de reconnaissance....

— Je n'aurai garde d'oublier, répondit le gendre, car la chose m'intéresse fort ; le brouillard nous arrive bien à point et tout se passera dans le plus grand secret. »

Le vieux Schmitz attendait avec impatience à l'écart la fin de ces pourparlers. Dès que le maire eut quitté son gendre, le collectionneur alla droit à lui et lui demanda d'un air moitié grognon, moitié embarrassé si le moment était enfin venu de causer de leur affaire.

« Je n'y vois pas d'empêchement, car ce plaisir-ci n'est plus que pour la jeunesse, répondit le maire. Qu'avez-vous donc à me dire, monsieur Schmitz ?

— D'abord, allons-nous-en, fit le collectionneur. Je ne demanderais pas mieux que de vous dire adieu ici, car il faudra que j'y repasse en retournant à la ville ; aussi aurais-je souhaité de vider la question dès ce matin à la Grand'ferme.... Mais elle ne peut être traitée que là, parce que je me propose de prendre tout de suite avec moi ce qui me revient. » Il dit ces derniers mots avec un effort visible.

« Comme vous voudrez, » répondit le maire. Les deux vieillards s'acheminèrent côte à côte vers la Grand'ferme. Le collectionneur n'ouvrait presque pas la bouche. Le maire aussi parla peu : il se félicita cependant que la réjouissance fût terminée ; car, après les confusions et tumultes du commencement, dit-il, il avait été poursuivi de l'idée qu'un grand malheur le menaçait.

« Vous passez pour croire aux pressentiments, maire, dit le vieux Schmitz.

— Je ne sais trop ce que c'est que des pressentiments, répondit froidement le maire. Mais c'est chose sûre qu'il y a des événements dont on est averti d'avance, poursuivit-il d'un ton sérieux. Ainsi j'ai vu de mes yeux en l'année douze toute l'armée russe défiler par le *Hellveg*[1], un jour que je m'en revenais au logis.

1. Ancienne route, encore bien connue sous ce nom dans le pays, qui allait de Cologne à la ville hanséatique de Soest.

— C'était sans doute à l'heure de minuit, maire?

— Non, c'était à quatre heures de l'après-midi, par une sombre journée de septembre, vers le temps où le Français entrait à Moscou, monsieur Schmitz.

— Pure superstition ! » s'écria le vieux Schmitz qui ne demandait peut-être pas mieux que d'entamer une discussion avec le maire, afin de s'échauffer et de se donner du cœur pour la lutte qu'il prévoyait.

Mais le maire garda son air amical et répondit avec calme : « Dites : une faveur de Dieu, monsieur Schmitz. »

Tout en devisant ainsi, ils étaient arrivés à la Grand'-ferme. Le vieux maire trouva assez singulier que son hôte le priât de le suivre du côté des écuries ; il lui parut bien plus étrange encore que l'autre fût ému au point de ne pouvoir maîtriser un léger tremblement. Mais quelle ne fut pas sa stupéfaction quand le collectionneur, après avoir brusquement ouvert la porte du poulailler et gesticulé avec violence, lui dit enfin d'une voix étouffée : « Voilà votre amphore: et moi, je redemande mon certificat. » Le maire aperçut en effet le vase qui avait déjà été entre eux l'objet d'une querelle si vive et que le collectionneur avait fait déposer là, la veille au soir. Il recula de trois pas, et toisant de l'œil le vieux Schmitz : « Que voulez-vous dire, demanda-t-il, qu'est-ce que cela signifie? »

Le vieux collectionneur, qui avait la mort dans l'âme, partit alors comme une bouteille dont le bouchon a sauté :

« Cela signifie que je vous rends votre amphore pour l'amour de laquelle je ne veux pas plus longtemps charger de remords ma conscience, endormie dans une heure de faiblesse. Dieu sait le plaisir qu'elle me fait encore, mais c'est un plaisir coupable et défendu! C'est grâce à de pareilles infamies, c'est grâce à l'impudence de quelques coquins qui se délivrent mutuellement des certificats d'authenticité pour tout leur bric-à-brac, que les collections d'antiquités sont remplies d'un tas de brimborions et d'attrape-nigaud. Mais il ne sera pas dit que j'aie, moi, prêté la main à une supercherie, que je serai cause que quelque jour votre broche à alouettes soit achetée, à un prix fou, par un de ces grands seigneurs qui sont l'innocence, la niaiserie même en pareille matière. Je réclame mon certificat afin que la prétendue épée de Char-le-ma-gne redevienne ce qu'elle était devant, ce qu'elle est et sera toujours : une broche ! tout au plus du temps des guerres de Soest, et qu'un reître de l'archevêque a oubliée par ici dans les taillis.

— C'est donc à dire que vos vieilles plaisanteries, vos doutes vont recommencer au sujet de l'épée de Charlemagne ? demanda le maire qui continuait en apparence à garder son sang-froid, mais que la colère suffoquait déjà.

— Des doutes ? C'est la plus claire certitude. Mon certificat, rendez-moi mon certificat ! balbutia le collectionneur à qui il tardait d'en finir au plus vite, car il sentait combien en présence de l'amphore se refroidissait son zèle pour la vérité.

— Vous garderez le vieux vase ; et moi, je garderai le certificat, monsieur Schmitz, » dit le maire ; et, comme la veille lors de son altercation avec le semonneur, il planta d'un pied sa canne dans la terre. Le collectionneur lui demanda d'une voix brève si c'était là son dernier mot. « Oui, » répondit le maire, et il ajouta : « Un marché est un marché.

— En ce cas, il en sera parlé tout au long dans les *Petites-Affiches !* » s'écria le vieux Schmitz furieux, et il partit sans prendre autrement congé de son hôte. Le maire resta encore quelques instants immobile devant la porte de l'écurie, l'air sombre et soucieux. Il avait pris l'amphore tellement en grippe que pour un peu il l'eût mise en pièces ; mais elle était la propriété d'un autre. La menace de l'*Indicateur du Rhin et de Vestphalie* lui restait sur le cœur. Car il savait que cette feuille, qui fait le tour de tous les villages, hameaux et fermes du pays, pouvait porter une rude atteinte au crédit de l'épée en publiant que celle-ci n'était qu'une broche datant tout au plus des guerres de Soest.

« Aïe, aïe, aïe ! fit-il avec humeur. Me fallait-il encore ce désagrément, quand je me croyais quitte de mon guignon ! Oui, on a raison de dire qu'il ne faut jamais parler à personne des choses qui vous sont le plus chères : le monde voudra à toute force vous entreprendre là-dessus et vous en dégoûter. Si je n'avais pas une fois en toute confiance et tout abandon causé de mon épée avec M. Schmitz, je n'aurais pas eu à essuyer cette rage de dispute, de doute, de chicane, qui depuis me persécute chaque année. »

Il entra dans la maison, demanda au rousseau s'il n'était venu personne, à quoi l'autre, avec un ris sardonique, répondit que non ; puis il monta à la chambre où il gardait sa relique afin de se reconsoler en la contemplant. L'épée d'ailleurs devait le lendemain jouer un grand rôle dans la cérémonie d'initiation, et il voulait la nettoyer de la poussière qui la recouvrait ; car il y avait longtemps qu'elle n'avait servi.

CHAPITRE III.

Mis au ban de la vehme.

Gaspard le Patriote, après avoir été mis dehors par le rousseau, n'avait pas quitté le voisinage de la Grand'ferme : son intention était d'accoster le vieux Schmitz et d'avoir avec lui un entretien. Quelques relations s'étaient en effet établies entre eux. Le vagabond que tous fuyaient et méprisaient était vu d'assez bon œil par le collectionneur, et en avait reçu mainte pièce de monnaie ; car rôdant et se faufilant partout, il était à même de donner par-ci par-là à l'autre un bon avis, voire de lui rapporter quelque curieuse antiquaille. Aussi le vieux Schmitz était-il le seul homme au monde dont la vue ne réveillât point dans l'âme ulcérée du misérable mendiant le sentiment amer de son abandon. Pour le vieux Schmitz, il se serait jeté dans le feu, lui dont le mal d'autrui était toute la joie.

Il guettait maintenant derrière une haie, à l'angle d'un

champ de la Grand'ferme, le moment où il verrait son protecteur seul. En l'apercevant tout à l'heure sur le chemin en
compagnie du maire, il n'avait pas osé l'aborder. Il avait résolu de lui confesser une vieille histoire et de réclamer de lui
une singulière assistance. Après une longue attente, l'heure
favorable était enfin venue. « Maintenant, se dit-il derrière
sa haie, que j'ai contenté mon envie et fait à ce sans-cœur
un tort dont il ne se consolera pas de sitôt (car ce que j'ai
caché est bien caché, et il ne s'avisera point pour le retrouver
de faire démolir son toit), maintenant je suis prêt, comme il
est juste, à subir mon jugement. »

Le vieux Schmitz sortant de la Grand'ferme vint à passer.
Gaspard le Patriote le salua et lui dit : « Monsieur Schmitz,
je vous ai attendu ici, parce que j'ai une révélation à vous
faire. »

De quelque mauvaise humeur que fût l'antiquaire, il ouvrit
les oreilles, pensant qu'il s'agissait de quelque trouvaille pour
son cabinet. Il s'arrêta :

« Qu'est-ce, Gaspard ? demanda-t-il.

— Non, répondit le joueur en rejetant son orgue sur son
dos, ce ne sera point ici : je ne vous puis rien dire que sur
la place même. »

Il précéda le collectionneur sur le chemin qui menait à la
ferme du gendre, et ne se détourna qu'à quelque trois cents
pas de cette ferme, pour entrer dans un sombre sentier qui
s'enfonçait entre deux hautes berges sous un berceau de grands
ormes. Ce sentier à peu de distance en croisait un autre,
plus sombre, ombragé d'arbres plus élevés encore.

Arrivé à ce carrefour solitaire et sinistre, où croissaient au
pied des ormes, le long des talus dont il était enfermé, les
mûriers sauvages, les ciguës et les morelles, le joueur déposa
son orgue, écarta les tiges d'une ronce, découvrit une grande
pierre, s'agenouilla devant, et, se renversant en arrière, il
dit au collectionneur : « C'était ici. »

Le collectionneur, qui se flattait que Gaspard le Patriote
se mettait en devoir de lui déterrer quelque trésor, s'approcha,
se baissa, et avançant la tête par-dessus l'épaule du mendiant agenouillé : « Quoi, quoi ? » demanda-t-il avec vivacité.

Gaspard le Patriote le regarda en face de son œil mobile et clignotant, et répondit d'un voix sourde et enrouée : « C'est ici que j'ai assommé le fils du maire, son Fritz. »

Un enfant, qui, au moment où il avance la main pour cueillir une mûre friande, apercevrait tout à coup au milieu du buisson l'œil étincelant et la langue frémissante d'une couleuvre prête à s'élancer sur lui, ne se rejetterait pas en arrière avec plus d'épouvante que ne fit le vieux Schmitz à cet aveu de Gaspard le Patriote. Attachant sur lui des regards effarés, comme s'il eût craint d'être traîtreusement attaqué par l'assassin, il recula jusqu'à l'angle opposé du carrefour. Là il s'arrêta, ne perdant pas Gaspard de vue, se demandant avec anxiété s'il lui fallait faire demi-tour et échapper par la fuite à cet homme dangereux.

Gaspard le Patriote s'était relevé. Lorsqu'il remarqua l'effet que ses paroles avaient produit sur son unique protecteur, son œil devint humide, et il y eut dans sa voix cassée comme un tremblement, un accent de tristesse. « Hélas! dit-il, mon cher monsieur Schmitz, comment pouvez-vous avoir peur de moi? Je ne suis qu'un pauvre gueux affaibli par la faim. Voulez-vous que je retourne mes poches? Voyez: il n'y a ni couteau, ni marteau, ni aucune arme quelconque. Vous méfiez-vous de mes poings? Je m'en vais les attacher avec ma cravate, et vous serez sûr que je ne pourrai vous faire aucun mal. Je ne voulais que vous raconter une ancienne histoire, et avoir recours à votre bonté et à votre complaisance. »

Le collectionneur, qui n'était pas encore bien remis de son émotion, répondit :

« Je crois que vous êtes ivre, Gaspard.

— Non, que je sache, monsieur Schmitz; car je suis presque à jeun, reprit Gaspard le Patriote. Je vous le répète, avec toute ma raison : c'est ici que j'ai tué le Fritz du maire. Mais il y a longtemps et l'herbe a poussé là-dessus. Je n'en suis pas moins décidé à rendre mes comptes; car le moment est venu, à cette heure que j'ai fait à mon ennemi triomphant le mal qu'il méritait; et j'ai pensé à réclamer vos conseils et votre assistance, parce que vous êtes un homme savant dans les écritures, et que vous m'avez quelquefois témoigné de l'intérêt. »

Le ton plaintif et doux de Gaspard rassura le vieux Schmitz. Il était naturellement curieux, et l'envie lui vint d'apprendre les motifs qui pouvaient pousser un homme à s'accuser ainsi lui-même d'un crime oublié depuis longtemps. Mais Gaspard le Patriote se taisait, et, la tête penchée, semblait attendre qu'on le pressât de parler.

« J'ai bien ouï dire dans le temps, dit le collectionneur après une pause, que le maire avait subitement perdu un fils; mais on m'avait rapporté que ce garçon avait fait une chute, s'était fendu la tête sur une pierre.

— Oui, c'est ce qu'on disait alors, répondit Gaspard le Patriote. Il s'est en effet brisé le crâne sur une pierre, tenez..., sur cette pierre-ci. Mais ce ne fut pas un accident : il y eut quelqu'un pour le renverser là, et lui faire battre la pierre du front jusqu'à ce que sa cervelle jaillît. Ce quelqu'un, c'est moi.

— Ainsi un bruit sourd qui courut, une autre histoire qu'on faisait..., elle était donc fondée ! dit le collectionneur. Mais comment la chose n'arriva-t-elle point à la connaissance de la justice ?

— Tout cela, voyez-vous, mon œil crevé, l'orgueil du maire, et le franc-siége là-haut sur la montagne, ça se tient, monsieur Schmitz.

— Tâchez de vous expliquer avec un peu d'ordre et de suite, Gaspard. Il est impossible de rien comprendre aux paroles incohérentes que vous dites. »

Gaspard le Patriote, debout près de la pierre du meurtre, fit alors le récit suivant au vieux Schmitz, arrêté en face de lui à l'autre extrémité du carrefour :

« Monsieur Schmitz, dans les histoires imprimées que j'ai là sur mon orgue, il est aussi question de gens bannis et repoussés par les leurs. Par exemple, il y a eu une fois un homme chassé parce qu'il était trop juste; on a, dans les temps, exilé un général qu'on accusait de faire enchérir le pain du pauvre monde; et il est parlé d'un duc proscrit pour n'avoir voulu abandonner son ami. Tous ces pauvres bannis

ont eu une existence bien triste et lamentable. La plupart, à
la vérité, étaient de grands personnages, des nobles, des
seigneurs; mais il y a eu parmi les paysans des injustices,
des malheurs tout pareils : j'en sais quelque chose.

« Monsieur Schmitz, j'étais dans mon temps un gaillard
alerte et adroit, et j'avais plus d'idée à moi tout seul que
tous ces lourdauds de paysans ensemble. J'avais de plus fort
bonne mine....

— Mais, interrompit le collectionneur, vous avez toujours
eu une épaule plus haute que l'autre, Gaspard.

— Ça n'y fait rien, repartit Gaspard le Patriote, ça n'empêche pas d'avoir bonne mine.... J'avais donc fort bonne
mine, avant de perdre mon œil et de tomber dans la détresse.
Je me trouvais dans ma jeunesse avoir un peu vu le monde.
Car vous savez que j'en étais, quand la vieille Orange fut
molestée à Schònhoven, et qu'à cette époque, je suivis les
patriotes à Gorkum et Nieuport.... Du diable si je me souciais
de toutes les sottes modes du pays; je leur disais souvent
leur fait, et j'eus dès le commencement plus d'une noise avec
eux. Nous ne frayâmes jamais bien ensemble : ils ne pouvaient me pardonner d'être plus entendu, plus malin qu'eux.
Bon !... Dès que j'eus atteint âge d'homme, je fis valoir ma
métairie; car j'ai eu comme un autre du bien au soleil, et il
faut que vous sachiez que le Vindkotten nous appartenait à
moi et à ma famille, un bel héritage avec verger et pré et
champs; depuis, il est vrai, il a été dépecé ; et le juif, qui
finalement acheta le tout, a même fait démolir la maison, de
sorte que c'est à peine si j'en retrouverais encore la place.

« Quand je fus colon et propriétaire de ferme, c'est pour
lors que commencèrent pour tout de bon les ennuis, monsieur Schmitz. Car je ne pouvais pas du tout digérer les
grands airs que se donnaient avec nous autres petits mé-
tayers tous ces gros propriétaires de grand'fermes, accepter
comme une grâce qu'ils daignassent quelquefois trinquer
ensemble. Je me disais : « Je cultive aussi bien que vous
« *mon* champ : ainsi, quel avantage avez-vous sur moi?»
J'allais donc m'asseoir hardiment à côté d'eux au cabaret et
me mêlais, sans en être prié, de leurs conversations. Quand

je rencontrais un de ces gros bonnets, je faisais celui qui
attend que l'autre le salue le premier, et je pensais bien venir
à bout d'eux. Mais, monsieur Schmitz, on ne vient pas à bout
de ces gens-là; car on est seul et ils sont beaucoup, et tout
ça tient ensemble comme poix et soufre. Ils me traitaient de
haut en bas quand j'entrais dans leurs maisons; au cabaret,
ils s'éloignaient de moi, et quand je prétendais par les chemins me faire saluer le premier, ils me riaient au nez et pas
un qui soulevât seulement son chapeau. Mais de tous le plus
grossier, le plus fier, le pire enfin, c'était le maire, le maître
de la Grand'ferme; car il a toujours été insolemment, in-
humainement riche et joui d'une grande autorité.

« Donc, monsieur Schmitz, c'était surtout contre le maire
que j'étais monté. « Je te ferai chanter d'un autre ton, » me
disais-je, et je fis la guerre à l'œil. Or, il avait une fille du
premier lit (car ce vieux coquin a déjà enterré trois femmes,
et il était déjà sur l'âge quand il rechercha la mère de la fille
qu'il a mariée hier). C'était un beau brin de fille et je me
sentis de l'inclination pour elle; mais la vraie raison qui me
fit m'attaquer à celle-là, ce fut l'orgueil, et parce que je me
figurais que j'en viendrais à toutes mes fins, et que j'étais
sûr de gagner le cœur de la fille, si je savais m'y bien
prendre.

« J'avais déjà remarqué qu'aux danses, aux repas de baptême, elle écoutait de toutes ses oreilles les récits que je faisais de mes voyages, et là-dessus je bâtis mon plan : je me
mis à jouer de la prunelle chaque fois que je me trouvais à
portée, à la regarder si fixement et si obstinément, à la poursuivre si bien de mes œillades, qu'elle ne savait plus souvent
où mettre ses yeux. Je me fis brave, plus brave que mes
moyens ne le permettaient; le meilleur drap bleu, le plus
fin, le plus clair, n'était plus trop bon pour mes habits, et
j'eus à mes gilets des boutons d'argent, ce qu'aucun autre
colon ne portait : aussi ne tardai-je pas à m'endetter.
Pour vous le faire court, un dimanche que j'étais encore
plus fringant et pimpant que de coutume, la Magdalis me
rencontre et me dit : « Vraiment, Gaspard, vous vous habillez
« comme personne autre. — Et c'est uniquement pour l'amour

« de vous, Magdalis, fis-je ; et quand tout mon bien y devrait
« passer, vrai, je me ferais encore plus beau, si cela pouvait
« vous plaire. » Elle rougit : elle était prise. Car les filles,
voyez-vous, dites-leur que vous avez mis un habit neuf pour
leurs beaux yeux, et vous en aurez bon marché.

« Tant y a que la connaissance se fit ; et je ne veux pas
vous ennuyer du détail, monsieur Schmitz. Suffit que la
Magdalis ne me tint pas rigueur et que nous fûmes bientôt
ensemble sur le pied de deux bons amoureux. La Magdalis
aussi, dans sa simplicité, s'imagina qu'aux termes où nous
en étions, son père serait bien forcé de fermer les yeux ; et
nous convînmes que je ferais ma demande. Mais.... mon
compliment fut bien reçu du vieux ! monsieur Schmitz ; car
je fus bien forcé de me présenter moi-même : personne ne
voulut jamais entendre à faire la démarche. De ma vie je n'ai
vu homme plus hors des gonds, fureur pareille à celle du
maire après qu'il eut ouï ma proposition. J'essuyai une telle
rebuffade, de tels mépris, de telles insultes, que mes os en
tremblaient de rage. Peu s'en fallut qu'il ne me fît reconduire à coups de fouet ; et je suis aujourd'hui encore à savoir
comment je sortis de la ferme.

« Soit ! pensai-je ; tu ne veux pas me la donner pour
« femme?... J'en ferai.... » Le vieux la tint enfermée entre
quatre murs, et son fils Fritz (aussi du premier lit) m'attendit
venir. Mais il n'y a, quand on le veut bien, si bonne garde
qui ne se trouve en défaut. Ce qui ne se peut tenter le jour,
on le risque la nuit ; et quand on ne peut passer par l'huis,
on escalade le mur. J'allai donc, chaque nuit que Dieu fit,
trouver Magdalis qui me faisait entrer par sa fenêtre....
Mais, monsieur Schmitz, ils eurent vent de la chose, le père
et le fils, et ils se concertèrent ensemble pour me guetter et
se défaire de moi.

— Cela n'est pas vrai, interrompit ici le vieux Schmitz
avec vivacité ; le maire est un homme absolu, mais incapable
d'une infamie.

— Je dirai alors, si vous le voulez, que ce fut le jeune qui
fit le coup tout seul, reprit Gaspard le Patriote. Mais enfin
je sais ce qu'il m'en a coûté d'avoir affaire à lui. Donc, mon-

sieur Schmitz, un soir qu'il faisait très-sombre et que le
temps menaçait d'orage, j'étais sorti de ma maison, et je
m'acheminais à mon ordinaire par ce sentier-ci vers la Grand'-
ferme. Voilà que j'entends, là, à cette place où vous êtes,
monsieur Schmitz, un bruissement dans l'obscurité, et,
avant que j'aie pu me reconnaître, un homme tombe sur moi
sans dire une parole, et m'assène un coup de bâton sur la
tête, un autre coup dans l'œil gauche.... que j'en perds un
moment l'ouïe et la vue. Dans mon œil il me semble qu'on
tourne et retourne une douzaine de couteaux ; je sens quelque chose d'humide me couler sur la joue.... mais je me dis :
« Si l'œil est perdu, je puis encore vendre cher le reste ; »
et j'empoigne mon lâche, je lui arrache son bâton ; car,
monsieur Schmitz, un homme, à qui on vient de crever
l'œil, a une force terrible.... et il reçoit ma réponse sur son
crâne : il pousse un beuglement, et je reconnais Fritz à la
« voix. Il me demande grâce ; mais moi je lui crie : « Tu vas
« voir, chien d'éborgneur, la grâce que je te vas faire ! » Je
l'enlève, le jette sous moi, et, saisissant sa tête, je cognai,
je cognai sur cette pierre.... jusqu'à ce qu'il fut muet.... Je
lui avais, en nous colletant, arraché une boucle d'oreille et
je la gardais à la main, ne sachant qu'en faire ; j'aurais pu
sans doute la jeter, mais dans ces occasions l'homme a la
tête comme perdue ; je cachai la boucle sous la pierre ; je
serais curieux de voir si elle y est encore. »

Gaspard le Patriote qui venait de raconter cette scène
avec des gestes si vrais, qu'il en avait donné la chair de
poule à son vieil auditeur, Gaspard, malgré sa faiblesse appa-
rente, fit rouler la pierre, et ayant un peu gratté à la place,
il poussa un cri de joie aigu et montra une boucle d'oreille,
toute brillante encore, parce qu'elle avait été sans doute
fortement dorée. « Dire qu'un petit objet comme ça se conserve, quand l'homme est pourri depuis longtemps ! »
s'écria-t-il en tendant la boucle d'oreille au vieux Schmitz,
qui ne la prit qu'avec répugnance.

« Après avoir donné son compte au Fritz, je le laissai là,
et m'en retournai à mon héritage, monsieur Schmitz, continua Gaspard le Patriote. C'était au plus fort de l'orage,

et, en marchant au milieu du tonnerre et des éclairs, je frissonnais de peur. « A cette heure, me disais-je, la Magdalis « t'attend dans sa chambre, tandis que son frère est couché « mort sur l'herbe du carrefour, que le maire dort et ne rêve « de rien, et que toi tu arpentes les chaumes. » Rentré à la maison, l'atroce douleur que je ressentais dans mon œil m'empêcha de songer à quoi que ce fût, et c'est à peine si l'idée me venait par moments que ma tête pourrait bien ne plus rester longtemps sur mes épaules. Mais il en alla tout autrement, monsieur Schmitz.

« Le lendemain, j'envoyai quérir le chirurgien : il me dit tout net que mon œil était.... perdu ; car, avec nous autres paysans, les docteurs ne font pas tant de façons. Enfin, mon œil fondit tout à fait et se ferma ; et j'attendais tous les jours dans mon héritage que la justice me vînt chercher ; car je ne voulais pas fuir. La justice ne vint point.

« En revanche, je reçus la visite d'un grand gaillard qu'on appelait le *sergent*, et m'était envoyé par le tribunal qui s'assemble là-haut, sous les trois tilleuls : il m'assigna à comparoir au franc-siége, me dit qu'ils voulaient régler la chose entre eux, et que j'eusse à venir répondre et m'expliquer. Je lui criai d'aller au diable, que je me moquais bien d'eux tous, que je n'avais de comptes à rendre qu'au bailli.

« La première fois que je me hasardai à mettre le nez hors de mon trou, j'appris une étrange histoire. Le vieux, aussitôt le cadavre trouvé, avait fait enterrer son fils et dit partout que le jeune homme avait fait un chute malheureuse en revenant nuitamment à la ferme. Il n'avait fait aucune plainte : pas de bailli, pas de juge criminel qui s'inquiétât de moi le moins du monde. « Ouais ! qu'est-ce que ça signifie ? » pensais-je.

« Je le sus bientôt, monsieur Schmitz. Il m'avait déjà paru singulier que personne ne vînt s'informer de moi pendant ma maladie ; car, si peu que j'eusse d'amis, je ne laissais pas de voir par-ci par-là entrer chez moi tel ou tel. Mais je restaí seul et délaissé sur mon lit de douleur, et souvent ce n'était plus seulement de ma blessure que je souffrais, et des larmes de rage coulaient de l'œil que j'avais sauvé. Quand

je fus sur pied, je voulus, ne me voyant pas poursuivi, aller
causer un peu chez un voisin; mais, à peine m'eut-il aperçu
à la porte de devant, qu'il sortit par la porte de derrière. Au
cabaret, dès que je m'y montrai, ils se rapprochèrent les uns
des autres en chuchotant, prirent l'hôte à part, lui parlèrent
à voix basse, et celui-ci venant à moi, me dit : « Gaspard,
« vous ne pouvez exiger que je m'ôte mon pain pour l'amour
« de vous. Ils menacent de ne plus mettre le pied chez moi,
« si je vous sers quelque chose. — De ne plus mettre le pied
« chez vous? m'écriai-je en fureur. — Paix! fit-il; je vous
« expliquerai cela ce soir. Vous m'avez fait gagner plus d'un
« écu; je puis bien avoir cette complaisance pour vous.
« Venez à la nuit ici, quand tout sera couché : je vous met-
« trai au fait. »

« J'allai le trouver après le couvre-feu, à l'heure où il
n'avait plus personne. Il me conta pour lors que le maire
avait consulté avec les autres, là-haut, au franc-siége, sur
la mort de son garçon; il avait déclaré ne pas vouloir me
dénoncer et défendu aux autres de le faire; mais il m'avait,
son épée de Charlemagne à la main, condamné et mis au
ban de la vehme; la chose avait été répandue dans la
paysannerie, et tous les gros étant d'accord, les petits n'a-
vaient rien à dire : chacun me tenait donc pour dûment
exclu de toute paix et amitié.

« Je me mis à rire en m'écriant : « Eh! qu'ai-je affaire de
« votre paix et amitié! » Mais je ne fus pas sage d'en rire,
monsieur Schmitz. Aucune plainte ne vint aux oreilles de la
justice, ce qui s'explique aisément; car on était pour lors au
milieu de la grande guerre, tout était en l'air et sens dessus
dessous, et quand le calme revint, l'histoire était déjà vieille.
Malgré tout, j'étais banni, et banni je restai, ce qui était pis
que d'avoir à essuyer des interrogatoires et un jugement.
Monsieur Schmitz, l'homme peut tout endurer : la misère
et la maladie, l'incendie et les violences; mais être repoussé
par ses égaux! il ne peut du tout se faire à cette idée. Car
les oiseaux volent de compagnie par les airs, et le cerf s'assemble en troupe, et le poisson dans l'eau ne descend et
remonte le courant qu'en files de vingt ou trente; les

nuages même ne voyagent que plusieurs ensemble : comment l'homme pourrait-il supporter d'être seul?... Leur sentence rendue au franc-siége, ils tinrent bon; les petits furent contraints de faire comme eux. Quand j'avais besoin, ce qui arrive à tout cultivateur, d'une botte de paille ou d'une boisselée de grain à emprunter, je n'obtenais rien. Un jour, ma grange brûla : ils la regardèrent brûler, et n'arrivèrent avec leur pompe que lorsqu'il n'y avait plus que des décombres fumants; et quand ils passaient devant ma maison, ils me saluaient de leurs grognements et crachaient contre le seuil; et quand je faisais mine de vouloir m'approcher d'eux, ils me tournaient le dos.... Tout cela me rongeait le cœur, et je me dis : « Je prétends vous primer tous, « bourreaux, et que vous creviez de dépit : j'aurai ici société « et camarades de la ville. » Je ne plaignis pas la dépense, je me faufilai avec des jeunes gens de la ville, commis greffiers ou commis de magasin, et les traitai et régalai dans ma maison. Mais ça ne me remit pas le cœur au ventre, monsieur Schmitz, et j'avais beau me voir nombreuse et joyeuse compagnie, j'avais le vin triste et le gosier serré, parce que je me disais toujours : « Tous ces amis de bouteille, ces scribes « et commis de magasin ne sont pas de ton bord. » Naturellement j'eus bientôt des dettes par-dessus les oreilles. Un beau jour, arriva le juif qui m'avait prêté sur hypothèque, et mon héritage fut affiché. Il fallut déguerpir, et je restai avec la terre pour lit et le ciel pour toit. Et voilà comme, peu à peu, monsieur Schmitz, je me suis vu réduit à cet orgue et à ces haillons, à souffrir la faim et le froid, comment je suis devenu le mendiant, le chien galeux qui est devant vous. »

Il y eut après ce récit dans le regard fixe de l'infortuné une telle expression d'insondable douleur et de froid désespoir, que le vieux Schmitz, qui avait l'âme bonne et compatissante, fut ému de pitié. Il comprit bien alors qu'il n'avait rien à redouter de ce malheureux meurtrier; il se rapprocha de lui et lui dit :

« Je ne m'explique pas trop encore pourquoi le maire vous a soustrait aux poursuites de la justice; car si je devine bien pour quel motif il fait d'ordinaire agir son franc-tribunal, dans cette occasion il pouvait obtenir d'un jugement public une satisfaction plus grande.

— Oh ! s'écria Gaspard le Patriote en s'arrachant des poils de ses sourcils, ç'a été le comble de la méchanceté de la part de ce vieux monstre ; car, comme cela m'est revenu par la suite, il y avait des témoins à qui cet imbécile de Fritz s'était vanté du guet-apens qu'il me voulait dresser ce soir-là. Et puis on avait trouvé le gros bâton à côté du mort ; n'avais-je pas perdu mon œil à la bataille ? Il y avait cas de légitime défense ; ils m'auraient laissé ma tête, et j'en aurais été quitte pour un temps de prison. Ce vieux satan le savait bien, et c'est pour cela qu'il a préféré se venger lui-même en me rendant malheureux pour toute ma vie. Mais moi aussi je lui garde, depuis tant d'années que je promène mon orgue, une haine !... Je ne puis vous dire, monsieur Schmitz, quelle haine ! Et j'ai longtemps en vain épié l'occasion ; mais aujourd'hui....

— Fi ! Gaspard, dit le vieux Schmitz. Il ne vous est pas permis d'entretenir de pareilles pensées. »

Gaspard le Patriote se précipita aux pieds de son protecteur, entoura les genoux du vieillard de ses bras maigres et velus, comme pour lui demander pardon, et s'écria d'une voix creuse et d'un ton déchirant :

« Oh ! monsieur Schmitz, il faut bien que l'homme ait des désirs de vengeance, celui à qui l'on a tout enlevé : autrement il ne résisterait pas à sa peine. Il y a longtemps que je serais mort de malefaim, mais je me nourrissais de ma vengeance, et j'ai vécu. Oui, il est écrit : *Bénissez ceux qui vous maudissent ;* mais cela n'est pas écrit pour ceux d'ici-bas, pour ceux qui souffrent.

— Maintenant, dites-moi, qu'avais-je besoin de savoir toute cette étrange histoire ? Pourquoi me l'avoir racontée à moi, aujourd'hui ? demanda le collectionneur. »

Gaspard le Patriote se releva et dit :

« Monsieur Schmitz, maintenant que j'ai contenté mon cœur, je demande à être jugé. Je ne veux pas vivre plus longtemps proscrit, honni par mes égaux ; mais je veux obtenir un jugement des tribunaux du roi. Je vous ai raconté la

chose, parce que vous êtes un homme entendu aux affaires
de justice, et que vous pourrez dresser un bon procès-verbal
où tout sera exactement couché par écrit, et la légitime défense, et les témoins à qui Fritz a parlé de son embuscade
(car quelques-uns vivent encore), et tout,... à cette fin qu'ils
ne me coupent pas la tête. Cela, je n'en ai pas envie ; mais
je ne demande pas mieux que de rester en prison quelques
années. Je m'y conduirai bien, j'y mettrai quelque chose de
côté sur mon travail, j'en sortirai avec un bon certificat du
directeur, me monterai de mes économies une petite boutique.... et alors que le tonnerre écrase ceux qui voudraient
encore me mépriser et me venir chanter pouilles !

« Ainsi, monsieur Schmitz , ayez la bonté de me rédiger
la déclaration ; je mettrai trois croix au bas et la porterai
moi-même aux juges. »

Le collectionneur demanda l'année précise où le meurtre
avait été commis. Il réfléchit un instant, et dit à Gaspard :

« Il ne serait donné aucune suite au procès-verbal. L'affaire
est prescrite.

— Qu'est-ce que ça veut dire : Prescrit ?

— Cela veut dire qu'on aurait beau vous dénoncer, que
vous auriez beau vous dénoncer vous-même et réclamer
votre punition, on n'en tiendrait compte ; car, après trente
ans, tout délit est effacé, n'existe plus pour le juge. Il faut
donc accepter votre sort comme il est : il vous est désormais
impossible de le changer. »

Il s'éloigna, et en passant devant le meurtrier, lui rendit
la boucle d'argent, qu'après examen il avait reconnue sans
valeur pour lui. Le borgne restait tout abasourdi, se creusant
en vain la tête pour se faire une idée de ce que c'était que
la prescription. « Ainsi, se dit-il à la fin, il me faut garder
mon crime sur la conscience, et traîner ce poids-là jusque
dans l'autre monde. Mais si j'offre ma peau et consens à
pâtir pour expier ?... On me dit que cela ne se peut plus....
parce qu'il y a trente ans ! »

Un bruit de pas et de voix qui se fit tout près de là le tira
de ses réflexions. A une vingtaine de pas du carrefour, des
gens qui arrivaient tout courant et époufflés par le chemin

de la Grand'ferme, avaient de loin crié à une bande d'invités qui s'en revenaient tranquillement de la ferme du gendre : « Savez-vous la nouvelle? — Quoi donc? — Le maire a un coup de sang, » répondirent les gens de la Grand'ferme, et ils reprirent incontinent leur course vers le Iurgenserbe. « Ce serait là le diable ! » s'écrièrent les autres, en se mettant à leur tour à courir du côté de la Grand'ferme.

Gaspard le Patriote grinça des dents; puis, tout en cabriolant comme un insensé autour de la place du meurtre, il cria : « Heïsa! heïsa! Victoire. Je t'ai déshonoré ta fille, mis ton garçon en terre, et voilà que toi tu n'en vaux guère mieux. Ha! ha! ça vous apprendra à mépriser les petites gens! Si je tenais mon procès-verbal, je serais tout à fait content, ah! tout à fait content. »

CHAPITRE IV.

Le maire revient à lui. — Lisbette écrit au diacre.

Dans la chambre où il gardait l'épée de Charlemagne, le maire était étendu pâle et presque privé de sentiment, à côté du grand coffre garni de fer. Il avait été trouvé dans cet état par une servante qui passa devant la chambre peu de temps après qu'il y était monté. Elle s'était précipitée sur l'escalier en poussant de grands cris, et quelques passants se hâtèrent d'aller répandre partout l'alarme.

La servante remonta avec du vinaigre dont elle frotta les tempes de son maître. Ce simple remède le fit bientôt revenir; car le coup de sang était une exagération. Le vieillard n'avait eu qu'un étourdissement ou une faiblesse, suite ordi-

naire, surtout chez les vieilles gens, d'une frayeur subite.
A peine réveillé par l'odeur pénétrante du vinaigre, il se
remit en pied sans l'aide de sa servante, passa sa main sur
son front, et jeta d'abord les yeux sur le bahut, dont le couvercle était tout grand ouvert. Mais les détournant aussitôt
avec un mélange d'effroi et de douleur, il referma précipi-
tamment le couvercle, comme pour cacher à tous les regards
la perte de son trésor, et pressa la servante de le laisser.
Celle-ci voulut savoir ce qui lui était arrivé ; mais il se
contenta de répondre qu'il lui avait pris une défaillance
causée peut-être par la fatigue et le trop de plaisir qu'on
avait eu ces deux jours de noce.

Quand il fut seul, le maire demeura longtemps les mains
croisées, comme cloué à sa place. Puis il s'accroupit sur la
caisse, et, la tête dans ses mains, se mit à fouiller dans tous
les coins et recoins de sa mémoire. Tout à coup il se leva,
ouvrit encore une fois le coffre, comme s'il tenait pour impossible que l'épée eût disparu ; mais, le voyant bien vide, il
laissa à l'instant même retomber le couvercle et poussa un
gémissement de taureau blessé.

Aussitôt le vieux commença en silence de minutieuses
recherches dans toute la chambre. Il retourna chaque meuble, visita chaque coin, vida tous les coffres et bahuts qui
se trouvaient là, devant et derrière la grande toile. Il
n'oublia pas la plus petite place ; mais ce fut peine perdue :
l'épée ne se retrouva point. Cependant il entendit en bas la
voix de son gendre et de sa fille, ainsi que des amis et voisins, qui, ayant laissé là le bal, accouraient en masse pour
avoir des nouvelles. Il sortit au plus vite de la chambre, afin
de n'être point surpris dans ses perquisitions, et descendit
fort calme en apparence. On l'entoura, on le questionna avec
empressement ; il fit à tous la même réponse qu'à la servante, ajoutant qu'il ne se sentait plus de rien, et qu'il exigeait que la fête ne fût pas troublée davantage. Il conjura
les assistants de retourner à la danse. Quelques-uns se lais-
sèrent persuader ; d'autres, moins ingambes ou moins ama-
teurs de ce plaisir, préférèrent rester à la Grand'ferme, et,
comme on continuait d'y arriver du Iurgenserbe et d'ail-

leurs, la maison ne désemplit point de monde tout le reste de la journée.

Quand le maire vit qu'il ne pourrait se débarrasser de ces témoins, il prit son parti : il alla tranquillement s'asseoir dans son poêle, et engagea son beau-fils à emporter la dot chez lui ; ce que celui-ci fit avec l'aide d'une autre personne. Plusieurs voisins vinrent lui tenir compagnie ; il causa avec eux aussi paisiblement, aussi sensément qu'à l'ordinaire. Personne ne se douta de rien ; il aurait fallu être instruit de l'événement pour deviner ce qui se passait en lui, aux veines gonflées de son front, à ses yeux qui par moments lui sortaient de la tête, ou à sa main qui se crispait sur sa poitrine.

Pendant que le maire dissimulait si bien dans la chambre basse son dépit et son effroi, dans le haut de la maison une pauvre enfant bien affligée avait aussi mûri ses résolutions. Lisbette, en proie à de grandes souffrances de corps, était restée sur son lit toute la matinée ; ce n'était que vers l'heure où son vieil hôte avait fait sa cruelle découverte qu'elle s'était levée et habillée. Elle était aussi grave, pâle et muette qu'elle l'était la veille au soir après que ses larmes eurent tari. Ses yeux ne gardaient aucune trace de ces larmes et brillaient d'un éclat presque surnaturel. La haute montagne, sur le sommet de laquelle elle s'était vue placée dans l'ivresse de sa joie, s'était écroulée sous elle, les nuages de pourpre et d'or qui avaient charmé ses yeux s'étaient évanouis ; et cependant il lui semblait qu'elle planait aussi haut et même plus haut encore, portée sur le pur éther.

Elle s'assit à sa table en disant d'un ton d'adorable confiance : « Un enfant trouvé est l'enfant de Dieu ; et celui que père et mère ont laissé s'égarer, Dieu le prend par la main et le ramène à la maison. » Sous l'étreinte de la souffrance, il s'était fait en elle une étonnante révolution. Elle était résolue d'abord à ne plus retourner chez ceux qu'on appelait ses parents adoptifs. Car, dans cette nuit orageuse, les mille éclairs de la douleur avaient déchiré et illuminé son âme ; et, jetant un regard sur le passé, elle avait reconnu avec effroi, et comme instruite par les impitoyables révélations d'un *voyant*, dans quel milieu d'aridité desséchante elle avait vécu jusque-là. Elle regarda au fond de ces décombres tristes et rebutants parmi lesquels elle avait habité si heureuse et si pure; et elle eût sans doute pleuré, s'il lui était resté une larme dans les yeux, quand elle vint à s'avouer qu'un vieillard extravagant, en enfance, et une vieille fille romanesque, fantasque, à demi folle, avaient été les seuls qui eussent pris soin d'elle. En un instant d'horreur extrême s'était rassemblée toute une éternité de tourments et de dégoûts.... Navrée, torturée, elle détourna le regard de ces visions affreuses, pour le reporter vers l'avenir, où à la vérité les yeux d'Osvald s'étaient éteints, et où ne brillait plus que l'œil de Dieu dans les ténèbres....; Ainsi, le malheur avait détruit la douce ignorance, au sein de laquelle l'enfant était devenue jeune fille, et éveillé dans ce cœur blessé la voix de la vérité.

Elle écrivit au diacre : elle avait mis en lui une sainte confiance; c'est lui qu'elle voulait choisir pour son guide. Après quelques mots, où elle lui disait qu'une crise douloureuse lui avait ouvert les yeux sur sa destinée, la lettre continuait ainsi :

« Vous ne vous seriez sans doute guère attendu, cher monsieur le pasteur, au moment où vous étendîtes hier votre main sur ma tête pour me bénir, à recevoir aujourd'hui de moi une aussi triste lettre. Pourvu que je réussisse à vous faire comprendre les vraies dispositions où je suis. Si je ne vous fais pas lire dans mon âme, comment pourriez-vous venir à mon aide? Mais il est bien difficile de rendre un bon compte de ses sentiments quand la tête est perdue, que le cœur bat et que la main tremble. Cependant, vous êtes un homme si bon et de tant d'expérience, que peut-être vous suffira-t-il du bégayement d'une pauvre fille pour voir clair dans son état.

« Hélas ! cher monsieur le diacre, je suis devenue bien à plaindre depuis hier. Hier, n'est-ce pas, à voir, j'avais assez l'air d'une fiancée; et pour une pauvre fille abandonnée comme je suis, c'est plus de joie que pour d'autres qui ont

connu leurs parents. Aujourd'hui, je ne suis plus une fiancée, non, bien certainement. Pourquoi je n'en suis plus
une, c'est ce que je ne puis vous dire : je n'ose. C'est une
confidence que je ferai seule à seule à votre chère femme,
quand je serai plus calme.

« Il arrive à toute fille qui n'est plus une enfant de songer
parfois au mariage, et j'y ai aussi songé par-ci par-là, quelque peu d'espérances que j'eusse de ce côté-là. Mais quand je
réfléchissais là-dessus et sur l'amour, ce que je sentais tout
d'abord, c'est que l'amour est tout vérité et tout franchise;
qu'on ne peut, quand on aime, avoir rien de caché l'un pour
l'autre. Si j'avais quelque faute à me reprocher, ce dont Dieu
m'a préservée, mon devoir était de m'en confesser à celui que
j'aime avant de lui faire l'aveu de mon amour. Car quand
deux êtres, comme il est écrit, sont destinés à n'avoir plus
qu'un corps et qu'une âme, il ne doit y avoir entre eux pas
même l'ombre d'une réticence, d'une dissimulation, d'un dé-
guisement, d'un artifice. Oui, on doit à ce qu'on aime une
confession plus entière qu'à Dieu même, car celui-ci pénètre
les cœurs; mais les yeux d'un pauvre amant ne sont pas si
perçants : et cependant il doit nous connaître aussi parfaitement que Dieu nous connaît, puisqu'il lui faut s'en remettre
à notre foi non pas seulement sur ceci ou sur cela, mais sur
tout et en tout et pour tout le temps de la vie. Celui donc
qui au moment où il me dit qu'il m'aime peut encore garder
un masque quelconque, de cet homme-là je suis bien forcée
de croire ce qu'on me rapporte contre lui, fût-ce ce qu'il y a
de pis au monde. L'homme qui imagine de se donner à moi
pour un pauvre forestier, tandis qu'il est un grand seigneur,
un comte, peut bien méditer de me tromper encore autrement.... Mon Dieu! mon Dieu! je ne puis encore par moments m'empêcher de le penser : non, il n'est pas possible
qu'un homme qui a l'air si bon puisse être aussi fourbe,
aussi mauvais.

« Que je souffre, que je suis malheureuse! Je crois que
je serais morte cette nuit sans ma fierté qui m'a soutenue.
Oui, à la pensée qu'on voulait m'humilier profondément, je
me suis senti un orgueil extrême. Mais ce n'est là une res-

source que pour le premier moment de désespoir, et c'est de vous maintenant que j'attends du secours. Je vous en prie, recevez-moi dans votre maison : je ne vous causerai pas grande dépense, et je pourrai toujours bien me rendre utile à votre chère femme. Vous m'avez toujours marqué tant de bonté et d'amitié : vous ne m'abandonnerez certainement point. En aucun cas, je ne rentrerai au château ; je n'y songe qu'avec effroi. C'était bien jusqu'à présent, mais cela n'est plus possible ; non, non. Je suis donc comme une plante arrachée du sol, et qui ne sait encore dans quelle terre elle pourra reprendre racine.

« Mais il faut que je vous dise bien, afin que vous ne vous trompiez pas sur mon compte, que je ne me sens pas le moins du monde portée à la dévotion, ou du moins plus qu'à l'ordinaire. J'ai déjà voulu me faire des reproches à moi-même là-dessus ; car enfin on dit toujours que c'est dans l'affliction que l'homme doit beaucoup prier ; mais cela doit être vrai pour d'autres afflictions que la mienne. J'ai conscience d'être une honnête fille, et je n'imagine pas par quelles raisons je devrais précisément à cette heure plus particulièrement prier Dieu de m'assister. Il m'a envoyé ma croix : je la porte, et il me laisse suivre ma voie. Je crois aussi que le Dieu dont on nous entretient dans la chaire ne peut rien pour un cœur qui s'est donné, et qui a besoin de rentrer en possession de soi-même. Dieu ne l'abandonne sûrement point ; mais ce n'est pas par la voix des cantiques qu'il lui parle, c'est muet et caché au plus profond du cœur même, et je me persuade que ce grand orgueil qui me soutient est le voile sous lequel il se manifeste à moi.

« Je ne vous demande que beaucoup de patience, mon cher, bien cher monsieur le pasteur, à vous et à votre femme : vous verrez que Lisbette saura se tirer de peine ; car enfin, quelles que soient les apparences, on ne peut être perdue du jour au lendemain. Mais ce que l'âme peut porter de souffrance, on ne peut s'en faire une idée. Si j'étais catholique, j'irais chez les sœurs de la Charité : passer sa vie à soigner les pauvres malades, ce doit être une grande douceur. — Pardon de cette méchante écriture, mais il n'y a pas eu moyen de la faire meilleure. Un mot de réponse par le porteur, je vous supplie. »

Lisbette n'avait nul besoin d'excuser son écriture : c'était bien la plus égale, la plus nette qu'on pût voir. Aucune larme n'était tombée sur le papier. Sa figure était restée calme, et tous ses traits respiraient en effet un orgueil extraordinaire. Elle appela un petit garçon et l'envoya avec sa lettre à la ville.

CHAPITRE V.

Lisbette et Osvald.

Mais ce fut fait de son calme lorsque, regardant toute pensive par la fenêtre du côté des collines, elle vit venir à travers le brouillard un homme, une forme connue. Elle se couvrit vivement le visage de ses mains, et un nouveau torrent de larmes amères s'échappa de ses yeux qui semblaient taris. Ses joues devinrent froides comme la glace et ses mains aussi blanches que celles d'une morte. « Hélas! hélas! » murmurait-elle, et ce fut la seule plainte de cette âme qui se croyait si indignement trahie. Que devait-elle faire? Le cœur lui fendait de douleur, de désespoir. « Hélas! dit-elle, tout à l'heure, c'était encore lui qui s'avançait ainsi à pas lents; oui, ajouta-t-elle aussitôt, il n'approche si lentement que parce qu'un remords pèse sur sa conscience : sans cela, comme il volerait! Voilà bien ses habits, sa démarche, sa figure; mais lui, ce n'est plus lui! »

Elle passa la main sur ses tempes que couvrait une sueur

froide. Puis elle jeta les yeux autour de la chambre, où, depuis la veille au soir, restait plus d'une trace du bouleversement de ses esprits. Même en cette affreuse détresse, elle aurait eu honte qu'il pût remarquer quelque désordre. Elle avait fait son lit en se levant; elle y cacha ses vêtements de nuit, et effaça jusqu'aux moindres plis de la courte-pointe. Elle rangea la table dans l'embrasure de la fenêtre et les chaises à leur place; elle balaya aussi les cendres de la pièce de vers qu'elle avait brûlée, ramassa par terre les morceaux du fichu et les réunit sur la table. Elle prit tous ces petits soins avec l'empressement qu'aurait eu une heureuse fille attendant son fiancé : et pourtant elle avait la mort dans l'âme.

Hélas! il approchait de plus en plus! Que faire, que faire? Avec quelle joie elle se serait précipitée dans ses bras et se fût laissé étouffer, elle et sa douleur, dans une douce et perfide étreinte! Et cependant il fallait fuir, lui échapper; car, s'il entrait, s'il attachait son regard sur elle, elle était perdue; elle le sentait. Elle sortit de la chambre d'un pas mal assuré, voyant à peine le sol où elle posait le pied, et se réfugia dans la première cachette qui s'offrit à ses yeux troublés. La réflexion si simple qu'Osvald n'aurait point été trouver ses parents adoptifs s'il n'avait eu d'honnêtes intentions, ne se présenta pas un seul instant à sa pensée.

Car l'amour — qu'aucun doute n'a encore ébranlé — est doué d'une sagacité surnaturelle. Ses pressentiments, aussi vite que l'éclair, pénètrent jusqu'aux choses les plus cachées; il ressemble à ce cheval merveilleux qui, en moins de temps que n'en met un vase à épancher l'eau qu'il contient, portait Mahomet à travers les sept ciels, et lui faisait contempler toutes les splendeurs de chacun d'eux. Mais, troublé, jeté hors de sa voie, il n'est plus qu'un délire, qui passe près des hautes cathédrales sans les apercevoir, et prend des taupinières pour les cimes des Alpes.

Osvald entra dans la ferme. Il n'aurait jamais pensé qu'il pût lui arriver un jour d'hésiter à franchir le seuil d'une maison avec toute la confusion d'un coupable. Il y avait au fond de son cœur une sourde colère; il s'indignait de ces insolu-

bles problèmes, de ces hideux serpents dont les nœuds inex-
tricables embarrassent le chemin de la vie; de cette amère dérision du sort qui souvent, dans la même coupe, mêle un
affreux goût de lie aux saveurs les plus parfumées. Le visage du jeune homme, en partie caché sous ses cheveux
qui tombaient en désordre, se couvrait par moments d'une
rougeur fugitive, et ses yeux erraient sur les objets sans y
fixer un regard. Il passa devant les gens qui étaient réunis
dans le vestibule, et devant le maire, sans saluer personne.

Son cœur était plein d'amertume, mais aussi de résolution.
Il venait trouver Lisbette, cette Lisbette qui l'avait couronné
la veille, comme son maître et son roi, d'une fraîche couronne
des prés; il venait l'affranchir de son doux servage. Car l'i-
mage de sa bien-aimée s'était ternie à ses yeux; non certes
qu'il y eût un reproche dans son cœur contre la plus pure, la
plus innocente jeune fille : mais quoi! le sentiment de l'a-
mour, aussi puissant que la mort, n'est-il pas aussi délicat et
fragile que les antennes d'un papillon? « Cette idée-là auprès
d'elle me serait insupportable.... » s'était incessamment répété
Osvald tout le long du chemin. « Elle sera malheureuse. Eh !
ne serai-je pas malheureux aussi, moi, profondément malheureux?... Ah ! que j'aurais voulu, vivant à ses côtés, me retrouver moi-même, me renfermer avec délices dans mon
cœur, comme on se renferme dans une maison aimée et heureuse, dont les moindres coins, les moindres meubles vous
sont chers : tandis qu'il me faut encore m'épuiser au loin à
ressaisir mon existence! Mais la fiancée du comte de Valdbourg ne saurait.... »

Son cœur, quand il ouvrit la porte de la chambre, battait
violemment. Il avait un « vous » sur les lèvres, et voulait lui
dire qu'il venait pour prendre congé d'elle, en la priant de ne
lui point demander quel était l'obstacle qui se dressait entre
eux. Il entrait donc avec ces résolutions; mais, en ce moment
plein d'angoisse, prêt à défaillir, et ne la voyant pas, il s'é-
cria : « Elle n'y est point! » avec le même transport de joie
qu'il avait éprouvé la veille en se trouvant enfermé dans l'é-
glise du village. Car il allait la posséder encore deux, peut-être
trois minutes entières, jusqu'au moment où elle reparaîtrait.

Il s'assit près du lit et passa la main sur la couverture, comme s'il eût caressé la main de Lisbette. Puis, sentant près des pieds le petit bonnet sous ses doigts, il le pressa tendrement, car il voulait dire adieu à tout ce qui l'avait touchée.

Ensuite, croisant les bras, il promena lentement ses regards autour de la petite chambre. Tout y était propre et en ordre, et on y sentait comme un souffle d'elle. Il lui sembla qu'un soleil splendide dorait les murs de ses reflets ; et cependant l'affreux brouillard gris avait aussi enveloppé cette maison.

Après un long silence, il se dit le cœur serré :

« Je n'aurais pas dû venir ici, j'aurais dû lui écrire. »

Elle ne venait toujours point. Il commença à souhaiter avec ardeur qu'elle se montrât ; il se leva et se mit à marcher avec agitation dans la chambre. « Quoi ! » s'écria-t-il en surprenant ce désir dans son cœur, « tu es pressé de lui dire adieu ? » En passant près du petit miroir pendu à la muraille, il vit le désordre de sa chevelure, en eut quelque honte, et le répara de son mieux. Son visage, pâle encore, n'était plus si défait.

Car une douce chaleur coulait dans ses veines, qui depuis quelques heures avaient été comme glacées. Son cœur était soulagé d'un grand poids, son âme soustraite à la malédiction qui était sur elle. Il se sentait plus libre de moment en moment ; il éprouvait quelque chose de la joie sereine du pécheur pardonné, de l'enfant prodigue conduit par son père à la table du festin. Après une lutte douloureuse, le cœur avait vaincu. Mille sentiments : la compassion, la tendresse, les désirs, les généreuses résolutions s'agitaient comme une mer bouillonnante en lui, et au fond des vagues de cette mer s'étaient engloutis, pour ne plus reparaître, les fantômes grimaçants du château.

Oui, elle lui était rendue, celle que le hasard avait amenée sur sa route, celle qu'il avait si vite aimée et juré d'aimer pour l'éternité.... Sa chevrette, son amie, son âme, elle lui était rendue ; et ce que hier encore il ne devait qu'à la fortune, était aujourd'hui la conquête d'une volonté vaillante.

Il se frotta les mains, et s'écria avec transport : « Ne suis-je pas mon maître, ne suis-je pas, à mon grand bonheur, tout à fait mon maître ? » Puis il s'assit près de la fenêtre sur la chaise où elle s'asseyait d'ordinaire, prit la plume avec laquelle elle venait d'écrire une si triste lettre au pasteur, et s'en escrima, coupant l'air en tout sens, heureux comme un cadet qui vient de ceindre sa première épée. Il n'écrivit rien sur le papier avec sa plume; non, mais il dessina dans le vide une belle L gothique entrelacée d'un O, et se réjouit de l'agréable arrangement de ces lettres; puis il les enferma dans un V romain. Cela lui parut faire un chiffre charmant. « Et quand elle serait issue d'assassins et de voleurs, s'écria-t-il avec résolution, et fût-elle née sous le gibet, elle n'en resterait pas moins Lisbette, et n'en deviendrait pas moins ma femme !... »

Qui veut rompre avec sa maîtresse n'aille point dans sa chambre; qu'il lui écrive : encore n'est-il pas bien sûr que maint billet ne soit déchiré, et qu'au lieu de la lettre, ce ne soit l'amant lui-même qui se mette en route.

CHAPITRE VI.

Recherche vaine.

« Mais que jamais, dit-il, qu'au grand jamais elle n'apprenne son origine. C'est en moi seul, c'est dans mon cœur que cette belle tige aura toutes ses racines. » Ce sol où la pauvre fleur arrachée pouvait revivre était donc tout préparé, et elle l'ignorait. Et pourtant Lisbette était si près d'Osvald, qu'elle aurait presque pu entendre sa voix. Chagrins sans cause! vous êtes inséparables de l'amour, comme le vertige, de l'ivresse.

Mais elle ne paraissait toujours point. De plus en plus inquiet, il se décida à aller s'informer d'elle. L'une des servantes prétendit ne l'avoir point vue de toute la journée; l'autre assurait qu'elle avait quitté la Grand'ferme. Il rôda dans les environs, mais il n'y avait pas trace de Lisbette. La nuit commençait à venir.

Après un court moment de joie, son cœur était plus oppressé qu'auparavant. La disparition de Lisbette était pour lui inexplicable. Il retourna dans la chambre, où l'obscurité ne lui permit plus de rien voir. Après y être resté quelques instants, il redescendit, et cette fois rencontra le maire, à qui il demanda où était Lisbette. « Oh! elle ne se soucie sans doute plus guère de vous revoir, mon jeune monsieur : elle est sur ses gardes, répondit le vieux.

— Que voulez-vous dire? » s'écria Osvald consterné, et il pressa le maire de questions. Mais le vieux refusa de s'expliquer. Il pensait avoir fait son devoir envers la jeune fille; mais il ne se souciait nullement d'avoir rien à démêler avec ce jeune fou d'amoureux. Aussi bien les affaires d'amour n'étaient point au nombre de celles où il attachât de l'importance et où il crût qu'on se dût piquer de sincérité et de bonne foi. Pour se débarrasser plus vite du jeune homme, il ajouta: « Bah! les jeunes filles tournent comme le vent : elle n'avait sans doute pas pris la chose au sérieux; maintenant elle en est honteuse, et se cache de vous. »

Il n'y eut pas d'autre réponse à tirer du vieillard. Hors de lui, Osvald remonta pour la troisième fois dans la chambre de Lisbette, comme s'il avait dû nécessairement la rencontrer là, à force de l'y chercher. Il avait pris une lumière. Il ne trouva point Lisbette, mais, à la clarté de la lumière et avec la perspicacité que donne le dépit, il aperçut les tristes signes de leur amour détruit. Il enleva ce qui couvrait le coffre, et vit au fond son rouleau d'or, et la fleur desséchée que Lisbette avait rejetée de son sein. Il vit les morceaux du fichu : il comprit que c'était les liens qui les unissaient que les ciseaux avaient tranchés. Il ramassa par terre un débris de papier à moitié consumé; car tout ce qui pouvait mieux l'assurer de son malheur avait pour lui de l'importance. Il y put encore déchiffrer ces mots :

« Sérieuse ou souriante, — Ton âme est
« à toi, rien qu'à toi. »

« Oui, s'écria-t-il, tu n'appartiens qu'à toi, et à personne d'autre; mais il paraît que ton humeur te porte plus au rire qu'au sérieux! » Il était courroucé contre elle; elle lui paraissait haïssable dans ce moment; car lui aussi pensait d'elle ce que le maire lui avait dit : il croyait que la jeune fille ne s'était jetée dans ses bras que dans un élan de tendresse fugitive. C'était bien là ce qu'il y avait au monde de plus invraisemblable ; mais il n'aurait pas aimé, s'il ne l'avait cru.... L'amour est si lâche qu'il a peur de son ombre; *l'amour est aveugle dans ses choix, mais plus aveugle encore dans ses croix.*

Il sortit sur le seuil et appela d'une voix douce dans la galerie : « Lisbette! » Elle l'entendait bien, mais elle ne lui répondit point; car elle était résolue à plutôt mourir de faim et de soif, que de se montrer tant qu'il serait à la Grand'ferme. Elle mit la main sur ses lèvres, et se dit, en retenant un sanglot, qu'il ne lui était plus permis de voler sur le cœur de celui qui l'appelait. Il la chercha dans plusieurs pièces, mais ne s'avisa point d'entrer dans celle où elle se trouvait. Il revint dans la chambre de Lisbette, et considéra de nouveau le rouleau d'or et l'amaryllis. Il voulait recueillir les restes de la fleur (car qu'avait-il affaire de l'or?), mais tel était son trouble, qu'il prit l'argent et laissa la fleur. Dans un mouvement de fureur, il jeta sur le plancher la rose et le lis qui étaient dans le verre; mais il se repentit aussitôt, et ramassa du moins le lis, se souvenant avec quel plaisir Lisbette l'avait regardé.

En proie au plus violent désespoir et comme hors de sens, il alla de nouveau errer dans l'obscurité autour de la ferme, et quand il revint harassé, épuisé, il attendit longtemps encore devant la maison, croyant au moindre coup de vent, au moindre cri lointain entendre les pas ou la voix de Lisbette.

Mais elle ne vint point.... Il rentra dans la maison, la rage dans le cœur, demandant à chacun d'un air sombre s'il n'avait point encore vu Lisbette. Puis il retourna faire le guet dehors, devant la maison.

Telles furent, jusque bien avant dans la soirée, les folles agitations du malheureux amant. Le calme extérieur du maire, que rien ne démentait, faisait avec l'émotion désordonnée et le désespoir d'Osvald un remarquable contraste. Tandis que le jeune comte allait, venait, se tourmentait, courait éperdu comme un lion blessé, le vieux paysan, assis devant sa table, aussi impassible qu'une statue de pierre, renfermait dans son cœur la secrète inquiétude qui le dévorait.

CHAPITRE VII.

Une tragédie à la Grand'ferme.

La Muse du drame a deux poignards. L'un est poli, brillant, bien affilé, il tranche vite et net, il fait de larges et belles blessures d'où le sang s'échappe à flots. L'autre est rouillé, ébréché; il déchire, arrache des lambeaux de chair et cause d'horribles souffrances. Armée de l'un, elle s'approche des rois et des héros ; elle se glisse plus souvent armée de l'autre parmi les paysans et les bourgeois. Quand elle frappe de l'un, de grands intérêts sont en jeu, il y va toujours d'incontestables biens : de l'empire, d'une couronne, de la vie ; le cœur où elle enfonce l'autre sera torturé pour un rien, pour un son, pour l'écho d'un son. Car c'est, non pas les choses en elles-mêmes, mais les idées qu'ils y attachent, qui font le tourment des hommes.

Un palais n'est pas toujours la scène où apparaît la tragé-
die. Qui eût pu, dans l'ombre de la nuit, glisser un regard
sous le toit de la Grand'ferme, eût été contraint d'avouer
qu'il se jouait là le plus passionné, le plus douloureux des
drames.

Il s'était fait tard : les voisins s'étaient retirés, les garçons et les servantes étaient allés se mettre au lit, et le feu
du foyer était éteint. Le maire ferma toutes les portes de la
maison, et se disposa à commencer l'expédition qu'il avait
réservée pour la nuit. Il se croyait complétement seul; mais
il était observé. Au moment de la fermeture des portes, une
forme sombre s'était glissée dans la chênaie. C'était le joueur
borgne qui revenait occuper son observatoire de la veille. Il
avait appris dans l'intervalle que son ennemi n'était pas
mort de son attaque, et voulait s'assurer qu'il avait du
moins réussi à lui porter un coup aussi sensible que le souhaitait son cœur altéré de vengeance. Il n'attendit pas longtemps à en avoir la joie. Car bientôt une lumière brilla au
milieu de l'obscurité où toute la ferme était plongée. « Ha!
ha! le voilà qui se met à chercher, » fit le joueur. La lumière se promena dans l'habitation, se montrant tantôt ici
et tantôt là. « Il visite maintenant les deux poêles d'en bas, »
dit-il. De temps en temps la lumière disparaissait. « Sur le
derrière, il n'y a rien non plus! » s'écriait alors le joueur
en battant des mains. Tout à coup la lumière revenait.
« Mais tu as déjà été là! » murmurait-il plein d'une joie féroce.
A chaque mouvement de la lumière trahissant les mortelles
angoisses de son ennemi, nouvelles moqueries de sa part. La
lumière allait et venait sans se lasser dans la main du riche
au désespoir; et, sans se lasser non plus, le mendiant poursuivait de ses sarcasmes la lumière et le richard. Enfin,
vers minuit, voyant encore briller aux fenêtres, passer et
repasser la lumière errante, il ne se put contenir plus longtemps, et célébra son triomphe en faisant retentir son orgue
au milieu du silence de la nuit. C'était un de ces airs calmes
et doux qu'on chante au peuple dans les rues; mais le borgne y allait à tour de bras, et le cylindre précipitant sa ro-
tation changea la dolente mélodie en allégro furieux.

A cette heure de minuit, le vieux paysan s'assit dans le vestibule de la Grand'ferme et se reposa un instant. Il avait posé sa chandelle à côté de lui, et à cette lueur blafarde les rides de son visage ressemblaient à des fossés profonds s'étendant à travers une campagne grise; car son teint par l'effet de la souffrance, du chagrin, de l'inquiétude, était devenu livide et terreux. Ses yeux qu'il attachait sur le sol étaient presque sortis de leurs orbites. Il avait fouillé tout le bas de la maison, retourné même la paille de l'écurie, et rien trouvé.

Il se leva afin d'aller parcourir le premier étage. Tout affaissé, portant d'une main tremblante la lumière devant lui, et se tenant de l'autre à la rampe, il monta lentement l'escalier. Arrivé sur le palier, il s'arrêta et se demanda par où il commencerait ses recherches. Car au milieu du désespoir fiévreux qui le poussait, il gardait toute sa circonspection. Il se souvint qu'aussitôt après la découverte du vol, il avait tout remué dans la chambre où se trouvait la caisse de l'épée, et pensa que ce serait perdre sa peine que d'y retourner. Mais il visita toutes les autres pièces, chambres, décharges, les coins et recoins de l'étage. Il éloigna du mur les armoires, et regarda derrière chaque bahut, puis il les ouvrit, se penchant pour en éclairer le fond. Il n'oublia là non plus de déplacer tout meuble, tout objet qui aurait pu servir à cacher son épée. Plusieurs heures s'écoulèrent pendant cette vaine et pénible quête. Déjà le jour commençait à poindre.

On n'eût pu voir sans un sentiment de pitié et presque d'effroi ce vieillard errer ainsi sans repos ni trêve à travers sa maison, montant, descendant, circulant, se baissant, furetant partout, ne précipitant aucun de ses mouvements, mais toujours en mouvement, poursuivant avec un acharnement toujours égal cette tâche incessante et silencieuse. S'il y avait eu plus de vivacité dans son allure, on aurait pu le comparer à un oiseau de proie cherchant ses petits : il ressemblait plutôt à une de ces forces de la nature, invisibles, latentes, éternelles, et ne suspendant jamais leur action destructive.

La dernière chambre qu'il fouilla fut celle de Lisbette. Il ne songea point qu'il aurait pu trouver là une jeune fille déshabillée et endormie. Il ne s'étonna pas non plus de n'y pas trouver Lisbette et qu'un autre eût pris possession de cette chambre ; car rien ne pouvait l'étonner : son âme était indifférente à tout, sauf à l'objet qui l'occupait tout entière.

Les rôles étaient changés. Le vieux était sur pied, et le jeune homme reposait, ou du moins restait immobile, à bout de forces. Désespérant de revoir Lisbette ce jour-là, il s'était jeté sur le lit de la jeune fille, afin de toucher quelque chose qui l'eût elle-même touchée. Les bras étendus sur l'oreiller qu'il pressait contre sa joue, il gémissait, et répétait en sanglotant le vœu plaintif des Souabes : « Je voudrais être près de ma mère !... » La mère qu'il appelait était couchée dans sa tombe ; et la maîtresse qui causait sa peine était assise toute grelottante à quelques pas de lui, petit oiseau qui chantait si gaiement la veille, glacé maintenant par le froid de la nuit.

Le maire ne s'inquiéta point d'Osvald, et le jeune homme n'entendit point que le maire était entré dans la chambre. Le vieillard y procéda à son long et inutile examen. La sueur lui coulait du front. Il poussait de profonds soupirs quand il sortit pour monter au grenier, la seule partie de la maison qu'il n'eût point encore exploré. Au pied de la dernière rampe, il s'arrêta tout à coup et frissonna de tous ses membres. Quand le frisson fut passé, l'expression de ses traits était tout autre. Les muscles de son visage se roidirent, les orbites de ses yeux parurent s'agrandir ; ses yeux brillèrent d'un éclat surnaturel et devinrent immobiles, comme s'il les eût fixés dans l'espace sur quelque objet que lui montrait son esprit surexcité jusqu'à l'extase, jusqu'à l'hallucination. Il porta vivement la main vers cette décevante image, et ce mouvement le fit revenir à lui. Il regarda tranquillement autour de lui et s'essuya le front ; ses muscles se détendirent, ses sourcils s'abaissèrent : il avait repris l'air qu'il avait auparavant. Le paroxysme n'avait en tout duré que quelques secondes ; mais quelque chose d'extraordinaire s'était évidemment passé dans l'âme du vieillard. — « C'est donc là qu'elle est ! » murmura-t-il d'un ton d'assurance et de contentement, et il monta lestement les marches.

En traversant le grenier, il passa sans la moindre précaution avec sa lumière près des tas de paille et de foin, imprudence qui aurait immédiatement valu son congé à tout garçon qui s'en serait rendu coupable. Il alla droit au triste et incommode galetas où Osvald avait passé plusieurs nuits si heureuses. Il ouvrit la porte avec l'empressement de quelqu'un qui se croit sûr de son fait, et examina.

Mais après avoir retourné la paille du lit, et débarrassé cet étroit espace du peu d'objets qu'il renfermait, il parut anéanti. L'épée de Charlemagne ne se trouvait pas non plus entre ces quatre parois de planches nues. La lumière échappa de sa main ; il s'assit ou plutôt tomba sur un coffre qui se trouvait là, et poussa un cri terrible, un de ces cris dont l'accent ne se peut rendre, parce que la nature qui les produit s'en est à elle seule réservé le secret.

La lumière fuma, se consuma lentement sur le plancher, au milieu de la paille éparpillée. Mais le maire ne vit seulement pas le péril. Il resta accroupi sur le bahut, les bras et la tête appuyés sur les genoux et se rongeant les poings de rage. Il faisait grand jour, qu'il était encore au grenier dans cette position, sans avoir songé à gagner son lit.

CHAPITRE VIII.

Comment le joueur borgne mit dans ses intérêts un juriste zélé.

Le lendemain matin entre dix et onze heures, à environ demi-lieue de la Grand'ferme, une petite voiture légère, attelée d'un seul cheval, s'arrêta devant une maison isolée. Le vieux Iochem qui conduisait descendit du siége, ouvrit la portière, et aida l'homme qui se trouvait dedans à descendre. Cet homme en mackintosh brun-gris était le grand bailli Ernest.

« Vous allez rester là, Iochem, dit le bailli, tandis que je me rendrai chez ce paysan, à cette grand'ferme, comme ils disent.

— Pourquoi n'y allez-vous pas en voiture, monsieur le grand bailli? demanda le vieux Iochem.

— Parce que je ne veux point qu'on soit averti de mon arrivée, répondit le fonctionnaire. D'après ce que vous me dites, Iochem, votre maître me paraît avoir la tête un peu montée. On ne saurait en pareil cas user de trop de prudence. La voiture attirerait l'attention des gens de la ferme; le comte, en présence de témoins, prendrait peut-être de l'humeur : je préfère arriver seul et comme à la sourdine, le surprendre, et l'emmener sans bruit.... Ainsi, une amourette, Iochem?

— Je le crois, monsieur le grand bailli. Mais il disait qu'il n'y pensait plus, et avec cela pleurait à chaudes larmes.

— Bon, bon, vieille histoire! Iochem : *Rixae amantium*, et cætera, » dit le bailli en élevant les bras au-dessus de sa tête, de façon à déployer et faire flotter le mackintosh comme la voile d'un *ever* [1] hambourgeois. « Grand Dieu, *le Mercure* n'en aurait donc pas le démenti, avec son *Voyage sentimental!*

— Monsieur le grand bailli, si vous voulez m'en croire, reprit le vieux Iochem, vous me dépêcherez à la ferme ; car, voyez-vous, je suis le seul qui sache prendre mon maître. »

Le bailli mesura le vieux d'un regard méprisant, et secoua la tête. Le vieux Iochem, à qui ce regard ne plut pas et qui avait assez la coutume de se parler à lui-même, se prit à murmurer fort haut : « Si celui-là le tire de cette grand'-ferme, je consens à ne pas m'appeler Iochem. »

Non loin de l'endroit où avait eu lieu ce court dialogue, marchait au hasard sous les sapins un homme dont les zigzags qu'il faisait et tous les gestes trahissaient l'ivresse. Ce qui distinguait cet ivrogne de tous les autres, c'est qu'il ne se laissait point choir, bien qu'un orgue de Barbarie qu'il portait sur le dos et qui glissait sans cesse de droite à gauche et de gauche à droite, augmentât fort le poids du côté où il inclinait. Gaspard le Patriote (car c'était lui) avec ce perpétuel mouvement de roulis qu'il imprimait à son orgue donnait à peu près l'idée d'une barque ballottée par une mer houleuse. Avec le produit de la boucle d'argent vendue à un colporteur, il était allé savourer sa vengeance au cabaret, à l'abri du brouillard du matin ; il s'y était grisé, et se répandait depuis en intarissables propos fort violents, mais du reste pleins de suite.

Le chemin de la Grand'ferme traversait la sapinière. « Le cheval se tiendra bien tranquille ici, dit le bailli. Allez donc un peu devant, Iochem, faire ranger cet homme. Vous savez que je ne puis souffrir les ivrognes. »

Iochem prit les devants, et le bailli suivit à distance convenable. Il vit le vieux s'engager avec l'ivrogne dans une conversation qui paraissait fort animée, et il demanda de loin à Iochem de quoi il s'agissait. Iochem revint, et dit n'avoir jamais rencontré sac à vin si curieux. « Il n'a que les

---

1. Bateau plat.

jambes d'un peu prises, dit-il; au demeurant le gaillard a toute sa tête, et parle d'une façon très-intelligible de procès-verbal, de meurtre, d'assassinat.... »

Le bailli à ces mots dressa les oreilles. « Qu'est-ce à dire? » fit-il, fort intrigué. Sa répugnance pour l'ivrogne fut moins forte que sa curiosité éveillée par ces mots de procès-verbal, de meurtre et d'assassinat. Il s'approcha de Gaspard le Patriote, dont l'ivresse était en effet singulière : elle n'agissait, pour ainsi dire, que sur les extrémités, et laissait le cerveau libre, ce qui se remarque assez souvent chez les individus épuisés.

« Vous entendriez-vous bien à me faire un procès-verbal, ... hé? cria le joueur au bailli dès qu'il le vit venir.

— Mais je m'y entends un peu, l'ami, répondit le grand bailli avec un sourire tout à fait juridique.

— Eh bien alors, vous êtes un sauveur que le ciel m'envoie dans ma détresse, » s'écria le joueur, en avançant les bras ouverts sur le bailli. Celui-ci esquiva l'accolade, et Gaspard perdant l'équilibre tomba par terre sur le nez. Mais il se ramassa vite et reprit comme si de rien n'était : « Faites-moi un procès-verbal, et je vous serai reconnaissant toute ma vie.

— Mais qu'y faudrait-il donc relater dans ce procès-verbal? demanda le bailli.

— Monsieur, interrompit ici le vieux Iochem, ne voulez-vous pas continuer votre chemin vers la Grand'ferme ?

— Iochem, laissez-moi, je vous prie : il faut écouter tout le monde, » répondit avec impatience le bailli qui prenait de plus en plus intérêt à cet ivrogne si altéré de procès-verbal.

« Il s'agit d'un meurtre et d'un assassinat! s'écria Gaspard le Patriote. J'ai assommé un homme et personne ne veut m'en rédiger procès-verbal, afin que je reçoive la punition que j'ai méritée. »

La taille du bailli se redressa à cette déclaration inattendue, et devint aussi roide que le pilier de bois où il faisait attacher et corriger ses administrés. Le cas pour lui était nouveau, inouï. Le vieux domestique lui-même parut étonné et s'écria : « Je l'ai toujours dit : dès qu'on est hors de nos pays de Souabe, et qu'on arrive chez ces gaillards de Saxons, de Franconiens et de Polaques, il n'y a plus ni droit ni justice. C'est un drôle de monde par ici.

— Vous avez assommé un homme, et ils refusent d'en dresser procès-verbal ? demanda le bailli scandalisé, presque hors de lui.

— Comme vous dites, assommé un homme, et pas moyen d'obtenir mon procès-verbal, » repartit le joueur.

Le bailli baissa la tête et réfléchit ; il étendit pour prendre cette pose méditative son mackintosh comme un paravent. « Ou bien cet homme est maniaque, se dit-il mentalement ; car il est de toute évidence que le vin n'a pas brouillé ce qu'il a de cervelle : ou bien les autorités sont ici d'une négligence qui serait en vérité sans exemple. » Il ouvrit les cinq doigts de sa main droite, et les montrant à Gaspard le Patriote :

« Dites-moi un peu : que voyez-vous là ? lui demanda-t-il.

— Cinq doigts, répondit le joueur.

— Levez un peu la tête. Que voyez-vous au-dessus de vous ?

— Le ciel. Mais le brouillard sec n'est pas encore dissipé et on ne voit guère de bleu.

— Dites-moi les jours de la semaine. » Le joueur énuméra tous les jours de la semaine depuis le dimanche jusqu'au samedi sans en intervertir un seul.

« Quels sont les dix commandements ?

— *Un seul Dieu tu adoreras...,* » cria le joueur, et il en défila sans broncher tout le chapelet jusqu'au dernier.

Après cette épreuve, le bailli dit gravement : « Cet homme est aussi peu aliéné d'esprit que moi ou vous, Iochem. Conséquemment, un meurtrier qui avoue, qui se repent, que le remords bourrèle et pousse à se dénoncer.... et qu'on n'arrête pas! dont on refuse même de recevoir la déclaration! Jolie police! Beau gouvernement!... Venez avec moi dans cette maison là-bas, » dit-il à Gaspard le Patriote. « Il y aura sans doute moyen de s'y procurer une feuille de papier, une plume et de l'encre. J'y libellerai un procès-verbal sommaire, tout en délibérant sur la suite qu'il conviendra de donner à cette affaire.

— Mais, monsieur le grand bailli, la Grand'ferme..., dit le vieux Iochem.

— La Grand'ferme ne se sauvera pas, » répondit le jurisconsulte, « et je trouverai encore votre maître dans une heure d'ici. Cette affaire doit passer avant tout. Il ne sera pas dit que j'ai eu connaissance d'un crime capital, et que j'ai passé mon chemin. Restez près du cheval, Iochem. Et vous, l'autre, suivez-moi. »

On voit que le grand bailli était tout frais émoulu d'une relecture qu'il avait faite, avant son voyage, de ses codes vurtembergeois. Il se dirigea vers la maison isolée ; Gaspard le Patriote le suivit en trébuchant, à la joie de son cœur de voir faire enfin son procès-verbal. Le vieux Iochem secoua la tête, et resta à garder le cheval, qui paraissait avoir une sorte de tic rongeur, et baissait à chaque instant la tête entre ses jambes de devant.

CHAPITRE IX

Le franc-tribunal.

Osvald se disposa à sortir de la Grand'ferme : il agitait d'étranges pensées. Il lui semblait qu'il eût moins souffert s'il avait vu Lisbette couchée dans son cercueil : il se serait précipité sur son corps, il aurait à force de baisers rappelé pour un court moment sur ses lèvres glacées une apparence de

vie, il aurait noyé son cœur de larmes, il serait mort en la
pleurant. Mais c'était une fantaisie, quelque sot, absurde,
inexplicable motif qui le séparait d'elle, ou, ce qui était pis
encore, le repentir subit de s'être trop vite engagée. Il avait
le cœur rongé de chagrin, de dépit contre cet ennemi invisible, insaisissable, contre ce charme qu'il ne pouvait ni rompre ni combattre. « Une jeune fille légère, volage, qui se
donne aujourd'hui, et demain oublie ou fait la prude! »
murmurait-il en colère ; et puis ces paroles lui étaient comme
un coup de poignard. Il ne songeait pas qu'il était lui un
grand comte, et Lisbette une enfant trouvée ; que cette pauvre fille délaissée devait voir dans une union avec lui le plus
bel établissement, la plus haute fortune qu'elle pût seulement
rêver. Dans son exaltation et sa fureur il la voyait au-dessus
de lui. Il était l'humble berger ; elle, la princesse qui par caprice l'avait attiré, et qui par un autre caprice le repoussait....

Les larmes épuisées, dans ces heures de désenchantement,
de déboire, de vide affreux, une indifférence farouche s'empare de l'homme ; et en même temps il lui arrive de porter
une sorte d'attention minutieuse et machinale sur les objets
les plus insignifiants. A la place où vous vous abandonniez
au désespoir, vous avez remarqué qu'un brin d'herbe était
courbé de telle ou telle façon ; vous saviez que sur le buisson
voisin il y avait vingt boutons épanouis, tout juste autant,
ni plus ni moins ; vous pourriez peindre longtemps après de
souvenir le berger qui passait en chassant son troupeau devant lui : tant vous avez observé avec exactitude son habit, le
peigne de laiton qu'il avait dans les cheveux, et ses traits sans
expression. Vous maudissez votre destinée : et, au milieu de
vos plus écumantes imprécations, vous constatez que l'oiseau, qui est perché là-bas sur une branche morte, est une
corneille, et non pas un corbeau.

Osvald était devenu indifférent à tout, et serait parti avec
son ami le jurisconsulte, si celui-ci s'était alors montré à la
Grand'ferme. Mais il ne laissait pas de voir, avec ses yeux
rougis par l'insomnie et les larmes, tout ce qui se passait, il
ne laissait pas d'entendre tout ce qui se disait autour de lui.

Devant la maison, le maire causait avec un autre paysan. Ils tournaient le dos à la porte, de façon qu'ils ne remarquèrent point le jeune comte. « Enfin, maire, disait le paysan, il faut en faire son deuil ; venez toujours au franc-siége ; car il faut que l'assemblée s'y tienne, même sans cela. » Le maire ne répondit d'abord que par un profond soupir ; puis il dit d'une voix si creuse, qu'elle semblait sortir du tombeau : « J'irai : mais je ne sais si nous pourrons nous passer de l'épée. » Le paysan s'éloigna, le maire se retourna, et Osvald vit que la figure de son vieil hôte était toute bouleversée. Le maire s'aperçut aussi de l'air défait du jeune homme. Tous deux se jetèrent l'un à l'autre un regard sombre et froid ; et chacun s'en alla de son côté ; le jeune comte à travers champs, le vieux paysan dans la maison. Tout en marchant Osvald se dit avec un sourire amer : « Ils se disposent à aller jouer leur comédie au franc-siége ; je veux m'en donner le spectacle. Que peut-on faire de mieux que d'observer des choses nouvelles ? »

Peu de temps après, dix à douze paysans se dirigèrent, par les différents sentiers de la colline, vers le franc-siége. C'étaient les plus riches propriétaires de fermes de la contrée. La physionomie de ces gens était sérieuse et solennelle. Ils ne pressaient point le pas, et quand ils venaient à se rencontrer, ils n'échangeaient entre eux aucune parole. Ces vieux francs-juges s'étaient encore endimanchés ce jour-là, et leurs grands chapeaux à larges bords leur donnaient un air important et plein de dignité. Le brouillard qui durait toujours couvrait toutes les démarches de ces mystérieux et taciturnes personnages.

Venus un à un au franc-siége, ils s'assirent en silence et sans se saluer sur les pierres disposées entre les ronces tout autour du creux ; la plus grande sous les trois vieux tilleuls resta vide : elle était réservée au franc-comte. Ils demeurèrent ainsi environ un quart d'heure, ne se disant rien, ne se regardant même pas, les yeux attachés sur le sol. Le vieux

paysan qui s'était entretenu avec le maire arriva le dernier :
c'était le *sergent*, de tous, après le propriétaire de la Grand'-
ferme, le plus au courant des us et coutumes des anciens. Il
se plaça en dehors du cercle, appuyé sur son bâton noueux,
l'œil fixé du côté de la Grand'ferme.

Au bout d'un quart d'heure, on aperçut dans cette direction le maire, le *franc-comte*, gravissant la colline en compagnie de son gendre ; il avait aussi revêtu ses habits de fête ;
mais il marchait tout courbé et soucieux. A quelque cent pas
du franc-siége il dit à son gendre de s'arrêter et de détourner la tête. Le sergent fit quelques pas au-devant du maire,
le conduisit jusqu'au cercle, et dit :

« Sire comte, avec votre permission et sous votre bon plaisir,
            Je vous demanderai :
        Dois-je, moi votre serviteur,
    Vous avancer le siége royal, suivant l'usage ? »

Le maire répondit :

        « Aussi longtemps que le soleil également
            Éclairera maîtres et serviteurs
                Et toutes nos œuvres,
            Je promets : de donner force au droit,
    D'asseoir mon siége sans l'incliner ni à droite ni à gauche,
                Et de donner juste mesure. »

Le sergent s'avança à travers le cercle vers la grosse
pierre des trois tilleuls, y porta la main comme s'il eût disposé un siége, plaça devant la pierre une petite mesure à
grains qu'il tira de dessous son habit, et, restant là debout,
il adressa, à haute voix, au maire, qui demeurait encore en
dehors du cercle, la formule suivante :

            « Sire comte, cher sire,
        Je vous convie sur votre honneur,
            Moi, votre serviteur,
            De me dire de vrai
            Si cette mesure est égale
            Pour le pauvre et le riche
            A mesurer terre et sable?
    Dites-le-moi, sur le salut de votre âme. »

Le maire répondit :

> « Je promets la justice, et défends l'injustice
> Sous toutes les peines de notre ancien droit. »

Il entra alors dans le cercle, se dirigea, sans saluer ses compagnons et sans en être salué, vers la pierre des tilleuls, s'assit, plaça ses pieds sur la mesure à grains; puis il se découvrit, exemple que suivirent les autres paysans. Ensuite il tira de la manche de son habit une hart faite de brins d'osier entrelacés, et la remit au sergent, qui la déposa devant le siège, sur une pierre en forme de table.

Les paysans chuchotaient entre eux; l'un élevant la voix demanda : « Nous voyons l'osier; mais où est l'épée? »

Le vieux franc-comte tressaillit, et le sergent répondit à sa place : « On n'a pas pu la trouver pour le moment.

— Voisins, » dit le maire d'une voix tremblante, « il est arrivé malheur à l'épée de Charlemagne; et si vous voulez, nous lèverons la séance et nous en retournerons chez nous.

— Non! s'écrièrent les paysans. Mais il est fâcheux que l'épée nous manque; car elle rappelle la croix sur laquelle Seigneur Christ a souffert. »

Il y eut un silence : tous paraissaient plongés dans de profondes réflexions; le vieux président eut peine à garder sa contenance. Il reprit cependant la parole, et se tournant vers le sergent :

> « Je te somme de me dire
> S'il y a ici de faux juges,
> Ou des gens qui ne savent point?
> Réponds en toute vérité. »

Le sergent regarda autour de lui, et répondit d'une voix forte :

> « Tous gens sachants et justes :
> Ni faux juges, ni juifs, ni serfs. »

Le maire alors s'adressant à l'assemblée :

« Est-ce le lieu et l'heure de siéger et juger suivant le droit du franc-siége et sous le ban du vrai roi romain? »

Les paysans répondirent; « Oui, » tout d'une voix; le maire poursuivit :

« Je vous engage donc à vous abstenir de tout mouvement d'humeur, de toute querelle et injure. Personne ne doit parler, sans y avoir été invité; personne quitter le tribunal, sans en avoir obtenu congé. Tandis, ajouta-t-il,

> « Tandis qu'en ce jour,
> Avec votre consentement à tous,
> En rase campagne,
> Sous la voûte du ciel,
> A la clarté du soleil,
> Non dans des antres ni dans des cavernes,
> Entre sept heures du matin et une heure de relevée,
> Est assemblé le libre et franc-tribunal,
> Où ne se montre aucun faux juge.
> Voyez! Tous sont arrivés sans avoir bu, la tête libre.
> Le siége royal et la mesure ont été trouvés justes :
> Dites donc le droit sans malice ni faveur,
> Tandis que luit le soleil. »

Les paysans dirent : « Nous le voulons. »

Le maire reprit :

« Qui donne au franc-juge autorité et droit? »

Les paysans murmurèrent sourdement :

« Main levée, preuve claire, bouche qui avoue. »

Là-dessus le sergent dit : « Sire comte, il y a là dehors un homme qui désire être admis à siéger et juger. »

Le maire s'adressa de nouveau à l'assemblée en ces termes: « Avez-vous pour agréable que mon gendre du Iurgenserb, homme libre, qui n'est serf de personne, de bonne fâme et renommée, sans tache ni reproche, soit ici, sur la terre rouge et sous le ciel, reçu à savoir, informé de nos secrets et signes de reconnaissance, suivant les rites établis en son temps par l'Empereur Charles? »

Les francs-juges répondirent : « Qu'ainsi soit. »

Le maire fit un signe au sergent; celui-ci alla chercher le gendre et l'amena. Le jeune paysan s'avança d'un air fier et content au milieu du cercle, où le plus grand honneur allait lui être conféré par ses pairs.

Le sergent lui donna quelques instructions : le jeune paysan découvrit son genou droit, s'agenouilla, le chapeau sur la tête, devant son beau-père, mit la main gauche sur la hart que lui présentait le sergent, et dans cette posture écouta les recommandations que lui adressa le maire, les exécrations qu'il prononça contre le parjure. La hart, lui fut-il dit entre autres choses, le devait faire souvenir de la corde qu'on met au cou des traîtres; le tilleul qu'il avait devant les yeux, de l'arbre où on les pend. La chair et le sang du parjure étaient maudits, son corps était voué aux corneilles, aux corbeaux, à tous les oiseaux, à tous les vents du ciel.

Le gendre entendit, sans sourciller, ces menaces et d'autres plus terribles encore. Le sergent lui fit ensuite répéter la formule du serment. Il jura de garder la vehme, de n'en révéler le secret

« Ni à homme, ni à femme,
Ni à village, ni à pâturage,
Ni à bois, ni à pierre,
Ni à grand, ni à petit,
Ni à animal,
A aucune œuvre de Dieu :
Si ce n'est à homme
Digne de garder la sainte vehme;
Et de ne violer son serment
Ni par haine, ni par amour,
Ni pour gage, ni pour habit,
Ni pour or, ni pour argent,
Ni pour aucune dette. »

Le serment prêté, le gendre voulut se relever; mais le sergent le força de rester à genoux, et lui dit avec humeur, oubliant le décorum : « Que diable! donnez-vous patience. Voilà un bel animal pour faire un franc-juge! Attendez qu'on vous donne le mot de reconnaissance.

— Le mot de reconnaissance? Bien, bien! Dites, » repartit le jeune paysan, que les exécrations et le serment avaient paru réjouir beaucoup.

Le gendre dut ôter son chapeau; le maire au contraire mit le sien et dit : « Les paroles de reconnaissance sont : *Bois, pierre, herbe, grain.*

— Très-bien, fit le récipiendaire, *Bois, pierre, herbe, grain :*·

voilà qui est facile à retenir. Mais que signifient ces mots :
Bois, *pierre*, *herbe*, *grain ?*

— Approche ton oreille tout près de ma bouche, répondit
le franc-comte. Je vais t'en apprendre le sens caché, que les
airs même ne doivent point entendre. »

Mais au moment où le gendre se penchait vers son beau-
père, le vieux sergent cria de toutes ses forces : « Arrêtez!
Le tribunal est violé : il y a par là quelqu'un qui nous es-
pionne ; je viens d'entendre distinctement du bruit.

— Eh oui, » dit Osvald en sortant de derrière le vieux
tilleul, et en riant d'un rire forcé, « je vous ai espionnés.
J'étais aux écoutes dans le creux de cet arbre. Pour la première fois que cela m'arrive, j'y trouvais si peu de plaisir,
que je me disposais à m'en aller. Ne m'en voulez point. Je
ne trahirai aucun de vos secrets. C'est comme si je n'avais
rien entendu. » — Il rentra dans la forêt et se perdit au milieu des arbres.

A l'apparition inattendue de ce témoin étranger, les
paysans demeurèrent d'abord sans voix, stupéfaits, pétrifiés ; ils le regardèrent s'enfoncer et disparaître dans la forêt.
Mais bientôt ils se levèrent furieux, les poings crispés, et se
répandirent contre l'indiscret en des torrents d'injures, d'imprécations et de menaces. « Est-il permis d'agir de la sorte
avec nous ? » criaient les uns. — « Non, non, » répondaient
les autres ; « qu'on l'assomme ! » — « Qu'on l'assomme ! »
répétèrent-ils tous. Ce cri de vengeance, renforcé d'une sorte
de hurlement, retentit d'une façon sinistre au milieu du
brouillard qui tombait sur la colline.... Il ne fut plus question
de reprendre la séance interrompue.

Le maire, pendant le tumulte, était resté muet, mais le visage aussi blanc qu'un linge. Profitant du moment de silence
qui succéda à ce cri forcené, il se leva et dit :

« Voisins, voulez-vous me laisser le soin d'arranger
l'affaire à votre satisfaction ?

— Oui, oui ! maire, répondirent les paysans. Surtout que
notre secret ne s'ébruite point.

— J'espère qu'il ne s'ébruitera point, repartit le maire avec
un sourire étrange.

« — Et comment vous y prendrez-vous? demandèrent les voisins.

— Je ne vous dirai que ceci, » dit le maire, et son sourire devenait de plus en plus singulier : « c'est que j'ai hérité de feu mon père un moyen infaillible, quand on l'applique à propos, de fermer la bouche aux gens sur quoi que ce soit.

— Oui, dit quelqu'un, je crois bien que vous connaissez quelque bon moyen comme ça; car il est de fait que personne n'a jamais causé de ce qu'il avait pu voir ou entendre à la Grand'ferme. »

Ils lui secouèrent la main, et se dispersèrent dans toutes les directions. Tout en descendant à grands pas la colline, ils continuaient d'exhaler leur ressentiment en sourds grognements et toutes sortes d'invectives et de malédictions.

Restés seuls sur la hauteur, les deux vieillards, le maire et le sergent, échangèrent les regards les plus extraordinaires. Le sergent, depuis le départ d'Osvald, avait d'un œil de faucon observé le visage de son *sire comte*.

Ces deux êtres se comprenaient, s'entendaient à merveille, sans avoir besoin de recourir à la parole.

Après un long silence, le sergent dit le premier :

« Voulez-vous me rendre un service de bon voisin, maire?

— Oui, s'il est en mon pouvoir, répondit le maire.

— Vous le pouvez aisément. J'aurais besoin d'aides pour abattre quelques arbres aux Noyers, et de faneuses pour mon regain du Pré-aux-Prêtres. Me permettez-vous d'emmener votre monde de la Grand'ferme, d'envoyer vos garçons aux Noyers, et vos filles au Pré-aux-Prêtres? Mais je vous préviens qu'il ne rentreront que sur le tard; car il y a beaucoup à faire.

— Emmenez-les tous, filles et garçons, et gardez-les jusqu'au soir, répondit le maire.

— Je m'offre en revanche à vous rendre aussi un petit service. Vous parliez l'autre jour de débarrasser votre vieux puits, derrière la grange. Je pourrai venir vous donner un coup de main pour enlever la paille qui en obstrue l'entrée.

— Vous me ferez grand plaisir, repartit le maire.

LES PAYSANS DE VESTPHALIE.   16

— Et où allez-vous de ce pas ? demanda le sergent.

— Devers les monts d'Holla, donner un coup d'œil à mes amandiers, » répondit le maire ; et, sans s'arrêter davantage, il prit un des sentiers qui traversaient les champs de blé. Le sergent le suivit quelque temps des yeux, et dit ensuite : « Que si maintenant on venait un jour à l'improviste vous faire des questions, on pourrait lever la main qu'il n'est allé ni à la Grand'ferme, ni dans la forêt, pour joindre ce gredin-là. » Là-dessus, il descendit le chemin de la Grand'ferme.

Le maire après avoir fait une centaine de pas se retourna, et entra dans la forêt, tout tremblant, pâle, hors de lui.

CHAPITRE X.

Comment le maire et le comte Osvald en vinrent aux mains, et qui les sépara.

Arrivé à la Grand'ferme, le sergent ordonna aux garçons de se rendre aux Noyers pour y abattre du bois, et aux servantes d'aller faner son foin du Pré-aux-Prêtres. Leur maître, leur dit-il, les lui prêtait pour la journée. Il leur recommanda de se munir d'un bon quignon de pain, promettant d'ailleurs de les bien régaler le soir en dédommagement du repas qu'il leur faisait manquer.

Les garçons et les servantes lui obéirent ; car le vieux sergent était le plus intime ami du maire, et, celui-ci absent, il était écouté à la Grand'ferme comme le maître lui-même.

Après que tout le monde, du moins il le croyait, se fut éloigné, il resta encore quelques minutes dans la maison déserte, et se dit avec satisfaction : « Rien n'empêchera plus ici que

justice ne soit faite. » Puis il se dirigea par la cour du côté des
écuries. Entre la grange et l'écurie des chevaux, il y avait
un étroit passage, encombré encore par des tas de gazons et
de fagots. Le sergent enleva ces obstacles, mais de façon à
pouvoir facilement remettre les choses comme elles étaient.
Il arriva par le passage à un petit réduit sombre de huit
pieds carrés à peine, dont lui et le maire seuls connaissaient
l'existence : là se trouvait le vieux puits, qui servait avant
la construction de la nouvelle grange; depuis trente ans le
terrain était bâti; et il ne restait que ce recoin, formé par un
angle du mur d'enceinte de la Grand'ferme et le derrière de
la grange.

Un grand sureau, qui tapissait ce mur, ombrageait l'endroit et y entretenait l'humidité. Des orties et autres mauvaises herbes y croissaient en abondance. Le sergent écarta
quelques-unes des plus hautes touffes d'orties, sans que ses
mains calleuses en sentissent les brûlures. Il chassa du pied
les nombreux crapauds accroupis sur les pierres humides,
enleva quelques planches moisies qui recouvraient le puits,
se pencha sur la basse margelle, et, ayant laissé tomber un
caillou au fond, put s'assurer au bruit qu'il y avait encore
de l'eau. Il plaça près du puits un certain nombre de grosses
pierres, et une corde qu'il tira de sa poche. Puis, s'aidant du
sureau, dont il arracha d'abord une feuille, il escalada lestement, malgré son âge, le mur d'enceinte. La feuille de sureau
lui servit à siffler un certain air tout en marchant, d'un air
de nonchalance, à travers les prés et les champs dans la direction de ses propriétés. Il se proposait d'aller d'abord visiter
les Noyers, puis le Pré-aux-Prêtres.

Lorsque le silence le plus profond régna à la Grand'ferme,
il se fit à la porte de la chambre, où se trouvait naguère
encore l'épée de Charlemagne, un léger bruit, un bruit si
léger, qu'il était évident que la personne qui levait le loquet
avait grand'peur d'être entendue. Bientôt on se glissa sur la
pointe des pieds le long de la galerie jusqu'à la chambre de
Lisbette, puis on s'arrêta comme pour écouter à la porte.
Au bout d'un instant, la porte fut ouverte un peu moins
timidement, et on marcha enfin franchement dans la

chambre, comme quelqu'un qui n'a plus de précautions à prendre.

Mais tout à coup, après plusieurs allées et venues, on fit un cri, on s'élança hors de la chambre en jetant vivement la porte derrière soi, on retraversa la galerie en trois sauts, et on s'enfuit dans la chambre de l'épée, dont la porte fut aussi refermée avec fracas.

Quelques minutes après, le maire et le jeune comte Osvald entraient dans la maison.

« De quelle manière souhaitez-vous que je m'engage à ne point trahir votre secret? » demandait Osvald à son vieil hôte. « J'ai volontiers consenti à vous suivre, quand vous m'en avez prié là-bas dans la forêt; mais maintenant expliquez-moi vite ce que vous voulez de moi.... Car, ajouta-t-il avec un soupir, je ne me plais plus chez vous, maire, et je suis forcé de partir.

— Je vous dirai là-haut ce que j'ai à vous dire, là-haut dans la grande chambre près de la galerie, » fit le maire d'une voix si pénible et si entrecoupée, qu'il semblait qu'il arrachât avec effort chaque parole de sa poitrine. Il fit passer son jeune hôte devant, et monta les marches d'un pas lourd qui fit gémir l'escalier.

Lorsqu'ils furent entrés dans la chambre, le maire ferma la porte au verrou, et jeta de côté son bel habit de fête. Puis il se redressa, et sa taille sembla grandir, comme le soir où au clair de lune il donna au chasseur, sur les mystères de l'épée, un avertissement si solennel! Il se mit à balancer ses bras comme pour en éprouver la vigueur.

Osvald ne put se défendre d'un sombre pressentiment, et dit d'une voix émue : « Qu'est-ce que cela signifie? »

Le vieux haussa ses épais sourcils, et répondit froidement :

« L'un de nous deux ne sortira pas vivant de cette chambre.

— Quoi! s'écria Osvald avec indignation, prétendez-vous m'assassiner ? Vous voulez assassiner votre hôte ?

— Nullement, dit le maire avec le plus grand calme. Tout se passera dans l'ordre. A cette heure, écoutez-moi, mon jeune monsieur, ... monsieur le comte ou prince, ou qui que vous soyez; car il se peut faire que je reste couché pour ne me plus relever, sur le plancher de cette chambre, et il m'importe que vous ayez et gardiez de moi une bonne opinion. L'homme peut endurer bien des maux ; mais il vient un moment où la mesure est comble, où il est poussé à bout. Je suis à bout, moi, monsieur, et je n'en puis mais. Mon âme est toute pleine d'amertume, et crie comme un cerf tourmenté par la soif. J'ai passé par trop de peines et de tribulations tous ces jours-ci, et le dernier coup est le pire. On m'a volé mon épée ! mon épée ! l'épée de Charlemagne ! Je ne suis plus que cendre et poussière quand j'y pense. Et puis, pour m'achever, vous venez surprendre notre secret, mon secret ! Ah ! monsieur, était-ce bien fait à vous ? Après avoir été logé pendant des semaines, toujours traité par moi le plus hon nêtement du monde ? Ce que vous avez vu et entendu vous ne l'allez certes pas garder pour vous. Tenez, vous nous avez fait une offense, une telle offense, que c'est pour moi comme si vous aviez outragé ma propre fille....

— Je jure, s'écria Osvald, de ne rien....

— De ne rien dire ? C'est là ce que voulez jurer, interrompit le maire. Vous le jurerez aujourd'hui, et l'oublierez demain. Je sais le cas qu'il faut faire de pareils serments. Celui qui a appris un secret aussi curieux ne pourra se tenir de le confier à son ami, à sa maîtresse, à une feuille de papier, ou aux vents du ciel : et les gens de là-bas, de Souabe, de l'Empire, en auront connaissance. Non, il n'y a que la mort qui ferme la bouche sur ces choses-là, et les vieux droits le disent expressément : qui a vu le franc-tribunal, sans avoir été reçu à savoir, celui-là doit mourir. Je vous hais, voyez-vous, comme personne au monde; car, que je vous le dise : cette nuit une vision m'a montré mon épée dans l'endroit où vous couchez; ainsi il est sûr pour moi que vous êtes aussi pour quelque chose là dedans; et non content encore, vous avez osé, osé ça !... ça !... ça ! »

Il s'arrêta quelques instants : la fureur lui coupait la respiration. Il reprit d'un ton ému :

« J'ai réfléchi à tout ceci là-haut au franc-siége : Seigneur, Seigneur, que faire? me suis-je dit. Le secret ne doit

pas sortir de la terre rouge. Mais enfin quel parti vas-tu
prendre? Le faire suivre par trois hommes qui le saisiront
au détour du chemin, le pendront haut et court, lui laisseront son or et son argent, et planteront leur couteau à
côté de lui dans l'écorce de l'arbre, suivant le droit du roi?
Non, tu ne le peux pas.... T'est-il permis de l'attirer dans ta
ferme et de l'assassiner traîtreusement, de te charger encore
d'une aussi abominable action, sur tes vieux jours? Fi! oh fi!
Mais tout à coup ç'a été comme un éclair en moi, et j'ai vu
quelle conduite j'avais à tenir; car je suis encore vigoureux : vous, vous êtes jeune et fort; et de la sorte la partie
est égale. Ainsi nous allons défendre notre vie, homme contre
homme, face à face. Que si je vous tue, votre tombeau sera
le vieux puits, et le secret restera sur la terre rouge; si c'est
vous qui me tuez, c'est que telle est la volonté de Dieu : de
toute façon c'est un vrai et loyal jugement de Dieu. Donc,
battons-nous; car je ne sais autre remède! »

Il saisit une cognée et l'enleva comme il eût fait d'une
plume; son air était terrible; on l'eût pris pour un compagnon de Vitikind, pour un des combattants de Detmold et
des bords de la Hase.

« Avez-vous perdu la raison, maire? s'écria Osvald. Je n'ai
peur de personne; mais avec quoi vais-je me défendre contre
vous, vieux forcené?

— Voilà là-bas une seconde cognée. Prenez-la, monsieur :
toute arme est bonne dans la main d'un homme; et c'est avec
celle-là qu'on s'attaquait dans les anciens temps.

— Je ne prendrai pas cette cognée : je ne suis pas un bou-
cher, un assommeur de bœufs, pour me battre ainsi avec
vous. Vous êtes en ce moment-ci aveuglé par le délire, ce
délire furieux de tout temps particulier à votre race. Mais
vous reviendrez à vous, et vous rougirez de vous être laissé
emporter contre moi à de pareils excès, pour d'absurdes momeries....

— Des momeries ! s'écria le vieux paysan d'une voix ton-
nante. Des momeries !» répéta-t-il, en frappant, du manche
de la cognée, le plancher avec une telle violence, qu'une
partie du plâtre se détacha du plafond. «Monsieur! monsieur!

je suis vieux et chenu, et ces momeries-là m'ont toujours
tenu au cœur; et avec ces momeries j'ai eu justice d'un brigand, de l'assassin de mon fils; et avec ces momeries je me
ferai suivre de mes pays comme d'un troupeau de moutons
partout où il me plaira de les mener; et avec ces momeries ils
me comprennent sans qu'il soit besoin d'un mot entre nous.
Ainsi ce peuvent bien être pour vous autres Souabes des momeries; mais pour moi et pour mes gens ce n'en sont point,
entendez-vous?... Et à cette heure, monsieur, je veux tirer satisfaction et vengeance de vous; je veux savoir nos secrets en
sûreté. Je jure par le Dieu vivant, que ce n'est point par
mauvaiseté que j'agis comme je fais; mais c'est un homme
en angoisse, au désespoir qui vous parle. Si vous savez un
autre moyen, dites-le...; mais il me faut justice, il me faut
une garantie, il me la faut, et je l'aurai, vous dis-je : aussi
vrai qu'il n'y a personne ici pour nous entendre que Dieu et
ces quatre murs blancs; car le sergent a emmené tout
mon monde; il n'y a âme vivante à la ferme, ni autre
bruit que les mugissements stupides du bétail dans les
étables. »

La grande toile tendue au fond de la chambre s'agita, et
une pâle figure de jeune fille se montra. « Vous vous trompez, maire, dit Lisbette tremblant de tout son corps, mais
d'une voix ferme. Dieu et ces murs muets ne vous ont pas
seuls entendu : moi aussi je vous ai entendu, et je viens
vous sauver de votre folie. C'est Dieu qui a voulu que je
fusse cachée là, afin de confondre vos sauvages pensées. Re-
noncez-y donc, revenez de cette colère aveugle. »

L'effet de cette apparition inattendue parut subitement
anéantir une fureur qui n'était après tout qu'un transport
de fièvre. Le vieillard laissa tomber la cognée, et, rentrant
en lui-même, il se sentit comme écrasé par la puissance de
cette jeune fille tremblante, mais qui savait parler avec
tant d'autorité : il sortit de la chambre la tête penchée, sans
rien dire.

Osvald, au comble de la surprise, partagé entre la joie et
la douleur, était tombé aux pieds de Lisbette. Il la revoyait;
mais qu'elle était changée, quel regard froid et sévère elle

avait jeté sur lui, pour détourner ensuite obstinément les yeux!

« Je te retrouve enfin, Lisbette, murmura-t-il timidement. Ah ! quel était donc ton projet?... Tu m'as sauvé la vie; car je crois bien que je n'aurais pas eu le dessus avec cet enragé vieillard.

— Vous ne me devez aucun remercîment, monsieur le comte ou monsieur le prince, pour parler comme le maire, répondit Lisbette. Ce que j'ai fait, je l'aurais fait pour tout étranger. » Elle voulait dire cela froidement, mais sa voix tremblait si fort, qu'elle eut comme un accent de colère.

Un amoureux, en pareil cas, prend tout à la lettre, est toujours la dupe des mots et du ton de voix. Osvald irrité, interdit se releva, s'éloigna d'elle, et dit sèchement :

« Il est donc vrai? Ainsi, après vingt-quatre heures je reçois mon congé?

— Je n'ai plus rien à vous dire, répondit Lisbette d'une voix à peine intelligible. Je vous prie de me laisser. J'allais me rendre à la ville chez M. le diacre, dont je viens de trouver un mot dans ma chambre et qui consent à me recevoir.

— Moi aussi, je voulais me rendre à la ville, dit-il en souriant d'un air glacé. Mais aux termes où nous en sommes, vous ne me permettrez sans doute point de vous accompagner?

— Je n'ai peur de rien, et ai accoutumé d'aller seule, répondit Lisbette. Du reste, je n'ai pas le droit de vous interdire le grand chemin qui est à vous comme à moi. » Elle sortit de la chambre. La pauvre enfant sentait fondre tout son courage : s'il l'eût suivie, il aurait pu entendre ses sanglots.

S'il lui avait demandé : « Qu'as-tu sur le cœur, Lisbette? Dis-le-moi ! Si énorme que soit mon crime, encore faut-il me l'apprendre. » Alors elle eût parlé, il aurait parlé lui aussi; et bientôt, sans doute, ils auraient ri de ces peines inutiles. Mais il ne songeait point à lui faire ces questions. Car ce sont là les injustices et l'orgueil de l'amour : souvent, quand il ne devrait soupçonner que quelque fatal malentendu, on le voit se plaire à maudire l'inconstance et la trahison.

En se voyant seul, Osvald serra les dents. « Cela n'est pas croyable ! s'écria-t-il. — Eh oui ! Mais cela est. » Il se heurta de rage le front contre la muraille : il souhaitait ardemment ressentir quelque violente douleur physique. Puis frappant sa poitrine, de nouveau oppressée, déchirée : « Et vous, vaisseaux gonflés, serpents rouges que je sens là, montez, montez toujours ; allons, qu'on vous voie ! » Il saisit la cognée dont le vieux paysan avait voulu le contraindre de s'armer, et la lança avec tant de force contre un bahut, que le tranchant entra profondément dans le bois.

A quelque bruit qu'il crut entendre au dehors, il devina que la jeune fille s'éloignait. Bien que Lisbette ne fût plus sienne, il lui semblait que toute vie s'en allât avec elle de la Grand'ferme. « Sortons de ce tombeau ! » s'écria-t-il en s'élançant sur les pas de Lisbette. Elle s'était arrêtée un instant sur le seuil, son petit paquet sous le bras, et tressaillit en voyant venir Osvald. Il voulut lui prendre son paquet : elle s'y refusa d'un geste muet. Elle se mit en marche, et Osvald prit le même chemin, laissant entre elle et lui un intervalle de plusieurs pas. C'est ainsi, redevenus étrangers l'un à l'autre et se fuyant, qu'ils quittèrent la Grand'ferme, où pour eux avaient coulé tant d'heures si pleines : pleines de douceur ou d'amertume.

CHAPITRE XI.

En guerre.

Jamais dans une maison remplie de deuil il ne manque de se trouver quelqu'un qui a l'art de pleurer d'une façon si risible qu'il risque d'y être un vrai trouble-douleur, d'exciter dans les plus contrits comme un secret mouvement d'hilarité. — Le plus respectable, le plus imposant des pères, au moment où il adresse à sa fille déjà grande les conseils les plus sages et les mieux exprimés, fera bien de prendre garde que, dans la chaleur de l'action, quelque pointe de cravate ou quelque mèche bizarre, se mettant aussi de la partie, ne dérange toute la dignité de son air et ne compromette tout le sérieux de ses exhortations.—Des hommes graves du plus grand mérite ont eu souvent ce malheur que tel de leurs actes et des plus solennels a paru grotesque, grâce au zèle maladroit de quelqu'un de leurs partisans. — Je sais (pour revenir à mon premier propos), je sais ce trait que toute une famille, plongée par la perte d'un parent chéri dans la plus profonde douleur, se trouvant le jour même de l'enterrement réunie autour d'une table du salon : tout à coup, un rire, dont tous souffrirent, mais un rire irrésistible éclata, uniquement parce que quelqu'un et précisément le plus inconsolable s'avisa, au plus fort de ses larmes, de tirer tout doucement de sa poche un bonnet de coton et, s'en étant coiffé, continua à sangloter de tout son cœur. En soi, cette action était naturelle, raisonnable : il s'agissait de se préserver d'un rhume de cerveau dont on sentait l'approche; et cependant elle provoqua cet accès de gaieté malséante! C'est qu'enfin un casque à mèche est un

de ces objets dont la vue triomphe de la plus imperturbable
gravité.

L'esprit malin, qui se fait ainsi un jeu de nous troubler
dans les circonstances les plus lugubres ou les plus solennelles de la vie, s'était plu à ramener le sacristain dans le
voisinage de la Grand'ferme. Cet homme était venu chercher
la part de vivres qu'on lui réservait aux noces : l'ayant
trouvée toute prête à emporter, il n'avait pas fait long séjour
à la ferme. Il s'en revenait tout doucettement, en compagnie
de sa servante chargée du panier, précédant sur le chemin
de la ville notre couple affligé. Le brouillard s'était dissipé
enfin, le soleil brillait au ciel : c'était une agréable et sereine
journée, bien qu'un peu fraîche. Comme par une inspiration
de ce beau temps, l'idée était venue au sacristain de faire en
plein air et tout à son aise un bon petit festin bien complet,
lui à qui la peur avait à peine permis, le jour de la noce, de
manger le quart de son soûl. Il se flattait enfin, comme nous
l'apprendrons plus tard, de réaliser l'un de ses trois vœux les
plus chers, ce dernier vœu dont il lui restait à entretenir le
conducteur quand leur paisible causerie fut interrompue
d'une façon si fâcheuse.

Il cheminait donc tout occupé de cette agréable pensée. Le
panier, fort pesant, ralentissait la marche de la servante. En
conséquence, il lui donna rendez-vous dans une petite maisonnette appelée l'ancien magasin aux pompes, qui se trouvait à mi-chemin, et prit lui-même les devants d'un bon pas,
car il se proposait d'entrer en passant dans une maison isolée où il avait affaire.

Mais la servante avait à peine perdu son maître de vue,
qu'elle fut accostée par un autre piéton, le maître d'école
Aghesel. Elle avait bien ouï dire quelque chose des fantai-
sies du magister, mais c'était une des personnes les plus
intrépides de son sexe et elle n'eut pas la moindre peur; elle
fut fort aise au contraire d'avoir quelqu'un avec qui causer
le long du chemin. Le maître d'école de son côté fut ravi de
la rencontre, car il cherchait précisément à joindre le sacristain, non qu'il lui gardât rancune et lui voulût le moindre
mal, mais il avait à cœur de convaincre du complet rétablis-

sement de ses facultés mentales celui qui le contestait encore. Il amena tout d'abord la conversation sur ce sujet, et après quelques autres propos:

« C'est, dit-il, une chose qui me fera un tort énorme dans la paysannerie, qui finira par me perdre, m'ôter mon pain, si votre maître s'en va partout me décrier, me noircir auprès des gens, lui sacristain et même à moitié mon collègue! Il faut absolument que je trouve moyen de lui prouver que je jouis d'une parfaite santé de corps et d'esprit.

— Naturellement, fit la servante : si quelqu'un.... une supposition, m'appelait voleuse, il faudrait bien pouvoir lui signifier comme quoi je n'en suis pas une.

— Eh bien, reprit vivement le maître d'école, il faut que ce soit pas plus tard qu'aujourd'hui : je ne trouverai jamais meilleure occasion.

— Comment cela? demanda la servante.

— Si j'essaye de l'aborder à la ville ou dans la campagne, il jouera des jambes du plus loin qu'il m'avisera. Mais vous me dites qu'il se propose de dîner à la vieille maisonnette : eh bien, en me montrant subitement à l'entrée je suis sûr de le tenir et de lui faire écouter jusqu'au bout mes raisons; car il serait contre l'instinct de la peur qu'il eût l'idée de se jeter sur moi pour forcer le passage et gagner au large. »

La servante réfléchit un instant et dit ensuite :

« Il n'y a qu'une chose à craindre.

— Quelle? demanda le maître d'école.

— C'est qu'il ne vous échappe de l'autre côté au travers d'un panneau. Car la maisonnette est toute vieille et caduque, il y a partout de gros trous dans le torchis, et, si mon maître prend peur et fonce sur un de ces trous, je ne réponds pas qu'il ne perce tout le mur; car, quand il est dans ses transes, il n'y a pas à badiner avec lui.

— Alors, ma chère, faites-moi un plaisir, dit le maître d'école.

— Et lequel? demanda la servante.

— Placez-vous devant le gros trou du fond et appuyez-vous contre le mur : nous serons du moins sûr qu'il ne disparaîtra point par là, car vous êtes une robuste gaillarde et il n'y a pas d'apparence qu'il vous renverse.

« — Volontiers, répondit la servante, car il faut aider son prochain quand on le peut. »

Ce plan ingénieux concerté entre le maître d'école et la servante, restait à fixer le moment de l'exécution. Il fut convenu que la servante irait devant, et que le maître d'école se cacherait près de la maisonnette; un signal lui apprendrait quand il serait temps de se montrer et d'essayer l'effet de quelques bonnes paroles pour faire revenir son collègue de ses préventions. Cela dit, ils se séparèrent.

La route demeura quelque temps tout à fait tranquille et déserte. Mais bientôt, du milieu des champs qui la bordaient, de chaque côté il s'éleva çà et là toutes sortes de bruits et de clameurs. Les jeunes garçons qui avaient été de noce, s'étaient encore rendus dans un cabaret pour y boire un dernier coup avant de se quitter; car une fête et tout ce qui s'ensuit a beau être passée, le paysan ne se décide toujours point à la clore définitivement. Or, à l'auberge, la nouvelle avait circulé que le jeune étranger avait fait quelque chose qui n'était pas bien. Ce que c'était, là-dessus les rapports ne s'accordaient point ou même se taisaient. Suivant les uns, il avait soustrait l'épée; au dire des autres, il avait manqué au maire; d'autres, qui approchaient davantage de la vérité, contaient qu'Osvald avait troublé l'assemblée du franc-siége. Mais enfin on leur disait qu'on avait à se plaindre d'un étranger, et ce bruit, si vague qu'il fût, suffisait pour monter tout à fait ces têtes déjà échauffées. La plupart avaient encore leurs fusils et quelques-uns de ces fusils étaient chargés. La poudre d'ailleurs ne leur manquait pas. Ainsi armés, après force rasades, ces jeunes gens se mirent à courir par la campagne, sans plan d'attaque bien arrêté, mais dans un état d'exaltation fort dangereux à provoquer.

Ils allaient en tumulte, déchargeant, rechargeant leurs fusils, criant à tue-tête. C'est au milieu de ces bandes de quatre ou cinq, qui de plus ou moins près longeaient la route, que vint à tomber notre malheureux couple. Lisbette avait pris la gauche, Osvald la droite; il y avait entre elle et lui toute la largeur du chemin. Ils continuèrent de marcher droit devant eux, sans se rapprocher jamais d'un pas, sans laisser

voir le moindre trouble, malgré les gestes menaçants, les
coups de feu, et même le sifflement de quelques balles qui
leur apprit quel hasard ils couraient. Seulement chaque fois
qu'une troupe de ces tapageurs se montrait du côté de Lisbette ou que partait un coup de fusil, Osvald attachait sur
elle un regard d'inquiétude; puis, voyant qu'elle poursuivait
tranquillement son chemin sans paraître avoir besoin de son
assistance en ce danger, il détournait les yeux d'un air de
colère et de douleur.

Il y avait environ une demi-heure qu'ils s'avançaient ainsi
au milieu des cris et des décharges (et il faut bien croire que
le ciel veillait sur leurs têtes et empêcha qu'aucun de ces fusils, ajustés par des gens ivres, ne prît une direction fatale),
quand Osvald aperçut à une certaine distance devant lui, sous
quelques arbres, un gros de paysans : ils étaient au moins
une vingtaine et tous armés. Il était clair que c'était lui
qu'attendaient ces gens dont il entendait déjà de loin les
voix sauvages et fanfaronnes. Il eut peur, non pour lui, mais
pour Lisbette, se demandant comment il pourrait la faire
passer sans danger devant cette espèce d'embuscade. Dans
cette perplexité, une idée lui vint, et comme après une courte
délibération, aucune autre, meilleure, ne s'offrait à son esprit, il résolut de l'exécuter.

Il pressa le pas et s'avança hardiment vers le groupe. Devant, se tenait un jeune et long gaillard en sarrau bleu,
brandissant son fusil d'un air de menace et qui lui parut être
une manière de chef. C'est à celui-ci qu'il résolut de s'adresser, comptant user d'un stratagème fondé sur la vieille
maxime : *Diviser pour dominer*.

Il aborda donc cet homme avec toute la politesse dont il
était capable en ce moment et le pria de venir avec lui à l'é-
cart. « J'ai, lui dit-il, absolument besoin de vous parler, à
vous seul. »

L'autre interrogea de l'œil ses camarades, et se décida à
suivre Osvald.

« Vous paraissez ne pas vouloir me laisser passer, lui dit
Osvald, de façon à ne pouvoir être entendu des autres. Ils
barraient en effet le chemin.

— Oui, répondit le gars, car vous avez fait quelque chose qui n'est pas bien.

— C'est vrai, repartit Osvald, et j'en ai vraiment regret; mais encore peut-on s'expliquer, et c'est là-dessus que je veux vous dire deux mots, en particulier; car je vois bien qu'il n'y a que vous qui ne soyez pas gris et à qui on puisse faire entendre raison.

— Comme vous dites, fit le long gaillard en chancelant. Eh bien, voyons vos deux mots : deux mots, ça doit toujours s'écouter, surtout quand on vous parle de bon sens.

— Vous voyez bien cette jeune fille? dit Osvald.

— Je la vois, répondit le paysan.

— Eh bien! j'ai promis à cette jeune fille de l'accompagner un bout de chemin : vous ne pouvez rien avoir là contre.

— Non, on ne peut rien avoir là contre, dit le paysan.

— Laissez-moi donc l'accompagner jusqu'où je lui ai promis, et puis je reviendrai immédiatement vous retrouver ici, à cette place, pour régler mon affaire avec vous.... C'est ce qu'il faut à cette heure que vous fassiez comprendre aux autres, car vous êtes le seul de toute la bande qui ayez bien toute votre tête. »

Le long paysan, qui avait encore tout juste assez de conception pour qu'on le pût prendre par la vanité, se tourna fièrement vers ses camarades, et leur cria d'un ton d'autorité :

« Faites place à ce monsieur!

— Ne voilà-t-il pas! Qu'est-ce à dire? répondirent-ils en chœur. Te moques-tu de nous?

— Place, dis-je, tas d'ivrognes! cria encore plus haut le seul homme raisonnable de la compagnie.

— Ivrogne toi-même! crièrent les autres.

— M'est avis, dit l'un, que la brute a avalé de la graine de fou.

— Je vas t'envoyer cette graine-là à la tête, » repartit le long gaillard en lâchant son coup de fusil, en l'air à la vérité; mais cette détonation fut le signal d'une longue batterie. Car les uns se précipitèrent sur celui qui avait tiré, non sans en renverser d'autres, qui, furieux à leur tour et incapables, dans l'état où ils étaient, de distinguer qui les avait portés par terre, s'en prenaient aux plus innocents, à ceux qui s'étaient le plus prudemment tenus à l'écart : si bien que bientôt chacun, sans savoir comment, se trouva avoir un adversaire en tête. La mêlée devint générale; les coups de pied, les coups de poing, les soufflets pleuvaient dru comme grêle; les coups de feu allaient leur train, mais heureusement qu'il n'y avait là que de la poudre dans les canons; bref, ce fut une scène furieuse et sanglante (car déjà plus d'un nez était en compote), qui de la route s'étendit jusque dans les champs de blé, parce que les plus faibles opérèrent leur retraite dans cette direction, calculant qu'il serait toujours moins dur d'avoir le dessous en tombant sur les tas de gerbes.

Lorsque Osvald vit que sa ruse avait réussi au delà de ses espérances, et que la place était libre, il fit signe à Lisbette qui s'était arrêtée fort inquiète à une certaine distance. Elle passa timidement et sans détourner la tête; quand elle fut à une centaine de pas du champ de bataille, elle attendit son protecteur.

« J'ai fort à vous remercier du service que vous venez de me rendre, dit-elle quand Osvald l'eut rejointe.

— Pas le moins du monde, répondit-il : je l'eusse naturellement rendu à toute femme avec qui j'aurais fait route. »

Lisbette s'éloigna de lui, lui d'elle, et tous deux se remirent à cheminer comme auparavant.

L'ancien magasin aux pompes se trouvait à une demi-lieue plus loin. Deux paysanneries s'étaient autrefois disputé la possession de cette bicoque: pendant le débat, elle avait eu tout le temps de tomber en ruine; et les deux communes avaient dû se faire bâtir de nouveaux magasins. A travers le toit à jour de la masure, on pouvait voir passer les nuages du ciel, et entrant par la baie de la porte, le vent de la campagne ressortait par les trous du mur en terre glaise. C'est là, dans cette aérienne maisonnette, que le sacristain avait fait halte sur le midi, afin d'y prendre agréablement son repas, un repas comme il en rêvait un depuis longtemps. Il était assis sur une vieille pièce de bois, qui de fortune s'était trouvée là; devant lui était étendue une serviette, sur laquelle la servante mit du pain et de la viande; elle y plaça même une bouteille de vin, qu'il avait bien fallu, à la Grand'ferme, accorder aux instances de son maître, d'un homme alléguant que le jour des noces son saisissement, ses appréhensions continuelles lui avaient fait perdre le boire aussi bien que le manger. Le sacristain ordonna et suivit avec un grave sourire tous les apprêts de ce dîner champêtre. Il paraissait jouir des gros yeux ébaubis de la servante, qui, habituée à voir son maître, quand il faisait quelque collation en plein air, tirer tout bonnement un morceau de pain de sa poche, ne comprenait pas pourquoi il y fallait tant de cérémonie ce jour-là.

Quand tout fut prêt, et que la servante lui eut versé un plein verre de vin (car un verre avait aussi été emprunté à la Grand'ferme), le sacristain coupa un morceau de pain et un morceau de viande pour sa servante; puis il lui demanda, avant de donner lui-même son premier coup de dent, ce qu'elle pensait de toute cette installation.

« Eh! que voulez-vous que j'en pense, répondit la servante. Je pense qu'il y a comme ça de drôles d'idées qui passent quelquefois par la tête: ça vous arrive comme le vent.

— Ce qui, vraisemblablement, te suggère cette pensée, Gudule, c'est que nous sommes ici un peu logés aux quatre vents; et il faut avouer que le courant d'air pourrait être moins fort.... Non, Gudule, poursuivit le sacristain se mettant sur son beau-dire, ce n'est point par un caprice bizarre que j'ai voulu m'établir ici, en bon air, devant une table convenablement servie. Il y a des années que je me promettais, sans avoir jamais pu saisir d'occasion favorable, de me donner une fois le plaisir d'un jour de noce, mais sans mélange, mais sans la contrainte que m'impose mon état. Plus d'un peut-être qui rôde autour de la maison nuptiale envie le sort du sacristain, s'imaginant que parce qu'il est à portée des plats, qu'il est des premiers à qui l'on offre de tout, il n'a qu'à se bien bourrer. Mais, dans ce jugement superficiel, il oublie de quel lourd fardeau m'accable mon ministère. Non, personne n'a plus de mal, un jour de noce, que le sacristain. Car, d'abord, il lui faut chanter, puis prier; puis, à table, il

doit avoir l'œil à tout, il est tenu de placer à propos quelque
agréable et décente plaisanterie, et de rabattre la gaieté de ceux
qui s'émancipent trop, et de réveiller ceux qui sont trop bonnet de nuit. Absorbé qu'il est par les devoirs de sa charge,
un sacristain, à la vérité, fait de son mieux honneur au repas;
mais quoi! c'est encore un devoir, et, se sentant toujours dans
l'exercice de ses fonctions, il avale, sans bien goûter ni ce qu'il
boit, ni ce qu'il mange. Aussi, je puis bien dire que des cent
et des cent noces auxquelles j'ai assisté, il m'est resté peu
d'agréables souvenirs. Au contraire, il doit y avoir, j'en suis
intimement convaincu, une douceur infinie à pouvoir, dans
une entière quiétude d'esprit et tout en élevant à Dieu, le dis-
pensateur de tout bien, un cœur reconnaissant, s'asseoir à la
table des noces, s'y délecter à la vue de l'abondance qui y
règne, apaiser sa faim, étancher sa soif, jouir, mais en même
temps songer à la circonstance solennelle qui vous vaut cette
jouissance, à ce jour béni où se conclut une alliance fondée
par Dieu même. Oui, il y a longtemps que je voudrais connaître ce bonheur, cette béatitude qui doit résulter de la satisfaction du goût et de l'édification de l'âme. Mais, je le répète, à aucun repas de noce il ne m'a été donné de réaliser
ce rêve. Quand enfin, avant-hier, à la Grand'ferme, la frayeur
bien naturelle que me donnait la présence de ce furieux,
m'empêcha complétement de contenter ma faim et ma soif....
je reconnus tout à coup le doigt de Dieu : je résolus aussitôt
de faire aujourd'hui, en mon particulier, ce repas de noce
complémentaire, où j'espère, grâce à mes souvenirs tout frais
encore du sermon, des cantiques, de l'orgue, de la cérémonie
sainte, libre du joug de ma charge et de mon rang, sous le
ciel du bon Dieu (car je compte pour rien ce méchant toit),
j'espère savourer enfin cette double félicité, dont tout en
parlant j'ai déjà comme un avant-goût.... Que si tu me de-
mandais, Gudule, pourquoi je ne fais point ce repas au logis,
ce serait là une oiseuse question. Car, sans compter que le
chœur des écoliers doit venir chanter à ma porte aujourd'hui
et me présenter la tirelire, ce qui me troublerait tout à fait
dans mes réflexions : entre mes quatre murs et en écoutant
la conversation de ma femme, je ne me sens aucune imagi-

nation, et ce banquet des noces ne serait, chez moi, qu'un dîner ordinaire. »

La grosse servante n'avait que peu ou point compris tout ce long discours de son maître. Elle ne songeait qu'au maître d'école, et demanda tout à coup au sacristain :

« Préféreriez-vous causer avec quelqu'un avant ou après manger, monsieur ?

— J'ignore pourquoi tu me fais cette question, Gudule, répondit le sacristain sans défiance. Mais enfin, puisque tu me demandes cela, je te répondrai qu'après dîner je ne cause volontiers avec personne : comme tu sais, j'aime à faire la sieste.

— Oui ? Pour lors, je m'en vais aussi manger mon pain et ma viande là dehors, » répondit la servante sans la moindre liaison logique.

Elle sortit de la maisonnette, s'appuya contre le mur lézardé, et fit signe au maître d'école qui était à son poste.

Le maître d'école s'approcha en tapinois. Lui aussi avait préparé un discours presque aussi long que celui du sacristain. Il commençait ainsi : « Monsieur mon confrère, il est temps de revenir de votre trop longue erreur. L'homme doit reconnaître l'homme pour ce qu'il est : c'est là un devoir d'homme. Un homme ne doit jamais rougir de renoncer à une erreur, dès qu'il l'a reconnue. Lisez donc dans le cœur d'un homme qui n'est pas, j'ose le dire, indigne de votre amitié, ne refusez pas d'ouvrir les bras à un homme qui ne connaît pas de plus ardent désir que de vous presser sur son cœur. » Après cet exorde destiné à émouvoir la sensibilité, il se proposait, par une lumineuse argumentation, d'agir sur la raison de celui qui niait encore la sienne.

Tout en repassant en lui-même son exorde, il se glissa jusqu'à la maisonnette, où l'autre, qui, en s'écoutant parler, s'était peu à peu exalté jusqu'à une sorte de pieuse ivresse, allait porter le premier morceau à sa bouche. A ce moment, le sacristain entendit derrière le mur, près de la porte, une voix douce, flûtée, qui disait (car le maître d'école voulait graduellement préparer son entrée) :

« Monsieur mon confrère, revenez, revenez enfin d'une trop longue erreur.... »

Au son de cette voix trop connue, tout le sang du sacristain se figea comme une gelée dans ses veines ; il demeura immobile, sa fourchette toute garnie en l'air, la bouche ouverte et vide, derechef tantalisé ! Cependant, une faible lueur d'espérance s'était glissée dans un recoin de son cœur.

« Non, murmura-t-il, cela n'est pas possible ; je suis le jouet d'une illusion : le Seigneur ne voudra pas te punir si durement. »

Mais l'horrible fantôme apparut sur le seuil de la porte ; la harpie qui venait encore une fois souiller la table du festin, la tête de la Gorgone s'était montrée : le fou, Aghesel était là devant ses yeux, un gros bâton à la main ! Le sacristain saute en l'air, lance son assiette à la tête de son persécuteur et court, en poussant des cris désespérés, vers le fond de la maisonnette, où, collé et ruant contre le mur de glaise, il suit avec des yeux hagards, qui sortent presque de leurs orbites, tous les mouvements du maître d'école. Aghesel, offensé d'un procédé si déraisonnable, exaspéré d'avoir reçu une assiette à la tête, perdit toute patience.

« Ah ! animal, tu ne veux pas écouter mes raisons ! Eh bien ! tu vas tâter de celle-ci ! »

Et il s'élança dans la maisonnette en brandissant son gourdin. Il allait, pour châtier l'autre de l'avoir traité de furieux, tomber dessus en vrai furieux, si le désespoir n'avait sauvé le sacristain. Il avait d'abord crié : maintenant il rugissait. Tout en rugissant, il passa par derrière la main dans une des crevasses, et saisit par ses tresses la puissante servante qui arc-boutait de son mieux le mur de glaise. La malheureuse, souffrant horriblement et ne songeant plus qu'à faire lâcher prise au poing crispé du sacristain (car, ayant senti un être humain, compatissant, il se cramponnait à son chignon comme un noyé à une dernière touffe d'herbe), elle cessa de soutenir le panneau de son corps, attira au contraire à elle son maître de toutes ses forces, et seconda ainsi la pression que celui-ci exerçait du dedans. La vieille cloison de glaise devait nécessairement céder. Elle s'éboula, et le malencontreux sacristain tomba dehors, couvert de la tête aux pieds d'une affreuse poussière jaune, mais n'ayant reçu du maître d'école qu'un coup sur le nez. La servante alors, moyennant une poignée de cheveux qu'elle laissa dans la main de son maître, ayant réussi à se dégager, se sauva à toutes jambes. Le sacristain se ramassa tout piteux, saignant du nez, et courut après elle. Quant au maître d'école, dont les pacifiques avances avaient été si mal reçues, saisi comme Ajax d'un accès d'aveugle frénésie, il assouvit sa rage sur l'innocent dîner de l'ennemi qui lui échappait. Il déchira la serviette et en foula les lambeaux sous ses pieds; il brisa contre une pierre la bouteille de vin, jeta aux quatre coins de l'horizon pain, viande, poulets, œufs, sel, gâteau : se démena enfin comme il n'eût pu mieux faire s'il avait voulu donner raison à la calomnie.

Ainsi furent amèrement déçues les gastronomiques aspirations du sacristain, et punie son incroyable couardise.

CHAPITRE XII.

Résurrection.

Mais cette absurde scène amena ailleurs un effet tragique.

Lisbette était arrivée en face de la maisonnette au moment où partirent de l'intérieur les affreux rugissements du sacristain. Ce que n'avaient pu les clameurs menaçantes et les coups de feu des paysans, les cris de détresse de la lâcheté le firent : elle en fut épouvantée et courut, comme poussée par un secret instinct, se jeter tout éperdue dans les bras d'Osvald qui s'ouvrirent pour la recevoir. Il sentit de nouveau sa bien-aimée sur son cœur; la frayeur seule la lui ramenait, et cependant l'émotion fut trop forte : cette secousse déchaîna en lui les démons qui depuis deux jours cherchaient à s'échapper de leur prison. Son ancien mal, dont la douleur, l'angoisse, la colère, la fatigue, l'excès même de la joie en son jour d'amoureuse ivresse, avaient préparé l'explosion, son ancien mal revenait plus terrible.

Il jeta un cri en pressant ses mains contre sa poitrine. Un second cri lui échappa, et repoussant Lisbette : « Je m'y attendais : mon sang, le voilà ! » dit-il d'une voix étouffée. Un flot de sang jaillit de ses lèvres. Il chancela et tomba sur le gazon. « Mon Dieu, j'étouffe..., » furent ses derniers mots; car un second accès de ce mal funeste lui coupa la parole. Son visage avait la pâleur de la mort.

Tout d'abord, se sentant repoussée, Lisbette avait tressailli. Mais que dire de sa terreur, lorsqu'elle vit couler le sang de son bien-aimé? Oui, de son bien-aimé! Ces gémissements, ce sang, cette pâleur mortelle le lui avaient aussitôt rendu. Le fourbe, le menteur était oublié : son fiancé expirant était seul étendu devant elle. « Osvald ! » s'écria-t-elle avec un accent déchirant où éclataient à la fois sa tendresse, son effroi, sa douleur; elle se précipita à côté de lui et elle attacha un long regard, où se peignait la plus mortelle angoisse, sur les yeux fatigués et éteints de son amant. Pleurant et sanglotant, elle posa ses doigts sur les lèvres d'Osvald, comme si elle avait pu arrêter le sang qui s'échappait encore par moments, bien qu'avec moins de violence, des profondeurs de cette poitrine blessée. Pour la première fois les mains, les habits de cette délicate jeune fille étaient ainsi souillés; mais que lui importait! « Dieu, Dieu! » répétait-elle avec impétuosité; car la malheureuse enfant ne savait sur terre, si Dieu ne l'écoutait, quel secours implorer. Elle était involontairement tombée sur les genoux, et, se rejetant en arrière, elle en fit un appui pour la tête du malade. Il était étendu sur le dos, les yeux fermés, les joues sans couleur. Ses bras glacés pendaient languissamment dans l'herbe, tout émaillée, comme par une dérision de la nature, de charmants myosotis. Lisbette l'entourait de ses bras, et, autant qu'il lui était possible de se pencher sur lui, interrogeait tristement le visage d'Osvald. Ainsi reposait-il, tout à fait embrassé par elle, la tête sur ce cœur qu'agitaient les chastes inquiétudes de l'amour. Elle ne savait comment adoucir ses souffrances. Elle lui demanda en sanglotant s'il était bien ainsi; et puis le supplia à l'instant de ne pas répondre, parce qu'il ne fallait point qu'il parlât.

Au milieu de sa détresse, de son désespoir, un ardent désir la pressait de s'entendre avec Osvald, de lui ouvrir son cœur :

« Hélas, dit-elle d'une voix entrecoupée, mon Osvald, pardonne-moi et comprends que tu ne dois pas mourir ! Oh ! mon Dieu, il ne faut pas que tu meures, non, car que deviendrais-je si tu mourais?

« N'est-ce pas, Osvald, que tu ne mourras point, tu ne me feras pas ce chagrin? Ah! pourrais-tu donc me reprocher de vouloir rester honnête fille? Vois-tu, mon Osvald, je ne pouvais devenir que ta femme, ta femme pure et sans reproche ! Car si j'avais été la complice de tes mauvais desseins, Osvald, j'aurais aussi été coupable envers toi, j'aurais consenti à ce que tu devinsses un malhonnête homme; et cela n'est pas permis à celle qui aime. Prodiguer des caresses et des baisers, ce n'est pas là aimer, non; mais vouloir que la vie de ce qu'on aime demeure innocente, sans tache et sans remords : voilà aimer. C'est ainsi que je t'aime, mon Osvald, autant que fille peut aimer, oui, bien vrai. Et je n'ai pas un instant cessé de t'aimer, je le sens bien, tout en te fuyant. Que si tu devais mourir à l'instant, Osvald, et qu'il fût en mon pouvoir de te sauver au prix d'une mauvaise action, je n'y consentirais point, je te le dis; car je pourrais encore supporter mon déshonneur, mais le tien, oh! non. Ton honneur m'est plus cher que le mien. Et il faut aussi, Osvald, que tu me pardonnes d'avoir refusé d'être ton amie comme tu l'entendais, et je ne sais pas du tout comment cette vilaine pensée a pu se glisser dans ton cœur qui est si bon. Jamais non plus je n'aurais consenti à t'en soupçonner; mais tu avais menti, Osvald, et le mensonge est le sceau de tous les vices. Celui qui dissimule a quelque chose de mal à cacher, et celui qui a le courage de mentir à sa bien-aimée ne songe pas en toute sincérité à en faire sa femme. Aussi j'ai ajouté foi aux paroles du vieux paysan, et j'avais la mort dans l'âme d'être forcée d'y croire. Mais maintenant je te pardonne tout, Osvald, oui tout et du fond du cœur. Quand tu seras guéri, nous nous quitterons, nous nous dirons un adieu fraternel.... Ah ! comment as-tu pu m'affliger ainsi ? Quand je te regarde, il m'est encore impossible de me le persuader.... Mais je ne t'en veux pas, ne m'en veux pas non plus ! Avec quelle joie j'aurais consenti à devenir ta comtesse ; et puis, tu étais bien le maître de me repousser trois jours après nos noces ; mais j'aurais reposé sur ton cœur, et j'y aurais reposé sans honte, Osvald ! »

L'âme de la jeune fille s'épanchait tout entière en ce babil, souvent interrompu par ses soupirs, ses sanglots, et les questions inquiètes qu'elle lui adressait sur son état.

Mais, Osvald, que vous en dirai-je ? Il était heureux. Il écoutait, il devinait, il achevait la pensée de sa bien-aimée ; une douce certitude, comme un baume divin, calmait les douleurs de sa poitrine déchirée. Il savait maintenant qu'il ne pouvait accuser que la calomnie ; que l'âme la plus pure, la plus délicate, n'avait un instant cessé de lui appartenir. Un sourire de bonheur vint errer sur ses joues ; ses yeux s'ouvrirent tout brillants de pleurs de joie. A travers ses larmes, il entrevoyait le gracieux visage de Lisbette ou plutôt l'image rayonnante d'une sainte. Il ne pouvait parler ; mais il voulut du moins lui faire un signe. Il souleva son bras droit, montra à Lisbette, avec un tendre et douloureux sourire, l'anneau de leurs fiançailles qu'il portait encore au doigt, posa sa main sur son cœur, porta ensuite l'anneau à ses lèvres et tendit la main vers le ciel ; puis, l'ayant laissée retomber, il attira la main de Lisbette pour la prendre dans la sienne et les laisser toutes deux unies reposer sur sa poitrine. En même temps, il la regardait d'un air.... Si douze témoins étaient venus dire de lui à un juge : « Nous avons vu cet homme commettre un meurtre, » et qu'il eût affirmé son innocence avec un regard comme celui-là : c'est lui et non les douze témoins que le juge en aurait cru.

Le cœur d'une jeune fille n'est pas un juge bien incrédule en pareil cas. Lisbette suivit tous les gestes d'Osvald avec l'attention d'une fiancée, et dès qu'elle en eut saisi le sens, elle n'eut qu'un cri. Mais dans ce cri vibrait toute la joie qui depuis le commencement des temps eût jamais débordé d'un cœur humain. Elle respira comme si, déjà sur l'échafaud où elle allait mourir innocente, on était venu lui apporter sa grâce ; elle avait été ravie toute vivante de la terre au ciel, au paradis des chastes et saintes amours. « Oh ! mon Dieu ! » dit-elle sans pouvoir trouver une parole de plus. Un frisson parcourut tout son corps ; elle se sentait près de défaillir et d'abandonner le doux fardeau qu'elle soutenait dans ses bras. Elle recueillit toutes ses forces, elle maîtrisa une émotion dont Osvald aurait pu souffrir. Elle savait à cette heure qu'elle serait sa femme, s'il ne mourait point, la femme du comte Osvald ; et Osvald ne s'était pas trompé : ce dernier titre-ci était bien indifférent à la jeune fille ; elle voulait bien devenir madame la comtesse, oui, tout aussi volontiers qu'elle serait devenue madame la forestière. '

C'est ainsi que Lisbette et Osvald se retrouvèrent l'un l'autre. Muets, confondant leurs regards, ils laissaient couler les larmes qui leur montaient du cœur aux yeux. Leurs deux mains étaient restées entrelacées ; Lisbette caressait doucement les doigts d'Osvald et l'anneau éloquent qui venait d'être l'intermédiaire de leur douce réconciliation. Un jeune homme épuisé par une crise affreuse gisait là en péril de mort ; la jeune fille qui l'aimait était près de lui et savait le danger : pourtant jeune homme et jeune fille étaient bien heureux l'un et l'autre.

FIN DU LIVRE TROISIÈME.

LIVRE QUATRIÈME

GRANDE DAME ET JEUNE FILLE

CHAPITRE I.

Sentiment du diacre sur le hasard et sur l'amour vrai.

Plusieurs semaines après cet heureux malheur, la jeune dame Clélia se promenait avec le diacre dans le jardin du presbytère. Le grand bailli Ernest, ayant achevé d'approfondir les articles les plus obscurs du code vurtembergeois (son *vade-mecum*), et n'y trouvant provisoirement plus rien à étudier, était assis d'un air ennuyé au fond d'un berceau de chèvrefeuille. Le mari de la jeune dame s'amusait, sous quelques arbres, derrière le jardin, à tirer des moineaux à l'aide d'un fusil à vent qu'il avait fort heureusement déterré. Dans la maison du pasteur le silence était complet. Les fenêtres de l'une des pièces qui donnaient sur la cour étaient fermées de rideaux verts, et sous ces fenêtres était assise Lisbette travaillant à quelque ouvrage de femme.

La jeune dame Clélia, qui ne réussissait pas toujours à étouffer un léger bâillement, disait au diacre :

« Mon cher pasteur, dites-moi, que vous semble de la vie humaine ? Car il me prend envie de philosopher un peu avec vous.

— Ah ! madame la baronne, j'en suis désolé, répondit le diacre : c'est signe que vous commencez à vous ennuyer terriblement dans ma maison. Quand une aussi jolie bouche se résigne à parler philosophie, il faut que toutes les autres ressources soient épuisées. »

Clélia se mit à rire et dit : « Voilà qui est bien galant pour un prédicateur, et pour un docteur en morale beaucoup trop méchant. » Puis, avec sa vivacité ordinaire, prenant la main de l'ecclésiastique : « Combien nous vous devons être reconnaissants de cet excès de charité et d'hospitalité qui vous a porté à nous tirer de cette affreuse auberge, et à nous recueillir chez vous, dans votre petite maisonnette, moi, ma fille de chambre, mon époux [1], et mon grave adorateur qui médite là-bas dans le bosquet, vous le sentez bien sans que je vous le dise. J'en aurai ma revanche à Vienne l'an prochain, je l'exige; et je ne vous quitterai pas avant de vous avoir fait prêter un serment solennel.... Mais, de bonne foi, être forcée de rompre un beau et lointain voyage qu'on fait avec son jeune mari, pour rester auprès d'un cousin malade, qui n'aura jamais le sens commun....

— Il est encore bien souffrant, dit le diacre d'un air sérieux.

— Suis-je donc insensible à ses souffrances ? repartit vivement Clélia. Aurais-je quelque plaisir en Hollande, en Angleterre, si j'y emportais le souvenir de cette blême figure? Est-ce que je ne l'aime pas de tout mon cœur? Est-ce qu'il ne me tarde pas de lui aller donner vingt baisers sur cette sotte bouche d'où son sang s'est échappé? Mais est-ce une raison pour trouver agréable de se morfondre à monter une garde d'honneur autour d'un lit, dont le médecin ne vous laisse pas même approcher?...Et, là, franchement, mon cher pasteur, avouez que votre petite femme ne serait pas fâchée de voir atteler certaine voiture de voyage....

— Comment pouvez-vous le penser, madame la baronne?» s'écria le diacre avec quelque embarras; car il se rappelait le texte de certains sermons qu'on lui avait prêchés sur l'oreiller.

Clélia reprit avec malice : « Je n'entendrais donc rien aux joues rouges des maîtresses de maison, à un certain éclat

---

1. Les dames allemandes de cette qualité n'ont pas coutume de dire *mon mari;* du reste, le mot plus relevé dont elles se servent ne sonne pas aussi désagréablement dans la conversation que *mon époux*.

des yeux!... Ce n'est pas non plus une petite affaire que
d'avoir à loger cinq personnes de plus, qu'on ne connaît pas
au bout du compte, et qui vous prennent toute la place.
Monsieur, avec une grâce charmante et la noble insouciance
de son sexe, invite : et la pauvre femme a tout le mal. Mais
laissons cela; malgré ses joues rouges et ses yeux brillants,
c'est une bonne et aimable femme qui sera la bienvenue à
Vienne. Nous avons là-bas de l'espace de reste, et c'est le
maître d'hôtel qui a soin de tout. »

Le diacre dont cette conversation blessait un peu la délicatesse, l'interrompit en disant :

« Vous vouliez philosopher avec moi sur la vie humaine,
madame la baronne?

— Oui, je voulais vous demander si la vie n'est pas une
chose sans rime ni raison? Un jeune homme se sauve de
Souabe pour me venger d'un homme qui s'était égayé à mes
dépens : or, il ne me venge pas du tout, mais blesse une
jeune fille, et s'amourache d'elle. Puis nos deux pauvres
amants (comme nous avons peu à peu fini par le découvrir
votre femme et moi) se querellent, se tourmentent jusqu'à
la mort, pour rien ; et le dénoûment de cette ridicule histoire
est une hémoptysie terrible qui a bien failli emporter le
héros et attrister toute la comédie.... Y a-t-il la moindre
raison à tout cela?

— Vous oubliez une circonstance....

— Ah! oui! Comme il me revenait de tous les côtés qu'on
jasait sur mon compte, je m'empressai d'écrire à Vienne, à
mon fiancé, une fort belle lettre, où je lui déclarais que compromise à ce point je ne me croyais plus digne de devenir
sa femme, et lui rendais la liberté et sa parole. Il fut tellement ému de cette pathétique épître, qu'en deux ou trois
jours il trouva moyen de surmonter tous les obstacles qui
s'opposaient encore à notre mariage, courut la poste jour et
nuit, creva je ne sais combien de chevaux, et arriva à Stuttgart.

— Et vous ne reconnaissez pas, à ces signes éclatants, le
dieu qui présidait à votre destinée et à celle de votre cousin?
demanda le diacre avec un sérieux comique.

— Quel dieu?

— Le Hasard! s'écria le diacre avec emphase.

— Voilà un singulier dieu! dit Clélia en riant.

— Madame, croyez-moi, on ne recommencera à vivre dans le monde, que lorsque les hommes se laisseront de nouveau pousser çà et là par le hasard : lorsque, par exemple, courant après sa vengeance, on ne sera plus surpris si, au lieu d'un coquin, on rencontre une fiancée; lorsqu'on ne s'étonnera pas davantage (vous pardonnez ma liberté....) si, après avoir écrit dans un moment d'adorable exaltation une lettre de rupture, il se trouve qu'au lieu de rompre, cette lettre n'a fait que hâter une heureuse union. Notre époque est tellement écrasée sous le poids de ses certitudes, de ses plans, de ses combinaisons, de ses arrangements, que je comparerais la vie à un tison qui charbonne étouffé dans un fourneau de nos forêts, et qu'on ne verra jamais flamber joyeusement à l'air libre. Aussi toute la philosophie du petit nombre de sages qu'il y a encore de nos jours, ne consiste qu'à se laisser conduire par l'heure et l'occasion, à n'agir que par caprices et boutades du moment.

— Bravo! s'écria Clélia. Vous êtes le vrai directeur qu'il nous faut à nous autres mondains. Et il vous dit tout cela avec le sérieux terrible qu'il aurait dans sa chaire!

— Mais je ne fais que prêcher sur un commandement de l'Évangile, dit le diacre en souriant.

— Quel est ce commandement, s'il vous plaît?

— *N'ayez point de souci du lendemain*, » répondit le diacre.

La jeune dame fut curieuse d'avoir aussi son exégèse sur les peines frivoles du couple amoureux. Il rêva un instant, et dit ensuite :

« Je serai forcé d'être un peu plus grave sur ce thème que sur l'autre. D'abord il faut que je vous avoue que cet amour me touche, l'amour de mon ami et de cette bonne jeune fille, dont il a fait connaissance d'une façon si extraordinaire. Je m'imagine voir en eux un couple marqué par la destinée, la communion parfaite de deux âmes. L'amour n'est que joie dans la souffrance et la tristesse : comme tous les poëtes l'ont chanté, un bienheureux tourment des cœurs. C'est à la source des larmes qu'il puise la vie : un amour gai n'est pas de l'amour.

« Vraiment, le véritable amour est un étonnant mystère ! continua-t-il avec chaleur. Sans creuse métaphore, à la lettre, véritablement, réellement, l'amant fait abandon de son âme, de sa volonté. Cette âme, une fois soustraite à la raison, au calcul, ne tient plus à rien, et reste exposée sans appui, sans défense à tous les dangers dont l'égoïsme préserve notre froide existence. Dans cet état de divin dénûment elle devient la proie du doute, de la jalousie, du soupçon, qui fondent sur elle comme une troupe de bêtes ravissantes. Mais dans la lutte qu'elle soutient contre ces terribles bêtes elle se fortifie. Elle va chercher dans des profondeurs, où jamais elle n'était descendue, des armes qui ne lui ont point encore servi, elle reparaît cuirassée d'un courage nouveau, elle découvre en elle des richesses cachées, elle apprend à se connaître; elle accomplit une sorte de régénération sublime, et célèbre alors les vraies, les célestes noces, dont les autres ne sont que la grossière et terrestre image. Elle ne se fanera jamais la couronne dont se ceignent les amants en cette fête triomphale, ni ne tombera de leurs têtes au milieu des ombres de la nuit des noces.

« C'est pour cela qu'une éternelle nécessité force l'amour vrai à se créer des tourments, quand il n'est point aux prises avec des tourments réels. Ce qu'il veut, ce n'est pas une lâche jouissance, mais le combat et la victoire. La douleur est sa devise; l'affliction, son signe de reconnaissance. Certes un enfant rirait des chagrins d'Osvald et de Lisbette, il serait difficile d'en imaginer de plus puérils! Mais, sans ces puériles souffrances, deux âmes de cette profondeur, de cette fermeté, de cette douceur, de ce feu, seraient sans doute redevenues étrangères l'une à l'autre : tandis qu'au milieu des tortures de leur martyre imaginaire, elles se sont donné le vrai mot et le vrai salut auxquels elles se reconnaîtront l'une l'autre par delà tous les temps. »

La jeune dame Clélia avait été transportée par ces paroles du diacre dans une région où elle ne se trouvait guère à l'aise. D'abord elle se sentit comme un peu de honte; car enfin elle était forcée de s'avouer que, depuis ses fiançailles avec le beau cavalier autrichien, elle avait beaucoup plus ri que pleuré. Puis elle s'avisa que les savants parfois ne parlaient que pour dire quelque chose; et finalement elle ne comprit plus rien du tout. Quand il eut fini :

« Quel dommage, fit-elle, que ces pauvres amoureux ne puissent s'épouser !

— Que voulez-vous dire? » s'écria le diacre au comble de la surprise. Après son entretien avec la jeune et bonne Clélia il était à mille lieues de s'attendre à pareille chute.

CHAPITRE II.

Où un médecin humoriste expose d'utiles vérités sur la manière dont on se comporte avec les malades.

La vue du docteur qui descendait de la chambre du malade et se dirigeait vers le jardin coupa court provisoirement à toute discussion. Ce médecin était un très-gros homme, tout bourré d'esprit, de malice et de bons mots qu'il avait l'art de débiter avec un flegme imperturbable. Clélia, qui avait avec les gens de ce caractère une sorte d'affinité élective, avait aussi son franc parler avec lui, se gênant d'ordinaire aussi peu en sa présence que s'il n'eût pas été là; et en apercevant dans la cour le médecin qui venait à eux avec ce balancement naturel aux gens trop chargés d'embonpoint, elle dit tout haut :

« Voici le docteur, qui va nous annoncer qu'Osvald commence à aller mieux. C'est-à-dire que pendant les quinze premiers jours il pourra à la rigueur recevoir pour un petit quart d'heure l'un ou l'autre de nous; quinze jours après il ne sera pas défendu de prolonger un peu les visites; et dans six semaines, espérons-le, les choses seront assez avancées, pour que le convalescent ait licence de se promener une demi-heure au soleil. Voilà ce que les médecins appellent rétablissement. »

De fait, le médecin avait la veille encore parlé de l'état d'Osvald comme d'un état très-grave, et recommandé les plus grands ménagements. Toutes relations avec le monde extérieur avaient été sévèrement interdites au malade; personne, ni les femmes, ni son nouveau cousin d'Autriche, ni même le diacre n'avaient permission de le visiter. Il n'avait été confié par l'impitoyable docteur qu'à la surveillance et aux soins d'une seule personne, du vieux Iochem qui avait suivi ses instructions à la lettre.

Aussi l'attente, l'inquiétude qui, surtout dans les premiers jours de la maladie, avait agité tout le monde dans cette maison subitement envahie par tant d'étrangers, n'avait pu se satisfaire que par l'empressement qu'on mettait à s'informer à chaque instant de l'état du malade, et le zèle avec lequel on cherchait à lui rendre, du dehors, quelque petit service, à lui faire parvenir quelque témoignage d'amitié. La plus tourmentée, la moins patiente avait été Clélia, qui aimait véritablement son cousin. Le grand bailli (c'est lui qui avait transporté dans sa voiture le malade à la ville) donnait aussi des preuves d'un grand attachement.

Le diacre et sa femme avaient été bien douloureusement affectés. Quant à Lisbette, elle avait beaucoup pleuré d'abord. Mais bientôt tous remarquèrent avec étonnement qu'elle était tout à coup devenue la plus calme, et en apparence la plus indifférente. Ce changement s'était fait en elle après un entretien qu'elle eut avec le docteur. Elle s'était rendue fort utile, dans ces moments difficiles, à la maîtresse de la maison. Elle s'était tout d'abord réservé le droit de préparer de ses propres mains tout ce dont Osvald pouvait avoir besoin. Une tendre et muette correspondance s'était établie entre eux, quoique Lisbette, comme on le pense bien, fût des premières comprise dans les rigoureuses défenses du docteur. Elle envoyait chaque fois à Osvald, avec le léger et rafraîchissant breuvage qu'on lui avait ordonné, un bouquet des plus jolies fleurs du jardin. Il tenait le jour ces doux gages dans sa main, et la nuit les gardait sur son cœur ; après avoir reposé là, ils étaient le lendemain matin rendus à Lisbette. Quand la maîtresse de la maison ne l'occupait pas, elle avait coutume de s'asseoir dans la cour sous les fenêtres du malade. Elle restait là, jusqu'à ce qu'il fît tout à fait sombre, à travailler silencieusement. Ses manières avec tout le monde étaient douces et polies, mais elle ne causait avec personne et se tenait à l'écart. Tant de froideur indisposa presque, dans une certaine circonstance, les étrangers contre elle, et émut même la bile du grand bailli.

Le docteur avait annoncé pour ce jour-là une crise décisive. Aussi le diacre, Clélia et le bailli allèrent-ils avec empressement à sa rencontre. Lisbette, elle, ne bougea pas de sa place, ne leva pas les yeux de dessus son ouvrage. Le médecin avait entendu les paroles de Clélia, et se tournant vers elle :

« Madame la baronne, dit-il, j'ose vous promettre des délais un peu moins longs. Notre patient est rétabli ; et si toutes les personnes à qui j'ai l'honneur de parler veulent bien aujourd'hui, et peut-être encore demain, et au besoin après-demain, garder quelques ménagements avec lui, on pourra probablement après après-demain lui permettre de sortir : ce sera un homme encore un peu pâle, mais parfaitement guéri.

— Comment ? s'écria-t-on en chœur : et vous ne le disiez pas, hier, hors de danger ! »

Le médecin fronça sa grasse et large face de Silène, et dit :

« Mensonge nécessaire, madame la baronne et messieurs, mensonge officieux, une de ces petites recettes sans lesquelles le plus honnête homme, et singulièrement le médecin, ne se tirerait jamais d'affaire dans cette vallée de larmes. Car si le médecin s'avisait de dire toujours la vérité, il se ferait sûrement jeter à la porte.

— Malin que vous êtes! Je gage que vous nous avez encore joué d'un de vos tours! » dit le diacre en souriant. Clélia pressa le médecin de s'expliquer, ce qu'il fit en ces termes :

« Quand on a, comme moi, un certain nombre d'années de pratique, sa clientèle assurée, sa petite réputation faite et au-dessus de l'étalage des ordonnances, on ne fait plus difficulté d'avouer qu'en fin de compte le seul conseiller intime ou supérieur de médecine [1], c'est encore dame Nature. Nous autres, nous ne sommes que de plus pénétrants observateurs de la nature, nous avons l'oreille plus fine, et saisissons mieux que le gros du monde ce qu'elle murmure et chuchote : du reste nous ne sommes pas sorciers. Nous empresser quand la nature dit tout bas : « Je voudrais.... « je voudrais bien...! » de lui obéir; écarter tout ce qui la gêne dans sa marche : voilà tout notre art. Les maladies, d'ordinaire, ne deviennent dangereuses que par les causes occasionnelles qui gênent l'action de la nature. Avec une aussi excellente constitution que celle de monsieur le comte, cette hémoptysie se serait aussi très-probablement arrêtée toute seule ; les vaisseaux sanguins qui s'étaient épanchés se seraient avec du repos, et tout au plus l'emploi de quelque styptique, de quelque acide, fermés d'eux-mêmes.... Toute ma science, tout mon savoir-faire n'a consisté qu'à éloigner les causes occasionnelles qui auraient contrarié la nature.

— Cette fois encore, je ne vois pas où vous en voulez venir par tous ces détours, dit Clélia. Quelles sont ces causes occasionnelles?

— L'affection, l'amitié, la sollicitude, l'intérêt que vous inspirait mon malade, à vous, madame, et à tous ces honorables messieurs, répondit le médecin froidement. O mes chers amis, vous ne voudrez jamais croire combien de malades nous sont tués entre les mains, assassinés par l'affection, la tendresse, le dévouement des leurs ! D'abord, il est

---

1. Titres flatteurs dont on décore en Allemagne les médecins des princes et princesses, etc.

vrai, les premiers jours, on est raisonnable, on laisse le
malade en paix dans son lit ; mais, plus tard, quand on apprend, qu'on s'est dit qu'il va mieux, qu'il entre en conva-
lescence, alors commence un vrai pèlerinage au lit de l'infortuné, une adoration perpétuelle, un culte.... mais aux yeux
du médecin consciencieux le pire de tous les cultes inspirés
par le diable. Les nerfs fatigués, agacés, tressaillant au
supplice, ont beau crier merci ; en vain le sang dont le cours
été troublé réclame du repos, du calme, du silence ; en vain
les derniers charbons de l'inflammation ne demandent plus
qu'à mourir tout doucement.... Rien n'y fait : les visites arrivent, les questions affectueuses vont leur train, on veut
causer, distraire, égayer un peu, on propose de petites lectures, on prépare de petites surprises ; et le médecin retrouve avec stupeur dans un état pitoyable cette victime de
l'amour qu'il avait quittée plein d'espoir la veille. Aussi,
toute proportion gardée, meurt-on davantage dans les maisons particulières que dans les hôpitaux bien tenus. Et je
sais *a priori*, je puis à coup sûr prédire que le traitement
d'un malade avec entourage affectueux, empressé, dévoué,
etc., sera deux fois plus long que celui d'un malade qui n'est
pas entouré du tout. Or, ici....

— Mais il est affreux d'entendre railler ainsi les plus
nobles sentiments ! interrompit Clélia avec vivacité.

—.... je trouvai tout un foyer d'affection et de tendre intérêt, quand je fus appelé auprès du comte, continua le docteur
sans s'émouvoir : de nobles sentiments que je n'ai pas la
moindre envie de railler, mais qu'en mon âme et conscience
de médecin je fus forcé, encore une fois, de considérer comme
des causes occasionnelles fâcheuses, et comme des symptômes
qui me permettaient de pronostiquer hardiment que le malade, questionné, amusé, distrait.... étourdi, agité par les petites lectures, et retenu par les petites surprises dans la
période d'inflammation, allait, si je n'y mettais ordre, rester
des mois cloué sur son lit. Alors j'ai eu recours au mensonge officieux : je l'ai déclaré en grand danger ; puis est
venu le danger simple, puis l'état grave, puis le lent retour
des forces, et enfin je vous avais promis pour aujourd'hui une

crise décisive. Mais la vérité est, madame et messieurs, qu'il
n'a jamais été en grand danger, qu'après les dix premiers
jours il a repris sensiblement. Un malade n'a besoin de personne, sinon de quelqu'un qui lui donne sa potion à heure
fixe, au besoin lui arrange ses oreillers.... et de toi, ô Ennui,
ô divinité bénigne, sauvegarde des malades, dont on ne cé-
lébrera jamais assez les mérites et les bienfaits! On ne devrait jamais représenter Hygie que bâillant; car on ne peut
assez dire de quels pas de géant marche la guérison d'un
malade qui n'a rien de mieux à faire que de bâiller. Voyez
notre comte : je l'ai livré à la société peu excitante de son
vieux domestique, et à l'ennui; et grâce à ces deux agents,
je l'ai vite remis sur pied, et si je le visite encore, ce sera
plutôt en ami que comme médecin.

— Il est seulement dommage, dit Clélia d'un air pincé
après cette dissertation, que vous ne puissiez vous prescrire
vous-même en guise de calmant.... Ainsi vous nous auto-
risez à le voir aujourd'hui? »

Le docteur regarda successivement chacune des personnes qui faisaient cercle autour de lui, puis jeta les yeux du
côté où se tenait toujours Lisbette. « Je distingue, reprit-il
lentement après une pause. Vous, madame la baronne, et
monsieur le grand bailli, et le pasteur, vous pouvez sans in-
convénient le visiter dès aujourd'hui; mais il faudra que ma
petite Lisbette attende à demain. »

Il salua et partit. La vive Clélia sentit l'épigramme du
vieux Silène. Elle se tut quelques instants et mordit ses
jolies lèvres. Puis elle appela : « Fancy! »

Fancy, l'accorte fille de chambre, répondit aussitôt et accourut.

« Fancy, apporte-moi ma crépine et mets ton chapeau :
nous allons faire un petit tour de promenade, lui dit sa jeune
maîtresse.

— Ne nous permettez-vous pas de vous accompagner chez
notre ami? demandèrent le bailli et le diacre.

— Non, répondit la belle susceptible d'un ton sec. Il me
peinerait de me croire tout à fait inoffensive. »

Elle disparut avec Fancy. Les hommes se rendirent dans

la chambre du malade. En passant près de Lisbette, le diacre lui dit à demi-voix d'un air étonné :

« La nouvelle du docteur ne semble pas vous avoir causé une joie bien vive?

— Je savais depuis longtemps la vérité, répondit Lisbette en baissant les yeux. Le docteur avait deviné mes angoisses et m'avait tout dit.

— Et vous avez pu prendre sur vous de ne pas voir Osvald?

— Pourquoi non? Pourvu qu'il guérisse! Pouvais-je donc songer à moi? »

CHAPITRE III.

La salle à manger et la chambre du malade.

L'entrevue fut cordiale et affectueuse. — Les deux hommes en sortant de la chambre du malade se rendirent dans le petit salon où l'on se réunissait d'ordinaire.

« Je ne me sens jamais plus aise d'avoir un ami, il me semble que je ne l'aime jamais si bien, que lorsque je puis lui rendre, malgré lui, un service essentiel, dit le grand bailli Ernest. Car dans ce qu'on fait pour lui plaire, on n'est jamais sûr qu'il ne se mêle quelque vanité, quelque faiblesse, quelque égoïsme. Mais quand on a le courage de contrarier, pour son bien, sa plus chère inclination, alors on éprouve la pure jouissance du devoir fidèlement accompli, la plus grande sans doute qu'il y ait au monde.

— Faites-vous donc allusion à notre ami? demanda le diacre inquiet.

— Assurément, répondit le bailli, et je compte sur votre concours pour cette bonne œuvre, monsieur le diacre. Maintenant que voilà, grâce à Dieu, le comte rétabli, ou du moins qu'il va l'être dans un très-bref délai, je puis songer à la conduite que j'ai à tenir avec lui, ou plutôt pour lui. Mon premier soin doit être de mettre fin à cette inconvenante et folle amourette. »

A cette déclaration, oubliant quelque peu la réserve ecclésiastique, le diacre s'emporta, et déclara nettement à son tour qu'il ne donnerait pas les mains à de pareils projets, que loin de vouloir traverser cet amour-là, qui pour lui n'était point une amourette, il saurait le protéger aussi longtemps qu'il jouirait chez lui du droit d'hospitalité.

Là-dessus chacun maintint fermement son dire, et tout en gardant une certaine mesure on s'échauffa fort de part et d'autre. Finalement le diacre fit à l'autre une question, par laquelle en pareil cas on devrait commencer, et qui cependant est toujours la dernière qu'on s'adresse. Il lui demanda les motifs qui lui donnaient une si grande répugnance pour cette union.

« Votre question a droit de m'étonner, monsieur le diacre; cependant j'y veux répondre, dit le grand bailli. Mon ami, comme vous savez, appartient à la première famille du royaume; sa seigneurie égale en étendue mainte principauté; il est né noble immédiat de l'Empire, et le sang de nos rois s'est plusieurs fois mêlé à celui de sa race. S'il épouse cette enfant trouvée, ses enfants seront déchus de son siége à la chambre haute et de sa succession. Lui-même se dégoûtera d'une terre et d'un titre qu'il saura ne garder que pour les transmettre à la ligne étrangère. Il se brouillera avec ses parents, toutes ses relations seront brisées, on lui tournera le dos à la cour, il lui faudra rougir de sa femme ; de dépit il se mettra de l'opposition, et ira brailler à la chambre des discours vides et creux : bref, ce sera de toute façon un homme malheureux, misérable. Or bien, comme il n'est point fait pour jouer un si sot et piètre rôle; qu'au contraire, malgré quelque grain de folie, il y a en lui l'étoffe d'un grand et noble caractère, qu'il est appelé à une ma-

gnifique position, à devenir la joie et l'honneur de son pays:
par ces motifs, monsieur le diacre, et j'ajoute parce que j'ai
donné à sa mère mourante ma parole de veiller sur lui, il
est de mon devoir de rompre une liaison, qui pour moi reste
une amourette. »

Les deux contradicteurs firent à grands pas plusieurs tours
par la chambre.

Le diacre exalta la pureté, l'élévation de cet amour si di-
versement jugé. Mais l'opiniâtre fonctionnaire ne fut pas
ébranlé ni ému le moins du monde :

« Mon Dieu, reprit-il, je ne veux pas l'empêcher d'avoir
aimé cette jeune fille. Qu'il lui dresse un autel dans ses souvenirs et lui voue un culte mélancolique ; qu'il lui adresse
des vers, des tercets, d'inconsolables sonnets tant qu'il voudra ; qu'il porte de ses cheveux, ou sa silhouette, ou tel autre
gage d'elle sur son cœur : rien de mieux ! L'amour est l'a-
mour ; mais le mariage est le mariage. Le mariage est une affaire, une grave, une importante affaire. Ce n'est pas en vain
que dans tous les codes il y a un chapitre du mariage, et des
apports et de la communauté de biens. Le mariage doit affer-
mir le sol sur lequel l'homme s'avance dans la vie, et non
creuser un abîme sous ses pas. Toute affaire, tout contrat a
nécessairement un objet ; or, l'amour n'est pas un objet.
L'amour est nécessaire au mariage comme un verre de bon
vin à la conclusion de tout bon marché ; mais ce n'est pas
pour le verre de vin que le marché est conclu.... Il n'est pas le
moins du monde pressé de se marier, car il est encore très-
jeune ; mais s'il le veut, il y a parmi nos comtesses et nos
princesses (ou celles de pays voisins, de Bade, de Bavière),
de belles, fraîches et bonnes filles : qu'il choisisse entre
elles, et laisse là cette mendiante ramassée par les chemins.

« Je sais bien que tout couple mal assorti date du jour de
sa folie une nouvelle ère, et sera la première exception heureuse. Mais quand, quelques années après, on retrouve ces
soi-disant exceptions, traînant tristement leurs ailes de papillon déteintes, râpées, trouées, hors de service : je vous dis
que le cœur vous saigne à la vue de ces lamentables confir-
mations de la règle générale. »

Le diacre qui, malgré qu'il en eût, était forcé de s'avouer que l'autre n'avait pas tout à fait tort, prit le biais de dire (ce qui annonce assez clairement dans une discussion qu'on renonce à avoir le dernier) que ces menaces du bailli n'étaient sans doute pas aussi sérieuses qu'il le voulait faire croire, et qu'il réfléchirait avant de les mettre à exécution.

La-dessus, le bailli lui répondit d'un ton très-froid et très-résolu :

« Vous seriez dans l'erreur de vous imaginer cela. J'ai bien remarqué que les plaisanteries dont la jeune baronne veut bien m'honorer par-ci par-là, dans ses moments d'agréable humeur, vous portaient à rire de moi; et il se peut faire que je sois une assez drôle de figure, un bon type de vieux praticien. Oui, oui! j'ai dernièrement procédé d'office à l'interrogatoire de Gaspard, dit le Patriote, et j'en oubliai d'aise le comte et la Grand'ferme; j'arrivai trop tard; je trouvai mourant sur le bord d'un chemin mon ami, que j'aurais sans doute pu, sans tant de zèle pour l'ivrogne, remmener sain et sauf dans ma voiture. Balourdise, trait de Souabe! D'accord. Cependant on peut être sujet à pareilles bévues et rester invincible, inexpugnable sur certains points. Croyez-bien que quand je sens que j'ai de mon côté droit et mission d'agir, toute autre considération glisse sur moi comme sur un roc, et qu'ainsi qu'un roc je suis inébranlable. Or, sauver mon meilleur ami de ce qui, à mes yeux, ferait son malheur et sa perte, c'est tout à fait mon devoir, ma mission et mon droit. Je saurai agir en conséquence, et comptez que j'en viendrai à mon honneur.

— Mais que prétendez-vous faire? Il est majeur! s'écria le diacre en s'animant.

— Malheureusement! Il y a des gens qu'il ne faudrait tirer de tutelle qu'à leur trentième année bien sonnée. Mais on a encore prise même sur un majeur. Ce que je prétends faire? D'abord toutes les représentations, admonitions et remontrances capables de le dégoûter de cette union; faire prolonger mon congé et l'accompagner à son château, mettre en campagne oncles, cousines, cousins germains et remués de germains, parler au roi, ameuter contre lui tous ses pairs, le pousser à bout, me faire montrer la porte et ne pas m'en aller, tenir bon, protester, persister, venir faire opposition aux fiançailles, et, s'il le faut même, un esclandre au pied de l'autel. Oh ! un homme et un ami peut beaucoup quand il veut. Aussi vrai que j'ai nom Ernest, grand bailli de la Forêt-Noire, elle ne sera jamais, de mon consentement jamais, comtesse de Valdbourg-Bergheim.

— Ni du mien, » dit ici une troisième voix. La belle Clélia, de retour de sa promenade, était entrée dans la salle sans être aperçue, et avait entendu la fin de la conversation. « Non, monsieur le diacre : vous jugez la question un peu trop à votre point de vue. Certes je suis bonne et pleine de bienveillance pour tout le monde ; je souhaite de tout mon cœur aux autres la félicité dont je jouis moi-même ; mais mon expérience de la vie ne m'a déjà que trop appris que les mésalliances ne peuvent conduire au bonheur ; et comme il y va de l'avenir de mon plus cher parent, je me range entièrement à l'opinion du grand bailli. »

Cette jolie petite femme de vingt ans avait pris un air si grave et si pénétré, qu'on eût juré qu'elle avait déjà eu sous les yeux les suites funestes d'une centaine au moins de mariages mal assortis. Le bailli lui baisa la main, tout ému de reconnaissance. Le diacre se tut.

Cependant le souper avait été servi dans la salle à côté, et l'on se mit à table. Le jeune mari, rentré de sa chasse aux moineaux, qui, par parenthèse, n'avait pas été des plus abondantes, était venu prendre sa place. Il ne manquait que Lisbette. Le diacre essaya, en hôte bien appris, d'oublier ce qui venait de se passer, de causer et d'être aimable. Mais il n'y réussit point entièrement. Son esprit était ailleurs : il songeait à ses protégés et voyait avec tristesse, après tant d'épreuves, de gros nuages s'amonceler encore sur leurs têtes.

Il y eut du froid, on parla peu à ce souper. Le bailli sentait au fond que ce ne lui serait pas une tâche facile de séparer deux cœurs qui avaient un prêtre dans leurs intérêts, et rêvait aux moyens de contre-balancer cette influence. Les jeunes époux aussi venaient d'avoir leur première querelle, et nos amants en avaient encore été la cause. Le mari, après sa récréation du fusil à vent, avait été instruit de la bonne nouvelle : il s'était empressé d'aller au-devant de sa femme, et lui avait déclaré d'un ton fort doux, mais décidé, qu'il espérait enfin partir, maintenant qu'Osvald était hors d'affaire et ne pouvait plus inspirer la moindre inquiétude. Ces airs résolus suffirent à éveiller en elle l'esprit de contradiction ; elle sentait bien, d'ailleurs, que si elle ne réprimait tout d'abord une pareille tentative d'émancipation, c'en était fait de tout l'avenir de son gouvernement. Elle répondit donc sur le même ton qu'elle voulait rester encore, rester jusqu'au moment où elle verrait son cher parent guéri d'un mal pire que l'autre, c'est-à-dire de sa folle passion. Le bailli brusquait trop les choses ; elle seule aurait assez de tact et de finesse : il fallait sa main de femme pour démêler cette fusée. « Tu connais ma fermeté, Edmond, dit-elle en finissant ; je ne manquerai pas à ce devoir de famille ; je n'abandonnerai pas une aussi grave affaire, pour la réussite de laquelle il semble que la Providence elle-même m'ait amenée ici : ne te flatte donc point de me voir céder au désir de te complaire. » Il répliqua fort poliment qu'il n'avait jamais douté de sa fermeté ; mais que les choses étant ainsi, il comptait qu'elle lui pardonnerait d'aller, pendant la durée de la négociation dont elle se chargeait, faire du côté d'Osnabruck une visite à l'un de ses oncles ; car il lui était impossible de supporter plus longtemps l'ennui de cette désespérante petite ville.

Ainsi finit la douce entente de la lune de miel ; en se mettant à table, on ne s'était pas encore rapatrié : les deux époux restèrent maussades, bouche close, les yeux collés sur leur assiette. Quant à la femme du pasteur enfin, elle avait réellement ce visage enflammé et ces yeux brillants dont Clélia avait parlé, et qui indiquent clairement qu'une maîtresse de maison aspire au moment où elle retrouvera la tranquillité et la paix de son petit intérieur. C'était la femme la plus hospitalière du monde ; mais tous ces étrangers qui, sur les instances étourdies du diacre, avaient tout d'un coup envahi et encombré leur modeste ménage, lui imposaient un tel fardeau, que la plus soumise des Baucis ne se fût pas résignée sans quelques secrets murmures.

On se leva de table et se souhaita une bonne nuit. Mais avant de se retirer, le bailli dit au pasteur :

« Je ne m'explique pas en vérité comment vous, monsieur le diacre, vous pouvez épouser si chaudement les intérêts d'une fille dont toute la conduite marque peu de cœur.

— Peu de cœur?

— Lorsqu'on lui a annoncé l'accident arrivé à son père adoptif, a-t-elle couru le rejoindre, comme c'était le devoir d'une enfant reconnaissante? Ne s'est-elle pas contentée de demander si l'on avait pris soin de ce vieillard? Et quand on lui eut appris que de bonnes gens l'avaient retiré de dessous les ruines de son château et recueilli chez eux, elle ne mit d'empressement qu'à lui envoyer l'argent qu'elle gardait pour lui.

— Monsieur le grand bailli, répondit le diacre, Lisbette a mûri dans son cœur la parole divine : *Tu quitteras ton père et ta mère pour t'attacher à ton mari.* On est heureux de rencontrer une fois enfin *une nature,* quand on a vu tant de poupées. C'était une distinction, et le mot favori de notre grand poëte. Il me semble que si Gœthe vivait encore et voyait Lisbette, il dirait d'elle que c'est *une nature.* »

———

Lisbette et Osvald ne se doutaient point des orageuses discussions où s'agitait, où devait s'agiter longtemps encore la question de leur destinée. Lisbette s'était promis ce soir-là de contenter son cœur, et de faire elle aussi une secrète visite à Osvald. Elle cueillit les plus belles marguerites du jardin et en fit une couronne. Sa couronne à la main, elle se coula, dès qu'il fit sombre, vers la chambre du malade ; elle écouta avec un grand battement de cœur à la porte, et, n'entendant pas parler, elle frappa, mais si discrètement, qu'il fallait pour ouïr ce bruit presque insensible une oreille aussi fine que celle du vieux Iochem. Il vint, glissant sur ses chaussons, entr'ouvrir doucement la porte.

« Le comte est-il éveillé? murmura Lisbette.

— Non, répondit le vieux tout aussi bas. Il est assoupi dans son fauteuil. L'entretien qu'il a eu avec ces deux messieurs l'a un peu fatigué. Entrez toujours. »

Touchant à peine des pieds à terre, Lisbette s'avança dans la chambre. Osvald était assis dans un fauteuil et dormait. Son visage avait la blancheur du marbre ; son air était tout à fait grand et distingué. Son beau front reflétait plus clairement que jamais les sereines et profondes pensées qui habitaient derrière. Un sourire de calme errait sur ses joues, et sur ses lèvres pleines et bonnes, légèrement colorées. Il rêvait peut-être, et rêvait sans doute de son amour. Dans sa noblesse et sa grâce, c'était à la fois un type d'Apollon triomphant, et de Bacchus rêveur, enivré de tendresse, type dont on pouvait à merveille, en ce moment, saisir le caractère et l'expression, parce que les paupières fermées donnaient à tous les traits plus de relief, quelque chose d'arrêté et d'idéal.

Lisbette s'approcha du dormeur et se pencha sur lui, mais sans le toucher, l'effleurant à peine de son souffle. Puis elle posa sur les genoux d'Osvald, d'une main aussi légère que celle d'un sylphe, sa belle couronne de marguerites rouges, jaunes et bleues. Et puis elle s'assit en face de lui, et, les mains croisées sur la poitrine, le considéra longtemps en silence.

Elle détourna enfin la tête. Le vieux, debout à côté d'elle, rencontra son premier regard. Il fut tellement ébloui de ce regard que, pliant un genou, il lui baisa la main.

Les gnostiques racontent que les anges aperçurent une fois un être doué d'une ineffable beauté, qui s'évanouit après s'être un instant montré à leurs regards, et qu'ils ne revirent jamais, bien qu'ils eussent pendant des éternités et avec d'ardents désirs attendu une seconde apparition. Ils créèrent enfin de souvenir, disent les gnostiques, une faible copie de cet exemplaire divin. Cette copie était l'homme. Il se peut que quelque chose de cette beauté entrevue une fois par les anges illuminât les traits de Lisbette.

« O chère, chère jeune comtesse, » balbutia le vieux.

Lisbette rougit. « Pourquoi m'appelles-tu toujours ainsi? demanda-t-elle tout bas

— Parce que, quand je vous vois, je ne puis du tout me figurer que vous êtes son amie ou sa fiancée : vous êtes bien sa femme, la chère femme de mon jeune maître, tranquille, sans désir, unie de cœur, déjà tout un avec lui.

— Maintenant, dis-moi, comment va-t-il, et de quoi a-t-il parlé aujourd'hui? demanda Lisbette.

— Mon Dieu, dit le vieux, les malades ont comme ça leurs moments de peine et de découragement. Mon maître disait aujourd'hui qu'il se figurait qu'il serait bien heureux avec vous, qu'il ne pouvait pas dire combien, combien il vous aimait, et qu'il craignait, à cause de cela, que le méchant monde ne se mît entre lui et son bonheur, et que le damon ne marchât dessus....

— Il a sans doute dit démon [1], fit Lisbette.

— Démon ou damon, c'est tout la même chose, mais il entendait certainement le diable, reprit Iochem. Il disait toutes ces choses tristes bien plus joliment et mieux que je ne sais les rapporter ; mais j'ai eu bien du mal à le consoler un peu. »

Lisbette prit la main du vieux et lui dit : « Quand il s'éveillera, dis-lui que je suis venue, et que j'ai eu bien du plaisir à le voir. Dis-lui encore qu'il ne m'en veuille pas si je ne lui fais pas de visite demain, ni peut-être après-demain : qu'il faut d'abord qu'il soit tout à fait guéri, et que d'ailleurs, sans le voir, je suis toujours et toujours auprès de lui. » Elle ajouta avec un soupir, mais si bas, que le vieux dut approcher l'oreille de ses lèvres : « Et puis tu lui diras qu'il ne craigne ni monde ni démon ; car il est mon Osvald, et je suis sa Lisbette, et ni monde ni démon ne peuvent rien contre deux personnes qui s'aiment du fond du cœur. Qu'il pense donc à moi et ait bon courage. Car je suis lui, et il est moi; nous ne sommes qu'un, et rien ne pourra se mettre entre nous.

— Je ferai bien exactement la commission, répondit le vieux. Et il vaut mieux que mon maître n'entende pas tout

---

1. Mot de plus beau style en allemand qu'en français, moins usité, moins connu du peuple.

cela de votre bouche. Avec votre voix et toute votre manière de parler, ça pourrait l'agiter et ça ne vaudrait rien pour sa poitrine. Mais quand je lui dirai et arrangerai ça à ma façon toute simple, il le supportera plutôt. »

Lisbette se retira. Peu après Osvald s'éveilla, et apprit du vieux avec quelle adorable confiance sa bien-aimée avait, si près de lui, parlé de leur avenir.

CHAPITRE IV.

Les chagrins de l'absence.

Cependant des destinées peu heureuses semblaient attendre dans le monde du dehors ces innocentes amours. Le bailli, dans un entretien plus calme qu'il eut le lendemain avec le diacre, reparla de son inébranlable résolution. La belle Clélia, qui, toute bonne personne qu'elle était, gardait naturellement les opinions du noble monde où elle avait été élevée, trouva aussi, dans la matinée, l'occasion de déclarer de nouveau combien elle était opposée à ce projet de mariage.

Le pasteur était inquiet et moins ferme. Du côté de ses adversaires était la raison, avec toute une armée de motifs, de considérations, de maximes; et il était lui-même un homme trop raisonnable et trop réfléchi pour ne pas appuyer en secret maint argument avancé par le camp ennemi. Mais il en avait le cœur navré, car il portait aux deux amants l'intérêt le plus vif, la plus tendre affection; il avait un instant caressé pour eux l'idée d'un bonheur bien rare, il s'était réjoui d'avance d'en avoir le spectacle. Il ne croyait plus guère à ce rêve; il se disait aussi, comme tout témoin désin-

téressé de pareils attachements, qu'il n'y a passion qui
puisse, à la longue, tenir contre les attaques du bon sens. Il
n'attendait après le rétablissement d'Osvald qu'une cruelle
séparation, d'amers chagrins.

La sémillante Clélia avait reçu à son réveil une nouvelle, à
laquelle elle était loin d'être préparée. Comme elle venait de
passer son négligé du matin et s'informait de son mari,
Fancy apporta un billet de lui : elle y lut qu'il avait tout de
bon pris la poste dans la nuit et était allé faire sa visite à
l'oncle d'Osnabruck. Le billet lui faisait les plus tendres
adieux, lui disait qu'il n'avait pas voulu troubler son repos
du matin ; il formait les vœux les plus ardents pour qu'une
prompte réussite abrégeât le temps de cette première et douloureuse séparation. Le voyageur avait même enfermé dans
la lettre une boucle de ses cheveux, ajouté post-scriptum à
post-scriptum, et entouré d'un cercle une place où, disait-il,
il avait déposé un baiser.

Quand la belle abandonnée eut achevé la lecture de cette
missive, elle se tut, et considéra le fin papier rose d'un air
aussi consterné que s'il venait de lui apprendre la remise
indéfinie d'un bal chez le prince de ***, d'une de ces fêtes
dont tout le beau monde de Vienne se réjouit quinze jours à
l'avance. Fancy dut l'avertir que son chocolat refroidissait.
Elle répondit qu'elle ne se sentait point d'appétit et ordonna
d'emporter la tasse. Fancy obéit.

Elle demeura environ un quart d'heure assise sur un sofa,
toute pensive, la tête appuyée sur son joli bras. Puis elle se
promena une demi-heure dans la chambre, et puis elle
sonna. Fancy parut. Fancy était à la fois fille de chambre,
trésorière et confidente. Debout au milieu de la chambre, sa
maîtresse lui dit : « Fancy, il me plaît que mon mari montre
du caractère. Je suis ferme ; il est ferme : cette mutuelle fermeté me paraît de bon augure. Rien de plus fâcheux que
deux époux qui se tourmentent l'un l'autre à force de faiblesse et de condescendance. Chacun doit avoir sa volonté et
s'y tenir : tous deux s'en trouvent bien ; il n'en peut résulter qu'un commerce agréable et paisible. Je suis contente
que mon mari soit parti.

— Pourquoi, en effet, n'en seriez-vous pas contente, madame la baronne ? répondit Fancy, qui ne s'avisait jamais de contredire sa maîtresse.

— Je n'en serai que plus libre, plus tranquille pour mener à bonne fin, et tout à fait à mon idée, la tâche que je me suis donnée....»

Fancy se contenta de faire un signe d'approbation.

« Cependant, reprit la baronne après une pause, il est singulier que mon mari ait pu se décider à partir.

— Il est vrai; oui, c'est singulier, dit Fancy.

— Raconte-moi quelque chose, Fancy; essaye de me distraire. »

Fancy fit de son mieux pour obéir à sa maîtresse; elle lui parla de toutes les connaissances qu'elle s'était hâtée, comme toutes les femmes de chambre, de faire dans la petite ville : de la femme du receveur, de la fille d'un assistant [1], et aussi du sacristain, dont la bizarrerie l'avait frappée et qui l'avait fait rire de bon cœur dans telle et telle circonstance, tant ses manières étaient comiques.

Il s'en fallait que Fancy fût au bout de son rouleau, quand la dame l'interrompit et la pria au nom du ciel de cesser ce sot bavardage, ces impertinentes histoires de femmes de receveur, de filles d'assistant, et de sacristains : elle se sentait une migraine affreuse. Fancy s'arrêta court, et alla chercher de l'eau de Cologne dont elle frotta les tempes de sa maîtresse souffrante.

« Tu es une bonne fille, Fancy, dit Clélia d'une voix dolente, pendant que sa suivante s'empressait autour d'elle; mais tu es quelquefois bien ennuyeuse.

— Madame la baronne, répondit Fancy d'un air timide et cependant avec une certaine emphase, je ne puis que vous être fidèle et vous obéir en tout comme une esclave. De la conversation, ce n'est pas une pauvre fille bornée comme moi qui peut en avoir. »

Clélia se fit annoncer chez son cousin. Les deux parents se revirent avec des témoignages d'affection fort tendres,

---

1. Petit employé.

car ils s'aimaient vraiment comme frère et sœur. Néanmoins Clélia ne put se défendre bientôt d'un certain embarras, que lui donnait la conscience du petit complot qu'elle tramait. Aussi abrégea-t-elle la visite, sous prétexte qu'Osvald devait encore prendre garde à ne pas trop parler. Elle eut ensuite son entretien avec le diacre. Après quoi, elle voulut causer un peu avec la maîtresse de la maison ; mais celle-ci, occupée des mille soins de son ménage, n'avait pas un instant à elle. Clélia fit en conséquence demander le bailli. Mais il assistait à une audience du tribunal ou s'entretenait avec un magistrat d'organisation judiciaire. Elle souhaita alors de revoir le diacre. Mais il s'était rendu à un synode.

Heureusement que l'heure de s'habiller arriva, et ce fut une distraction. Tout en accommodant les cheveux de sa maîtresse, Fancy pénétra quelque chose du projet que celle-ci méditait. La soubrette aussi avait ses idées, mais elle les gardait pour elle. Nous ne nous croyons pas autorisé à les faire connaître, car on doit le secret même aux filles de chambre. Nous dirons seulement que, comme toutes ses pareilles, Fancy était amie jurée des mésalliances. Elle pouvait bien être tentée, sans doute, d'être jalouse de Lisbette ; mais toute fine mouche qu'elle était, cette fille avait l'âme bonne et reconnaissante. Le jeune comte Osvald avait tiré son vieux père invalide de la misère en lui procurant une place de concierge. « Il ne faut pas oublier les bienfaits, » pensait Fancy, et elle arrangea aussi son petit plan dans sa tête.

Elle mit quelque malice à tirer pour la première fois de son carton une robe toute neuve de mousseline de laine bleue, et à parer ce jour-là sa maîtresse avec un soin tout particulier. Lorsque Clélia se vit si belle dans la glace, elle dit avec un soupir :

« Il est seulement dommage de ne pouvoir montrer cette toilette qu'aux pigeons et aux moineaux de la cour.

— Grand dommage ! répondit Fancy. Monsieur aurait eu tant de plaisir à voir madame la baronne avec cette robe nouvelle !

— Bah ! nous ne sommes pas ici pour une éternité, fit la jolie femme d'un ton dégagé.

« — Je l'espère bien : l'éternité ! ce serait bien long, » dit la complaisante Fancy.

Après le dîner (les hommes s'étant tous excusés, le repas fut des plus brefs, et la conversation assez laconique, ce qui arrive d'ordinaire quand deux dames mangent tête à tête), la jeune baronne fît sonner sa montre et se dit : « Deux heures et demie. L'après-dînée sera longue. » Elle essaya de lire un peu, mais le livre ne l'intéressait point. Elle prit sa guitare et chanta quelque chose; mais elle se lassa bientôt, ne se sentant pas en voix. « Fancy, ma crépine ! » s'écria-t-elle. Fancy apporta la crépine de soie noire, et Clélia fît un tour de jardin; mais les cousins et les mouches l'incommodèrent si fort, qu'elle se hâta de rentrer dans sa chambre.

« Quand Osvald saura à quel ennui mortel je me suis condamnée pour l'amour de lui, il faudrait bien qu'il fût le plus ingrat des hommes pour ne m'en pas être éternellement reconnaissant, dit-elle à Fancy, qui lui ôtait sa crépine et mettait en ordre, autour de son cou potelé, les dentelles un peu froissées par la mante.

— Ce serait assurément le plus ingrat des hommes, » dit Fancy.

Elle prit sa tapisserie et se mit à broder. Cependant le grand bailli était rentré et demanda à venir faire sa cour. En ce jour de disette, d'affreuse sécheresse, l'homme de loi fut reçu avec empressement, comme un sauveur. A la vue de l'objet de ses respectueuses adorations, et de cette ravissante toilette, ses yeux petillèrent, son visage s'épanouit. Croyant remarquer que cette longue tapisserie pesait un peu dans la main de la baronne, il demanda avec vivacité la permission de tenir son canevas. On y consentit du ton le plus caressant du monde. Le bailli radieux s'assit pour ce galant office sur un petit tabouret aux pieds de la jeune dame; et tenant le canevas des deux mains, il considéra les roses qui naissaient sous l'aiguille de Clélia avec la grave attention dont il eût lu une sentence de mort. Clélia travaillait avec ardeur, comme s'il se fût agi de son pain quotidien; et Fancy, assise près de la fenêtre, mettait à sa couture une activité extraordinaire.

Il y eut quelques moments d'une attente assez pénible. Clélia rompit la première ce silence embarrassant, et demanda à son vieil adorateur quels étaient ses desseins à l'égard d'Osvald. Il lui donna à peu près les mêmes explications qu'au diacre. Mais Clélie se récria d'indignation, déclarant qu'elle ne pouvait approuver de pareils procédés, qui lui semblaient brutaux, cruels, et même imprudents, dangereux, parce que l'amour ainsi heurté de front ne ferait que croître et s'exalter davantage ; elle développa ce thème et renversa tout le plan du bailli. Le canevas s'était échappé de ses mains, et le bailli, ahuri, distrait, continuait de le tenir tout seul dans les siennes.

« Mais, mon Dieu, dit-il avec chagrin, quel est donc votre avis ?

— Là-dessus, j'ai mes vues, répondit Clélia d'un air profond. Elles sont fondées sur la connaissance du cœur des femmes. Bref, si je puis quelque chose sur vous, si vous mettez réellement en moi, comme j'ai lieu de m'en flatter, quelque confiance, abandonnez-moi, de grâce, la conduite de cette affaire ; car vous autres hommes, vous n'entendrez jamais rien à de pareilles négociations. »

L'homme de loi eût bien voulu résister, contredire ; mais elle le regarda d'un air si décidé, si impérieux, il redoutait si fort d'encourir sa disgrâce, elle lui paraissait ce jour-là si charmante, si éblouissante dans sa robe de mousseline de laine bleue, il s'était senti si heureux de tenir ce canevas.... Il céda d'un air triste et soumis. Mais déjà sur le seuil de la porte, il se retourna, revint à elle, lui prit les deux mains, les pressa sur sa poitrine, et lui dit avec un gros soupir :

« Il y va de la destinée entière de notre ami. Le sang-froid et la persévérance seuls peuvent le sauver. Votre cœur de femme, votre bonté d'âme ne vous jouera-t-elle point quelque tour ? Résisterez-vous aux lamentations, aux larmes, aux sanglots ?

— Là-dessus tranquillisez-vous, répondit Clélia. Fancy, tu connais ma fermeté.

— Je connais la fermeté de madame la baronne, » dit Fancy.

Après que le bailli se fut éloigné, la baronne demanda à sa suivante si elle devinait son plan. La suivante répondit qu'elle était une fille bien trop simple pour s'élever à de si hautes conceptions.

« Je prétends, » dit la baronne en se faisant ôter par Fancy ses souliers de satin qui la serraient un peu, et en fourrant ses petits pieds dans de mignonnes pantoufles rouges et or, « je veux m'y prendre en femme, et tout s'arrangera, Fancy. »

Elle s'enfonça bien à son aise dans l'angle du sofa. Fancy s'assit à ses pieds sur le petit banc du bailli, et regardant sa maîtresse d'un air humble et patelin :

« Madame la baronne, vous serez toujours la plus noble, la plus généreuse des femmes.

— Crois-tu ? répondit Clélia en souriant et en caressant la joue de sa fidèle suivante. Çà, écoute mon plan. D'après tout ce que j'entends dire de cette Lisbette, c'est une bonne et brave fille. De pareilles natures sont toutes dévouées, prêtes à tous les sacrifices, quand on leur montre clairement que ces sacrifices sont nécessaires au bonheur de ce qu'elles aiment. Je veux m'adresser aux bons sentiments de cette jeune fille, la faire juge de mes motifs, et je l'amènerai sans aucun doute à renoncer à son amour, et à me rendre la parole de mon cousin. Son devoir est de se sacrifier, et elle se sacrifiera. Je saurai ensuite l'éloigner bien loin. Il faut qu'elle soit morte pour Osvald ; mais moi, bien entendu, je prendrai soin d'elle : elle aura toujours une mère en moi.... Il n'y a que le mauvais, le faux amour qui veuille à tout prix posséder ce qu'il aime : l'amour pur, l'amour vrai sait s'immoler lui-même avec joie, » ajouta Clélia d'un ton enthousiaste, tout en se faisant présenter un miroir par Fancy, afin de rattacher une boucle de ses cheveux qui s'était défaite.

Fancy protesta qu'une misérable seule pourrait ne pas renoncer volontairement à un amant dont elle serait sûre de faire le malheur ; et Clélia poursuivit de la sorte :

« Mais je ne puis la voir avant le moment où j'aurai avec elle un entretien décisif ; car j'ai besoin pour frapper ce grand coup de rassembler toute ma fermeté, et de ne me point exposer mal à propos à une dangereuse pitié.

— Non ! s'écria Fancy avec vivacité, non, il ne faut absolument pas la voir. Vous pourriez vous attendrir, la jeune fille pourrait vous gagner le cœur : adieu tous vos motifs, il ne resterait pas miette de vos résolutions, et tout serait perdu. Mais si vous la faites venir devant vous, là, tout à coup, armée de tout votre esprit : je voudrais bien voir alors celle qui pourrait vous résister. Ce plan que vous avez imaginé réussira, c'est chose sûre, et je plains seulement la pauvre Lisbette qui en sera pour son beau comte ; car, madame la baronne, je ne suis pas si ferme que vous, je suis une fille toute simple et compatissante. »

La soirée s'écoula assez vite pour la jeune dame dans une sorte de muette exaltation. Mais la nuit fut agitée, et les habitants de la maison furent les uns après les autres tirés de leur meilleur sommeil par les fréquents coups de sonnette partis de la chambre de la baronne. Pourquoi la baronne sonna-t-elle Fancy si souvent ? C'est qu'elle ne pouvait fermer l'œil. Elle s'en prit d'abord à son lit et à sa fille de chambre, qui, disait-elle, l'avait horriblement mal fait : il fallut relever les oreillers, un quart d'heure après arranger les couvertures, enfin, le sommeil ne venant toujours point, refaire le lit complétement.

Fancy fut ainsi sonnée, renvoyée, resonnée, congédiée de nouveau. Bien que sa conscience ne lui reprochât absolument rien à l'égard de ce malheureux lit, Fancy essuyait sans murmurer les reproches de sa maîtresse, ou parfois se gourmandait elle-même sur sa négligence, sa maladresse; et relevait, arrangeait, retournait avec la patience d'une sainte toutes les parties de ce lit si injustement accusé. Mais rien n'y fit ; et sur le matin Clélia eut une attaque de nerfs. Fancy soigna de son mieux la pauvre malade, lui fit prendre de l'éther, et prépara vite et sans bruit du thé de fleurs d'orange. Aussi le mal s'apaisa, céda ; et avec d'abondantes larmes qui soulagèrent sa poitrine oppressée, Clélia versa dans le sein de sa confidente ses chagrins longtemps contenus. Elle pleura beaucoup, elle se répandit en plaintes amères sur son époux qui avait eu le cou-

rage de l'abandonner ainsi : elle ne voyait que trop, disait-
elle, qu'il ne l'aimait point comme elle se l'était follement
imaginé ; elle finit par s'appeler en sanglotant une pauvre
femme délaissée, seule sur la terre, sans appui au monde....
Fancy cependant apportait tasse sur tasse, la noyait de thé
de fleurs d'orange, et, prenant à partie tous les hommes en
général, assurait qu'ils ne valaient rien du tout, et n'avaient
été créés que pour le malheur des femmes. M. le baron malheureusement ne faisait point exception ; et le pis était
que s'il s'entêtait, et faisait traîner sa visite chez l'oncle
d'Osnabruck aussi longtemps que les affaires de madame la
baronne la retiendraient ici, on ne pouvait même prévoir de
terme à une si désolante situation.

Le lendemain Clélia fut fort souffrante et garda la chambre. Son état ne s'améliora point, quand on lui eut annoncé
que Lisbette était partie le matin pour trois ou quatre jours.
Sans inquiétude désormais sur Osvald, la jeune fille avait
tenu à aller voir son vieux père adoptif. Elle s'était d'autant
plus volontiers décidée à ce voyage, qu'elle voulait éviter
toute tentation, maintenant que son bien-aimé revenait doucement à la vie, de lui causer par sa présence des émotions
peut-être trop vives.

CHAPITRE V.

Où le maire discourt pour la dernière fois de divers sujets importants.

L'un des jours suivants, le diacre se rendit au palais de justice, où il devait être entendu en qualité de témoin. Un certain nombre de gens, assignés comme lui, attendaient en bas devant la porte, causant avec d'autres d'une affaire qui avait, quelques semaines auparavant, excité au plus haut point dans cette petite ville la surprise et la curiosité, qu'on avait depuis un peu oubliée, mais qui était redevenue, au moment où le tribunal allait s'en occuper de nouveau, le sujet de toutes les conversations.

Les témoins devaient être interrogés au sujet de Gaspard le Patriote et de la Grand'ferme. Le grand bailli avait, le jour de sa rencontre avec le borgne, fini par tirer les faits au clair, et en avait dressé un procès-verbal en forme. Lui aussi avait pu se convaincre que l'affaire était prescrite : néanmoins il pensa qu'elle avait trop de gravité, pour que toutes les circonstances n'en dussent point être juridiquement constatées. Le triste accident arrivé à son jeune ami ne ralentit point le zèle de ce louable fonctionnaire. Il porta son rapport au président du tribunal, et donna de vive voix toutes les explications nécessaires; le tribunal fut également d'avis que, si ancien que fût le meurtre qui était avoué, le coupable devait être à tout le moins entendu et provisoirement placé sous la main de la justice.

On arrêta donc Gaspard le Patriote. Le borgne, du haut de la charrette sur laquelle il fut amené, harangua le peuple, maudit les jugements de ses pairs, célébra la justice du roi devant laquelle il allait avec joie comparaître : il se vantait en même temps du tort qu'il avait fait à son ennemi mortel. Le tribunal néanmoins, appréhendant d'être blâmé plus tard, voulut, avant d'aller plus loin, prendre l'avis d'une autorité supérieure ; celle-ci recourut plus haut encore ; et ce ne fut qu'après plusieurs semaines qu'une décision fut rendue. Le tribunal était autorisé à instruire l'affaire, à procéder aux interrogatoires.

On ordonna des descentes sur les lieux ; des témoins furent appelés : tout cela réveilla l'intérêt du public. On apprit quelle autorité singulière le maire avait si longtemps exercée ; le borgne racontait à qui voulait l'entendre qu'il avait soustrait et caché l'épée de son ennemi ; et bien qu'il s'agît là, non point d'un grand crime, mais presque d'une simple espièglerie, ce fut précisément cette particularité, avec tout ce qui s'y rattachait, qui fournit le plus aux commentaires. On admira qu'une institution des vieux âges, qu'on croyait morte depuis longtemps, se fût ainsi perpétuée comme une puissance dans l'État.

Le nom du diacre fut aussi porté sur la liste des témoins. L'information avait été remise aux mains d'un juge grand amateur d'études historiques, qui put se donner carrière. Se piquant d'un peu plus de scrupule qu'il n'était besoin, il voulut entendre toute personne dont il pouvait espérer quelque renseignement sur la Grand'ferme et son propriétaire. C'est ainsi que le diacre fut cité, parce qu'on n'ignorait point qu'il avait de fréquents rapports avec le maire : il ne savait d'ailleurs rien du véritable objet de l'enquête.

On ne fit point attendre le pasteur, par respect pour son caractère, dans la salle des témoins ; il fut immédiatement introduit dans la chambre des interrogatoires. Il y put assister à une scène singulière. Le meurtrier borgne se tenait debout, la tête haute, à la barre ; et dans un coin, tout affaissé sur lui-même, l'air horriblement défait, était assis son opulent ennemi le maire.

« Je vous somme encore une fois, disait le juge à Gaspard le Patriote, de m'avouer ce que vous avez fait de l'épée :

songez que par votre entêtement vous aggravez votre position.... Maire, dites-lui en face à lui-même que vous avez
inutilement fouillé toute votre maison, que l'épée par conséquent ne se trouve plus à la Grand'ferme.

— A moins que cet homme ne soit sorcier, et ne l'ait fait
passer par quelque sortilége dans l'intérieur d'une poutre,
l'épée a été cachée quelque part hors de ma maison, et ce
scélérat doit savoir où, » dit le maire en lançant à son voleur
un regard de colère.

Le borgne, qui tenait son œil braqué sur son ennemi bien
plus que sur le juge, répondit : « Et si elle est encore à
l'heure qu'il est à la Grand'ferme, maire; mais je vous
défie de la trouver jamais, à moins que vous ne preniez le
parti de démolir la maison de fond en comble. Et c'est là mon
plaisir, que vous vous désespériez de savoir qu'elle est tout
près de vous et que cependant vous ne la dénicherez point.
Mon sort, je le connais. Les poucettes et les brodequins
sont abolis. Vous pourrez tout au plus me garder en cage
plus longtemps, monsieur le juge : j'y consens; car je suis
résolu à me taire, je me tairai, dussé-je moisir cent ans dans
un cachot. Ce secret-là sera enterré avec moi. »

Le juge, qui mourait d'envie de voir la vieille épée, s'emporta plus fort contre Gaspard ; mais le maire, se levant tout
à coup d'un air plein de dignité, l'interrompit et lui dit :
« Laissez cela, monsieur le juge, si vous voulez bien écouter
ma prière ; j'ai réfléchi : ce coquin ne voudra rien dire ; et
je saurai bien me passer de l'épée. »

Le juge fit emmener Gaspard le Patriote.

« Soyez à cette heure assez bon, dit le maire, pour recevoir
les déclarations que je souhaite ajouter à celles que j'ai déjà
faites et qui ont été écrites. »

Le juge parut un peu embarrassé. « Mais cela est étranger
au procès, répondit-il; d'ailleurs il me faut d'abord écouter
monsieur le diacre. » La déposition du pasteur fut courte
et tout à fait insignifiante. Le maire en attendit tranquillement la fin; puis il réitéra sa demande.

« A ce que j'ai pu comprendre en gros, dit le juge, vous
voulez faire écrire des choses qui ne sont pas convenables.

— Pas convenables ! reprit le maire en élevant la voix.
J'ai répondu à tout ce que vous avez voulu savoir sur nos
assemblées secrètes, sur la manière dont je les dirigeais : et
maintenant je demande, sauf votre honneur, que mes explications et remarques soient mises avec le reste ; et autant que
je connais le droit, vous ne pouvez pas me fermer la bouche.

— Allons ! dit à son greffier le juge moitié inquiet, moitié
fâché ; prenez note de ce que le vieux va dire.

— Il est vrai, je suis vieux, et je le suis devenu en suivant
le droit chemin, » fit le maire avec calme. Le diacre voulut
se retirer. « Non, restez, monsieur le diacre, dit le maire :
je suis bien trop content que le hasard vous ait fait venir ici ;
car je vous estime de tout mon cœur comme un homme savant et selon Dieu, et il ne peut pas me nuire que vous aussi
rendiez témoignage de mes mœurs et manières.... Monsieur
le scribe, » ajouta-t-il d'un ton d'autorité, comme s'il avait
eu commandement en ce lieu de justice, « écrivez exactement
ce que je veux faire à savoir.

« Monsieur le juge, il se peut qu'avec mon épée et mes secrets du franc-siége, je fasse assez l'effet d'un vieux fou, là,
dans vos écritures ; et s'il m'en souvient bien, j'ai entendu
traiter de sottises et de momeries par le jeune monsieur
noble, avec qui dans mon désespoir j'ai voulu en venir aux
mains, les choses auxquelles mon cœur a été attaché. Mais
je veux maintenant m'expliquer sur ce que c'était que ces
sottises.

« J'ai vu dans ma paysannerie bien des temps et des événements de toute sorte, la paix et la guerre et la grêle, les
inondations, de bonnes années et de mauvaises et de grandes
mortalités de bestiaux. Pour lors, je remarquai, quand je
fus une fois à l'âge où l'homme commence à comprendre et
raisonner, qu'il nous arrivait souventefois de ces messieurs
qui s'entendent aux écritures et à tout mieux savoir que les
gens que ça touche le plus ; ces messieurs-là donc venaient
voir ; oui, après que tout était passé, le mal fait, que les blés
étaient foulés, abîmés, que tout le bétail était péri, ou que les
eaux étaient tout à fait en train de se retirer : ils venaient
voir. Et quand c'était l'ennemi qui avait pillé et fourragé, c'es\

à ce coup qu'on ne les apercevait que bien longtemps plus
tard, inspectant, prenant leurs notes : car tant que durait
le danger, on n'avait guère la chance de rencontrer aucun
de ces messieurs.

« Dans ces occasions, ces messieurs donnaient leurs ordres,
réglaient comme tout devait être remis pour le mieux ; mais,
le plus souvent, dans leur sagesse, disaient des choses...!
dont le sens et jugement était, par exemple, que si la grêle
n'était pas tombée, les grains n'auraient pas versé, et que sans
la pourriture des poumons les vaches seraient encore en vie.

« Pour dire la vérité, on nous envoyait bien par-ci par-là
quelque argent; mais rarement parvenait-il où il faisait
le plus besoin, et en général celui-là remontait le plus vite
sur sa bête, qui ne comptait pas sur l'aide de ces messieurs
du dehors, mais ne s'attendait qu'à soi-même et s'aidait tout
seul ; et, au contraire, j'en ai vu beaucoup venir tout à fait à
rien, pour s'être toujours imaginé à chaque désastre que le
secours viendrait du dehors et qu'ils seraient sûrement dé-
dommagés de leurs pertes.

« Mais une chose nous surprenait plus que tout le reste.
Parmi ces messieurs aux écritures, s'il y en avait eu un dont
les discours et comportements nous avaient paru, à nous
autres paysans, tout à fait drôles, singuliers, de l'autre
monde : il n'était pas rare de voir à quelques années de là
le même monsieur revenir de bien loin, et traverser la
paysannerie dans un équipage à quatre chevaux, avec un habit tout chamarré, devant, de rubans de toutes couleurs, et
l'air de celui qui aurait aidé le Seigneur aux jours de la
création.

« En songeant à tout cela selon mon petit jugement, je
finis par soupçonner que ces messieurs aux écritures nous
servaient de peu, et, qu'au fond, de nous servir il ne leur
importait guère, mais seulement de faire des écritures, et par
le moyen des écritures petit à petit monter dans les carrosses
à quatre chevaux. Et Dieu me pardonne ce gros péché, si
c'en est un : un jour que je passais près d'un champ de navette où étaient les charançons, je ne sais comment, mais je
ne pus m'empêcher de penser à ces messieurs. — D'un autre

côté je considérais à part moi, comment les choses vont dans le monde, et je trouvai (car dans ma vie il m'est toujours venu toutes sortes de réflexions) qu'un brave homme n'est pas embarrassé pour se tirer d'affaire, pourvu qu'il s'évertue, qu'il donne attention au vent et au temps, qu'il regarde à ses pieds et dans ses mains, et qu'il vive en bon accord et union avec ses voisins et pays.

« Voyez-vous, messieurs, c'est de là que presque tout dépend. Et c'est ainsi que je me déshabituai d'abord moi-même de penser au secours du dehors : je payai mes impositions, je supportai mes charges, et du reste je m'arrangeai tout seul, préférant quand un malheur arrivait me donner un peu plus de mal, plutôt que d'appeler les messieurs du dehors à mon aide. Avec le temps, j'en déshabituai aussi les gens autour de moi. Ils prirent sur moi exemple, et bien des choses, qui ailleurs font pousser de grands hélas, n'ont jamais été plus loin que notre finage. Et quand ce chien, ce meurtrier qui m'a soustrait mon épée eut assassiné mon fils, il se trouva par hasard qu'approchant cette époque-là, nous devions nous assembler au franc-siége pour y admettre l'un des nôtres au savoir; et l'idée me vint de m'adresser, comme dans les anciens temps, à cette assemblée secrète pour avoir justice du meurtrier; et je réussis : il fut déclaré par moi exclu de toute paix et communauté, et mis au ban de la vehme; et je l'ai fait servir d'exemple : grands et petits surent que toute injustice serait punie. La chose une fois en train alla toujours de mieux en mieux; peu de procès furent portés devant les juges du roi, et la plupart des délits ne leur furent pas dénoncés : nous accommodions entre nous toutes les contestations et tracasseries. Car quand il s'agit de décider du mien et du tien, à qui appartient ce mur-ci, ou cette bande de pré-là, une bonne tête de paysan en peut venir à bout toute seule. Et quand un vol a été commis quelque part, presque toujours le village sait qui est le voleur; mais qu'il manque quelque chose aux preuves qu'on a contre lui, on verra bientôt le coquin, bien connu pour tel, se montrer insolemment partout, au grand scandale du monde, et même garder ce qu'il a volé à la barbe du propriétaire. Nous prîmes donc sans bruit nous-mêmes en main le droit et la justice, et personne n'aurait pu nous le reprocher; car nous ne faisions de mal à qui que ce fût, nous contentant de rompre tout commerce avec ceux que nous connaissions pour injustes et fautifs, une fois que nous les avions mis au ban de la vehme: on en eut bientôt plus grande peur, de cette vehme, dans le pays, que d'un jugement et de la prison. »

La parole du vieux paysan, qu'on essayerait en vain de rendre dans sa véhémence et sa fière rudesse, se précipitait comme un ruisseau qui roule à grand bruit dans les bois par-dessus les souches d'arbres, les rochers et les cailloux. Le juge voulut l'interrompre; mais le maire lui dit :

« Je vous prie et supplie, monsieur le juge, de me laisser parler jusqu'au bout; car j'ai encore bien des choses à dire. Monsieur le juge et monsieur le diacre, quand nous faisions ainsi tout seuls nos affaires, nous n'étions pas pour cela des gens de désordre et de révolte. Car encore que nous n'eussions point ces messieurs aux écritures en extraordinaire recommandation, le cœur cependant nous battait chaque fois, quand nous pensions au roi. Oui, oui, en ce moment où je prononce son nom, je sens mon cœur qui bat plus fort dans ma poitrine. Le roi, le roi nous est nécessaire, et il n'y a pas une lettre à retrancher à sa puissance, à sa considération, à sa majesté : attendu qu'il est le premier général, le juge suprême et le tuteur commun. Car enfin il y a bien des occasions où l'on serait bien empêché de s'aider soi-même et de prendre conseil de ses voisins. Il est temps alors d'appeler le roi : dans la détresse. Mais de même qu'un homme de bon sens ne va pas fatiguer le bon Dieu de ses plaintes et lamentations à propos de bagatelles, lui crier miséricorde parce que son petit doigt de la main gauche lui fait mal.... non, c'est quand elles sont tout à fait désespérées que ses créatures crient vers lui : ainsi ne nous est-il pas permis d'étourdir le roi pour chaque malheureux *gros* [1] qui manque; quand il y a une vraie nécessité, alors seulement recourons à lui, et le reste du temps contentons-nous d'égayer notre cœur à la pensée du roi, de

[1]. Pièce de deux sous et demi.

l'honorer et révérer, car il est l'image de Dieu sur la terre.
C'est pour être notre joie et notre orgueil surtout que le roi
est établi, et non pour être un Jean à tout faire. Mais quand
un malheureux, à bout, ne sait plus que devenir, que faire
de son pauvre corps, il prend son bâton, un morceau de pain
dans sa poche et se met en route, et marche, marche bien des
journées, tant, qu'il arrive enfin devant le château. Là il se
poste quelque part et montre son papier au-dessus de sa
tête, et le roi le voit : il dépêche en bas un laquais ou un
heiduque, ou n'importe quel autre valet parmi toutes les
espèces et marchandises qu'il a autour de lui pour le servir,
et se fait apporter le papier ; il le lit et assiste le pauvre
homme, s'il peut. Quand il ne l'assiste point, c'est qu'il n'y a
point moyen ; et le malheureux se le tient pour dit et s'en retourne, et se résigne à sa misère comme il se résignerait à la
pulmonie et à la consomption.

« On dit que le roi s'embarrasse peu du monde ; mais
c'est là un gros mensonge, car il aime véritablement ses
sujets au fond de l'âme, sans le dire toujours ; et il a un
très-bon cœur, comme tout potentat allemand doit en avoir
un, et un grand cœur [1]. On est étonné et en admiration quand
on entend raconter aux gens qui sont à même de le bien
savoir, comment, en ces temps de malheur où le Français
faisait rage dans le pays, il s'ôtait, pour ainsi dire, le pain
de la bouche, et ne faisait à ses princes et princesses, à leur
jour de naissance ou à la Noël, que de misérables présents,
uniquement afin de coûter le moins possible à ses pauvres
sujets déjà sucés jusqu'aux os. Aussi le bon Dieu le bénit et
l'en récompense abondamment sur ses vieux jours, et voilà
ses affaires tout à fait rétablies ; et Dieu nous le conserve
longtemps en santé et prospérité ! Et dernièrement encore,
dans notre voisinage, un pauvre homme, manque de pouvoir
payer ses charges et redevances, allait être mis hors de sa
ferme en plein hiver et ses meubles vendus : le roi lui a
donné l'argent de sa poche ; l'autre le lui rendra s'il peut, et
s'il ne peut pas, eh bien ça ne fera rien non plus, a dit le roi.

---

4. Il s'agit ici du roi de Prusse Frédéric-Guillaume III, mort en 1840.

« Aussi, malgré beaucoup d'histoires et de misères qu'on nous fait, et dont nous nous passerions bien, avons-nous, quand nous trinquions, toujours crié de bon cœur : Vive le roi !

« Je viens maintenant à mon dernier propos, monsieur le juge et monsieur le diacre.... Quand l'homme n'a rien de mieux à faire, il laisse ses pensées voyager de côté et d'autre, suivre les nuages qui passent, ou les voitures qui filent sur la grand'route. Les miennes aussi s'en allaient parfois bien loin delà nos plaines et nos collines, et je me disais que si là-bas chacun apprenait de même à ne compter que sur soi, et faisait union avec ses pareils, le bourgeois avec le bourgeois, le marchand avec le marchand, le savant avec le savant, le noble également avec le noble, que si tous faisaient, autant que possible, leurs affaires entre eux, sans que ces messieurs aux écritures y vinssent mettre le nez : nos champs de navette seraient une bonne fois purgés des charançons, et tout le ménage irait admirablement. Les hommes ne seraient plus de sots enfants qui crient toujours : Papa ! Maman ! quand on les a laissés un instant seuls ; mais chacun serait maître et prince dans sa maison et au milieu de ses pareils. C'est alors que le roi serait réellement un grand potentat, un souverain sans égal ; car il serait le roi de plusieurs millions de princes.

« Voilà la morale qu'il faut tirer de toute l'histoire du franc-siége et de l'épée de Charlemagne et de nos prétendues momeries. Écrivez bien exactement, monsieur le scribe, tout ce que j'ai dit ; car je ne veux pas faire la figure d'un niais dans vos papiers ; et s'il arrive que d'autres encore lisent mon opinion, j'en serai content, et il ne me peinerait pas du tout qu'elle dût aller jusqu'au roi. Je n'ai jamais eu la moindre grâce à lui demander, et je n'attends rien de lui pour mon utilité.... Mais j'ai toujours été rempli de joie d'être son sujet, son sujet aussi fier qu'un prince de naissance, et je l'ai aimé et vénéré tous les jours de ma vie. »

Les yeux bleus du maire s'étaient allumés pendant la dernière partie de ce discours ; les mèches de sa chevelure blanche s'étaient dressées comme des flammes ; sa taille était redevenu

haute et droite. Le juge tenait les yeux baissés ; le diacre regardait en face ce vieillard qui lui rappelait les prophètes de
l'ancienne alliance. Le vieux paysan s'inclina poliment sans
rien ajouter et sortit.

Le diacre, profondément ému, le suivit. L'ayant rejoint dehors, il lui posa la main sur l'épaule, et après lui avoir serré
la main : « Vous m'avez vraiment édifié, maire, lui dit-il
avec chaleur. A moi maintenant, à moi votre conseil spiri-
tuel et votre pasteur, de vous édifier à mon tour. »

Le vieux dans l'antichambre n'était plus qu'un simple
paysan qui paraissait malade et épuisé.

« Faites, monsieur le diacre, répondit-il, car j'ai besoin
d'encouragement. J'ai eu trop d'ennuis dans ces derniers
temps. Je ne puis me consoler de savoir que nos secrets ne
nous appartiennent plus, qu'ils vont être divulgués partout
et colportés jusque dans l'Empire par le jeune monsieur. Je
ne veux plus essayer de retrouver mon épée ; car rien n'y fera.
Mais mon cœur sera rongé du chagrin que j'en ressens. Il n'y
aura plus de franc-siége.

— Eh ! que vous importe le franc-siége et votre épée ? Lais-
sez-les publier vos secrets sur les toits, s'écria le diacre le
visage enflammé. N'avez-vous pas en vous-même et avec
vos amis trouvé le mot de l'indépendance ? C'est là le signe
secret auquel vous vous reconnaîtrez et qu'on ne vous ra-
vira point. Vous avez senti que l'homme doit uniquement dé-
pendre de lui-même et non d'étrangers artificieux qui l'ex-
ploitent ; et ce sentiment-là, enraciné par vous dans le cœur
de tous, n'a pas besoin des pierres rangées sous les vieux
tilleuls pour assurer le bon droit. Votre âme libre, ferme,
virile, grand et indomptable vieillard, voilà la véritable épée
à laquelle ne touchera jamais la main d'aucun voleur.

— Vous me faites beaucoup trop de compliments, monsieur
le diacre, répondit le maire avec modestie. Mais je conser-
verai vos paroles dans mon cœur et verrai ce que j'en pourrai faire. »

Ils se séparèrent dans la rue. Le diacre se sentait remué,
agité comme il ne l'avait pas été depuis longtemps.

CHAPITRE VI.

Solennelle explication entre la baronne et le grand bailli.

La jeune dame Clélia avait dans l'intervalle passé les journées les plus tristes, les plus fatigantes du monde. D'abord
elle se soigna, se médicamenta, et ce fut une occupation. Mais
elle se dégoûta vite de la potion que le vieux Silène avait
ordonnée par complaisance. Après en avoir pris quelques
cuillerées, la trouvant absolument fade, insipide, elle fit avec
humeur jeter le reste par la fenêtre. « Je veux laisser agir la
nature, dit-elle ; toute la médecine n'est que charlatanisme. »

Elle se rappela que sa correspondance n'était pas tout à fait
en règle : Fancy dut placer devant elle le pupitre de voyage,
recouvert de maroquin brun à filets dorés, l'ouvrir, en tirer
le fin papier à lettres, rose, jaune et bleu, les plumes d'acier
à manche d'argent, les pains à cacheter de gomme, ornés de
devises, et le presse-papier de bronze. Quand tout cet élé-
gant appareil fut disposé sur la table, Clélia déclara qu'elle
ne savait, en vérité, que mander de ce misérable endroit.
Fancy remballa, sans mot dire, le presse-papier de bronze, le
papier de couleur, les pains à cacheter, les plumes d'acier,
ferma le pupitre et le mit de côté.

Clélia n'eût pas mieux demandé que d'aller plus souvent
tenir compagnie à son cousin ; elle ne lui faisait cependant
que de courtes et assez froides visites, car son bon cœur, un
reste de scrupule l'empêchait en sa présence de surmonter
un certain embarras. Osvald aussi parlait peu : il rêvait tristement à Lisbette et aspirait à la revoir. Celle-ci demeura ab-
sente plusieurs jours, et le malaise de l'attente mit la jeune

baronne de fort mauvaise humeur ; son dépit se tourna tout à coup contre la pauvre enfant.

« Fancy, dit-elle le troisième jour, si la jeune fille n'est pas de retour demain, s'il me faut continuer de sécher ici d'ennui, je crains fort que ma vivacité ne me joue quelque tour et ne me fasse brusquer l'entretien.

— Il n'y aurait rien d'étonnant à ce que madame la baronne s'impatientât ; car il n'est pas permis de se faire attendre de la sorte. »

La jeune dame réfléchit un instant et reprit :

« Mais, s'il me souvient bien, je ne crois pas lui avoir fait savoir que j'avais à lui parler.

— En effet, dit Fancy.

— Je ne puis donc pas lui en vouloir, s'écria Clélia avec humeur.

— Il est vrai. »

Elle reprit son canevas, cette ressource des heures inoccupées. Elle broda la moitié d'une pensée, mais tout à coup poussa un soupir, laissa tomber son ouvrage et dit d'un ton de profonde mélancolie :

« Edmond ne se justifiera jamais des torts qu'il a eus envers moi ! »

Fancy soupira à son tour : « Non, vrai, je ne me serais jamais attendue à cela de la part de monsieur, fit-elle.

— Mamzelle, dit la baronne d'un ton sévère, je vous prie à l'avenir de ne vous plus permettre de pareilles remarques sur mon époux.

— Oh ! mon Dieu ! s'écria Fancy fondant en larmes ; madame la baronne voit ce qui arrive quand les maîtres gâtent leurs domestiques par trop de bonté. Voilà que je me suis permis une remarque sur M. le baron ! »

Elle sanglotait et ne pouvait se consoler de l'impertinence dont elle s'était rendue coupable.

« Laissons cela, et pour Dieu que je ne te voie plus pleurnicher de la sorte, dit Clélia impatientée. Je viens de prendre mon parti. Je ne puis ainsi compromettre ma santé. Je me remettrai de tout au grand bailli. »

Fancy fut l'éloquence même pour approuver cette résolution. « Oui, dit-elle après s'être répandue en éloges sur les idées toujours si judicieuses qu'avait sa maîtresse ; oui, que M. le grand bailli se charge de faire entendre raison à ces amoureux si mal assortis. Une pareille commission ne convient pas non plus à madame ; madame n'est pas faite pour débrouiller une affaire si délicate, madame ne se sentirait pas même le cœur de gronder un enfant qui n'est pas sage : mais M. le grand bailli, lui, est un homme malin, rusé, adroit, qui mène les gens par le bout du nez. Je le parie : il aura terminé demain en un quart d'heure ce dont madame se tourmente depuis trois mortels jours ; la fillette prendra tout doucement le parti de s'en retourner, elle versera quelques larmes et s'essuiera les yeux au prochain village ; le jeune M. le comte, il l'aura aussi bien vite retourné ; car c'est un homme admirablement entendu que M. le grand bailli, et, quelque esprit qu'ait madame, je doute qu'elle réussisse aussi bien.... Non, madame ne peut compromettre sa santé, et inutilement encore. M. le grand bailli tirera madame d'inquiétude. Madame veut lui apprendre qu'elle a changé d'avis? Je cours le chercher sur-le-champ. »

La baronne aurait voulu arrêter ce flux de paroles, mais la langue allait toujours ; enfin, elle s'arrêta. Clélie, toute rouge et frappant le plancher de ses petits pieds, s'écria : « Non! non! non! je ne veux pas que tu cherches le bailli qui gâterait tout. Fancy, je te dis de rester, Fancy, Fancy! » Mais Fancy ne voulait pas entendre et s'était élancée hors de la chambre. « Mon Dieu, s'écria Clélia en pleurant presque de dépit, quel supplice qu'une pareille pécore qui ne sait que vous faire toujours écho!... La voilà qui remonte déjà avec le plumitif. Gare à lui s'il s'avise de me railler! Mais que vais-je lui dire? Car pour rien au monde je ne lui permettrai de se mêler de cette affaire. »

Le bailli entra avec Fancy. Fancy lui avait dit en effet que Mme la baronne ne savait plus à quel saint se vouer, désespérait de rompre la mésalliance : l'habile fonctionnaire triomphait et ne put dissimuler sa joie. Il n'eût pas été impossible que Clélie se décidât à lui remettre le soin des négociations : il n'avait qu'à se montrer humble, modeste, plein de gravité

et de déférence. Il parut, au contraire, avec le sourire sur les
lèvres, un air de supériorité dans le regard et dans toute sa
contenance ; il affecta de tourner la chose en plaisanterie.
C'était la première fois dans ce voyage que le pauvre bailli
se permettait de prendre ce ton, il ne pouvait plus mal choisir le lieu et l'heure.

, Dès que Clélia vit ce sourire de son positif ami et ancien
subrogé tuteur, dès qu'elle eut compris qu'il voulait tout
simplement lui imposer, et deviné avec une finesse toute fé-
minine ses intentions moqueuses, elle retrouva à l'instant
toute la fermeté que nous avons déjà eu mainte occasion
d'admirer en elle.

Il s'avança vers elle et lui dit en souriant : « Eh bien!
chère enfant, il a donc fallu faire avancer le chevalier de la
triste figure? » Il voulut lui prendre la main ; Clélie la retira
vivement, et se recula. Ses anciennes relations avec elle l'a-
vaient mis sur le pied de la familiarité, et que de fois il avait
usé de ses priviléges ! Mais ce jour-là Clélia ne voulait pas
être *sa chère enfant*, elle entendait être prise au sérieux et
exigeait tous les respects dus à son rang.

Le bailli de nouveau se rapprocha d'elle. « Ma petite Clélia, dit-il en souriant plus agréablement encore, je suis charmé
que vous reconnaissiez vous-même que l'entreprise était au-
dessus de vos forces. Allons! n'en soyons pas honteuse. Don
Quichotte est là qui vous répond de tout. » Il essaya encore
de s'emparer de sa main qu'il voulait dévotement baiser ; car
les gens d'affaires ne sont jamais plus galants que lorsqu'ils
voient l'objet de leurs attentions dans l'embarras. Mais Clélie
la lui arracha presque et lui dit d'un ton sec : « Monsieur le
grand bailli, je ne devine pas du tout ce qui vous amène et
ce que vous me voulez. »

Le bailli fit la grimace qu'il avait coutume de faire chaque
fois qu'un de ses inculpés, dont il attendait en toute confiance
les plus complets aveux, se jetait tout à coup dans un système
décidé de dénégation. Il regarda fixement Clélia, et fit un ou
deux tours dans la chambre. Puis il prit en main le canevas
et eut l'air d'y chercher le fil d'Ariane. Ensuite il leva le
couvercle du pupitre, et considéra avec la plus profonde at-

tention le papier de couleur qu'il renfermait. Finalement, il
régla sa montre, quoiqu'elle allât parfaitement bien. Après
tous ces muets préambules, se plaçant devant Clélia, il lui
dit du plus grand sérieux : « Madame la baronne, je ne suis
point fou.

— Et moi, répliqua Clélia non moins sérieusement, je ne
suis ni votre *chère enfant*, ni votre *petite Clélia*, monsieur le
grand bailli. »

Ces mutuelles déclarations furent faites avec une si terrible
solennité que Fancy se mordit les lèvres pour ne point rire.
Il y eut de nouveau un long silence. Le bailli le rompit le
premier : « Il est de mon devoir, de vous prier, de faire en
sorte, qu'avant demain soir, la fiancée, si fiancée il y a (qui,
m'a-t-on dit, sera de retour tantôt), vous ait donné sa parole.
Au cas, où les circonstances, empêcheraient ce résultat :
vous voudrez bien m'excuser si je considère comme rétractée
la promesse que vous avez faite d'arranger cette affaire et
me charge, moi-même, de la mener à bien. » Cela dit, d'un
ton mesuré et glacial, il salua d'un air gourmé et sortit.

Clélia ne parut pas à table ce soir-là. Fancy essaya de la
distraire en lui faisant une lecture. Elle trouva sous sa main
un vieux numéro d'un *Courrier du Rhin* qui traînait depuis
quinze jours dans la chambre. Elle n'en passa pas une ligne :
elle lut d'abord un article sur les complications de la question
d'Orient, un autre sur les allées et venues des christinos et
des carlistes, un troisième sur la tant et tantième grande
crise ministérielle en France; enfin, quelques faits divers
concernant l'Allemagne. Elle passa aux annonces. En tête se
trouvait le rôle des assises qui allaient s'ouvrir à Elberfeld.
Puis venaient des logements à louer; de braves filles pu-
bliaient qu'elles·savaient en perfection coudre et repasser;
un peintre en bâtiments demandait un apprenti de bonne vie
et mœurs. Plus loin quelqu'un réclamait sentimentalement
un canari envolé ; un chasseur avait perdu un chien basset
brun. Les bateaux à vapeur continuaient de partir régulièrement tous les matins. On venait de mettre en vente et en
perce des vins clairets naturels, mais un sceptique lecteur
avait gravé au crayon rouge devant cette dernière épithète

un grand point d'interrogation. Des concerts enfin devaient avoir lieu dans différents endroits où l'on était assuré de trouver, outre un incomparable orchestre, les meilleurs mets de la saison.

Clélia donna peu d'attention à toute cette lecture. Le seul mot d'*assises* frappa son esprit dans un moment où il était encore désagréablement occupé du bailli et de ses grands airs de suffisance. Il lui avait souvent parlé de son grand désir d'assister une fois à ces débats publics. « On pourra envoyer le plumitif là-bas pour peu qu'il nous gêne ici, » s'écria-t-elle.

Une voiture s'arrêta assez tard devant la maison : c'était Lisbette qui revenait.

Clélia ordonna à sa fille de chambre de lui amener le lendemain la jeune fille sur le midi ; car, dit-elle, quand il s'agit de décider une personne à prendre une résolution qui lui coûtera, il ne faut point la recevoir en négligé. Elle se mit au lit avec beaucoup de dignité ; et il ne lui arriva pas une seule fois en s'éveillant cette nuit-là de songer à son indifférent époux : tant elle était pénétrée de l'importance de sa tâche du lendemain.

CHAPITRE VII.

Objections de Lisbette à la théorie de l'amour désintéressé.

Fancy, au premier rayon du matin, retira d'une jardinière placée devant sa fenêtre, et où le diacre exposait quelques-uns de ses plus beaux échantillons, un magnifique pied de myrte, en mesura les branches les plus longues et les plus fraîches, toutes chargées de boutons et de fleurs, enleva en

agitant un léger plumeau la poussière qui s'était déposée sur
les feuilles, chantonna en même temps, mais si bas que sa
maîtresse couchée dans la chambre à côté ne pouvait l'entendre, la vieille mélodie du *Freischutz* :

> « Nous tressons pour toi la couronne des vierges
> « Nouée de soie violette, »

sourit, soupira, mit la main sur son cœur, et laissa le myrte
dans la chambre, afin, se dit-elle, de l'avoir sous la main.
Après quoi elle alla trouver Lisbette et s'acquitta de sa commission. Lisbette était sérieuse et triste; car elle avait été
soumise chez son père adoptif à une pénible épreuve. Fancy
avait un mot à lui dire : mais ce grave visage glaça la langue
de la maligne soubrette.

La jeune dame, à qui la parenté imposait de si austères
devoirs, se leva, et après son déjeuner demanda à Fancy :

« Que mettrai-je bien, aujourd'hui?

—Madame la baronne, répondit Fancy, il faut faire grande
toilette.

— Soit ; mais sans exagération, dit la baronne.

— Oui, sans exagération, » répéta Fancy.

La soubrette chercha dans les coffres et cartons, et en tira
la plus élégante toilette. Elle se décida pour une superbe robe
de cachemire violet, à taille festonnée, et un châle de mousseline de soie blanche. Elle choisit des bas à jour des plus
fins, des souliers de satin noir, et une paire de gants blancs,
courts, et garnis de dentelle. Après avoir passé la revue des
bijoux, elle pensa qu'une massive châtelaine, à anneaux d'or
et d'argent, à médaillon, et à fermoir gothique, conviendrait
parfaitement. Trois bracelets ne lui parurent pas de trop :
l'un (magnifique présent du mari absent), rehaussé de pierres
précieuses dont les initiales réunies formaient le nom de
Clélia ; les deux autres, plus simples : un anneau d'or tout uni,
et un cercle orné de turquoises. Elle mit à part pour les cheveux une chaîne d'or; elle y voulait d'abord joindre un
éblouissant diadème; mais, réflexion faite, elle referma l'é-
crin. Il va sans dire qu'un mouchoir brodé de la plus fine
batiste ne fut pas oublié.

Pendant ces savantes combinaisons et importants préparatifs, Clélia de son côté se préparait, et dans le sens le plus sérieux du mot, à l'entretien qu'elle allait avoir avec Lisbette.
Elle lisait un roman, et en même temps méditait l'allocution
qu'elle se proposait d'adresser à la jeune fille. De fait, l'aventure d'Osvald était tellement en dehors de tout ce que pouvait autoriser son rang dans le monde, que les plus forts
arguments, tirés du juste sentiment des convenances, du dés-
intéressement, du sacrifice imposé à l'amour vrai, durent se
présenter en foule à l'esprit de la jeune baronne. Elle repas-
sait, elle développait avec complaisance en elle-même ces
arguments dont l'effet devait être irrésistible sur une âme généreuse, sur une âme de femme, et puis s'interrompait parfois pour lire quelques pages de son roman. Comme il était
de ceux qui chez nous arrivent à la seconde édition, il ne
pouvait le moins du monde détourner le cours de ses pensées. Elle était si fort enfoncée dans ses réflexions, qu'elle ne
s'apercevait ni des allées et venues de Fancy, ni de la fuite
des heures qui s'écoulent d'ordinaire bien vite pendant ces
exercices d'éloquence intérieure.

Fancy dut l'avertir qu'il était temps de se faire habiller.
Toujours préoccupée, Clélia ne donna aucune attention à sa
toilette. Elle laissa ôter de ses jolis pieds blancs les simples
bas du matin et remplacer ceux-ci par d'autres, à jour, aussi
légers, aussi finement tissus qu'une toile d'araignée; elle ne
remarqua point qu'en tressant ses cheveux Fancy les entre-
laça d'une chaîne d'or; elle passa sa magnifique robe de cachemire, elle laissa entourer sa charmante taille de la lourde
châtelaine, couvrir ses épaules et son cou du châle de mousseline de soie, sans faire la moindre observation. Seulement,
lorsque Fancy apporta les gants blancs garnis, elle fit un
geste de surprise et s'écria :

« Mais, Fancy, ce sont là des gants de bal.

— Madame la baronne, répondit Fancy gravement, c'est
l'accessoire obligé d'une parure complète. »

Clélia se regarda, courut à la glace et s'écria :

« Mon Dieu, cette toilette est beaucoup trop recherchée !
Tu m'as parée comme pour une soirée chez les Liechtenstein.

Vite une autre robe. Ote-moi cette châtelaine. Défais la chaîne d'or.

— O ciel! qu'ai-je encore fait! dit Fancy d'une voix dolente. Nigaude que je suis! » On frappa à la porte. « Ah! mon Dieu! voilà déjà Lisbette!

— Va lui dire....

— Que madame la baronne a fait une toilette trop recherchée, veut s'habiller plus simplement.... » Fancy se dirigeait vers la porte.

« Reste! lui cria Clélia toute hors d'elle-même. Tu serais assez folle pour dire pareille impertinence. Je crois vraiment que tu t'es hébétée dans ce méchant trou de ville. On frappe encore.... Elle nous a entendues parler : je ne sais que lui dire.... Sotte! dans quel embarras tu me mets!... Des gants!

— Les voilà, dit Fancy.

— D'autres! Veux-tu pas me faire trôner là comme une princesse d'opéra, toute fière d'étaler les générosités de ses amants? Ne me faudrait-il pas peut-être encore un éventail? Des gants noirs, simples!

— Noirs, simples! Voilà.

— Mon bracelet! »

Fancy attacha avec une incroyable prestesse les trois bracelets, tandis que sa maîtresse avait les yeux fixés sur la porte.

« Est-ce fait?

— Oui, madame.

— Entrez!... Ciel! Trois bracel.... » Mais elle ne put même achever ce dernier mot, et il n'y avait plus moyen de se débarrasser de ce surcroît de parure. Car déjà Lisbette était entrée.

Le contraste était grand entre cette taille jeune, svelte, distinguée, ces simples habits, et la baronne, peut-être un peu trop courte et potelée, écrasée de ses plus beaux atours. Elle se présenta d'un air modeste, mais assuré. Clélia essaya d'abord de prendre de grands airs; mais son excellent cœur ne lui permit pas de les soutenir. Elle tendit la main à Lisbette d'un air moitié amical, moitié contraint, s'assit sur le sofa, fit avancer une chaise, et dit tout bas à Fancy de se retirer dans la chambre à côté. Elle étala comme par hasard et fort adroitement son mouchoir, de façon à dérober du moins aux yeux de Lisbette la magnificence de la châtelaine et des bracelets. Que n'eût-elle pas donné pour avoir, au lieu de la robe de cachemire, la simple robe de mousseline de laine! Cette grande toilette lui faisait perdre la moitié de sa fermeté. Elle chercha quelque temps en vain comment attaquer la conversation, et il y eut, après que Fancy les eut laissées seules, un assez long silence. Lisbette avait les yeux baissés, ne se doutant pas le moins du monde du langage qu'on allait lui tenir; car Clélia lui avait toujours fait un accueil plein de bonté.

Enfin la baronne faisant un effort se décida à parler. Elle dit que jusque-là la maladie d'Osvald avait été l'unique objet de toutes les préoccupations; mais qu'avec son rétablissement les rapports de la vie reprenaient toute leur importance, et qu'en conséquence elle souhaitait avoir avec Lisbette, sur l'avenir, un entretien sérieux et confiant.... Comme la baronne avait débité son exorde avec toute la dignité, il est vrai, dont elle était capable, mais du ton le plus gracieux, Lisbette dut le prendre pour une ouverture tout amicale. Elle répondit d'un air timide que la baronne lui faisait grand plaisir de lui parler ainsi, et prit la main de Clélia pour la baiser. Mais avant d'en avoir approché ses lèvres, elle se rappela tout à coup ce qu'elle était devenue par l'amour d'Osvald; elle se redressa doucement et laissa retomber la main de Clélia, qui ne put à ces mouvements cacher sa surprise.

« Eh bien, mon enfant, que comptez-vous faire? » dit Clélia un peu embarrassée et se drapant dans son châle. Lisbette rougit, baissa de nouveau la tête et répondit : « Il n'a point encore été question entre nous, entre le comte et moi, de l'époque de notre union.

— De votre union! s'écria Clélia avec vivacité. Hé, ma chère enfant, vous parlez d'une union avec mon cousin comme d'une chose décidée et qui va de soi. »

Lisbette releva lentement la tête, et regardant Clélia d'un air tout étonné : « Et de quoi donc vouliez-vous me parler, madame la baronne? »

L'effet d'une simple question, mais venant à propos, est souvent très-grand. Clélia s'était attendue à de l'enthou-siasme, à des protestations d'amour, à des paroles enflam-mées : elle était prête à répondre avec non moins de feu. Mais il lui fallait tout nettement dire ce qu'elle voulait, et cette nécessité, dans de certains moments de la vie, vous prend fort au dépourvu. Ce fut à son tour de baisser les yeux ; elle ne put que balbutier quelques mots entrecoupés :

« Vous paraissez n'avoir pas réfléchi, Lisbette.... Ne croyez pas du moins, ma chère enfant, que je veuille vous faire de la peine.... oh ! non certes.... Et si vous étiez seulement.... je serais heureuse.... Mais il y a des choses dans la vie, des choses qu'une nécessité..., des choses, Lisbette.... Mon Dieu, vous devez bien me comprendre....

— Oui, madame la baronne, je vous comprends à cette heure, » dit Lisbette en retenant ses larmes.

Clélie respira. « Eh bien alors, Lisbette, du courage ! s'é-cria-t-elle. A une belle âme comme la vôtre il ne faut que montrer le bien pour qu'elle l'embrasse aussitôt. L'amour véritable veut le bonheur de l'objet aimé. Et le bonheur ? Est-ce un moment de délire ? est-ce l'ivresse de la lune de miel ? Hélas ! non. Le vrai bonheur, au fond, ne se trouve que dans l'harmonie de tous les rapports sociaux, dans le sentiment de cette harmonie. Ne pas souffrir que cette har-monie soit troublée aux dépens de l'objet de nos affections, voilà l'amour, l'amour vertueux. Vous sentez de vous-même, chère Lisbette, ce que je tais, ce qu'il me serait pénible de vous dire.... Il y a impossibilité, oui impossibilité. Mon Dieu, si seulement vous étiez.... Mais.... vous comprenez, si vous aimez loyalement mon cousin, que vous ne pouvez l'épouser. Et maintenant venez, ma pauvre enfant, venez sur mon cœur, épancher vos chagrins ; car, je vous le jure, je suis faite pour vous plaindre et vous comprendre. »

Elle ouvrit ses bras à Lisbette. Mais celle-ci se refusa avec un geste respectueux à cette démonstration d'amitié.

« Madame la baronne, dit-elle, pardonnez-moi si je n'ose encore me reposer à cette place.... O mon Dieu, que nous som-mes loin l'une de l'autre, et que j'étais peu préparée à ce qui m'arrive, et comment ferai-je pour vous dire tout ce que j'ai dans le cœur, sans manquer aux égards que je vous dois?... Vous me comprenez, me dites-vous? Mais moi, madame la baronne, je ne puis sentir les choses comme vous.

— Comment? Vous ne sentez pas que votre devoir est de renoncer à lui? dit Clélia avec vivacité.

— Oh! non, non, non! s'écria Lisbette courageusement. Je ne sens pas du tout ce devoir-là, madame la baronne. Vous pensez que je dois renoncer à lui. Et pourquoi? Afin que l'enfant trouvée ne pénètre point dans la maison des comtes de Valdbourg, afin que le comte Osvald puisse épouser une comtesse ou une princesse, afin que l'harmonie des rapports sociaux, comme vous dites, ne soit point troublée. Oui, je le sais, les choses se racontent souvent ainsi dans les histoires d'amour que j'ai lues. La jeune fille fait un beau discours sur l'abnégation et le devoir, et puis elle se cache, elle disparaît, et l'amant ne la revoit jamais plus. Madame la baronne, si toutes ces histoires ne sont pas inventées à plaisir par ceux qui les écrivent, je dis que de pareilles filles ne savent ce qu'elles font, que ce sont d'abominables filles qui trahissent leur amant!... Le bonheur?... Je ne connais qu'un bonheur et qu'un malheur. Et mon bonheur sera de ne plus quitter Osvald, de devenir sa femme devant Dieu; si j'y devais renoncer, je ne puis ni imaginer ni dire quel malheur serait le mien. Voilà ce que je sens, ce que je pense. Et j'aurais de lui moins bonne opinion que de moi-même? de lui qui m'a appelée sa vie, son espoir? Ce n'aurait été là que des mots, de vains mots échappés à quelqu'un qui ne sait ce qu'il dit? Non, c'est un homme loyal qui les a dits du cœur, un homme vrai, sincère. Le sacrifice que vous exigez de moi serait donc le plus grand crime que je pusse commettre envers Osvald. Je serais coupable envers son âme immortelle, si je pouvais convenir qu'un nom, un écusson lui est plus cher que ses plus chers sentiments. Le sang de mon fiancé crierait contre moi, ce sang qui lui a monté du cœur aux lèvres parce que pendant tout un jour il avait douté de Lisbette. Il a voulu mourir parce que dans ma sottise et ma folie j'avais laissé entre lui et moi la largeur d'un chemin!

Et il vivrait, après que j'aurais jeté entre nous deux le monde
et le silence et les ténèbres! Non! Je ne renoncerai point à
lui pour l'abandonner au malheur et au vide!

—Dieu vous éclairera! dit Clélia avec chaleur. Dieu anéan-
tira ces sophismes de la passion. Hélas! c'est là ce qu'il y
a de terrible en elle, qu'elle ne voit qu'elle, ni terre, ni ciel,
et qu'elle se laisse avec cet aveuglement emporter aux abîmes,
d'où l'on ne remonte point!... Mais Dieu vous assistera, vous
sauvera de la mort spirituelle. Vous êtes pieuse, je vous vois
aller à l'église, vous nourrir de saintes lectures : Dieu allu-
mera une lumière dans votre âme.

— Dieu? C'est lui qui m'assiste en ce moment, c'est lui
qui met ces paroles sur mes lèvres. Je ne sais si je suis
pieuse. Mon enfance a été bien misérable et abandonnée.
Mais j'ai toujours été attachée à l'Église, et je crois au Tout-
Puissant. Cependant depuis que j'aime Osvald, je n'ai plus
qu'une seule prière : « Père, sois avec lui et avec moi. » Je
ne prie point pour lui seul, ni pour moi seule, mais pour
nous deux, et c'est là, je crois, madame, la lumière que Dieu
a allumée dans mon âme. Je vois la terre au-dessous de moi,
le ciel au-dessus de moi; mais d'où souffle la tempête qui
m'emporte à l'abîme? »

Clélia s'écria avec emportement : « Songez donc aux liens
où il est retenu, songez à ses parents, à l'orgueil de sa famille, songez à notre roi, songez enfin au propre cœur d'Osvald, aux embarras, aux anxiétés d'un cœur en lutte avec les
circonstances extérieures, avec les exigences du monde :
voyez donc, au nom du ciel, les choses comme elles sont!

— Oui, madame la baronne, je vois les choses comme elles
sont, et non pas comme elles semblent être. S'il avait encore
son père et sa mère, je comprendrais ces raisons. La puissance des père et mère vient de Dieu, je le sais, bien que je
n'aie eu, moi pauvre fille, ni père ni mère. Renoncer à lui,
non jamais je n'y consentirais, eût-il encore ses parents ;
mais j'attendrais patiemment, et je lui dirais : « Osvald, attends comme moi avec patience que Dieu change la volonté
de tes parents. » Mais maintenant!... Des liens, toujours des
liens!... Eh! ne sera-ce pas un lien aussi, si je deviens sa

femme? Ainsi donc, lien pour lien, celui-ci vaut bien les
autres!... Est-ce que ses grands parents, ses oncles et ses
tantes le prendront dans leurs bras pour qu'il y repose, y
sourie, que son âme y grandisse et prospère? Non. Mais moi
je le ferai. Votre roi relèvera-t-il sa maison? Non. Mais moi
je le ferai, avec la bénédiction de Dieu. Et s'il était jamais
assez faible de cœur pour être embarrassé de moi (car il est
possible qu'en cela vous ayez raison), eh bien! la force est
faite pour être associée à la faiblesse. Je serai sa force, je lui
demanderai : « Osvald, as-tu honte de moi? » Et je le crois,
madame la baronne, à cette question il répondra oui; mais
il sera homme, et mettra pour toujours de côté toute indigne
pusillanimité. »

La résistance irritait de plus en plus Clélia. « Je me sentirais, moi, humiliée par un époux si fort au-dessus de ma
condition, dit-elle d'un ton aigre et incisif.

— C'est possible, repartit Lisbette. Chacun là-dessus juge
d'après ses propres sentiments. Moi je ne me sens pas humiliée le moins du monde de ce qu'il est un grand comte, et de
ce que je suis moi une pauvre fille sans naissance. Il pourrait être dix fois plus grand seigneur encore, que je n'en
sentirais aucune humiliation. Oui, je le sais, il y a eu des
jeunes filles dans ma position qui disaient en pleurant : « Que
n'es-tu un pauvre berger, ô mon seigneur bien-aimé! »
Pour moi, je ne me le souhaite point humble berger, je ne
souhaite point qu'il rabaisse sa grandeur à cause de ma peti-
tesse. C'est au contraire un nouveau sujet de joie pour mon
cœur, de le savoir si fort au-dessus de moi, et d'être relevée
de mon abaissement, d'être faite comtesse, d'être conduite
par lui dans son orgueilleux manoir. Ah! je ne veux plus
compter pour rien, plus rien être par moi-même, mais tout
par lui, tout tenir de lui, tout, tout, partager avec son cœur
sa gloire, sa considération, ses richesses! Plus il me donne,
plus je me sens heureuse. Car si son amour est prodigue,
est d'une inépuisable générosité, le mien est avide de recevoir
et toujours insatiable. Je suis sa créature, et il est mon
créateur terrestre; oui, Dieu me crée par lui une seconde
fois. Je veux dormir et rêver sous les ailes de l'amour, et

m'éveillant sur la cime où ces ailes puissantes m'auront
portée, je la saluerai d'un chant joyeux d'alouette comme la
demeure où mon destin m'appelait. »

Clélia dit avec plus de dureté encore, peut-être pour cacher
une émotion toute contraire qui commençait à la gagner :
« Il est sans doute commode, il en coûte peu de prouver de
la sorte une tendresse sans bornes. »

Mais Lisbette resta calme, et répondit de son ton le plus
doux : « Madame la baronne, ce n'est point votre cœur, c'est la
colère qui vient de vous faire parler.... Nous sommes ici deux
femmes seule à seule ; aucun homme ne nous écoute, et je puis
parler avec plus de hardiesse qu'il ne me siérait autrement. Je
ne sais ce que j'éprouve, mes yeux se voilent, mes lèvres
tremblent ; vous m'avez poussée à l'extrémité : écoutez donc
tout ce qu'en cette extrémité ose dire une jeune fille. Le suis-
je encore ? Je ne sais comment ces pensées me viennent. Mais je
veux vous les dire.... Vous êtes femme et vous avez été jeune
fille. Ne frémissiez-vous point, ne rougissiez-vous point à l'idée
qu'une autre main que la vôtre pût toucher votre épaule ? Et
maintenant vous avez donné à votre époux votre âme et
votre corps, vous lui avez abandonné votre personne et
votre honneur virginal. Ne sommes-nous point égales à cet
égard ? La fiancée d'un empereur peut-elle se glorifier d'un
plus haut avantage que de la majesté de son honneur virginal ?... Dans mon honneur de jeune fille je me sens l'égale
en noblesse de la fiancée de l'empereur. J'accepte humblement
tout d'Osvald ; mais je puis aussi sans humiliation, avec joie
et orgueil parler de la dot que j'apporte ; car de quelques
biens que je doive être comblée par votre parent, je lui fais
un sacrifice, au prix duquel tous ceux qu'il me pourra jamais
faire ne sont rien. »

Elle se tut. Le feu de la plus charmante pudeur avait enflammé son visage et son cou. Elle arrêtait sur Clélia un regard perçant. La baronne sentait son éloquence épuisée.
Elle fit signe à Lisbette de la laisser. Lisbette se dirigea vers
la porte.

Mais sitôt que Clélia ne sentit plus sur elle les regards ir-
résistibles de la jeune fille, sa confiance de grande dame lui

revint. Elle cria d'un ton dégagé à Lisbette qui s'en allait :
« Vous êtes tous deux des enfants, des fous! Je ne sais plus
pour le moment comment m'y prendre avec toi, mais je parie
qu'avant peu de jours tu tiendras un tout autre langage, et
me donneras raison : car cet amour-là s'en ira aussi vite
qu'il est venu. »

La jeune fille se retourna, et revint avec toute la dignité
d'une prêtresse vers la grande dame. Ses yeux brillaien
d'un éclat sublime ; d'une voix pleine, sonore, soutenue, elle
lui dit :

« Combien vous vous trompez! Revenez d'une illusion qui
cache à vos yeux une chose belle et sainte. Je vous en prie,
revenez de l'erreur qui vous fait croire qu'il s'agit entre
nous d'une fantaisie, d'un caprice d'un instant. Cette erreur
nous coûterait à nous bien d'amers chagrins, et à vous bien
des peines inutiles.

« Connaissez-vous le mot : *éternel*, madame la baronne?
Je ne l'avais naguère, je crois, jamais prononcé encore; car
je n'avais pas coutume de parler de choses qui ne disaient
rien à ma pensée. Mais lorsque, dans l'église, il me prit
dans ses bras et me fit tomber au pied de l'autel, victime de
l'amour offerte au Tout-Puissant, à ce moment cette parole
retentit tout à coup, avec la puissance d'un cri poussé par
mille voix, dans mon cœur ; et depuis cette heure, toujours,
de quelque pensée, de quelque sentiment que mon âme
soit occupée, j'entends une musique chanter en moi et répéter sans fin, comme un alleluia céleste : Éternel! Car celui
qui reçoit le véritable amour dans son cœur, celui-là y reçoit
l'éternité. Mais l'éternité, cela ne passe point : respectez
donc, madame la baronne, ce qui sera le mot éternel de
mon cœur.... La femme de notre hôte, qui s'est quelquefois
intéressée à moi, et qui est d'avis qu'une jeune fille n'a pas
besoin d'apprendre beaucoup dans les livres, mais que la
vue de belles âmes est pour elle le meilleur enseignement,
m'a donné à lire dans ces dernières semaines les lettres
d'une amie. Cette amie a goûté les douceurs d'une union
parfaite mais courte ; et son mari avait toujours dit qu'un
si rare bonheur ne pourrait durer longtemps, et sa mort en

effet ne tarda pas à arriver. Dans l'une de ces lettres, l'amie raconte ses derniers moments. Il avait une maladie terrible qui vous serre le gosier de plus en plus et finit par vous étouffer. Le dernier jour, le malade pouvait à peine parler, mais sans cesse il tenait les yeux fixés sur son anneau de mariage, et, le montrant à sa femme, il rassemblait toutes ses forces pour lui dire ce seul mot : « Éternel. » Il se tordait déjà dans les douleurs de l'agonie, qu'il le râlait encore, tant qu'un son put sortir de sa pauvre poitrine. Et il mourut ainsi avec la promesse d'un amour éternel.

« Ainsi en sera-t-il de moi et d'Osvald. Il se peut qu'il ne nous soit pas donné de rester longtemps l'un près de l'autre ; car, nous aussi, un grand, un ineffable bonheur nous attend. Mais celui des deux qui mourra le premier, tant que ses lèvres pourront balbutier un mot, c'est ce mot d'éternel qu'il murmurera à l'autre : et le survivant sera consolé, il saura que notre amour ne sera pas enfoui sous la terre de la tombe ! Mais ce que ne pourra la tombe, vous renoncerez certainement à le vouloir, madame ; car la vie en vous se montre aimable et bonne.... Pardonnez-moi d'avoir parlé avec si peu de réserve : j'aurais laissé parler votre cousin, car il est mon maître, s'il était en état de le faire. Mais comme ses forces ne le lui permettent point encore, j'ai dû m'expliquer puisqu'on m'y a contrainte, j'ai dû nous défendre lui et moi contre le monde, et contre ce démon que, il y a quelques jours, un secret pressentiment lui faisait redouter. »

CHAPITRE VIII.

Victoire.

Clélia s'était renversée sur le sofa, ébranlée, attendrie, vaincue. Le cœur triomphait de toutes les folies de l'aimable folle. Elle ne songeait plus à cacher la châtelaine et se couvrait les yeux de son mouchoir.

Fancy s'avança sur le seuil de son cabinet. « Entrez un peu ; laissez-lui du temps, » dit-elle à voix basse. Lisbette, un peu troublée, entra dans le cabinet. Fancy la força de s'asseoir. Elle entoura d'un fil de soie les tresses de Lisbette ; puis, ayant également mesuré quelques branches du myrte, elle les coupa et en fit une couronne.

Cette fille aussi avait une larme dans les yeux, et tout en tressant sa couronne elle dit à Lisbette : « Quand je la vois pleurer ainsi, j'ai honte de mes petites ruses ; et cependant elles étaient nécessaires. Car si je ne lui avais brouillé l'esprit à force d'obséquiosité, et fait perdre contenance du dépit de se voir parée comme une châsse, elle vous eût tenu bien autrement tête, jeune et noble comtesse ; ou bien M. le grand bailli aurait repris la partie, et vous n'auriez pas eu beau jeu.... Mais Fancy est reconnaissante. Soyez assez bonne pour dire à M. le comte que la fille du concierge s'est revanchée pour son vieux père. »

Lisbette ne comprit point ce que voulait dire cette fille. Elle n'eut pas non plus le temps de lui faire de questions ; car elle entendait dans la chambre à côté pleurer à chaudes larmes, puis rire tout aussi fort, et puis sangloter encore ; et longtemps les rires et les pleurs alternèrent ainsi. Enfin,

une voix douce et tendre appela Lisbette par son nom.
Quand elle entra dans la chambre, Clélia vint au-devant
d'elle les bras ouverts, la nomma sa cousine, et lui dit : « Je
veux qu'il soit à toi. »

La jeune et aimable folle était de ces heureuses natures
qui, dès qu'elles s'aperçoivent qu'elles ont fait une sottise,
l'avouent sans balancer, et cherchent de leur mieux à la
réparer. — Pas de bouderie, pas d'hésitation, pas de feinte
résistance ; aucun souffle d'hypocrisie ne ternissait le miroir
de cette âme dont la gracieuse naïveté avait quelque chose
de comique. Lisbette l'avait vaincue, et elle ne rougissait
point de sa défaite. Elle la pressait sur son cœur, lui caressait les joues, lui donnait les noms les plus tendres, l'appelait sa chère impératrice, la noble fille, la princesse de
l'honneur. Lisbette était comme abasourdie par ce brusque
changement, et s'abandonnait ivre de joie aux caresses de
cette nouvelle amie, qui quelques minutes auparavant lui
avait montré des sentiments si contraires. Clélia passant
son bras autour du cou de la jeune fiancée, la promena, l'entraîna moitié marchant, moitié dansant par la chambre ;
puis elle se plaça avec elle devant la glace, et, les mains sur
les côtés, se mit à faire toutes sortes de comparaisons plai-
santes : « Vous voyez Cendrillon, dit-elle, et à côté mesde-
moiselles ses sœurs, réunies toutes trois en une seule
personne. » Elle menaça du doigt son image, lui fit de moqueuses grimaces et s'écria : « Peut-on faire une aussi tapa-
geuse et ébouriffante toilette ! »

Dans le vertige de sa joie, elle faisait et disait tour à tour
mille choses touchantes et bouffonnes. Mais tout à coup
Fancy tomba comme une bombe dans la chambre :

« Madame la baronne, cria-t-elle, le grand bailli !

— Ciel ! dit Clélia. Il faut nous en débarrasser, sur
l'heure, à tout prix ! Comment nous en débarrasser ? Fancy,
un bon conseil ! » Elle courait par la chambre, tortillant son
mouchoir.

« Si nous pouvions seulement lui montrer en perspective
un procès..., quelque beau grimoire à déchiffrer ! » s'écria
Fancy, qui dans ce moment paraissait presque aussi boule-

versée que sa maîtresse. « *Avec du lard on prend les souris....*
Hom ! Si...? — Oui-da. — Heu?...— C'est cela..., j'y suis....
Victoire !

— Quoi donc?

— Où est *l'assise?*

— Les assises? »

Fancy saisit le journal dont elle avait donné lecture la
veille. « Là ! je le tiens ! » dit-elle en montrant du doigt
l'une des annonces.

Clélia se mit à rire. « Eh bien, folle que tu es?...

— Vite, madame, entrez avec la jeune comtesse dans mon
cabinet ! s'écria-t-elle. Vous ne pourriez pas vous contraindre
assez. Je me charge de renvoyer le grand bailli. »

Clélia s'enfuit avec Lisbette. Le bailli entra.

« J'ai entendu parler dans cette chambre, dit-il. J'ai distingué la voix de la baronne et celle de la jeune fille. Où est
votre maîtresse? Où en sont les choses?

— Au mieux. Tout est réglé, répondit Fancy avec emphase. La prétendue fiancée est écartée, repoussée, bien
loin. Dès ce soir elle part pour Hambourg, où elle entre
comme sous-maîtresse dans une pension avec cinquante-six
thaler[1] d'appointements. Mais comme Mme la baronne a
bien parlé ! Divinement, vous dis-je, monsieur le grand
bailli : de vertu, de renoncement, de sacrifice, d'amour
désintéressé ; vous auriez été émerveillé ; j'ai été moi bien
édifiée, et j'ai pris de bonnes et fermes résolutions pour le cas
où j'aurais le malheur qu'un jeune seigneur se mît dans la
fantaisie de m'épouser. La Lisbette finalement a demandé,
à genoux, pardon à la baronne d'avoir seulement osé songer
tout de bon au comte. Elle est allée faire un tour de promenade avec la petite, afin de la consoler au sein de la nature,
et la bien confirmer dans ses idées raisonnables. Quand
l'autre sera partie pour Hambourg, Madame entreprendra
tout doucement monsieur son cousin. »

Jamais loyal fonctionnaire, dont la conduite vient d'être
de la part de ses chefs l'objet d'un brillant éloge, ne fit voir

---

1. Écu de trois francs quinze sous.

des yeux plus ravis d'aise que ceux du grand bailli. Il battit bruyamment des mains, il aspira une ample gorgée d'air, et s'écria :

« Alors, Dieu soit loué! Voilà donc cette difficile affaire enfin finie! Ah! vous ne pouvez croire quelles inquiétudes elle m'a données, Fancy. Mais j'avais juré, j'avais parié ma tête d'en venir à bout.

— Vous pouvez rire, dit Fancy. Nous avons eu tout le mal, et vous n'avez eu qu'à nous voir faire.... Et, qu'est-ce que je tiens là à la main, monsieur le grand bailli? » Elle agitait le journal.

« Qu'est-ce donc, chère Fancy? » Il lut : « Journal du.... du.... Tiens, je n'ai pas vu ce numéro-là!... Hom! Qu'est-ce que je vois là?... Des assises à Elberfeld! dit le fonctionnaire avec un cri de joie.

— Madame la baronne a trouvé cela ce matin, et elle veut *amasser des charbons ardents sur votre tête* [1], vous pardonne la scène d'hier au soir, et m'a chargée de vous montrer ce journal, afin que vous puissiez contenter votre désir. L'endroit, paraît-il, n'est pas très-éloigné d'ici. Si vous preniez la poste sur-le-champ, vous pourriez encore arriver dans la nuit. Et pendant votre absence, nous mettrons le jeune monsieur à la raison.

— Il serait donc vrai? Je ferais connaissance avec la procédure publique! dit le bailli tout ému. Grand Dieu! pourvu que la session ne soit pas déjà close! Elle a été ouverte, d'après cette annonce, il y a quinze jours. J'espère néanmoins pouvoir attraper encore deux ou trois jours, car on m'a dit sur le Rhin qu'elle se prolonge d'ordinaire jusque dans la troisième semaine. » Il s'essuya les yeux. « Ta baronne est une adorable femme, reprit-il. Présente-lui mes tendres respects, et dis-lui que dans trois jours je serai de retour, à moins d'affaires tout à fait intéressantes, auquel cas je pourrais bien rester un peu plus longtemps. Adieu, chère Fancy.

— Vous partez?

---

1. Épître de Paul aux Romains, Ch. XII, v. 20.

« — A l'instant. Je vais de ce pas commander moi-même les chevaux. »

Il s'en alla tout courant.

Fancy sauta comme une folle dans la chambre. Clélia sortit avec Lisbette du cabinet. Lisbette portait la couronne de myrte que Clélia lui avait de force posée sur la tête.

« Cours, Fancy; cours! s'écria la baronne gaiement. Amène-moi le diacre mort ou vif. » Fancy descendit au plus vite.

« Quel est donc votre dessein, madame la....

— Appelle-moi Clélia : ne vais-je pas devenir ta cousine? » dit la baronne en lui donnant une petite tape sur la joue. « Quel est mon dessein? Vous faire marier sur l'heure.

— Mon Dieu! quelle précipitation! s'écria Lisbette toute joyeuse et troublée.

— Pas de réplique, dit Clélia. Si la chose doit se faire, elle ne se fera qu'en la précipitant. Notre ogre, notre dévoreur de procédures doit rester trois jours absent : je ne veux pas, moi, perdre trois minutes. Votre mariage est en dehors de toutes les convenances. Nous n'en viendrons jamais à bout qu'en achevant de mettre sous nos pieds tout ordre et toute règle. Il nous faut tout emporter de haute lutte. Tu sais parler comme un ange, mon cœur; tu as tourné la tête à une jeune femme sans mari pour l'instant, et qui, pour comble, a le malheur d'être encore tout enamourée de l'infidèle, du vagabond; mais connais-tu le monde, cette bête sourde et rétive? On peut séparer des fiancés, rompre des fiançailles : il nous faut tirer un verrou, un de ceux qui ne cèdent ni ne vacillent. Le mariage, ô le bon, le ferme, l'inforçable verrou! Il est toujours le même, de quelque côté qu'on le considère. Une fois mariés..., ils pourront crier, tempêter, tonner, chicaner, cabaler, remuer ciel et terre : vous serez bien en sûreté derrière le verrou. La puissance même de l'empereur viendrait se briser là contre. Vous êtes mari et femme : ils n'auront plus qu'à se le tenir pour dit.... Et maintenant, ma gentille fiancée, viens, que je te pare moi-même. »

Elle plaça sa cassette aux bijoux à côté d'elle, s'assit dans un fauteuil et fit agenouiller Lisbette devant elle sur le petit banc.

« Nous ne pouvons te mettre une autre robe, car les miennes seraient bien trop amples pour toi, ma svelte chevrette ; mais je veux te donner mes plus beaux diamants, » dit-elle. Elle tira de l'écrin un riche collier de brillants, une broche et les boucles d'oreille assortissantes, et couvrit la jeune fille de ces superbes pierreries. Et l'heureuse Lisbette, Lisbette étourdie presque de son bonheur, avec quelle joie elle la laissa faire! « A la voir ainsi avec sa petite robe blanche de Cambrai et ces diamants de la plus belle eau, ne croirait-on pas voir vivre et marcher un de ces contes de fées, tout simples et pauvres, mais tout rayonnant de poésie?» s'écria-t-elle quand elle eut achevé son ouvrage. Elle fit relever Lisbette et la tourna en tous sens pour juger de l'effet des brillants.

Le diacre parut. Fancy l'avait rencontré dans la rue au moment où il sortait du tribunal, la tête et le cœur encore tout pleins du souvenir du maire et de la scène à laquelle il avait assisté. Sa femme, qui venait aussi d'être informée du coup d'État de la baronne, arriva presque en même temps, suivie de Fancy. Les maîtres de la maison considérèrent avec étonnement Lisbette, qui debout devant eux, en sa pauvre et riche parure, toute blanche, éblouissante, semblait en effet un vivant et merveilleux contraste.

« Petite dame, cria Clélia à son hôtesse, nous vous ferons aujourd'hui maison nette. Dès que nous aurons ici rempli nos devoirs, je monterai en voiture, remettant le bailli entre vos mains, mes bons amis ; mais celui-là ne tardera pas à s'en aller furieux.

« Monsieur le pasteur, dit-elle d'un ton grave au diacre, vous êtes prié de revêtir votre manteau, de mettre votre rabat, et de procéder sur-le-champ aux actes de votre saint ministère.

— Comment? répondit le diacre au comble de la surprise. Y songez-vous? Sans publication de bans, sans formalités....

— Il n'y aura point de protestation, foi de gentilhomme, dit Clélia, plus sérieusement encore. Et pour ce qui est des formalités, voici une fiancée couronne en tête ; dans cette chambre là-bas vous trouverez un impatient fiancé ; moi, en ma qualité de Junon présidant au mariage, j'ai fait, impromptu, ma plus belle toilette de fête ; on pourra bien mettre la main sur deux honnêtes témoins : en aucun lieu du monde autres formalités ne furent onques requises pour la cérémonie. »

Le diacre refusa net. Mais Clélia devint plus pressante et trouva une auxiliaire dans la femme de l'ecclésiastique : « Il me semble, mon cher enfant, que tu pourrais te rendre, » dit-elle avec un regard embarrassé et plein d'éloquence.

S'oubliant tout à fait, avec l'entière franchise qui, lors de son entretien avec l'Excellence, avait déjà brillé dans le jugement qu'il avait porté sur la noblesse moderne, le diacre s'échappa à dire :

« Non, mon cœur, pour t'épargner un peu de fatigue dans ta cuisine, ton mari ne consentira point à encourir de sévères censures, ou même des peines plus graves.

— Je veux vous rassurer à cet égard, repartit Clélia. Je connais votre supérieur ***. Il s'est montré à Carlsbad on ne peut plus aimable avec moi, car il attend de moi un petit service que nous lui pourrons rendre dans notre pays de Vienne. Une main lave l'autre. Je vous suis garante que vous en serez quitte pour une légère réprimande qui vous sera faite pour la forme : aussi bien, au fond, tout est régulier. » Fancy disparut : elle savait au juste à quel clou trouver accrochée la robe ecclésiastique.

« Madame la baronne, répliqua le diacre gravement, les formes sont les formes ; elles sont établies dans le monde, et les formes sont salutaires. Pardonnez-moi si je me retranche sur les devoirs de mon état. »

Mais Clélia aussi était capable de gravité. Elle répondit avec une fermeté et un sérieux soutenu qui surprit tous les assistants :

« Certes, c'est pour ma vanité un petit triomphe que vous me donniez sitôt et si complétement raison. Vous étiez, au fond de l'âme, courroucé contre moi, parce que je ne voulais pas avoir dans ma famille, dans la plus vieille famille du royaume, la mendiante, l'enfant trouvée (car je puis l'appeler ainsi : elle sait combien elle m'est devenue chère); et c'est vous à cette heure, oui vous, qui refusez de soustraire à mille chagrins, à mille tourments les deux favoris de votre cœur. Et pourquoi vous y refusez-vous? Par respect pour une formalité, une misérable formalité dont la violation vous attirerait peut-être un petit désagrément. O vous autres, quand donc cesserez-vous de vous mettre au-dessus de nous? Oui je me crois meilleure que vous. Car moi, du moins, j'ai été vite convertie par l'âme vraiment royale de cette enfant; je la reconnais avec joie pour ma parente, pour la comtesse Valdbourg. Mais vous, vous restez sourd à la prière d'une femme qui ne veut rien que ce que commande la nécessité du moment, cette nécessité dont vous m'avez vous-même vanté les enseignements, dont les hommes, à votre avis, devraient toujours suivre les inspirations.... Soit! Je ne vous presse pas davantage. Mais je vous mets sur la conscience l'avenir de ces deux enfants. Dieu sait les persécutions, les embarras, les obstacles, les ennuis, peut-être même les malheurs qui attendent encore Osvald et Lisbette : moi, je n'aurai rien à me reprocher. »

Le diacre paraissait fort en presse. Tout d'abord, une voix intérieure avait secrètement appuyé la prière de la baronne. Cette voix parlait d'autant plus haut, qu'il venait d'être plus profondément ému et remué par celle du grand, du vrai, de la nature même qui s'était fait entendre par la bouche du maire dans la salle du tribunal, et lui avait été au cœur; il sentait qu'il y a des situations, des difficultés où il faut que l'homme s'oublie soi-même pour ne plus songer qu'à l'essentiel, et à la destinée des autres remise en ses mains.

Après un silence, il répondit à Clélia : « Vous m'avez mis à une difficile épreuve. Il a dû arriver rarement qu'un prêtre dût se laisser ainsi sévèrement blâmer avant un acte de son saint ministère qu'on exige de lui. Si je n'écoutais qu'une mesquine susceptibilité, je m'obstinerais dans mon refus. Mais je ne suis point susceptible; je vous l'avoue ingénument : vous avez raison. Je suis tout prêt de donner à cette union, qui nous a tous, à ce qu'il semble, par son aimable puissance, élevés au-dessus des considérations vulgaires, je suis tout prêt de lui donner une indissoluble consécration. »

Fancy était déjà au seuil de la chambre, pendant ces derniers mots, avec le costume du pasteur sur le bras. Le diacre sortit, et revint bientôt revêtu de ses habits de prêtre.

« Ne le préparerons-nous point ? demanda Clélia.

— A quoi bon ? dit le diacre. Le divin ne peut causer de dangereuse émotion : il tranquillise. Nous entrerons sans bruit chez lui, et je lui dirai doucement, en peu de paroles, ce que nous voulons : ce sera là sans doute la meilleure préparation. »

Il prit Lisbette par la main ; les femmes suivirent. Ces bonnes gens se dirigèrent résolus, silencieux et recueillis vers la chambre du convalescent, où sur l'heureux Osvald, qui ne pressentait rien encore, la bénédiction du prêtre allait faire descendre la plus douce, la plus pure, la plus céleste félicité.

FIN.

TABLE DES CHAPITRES.

LIVRE PREMIER.
LE PÈRE OU LE CHASSEUR.

CHAP. I. Le Maire.. **3**
II. Conseil et sympathie............................ 11
III. La Grand'ferme................................... 23
IV. Le Chasseur arrive à la Grand'ferme........... 29
V. Le Chasseur se fait braconnier au service du maire. — Le soir les valets et les servantes font connaître le fruit de leurs méditations sur les maximes morales................................. 35
VI. Lettre du Chasseur à son ami Ernest, Grand bailli en Souabe.. 40
VII. Le Chasseur raconte au Maire une vieille histoire de famille.. 46
VIII. Le Maire tire une triple morale de l'histoire du chasseur.. 55
IX. Le Chasseur retrouve une ancienne connaissance. 58
X. La fleur étrangère et la jolie fille. — Un vieux Capitaine.— La société scientifique et littéraire. 71
XI. Lettre et réponse................................. 83
XII. Le Chasseur tire, et cette fois le coup porte..... 87

LIVRE DEUXIÈME.
NOCES ET FIANÇAILLES.

CHAP. I. Où le Maire explique au Joueur d'orgue borgne pourquoi il ne saurait se priver d'aucun de ses neuf gilets.. 99
II. Un pot s'enfuit. — Toilette de la mariée........ 109
III. Où l'auteur continue de décrire les préparatifs de la noce.. 112
IV. Le Chasseur et son gibier........................ 117
V. Ce qui advint dans une église de village........ 126
VI. Suite des événements d'un jour de noce......... 140
VII. Où le Monsieur de la cour fait de vaines tentatives pour se rendre populaire. — Le *plaisant* Steinhausen est goûté d'un chacun........ 149
VIII. Une idylle.. 158
IX. Catastrophe...................................... 166

LIVRE TROISIÉME.

L'ÉPÉE DE CHARLEMAGNE.

Chap.		
I.	Un lendemain de noce dans une grand'ferme....	183
II.	Nouvelle brouille du Collectionneur et du Maire..	193
III.	Mis au ban de la vehme......................	198
IV.	Le Maire revient à lui. — Lisbette écrit au Diacre.	211
V.	Lisbette et Osvald..........................	217
VI.	Recherche vaine.............................	221
VII.	Une tragédie à la Grand'ferme...............	224
VIII.	Comment le Joueur borgne mit dans ses intérêts un juriste zélé.............................	229
IX.	Le franc-tribunal...........................	233
X.	Comment le Maire et le comte Osvald en vinrent aux mains, et qui les sépara..............	242
XI.	En guerre..................................	250
XII.	Résurrection...............................	261

LIVRE QUATRIÈME.

GRANDE DAME ET JEUNE FILLE.

Chap.		
I.	Sentiment du Diacre sur le hasard et le véritable amour.	269
II.	Où un Médecin humoriste expose d'utiles vérités sur la manière dont on se comporte avec les malades...................................	274
III.	La salle à manger et la chambre du malade.....	280
IV.	Les chagrins de l'absence....................	289
V.	Où le Maire discourt pour la dernière fois de divers sujets importants.....................	298
VI.	Solennelle explication entre la Baronne et le Grand bailli....................................	308
VII.	Objections de Lisbette à la théorie de l'amour désintéressé.................................	313
VIII.	Victoire.	325

FIN DE LA TABLE.

COULOMMIERS. — Typogr. A. MOUSSIN.

Librairie de L. HACHETTE et Cᵉ, boulevard Saint-Germain, nᵒ 79, à Paris.

ÉDITIONS A 1 FRANC LE VOLUME

FORMAT IN-18 JÉSUS

BIBLIOTHÈQUE DES MEILLEURS ROMANS ÉTRANGERS

Ainsworth (W. Harrisson) : Abigail. 1 vol. —
Crichton. 2 vol. — La Tour de Londres. 1 v.
Anonymes : César Borgia, ou l'Italie en 1800.
1 vol. — Les Pilleurs d'épaves. 1 vol. — Paul
Ferroll. 1 vol. — Violette. 1 vol. — Whitehall.
2 vol. — Whitefriars. 1 vol.
Beecher-Stowe (Mrs) : La Case de l'oncle Tom.
1 vol. — La Fiancée du ministre. 1 vol.
Bersezio (V.) : Nouvelles piémontaises. 1 vol.
Braddon (miss M. C.) : Œuvres. 21 vol. — Au-
rora Floyd. 2 vol. — Henry Dunbar. 2 vol. —
Lady Lisle. 1 vol. — La Trace du serpent.
2 vol. — Le Capitaine du Vautour. 1 vol. —
Le Secret de lady Audley. 2 vol. — Le Testa-
ment de John Marchmont. 2 vol. — Le Triomphe d'Eléanor. 2 vol. — Ralph, l'intendant.
1 vol. — La Femme du Docteur. 2 vol. —
La Locataire de sir Gaspard. 2 vol. — L'Aïeul
des Dames. 2 vol. — Rupert Godwin. 2 vol.
— Le Brosseur du Lieutenant. 2 vol.
Bulwer-Lytton (Sir Edward) : Œuvres. 19 vol.
— Devereux. 2 vol. — Ernest Maltravers.
— Le Dernier des Barons. 2 vol. — La Déesse
voué. 2 vol. — Les Derniers jours de Pom-
péi. 1 vol. — Mémoires de Pisistrate Caxton.
2 vol. — Mon roman. 2 vol. — Paul Clifford.
2 vol. — Qu'en fera-t-il ? 2 vol. — Rienzi. 2 v.
— Zanoni. 1 vol.
Caballero (F.) : Nouvelles andalouses. 1 vol.
Cervantes : Nouvelles. Trad. 1 vol.
Chodzko (A.) : Contes Slaves. 1 vol.
Cummins (miss) : L'Allumeur de réverbères.
1 vol. — Mabel Vaughan. 1 vol. — La Rose
du Liban. 1 vol.
Currer-Bell (miss Brontë) : Jane Eyre. 1 vol. —
Le Professeur. 1 vol. — Shirley. 2 vol.
Dickens (Charles) : Œuvres. 25 vol. — Aven-
tures de M. Pickwick. 2 vol. — Barnabé
Rudge. 2 vol. — Bleak-House. 2 vol. — Contes
de Noël. 1 vol. — David Copperfield. 3 vol.
— Dombey et fils. 3 vol. — La petite Dorrit.
2 vol. — Le magasin d'antiquités. 2 vol. —
Les Temps difficiles. 1 vol. — Nicolas Nick-
leby. 2 vol. — Olivier Twist. 1 vol. — Paris
et Londres en 1793. 1 vol. — Vie et Aven-
tures de Martin Chuzzlewit. 2 vol. — Les
grandes Espérances. 2 vol. — L'Abîme. 1 v.
Disraeli : Sybil. 1 vol.
Douglas Jerrold : Sous les rideaux. 1 vol.
Forgues (E.-D.) : Sandra Belloni. 1 vol.
Freytag (G.) : Doit et Avoir. 3 vol.
Fullerton (lady) : L'Oiseau du bon Dieu. 1 vol.
Fulton (S.-W.) : La comtesse de Mirandole. 1 v.

Gaskell (Mrs) : Œuvres. 8 vol. — Autour de
la soie. 1 vol. — Marie Barton. 1 vol. — Cran-
ford. 1 vol. — Marguerite Hâle (Nord et Sud).
2 vol. — Ruth. 1 vol. — Les Amoureux de
Sylvie. 1 vol. — Cousine Phillis. 1 vol.
Gerstäcker : Les deux Convicts. 1 vol. — Les
Pirates du Mississipi. 1 vol. — Aventures
d'une colonie d'émigrants en Amérique. 1 v.
Goethe : Werther. 1 vol.
Gogol (N.) : Les Âmes mortes. 2 vol.
Grant (J.) : Les Mousquetaires écossais. 2 vol.
Hackländer : Boutique et Comptoir. 1 vol. —
Le Moment du bonheur. 1 vol. — La vie mi-
litaire en Prusse. 4 séries.
Chacun l'œuvre vend séparément.
Hauff (W.) : Nouv. 1 vol. — Lichtenstein. 1 v.
Hawthorne (N.) : La Lettre rouge. 1 vol. — La
Maison aux sept pignons. 1 vol.
Heiberg (L.) : Nouvelles danoises. 1 vol.
Hildreth : L'Esclave blanc. 1 vol.
Immermann : Les Paysans de Westphalie.
2 vol.
James : Leonora d'Orco. 1 vol.
Kavanagh (J.) : Tuteur et Pupille. 1 vol.
Kingsley : Il y a deux ans. 2 vol.
Lennep (J. Van) : La Rose de Dekama. 2 vol.
— Les Aventures de Ferdinand Huyck. 2 vol.
Lover (Ch.) : Harry Lorrequer. 2 vol. —
L'Homme du jour. 1 vol.
Ludwig (O.) : Entre ciel et terre. 1 vol.
Lutfullah : Mémoires d'un gentilhomme maho-
métan. 1 vol.
Marvel (I.) : Le Rêve de la vie. 1 vol.
Mathews : Légendes indiennes. 1 vol.
Mayne-Reid : La Piste de guerre. 1 vol. — Le
Quarteronne. 1 vol.
Mügge (Th.) : Afraja. 2 vol.
Pouchkine : La Fille du capitaine. 1 vol.
Smith (J.-F.) : La Femme et son maître. 3 vol.
— L'Héritage (Dick Tarleton). 2 vol.
Soulhomb (comte) : Nouvelles choisies. 1 vol.
Stephens (miss A.-S.) : Opulence et Misère. 1 v.
Thackeray : Œuvres. 8 vol. — Henry Esmond.
1 vol. — Histoire de Pendennis. 3 vol. — La
Foire aux vanités. 2 vol. — Le Livre des
Snobs. 1 vol. — Mémoires de Barry Lyndon.
1 vol.
Tourguéneff : Scènes de la vie russe. 2 vol. —
Mémoires d'un seigneur russe. 1 vol.
Trollope (Mrs) : La Pupille. 1 vol.
Wieland (C.-M.) : Oberon, poème hist. 1 vol.
Wilkie Collins : Le Secret. 1 vol.
Zschokke : Addrich des Mousses. 1 vol. — Le
Château d'Aarau. 1 vol.

Coulommiers. — Typog. A. MOUSSIN.